La Société secrète

W0285249

CLAIR-OBSCUR

Note de l'éditeur

Evidence Editions a été créée dans le but de rendre accessible la lecture pour tous, à tout âge et partout. Nous accordons une grande importance à ce que chacun puisse accéder à la littérature actuelle sans barrière de handicap. C'est pourquoi nos ouvrages sont disponibles en format papier, numérique, dyslexique, malvoyant, braille et audio.

Tout notre professionnalisme est mis en œuvre pour que votre lecture soit des plus confortables.

En tant que lecteur, vous découvrirez dans nos différentes collections de la littérature jeunesse, de la littérature générale, des témoignages, des livres historiques, des livres sur la santé et le bien-être, du policier, du thriller, de la littérature de l'imaginaire, de la romance sous toutes ses formes et de la littérature érotique.

Nous proposons également des ouvrages de la vie pratique tels que : agendas, cahiers de dédicaces, Bullet journal, DIY (Do It Yourself).

Pour prolonger le plaisir de votre lecture, dans notre boutique vous trouverez des goodies à collectionner ainsi que des boxes livresques disponibles toute l'année.

Ouvrir un livre Evidence, c'est aller à la rencontre d'émotions exceptionnelles.

Manuel Ruiz

La Société secrète

(Seconde édition)

Couverture : **Maïka**

Publié dans la **Collection Clair-Obscur**

Dirigée par **Véronique Charrière**

EVIDENCE EDITIONS

© Evidence Editions 2019

Les sociétés secrètes sont aussi vieilles que la civilisation elle-même...

J. Heron Lepper,
Les Sociétés secrètes de l'Antiquité à nos jours, Payot, 1936.

Avertissement

L'auteur tient à préciser que la société secrète dont il est question dans ce livre n'existe pas. Elle a été fabriquée avec des éléments empruntés à diverses sociétés secrètes de l'histoire. Pour le reste, les personnages et événements présentés ici sont purement imaginaires et toute ressemblance avec des personnes vivantes ou décédées ne saurait être qu'une fâcheuse coïncidence.

La Commission secrète

Quelque part sur la terre

La pièce était déserte et silencieuse. Elle n'en était pas pour autant vide. Longue d'une dizaine de mètres et large de six, elle abritait en son centre une table rectangulaire, recouverte d'une riche nappe bleue aux bordures dorées. Six chaises attendaient bien sagement d'un côté et de l'autre. Le sol était recouvert d'une moquette discrète à carreaux noirs et beiges. Aucune fenêtre sur les murs d'un brun austère. La lumière tombait d'un lustre juste au-dessus de la table. À trois mètres de celle-ci se trouvait une porte fermée, délimitée par des boiseries scintillantes.

Le silence s'éternisait. Enfin, le battant de la porte s'écarta sans bruit. Un par un, six hommes entrèrent dans la pièce. La moquette absorbait le son de leurs pas. Le dernier referma derrière lui.

Ils prirent place autour de la table. Trois d'un côté et trois de l'autre, se faisant face. Ensuite, ils ouvrirent leurs serviettes et déballèrent leur attirail : des dossiers enfermés dans des chemises, des feuilles dactylographiées, des blocs-notes, des stylos et de petites calculatrices électroniques. Tout cela fut aligné sur la nappe, devant les hommes toujours silencieux.

S'il y avait eu un témoin (mais il n'y en avait aucun), il aurait remarqué que ces derniers se distinguaient par leur costume. D'un côté de la table, ils portaient des soutanes sombres et des calottes, la tenue distinctive des prêtres catholiques. De l'autre côté, il s'agissait d'Arabes vêtus comme des Arabes : de longues robes blanches, des capes noires. Leurs cheveux étaient couverts de voiles blancs, fixés aux crânes par des lanières. Le contraste s'avérait saisissant.

Pendant quelques minutes, les hommes mirent de l'ordre dans leurs affaires. Ils relisaient leurs notes, raturaient ici et là. Toujours sans un mot. Il n'y avait personne d'autre dans cette pièce.

Enfin, le cardinal posa son stylo et joignit les mains. Il était assis au milieu de la rangée des catholiques.

— Bien, messieurs, je crois que nous pouvons commencer notre réunion d'aujourd'hui...

Il parlait en anglais, avec un fort accent américain. En face de lui, les trois musulmans levèrent la tête pour l'écouter. Le chef de leur délégation, le cheikh, se trouvait au centre, devant le cardinal.

— Messieurs, reprit celui-ci, je crois pouvoir dire que nos discussions d'hier et avant-hier ont été fructueuses. Je suis heureux de constater qu'un climat de confiance s'est désormais installé entre nous. C'est notre dernier jour de réunion. Ensuite, nous devrons nous séparer et rentrer chacun à notre port d'attache. D'ores et déjà, il m'apparaît évident que le bilan de nos négociations ne pourra être que positif.

Il s'interrompit. Son visage était encore jeune, sous le gris des cheveux qui lui donnait une allure indiscutablement séduisante. Encore renforcée, d'ailleurs, par un corps qu'on devinait sportif sous la soutane.

— Messieurs, ajouta-t-il encore, nous devrions nous arrêter un instant et réfléchir à la chance qui est la nôtre. Rendez-vous compte que nous sommes en train de vivre un moment historique. Un des plus importants de tous les temps. En réalité, nous sommes des privilégiés. Peu de gens peuvent se vanter d'avoir été présents lorsque Jésus a été crucifié, ou lorsque Mahomet s'est réfugié à Médine. Nous, nous sommes ici et nous vivons cet instant.

Il reprit son souffle avant de poursuivre.

— Vous, en face, vous représentez l'islam, une grande et belle religion. Nous, de notre côté, nous représentons le christianisme, une autre grande et belle religion. Et nous voici sur le point de réussir une chose extraordinaire : une alliance entre les deux religions qui peut et qui doit changer le visage du monde...

Devant lui, le cheikh l'observait et pas un trait de son visage ne bougeait. Cependant, il comprit qu'il devait parler à son tour.

— Mon cher cardinal, je souscris à tout ce que vous venez de dire, répondit-il. Vous avez employé le mot qui convient : historique. Oui, c'est une page d'histoire que nous écrivons autour de cette table. Bien sûr, nous savons qu'il y a eu entre nos deux religions des siècles de malentendus et d'affrontements, infiniment regrettables. Mais nous avons fini par nous souvenir que nous avions aussi des valeurs communes, et une surtout : l'amour d'un Dieu unique. Je suis heureux de voir que nous nous rejoignons enfin. Vous avez raison : la face du monde va changer…

* *

En effet, tout était dit. Il y avait sur la terre des milliards d'êtres humains qui ne se doutaient pas une seconde de ce qui arrivait dans cette pièce. Et pourtant…

Les trois cardinaux représentaient le Vatican, les trois Arabes représentaient le mufti de La Mecque. Et ils étaient bel et bien sur le point de conclure une alliance secrète.

Évidemment, cela ne s'était pas fait en un jour. Les premiers contacts s'étaient produits dans les années quatre-vingt-dix, quand l'ONU préparait sa grande conférence mondiale sur la surpopulation. Alors, des rencontres eurent lieu, des messages circulèrent. C'est que les deux religions avaient de quoi s'inquiéter : pour prévenir les risques de surpopulation, une grande quantité de pays (notamment les États européens) défendaient un certain nombre de choix. Comme la contraception accessible à tous, la liberté de l'avortement, l'usage du préservatif, l'encouragement à l'autonomie économique des femmes… Autant d'horreurs intolérables, aussi bien pour les musulmans que pour les chrétiens !

Il fallait s'y opposer. Comme d'habitude, c'était donc la présence d'un ennemi commun qui provoquait le rapprochement.

Le jour venu, devant la conférence, les journalistes du monde entier eurent la stupéfaction de voir les délégués du Vatican et ceux de l'islam siégeant côte à côte et tenant à l'unisson le même discours : non à toute forme de contraception, non à l'avortement, non au préservatif, etc. La lutte contre la surpopulation devait se faire par l'éducation et la prière, en résumé.

Passé cet événement, les contacts se poursuivirent, en profitant pour cela des divers voyages du pape Jean-Paul II au Proche-Orient. Pendant que le Saint-Père et les imams des mosquées locales multipliaient les shows médiatiques pour épater la galerie, des hommes s'activaient en coulisses, menaient des tractations discrètes, échangeaient des numéros de téléphone. Un jour, la décision fut prise : créer une commission de négociation qui se réunirait régulièrement pour voir jusqu'où on pourrait aller.

Aussitôt dit, aussitôt fait. Le Vatican désigna trois cardinaux, le mufti de La Mecque (après consultation discrète du roi d'Arabie saoudite, car toute autre attitude serait impensable dans ce pays) désigna trois hommes de confiance. La Commission secrète était née. Et depuis plusieurs années, ces six personnes se rencontraient dans divers endroits pour discuter. Toujours dans le plus grand secret. Les centaines de millions de catholiques et de musulmans vivant sur la planète auraient été stupéfaits d'apprendre l'existence de ces discussions.

Et aussi leur profondeur. Car après avoir conclu des accords de coopération et de collaboration dans différents domaines, on en était arrivé à une perspective inimaginable au début, mais de plus en plus accessible ensuite : une alliance.

Oui, une véritable alliance entre les deux grandes religions du monde : le catholicisme regroupait un milliard de personnes, l'islam presque huit cents millions. C'était déjà colossal. Mais si on ajoutait les autres chrétiens (protestants et orthodoxes, qui même sans être concernés par l'alliance devraient bien en tenir compte), on atteignait le chiffre de trois milliards. Soit la moitié de l'humanité. Une puissance comme on n'en avait jamais vu dans toute l'histoire. L'union de Jésus et de Mahomet. Souvent rêvée par des visionnaires, mais qui était sur le point de se réaliser. Grâce aux six privilégiés réunis dans cette pièce.

Parce que le traité d'alliance en question était bien là, déjà rédigé sur du papier, en anglais, en arabe et en latin. Il n'attendait plus que les signatures. Celles du cardinal et du cheikh, et surtout celles d'autres personnes, infiniment plus importantes. Simplement, il restait secret, beaucoup de fidèles à travers le monde n'étant pas encore moralement prêts à l'accepter. Le terrorisme islamique entretenait un fossé entre l'Occident et le monde musulman. Les peuples n'auraient pas compris cette alliance entre deux religions rivales depuis quatorze siècles. Alors, il fallait garder le secret. Le secret le plus important et le mieux dissimulé de l'humanité.

Mais le traité existait. Selon ses clauses, catholiques et musulmans uniraient leurs forces sur toute la planète pour faire triompher ce qu'ils appelaient la loi de Dieu. Autrement dit, pour imposer à tous les pays les principes communs aux deux religions. Ce qui impliquait (c'était écrit noir sur blanc) de combattre ensemble l'athéisme et toutes ses manifestations. C'est-à-dire ceux qui avaient la mauvaise idée de s'opposer à la volonté de Dieu.

À titre d'exemple, ils avaient déjà lancé des actions communes : dans divers États américains pour faire pression sur les gouverneurs afin de les pousser à interdire l'avortement et à fermer les cliniques qui le pratiquaient, dans plusieurs pays africains pour aider discrètement au renversement de certains présidents trop indépendants de la religion, dans les organismes internationaux pour faire barrage à toutes les tentatives de libéralisation des mœurs. Mais ce n'étaient que des galops d'essai en comparaison de ce qui approchait. Le catholicisme plus l'islam. L'Évangile plus le Coran. Jésus plus Mahomet. Trois milliards de personnes. Une puissance inouïe, comme aucun conquérant (ni Alexandre, ni Tamerlan, ni Napoléon) n'en avait possédé. Rien ne pourrait l'arrêter. Les gouvernements laïcs seraient balayés. Le monde entier serait bientôt soumis à la loi de la religion.

Bien entendu, les différences séculaires demeuraient. Mais qu'importait. Ils avaient un ennemi commun : **l'athéisme**. Ou du moins ce qu'ils appelaient ainsi. Sous ce mot, ils désignaient tous ceux, à travers le globe, qui prétendaient vivre en dehors de toute religion. Cet ennemi commun les rapprochait. Lui, et lui seul, permettait aux deux religions rivales de trouver un terrain d'entente.

* *

Mais qui étaient ces hommes qui constituaient la Commission secrète ? Les quatre collaborateurs importaient peu. Les vrais négociateurs étaient les chefs des deux délégations : le cardinal (pour les chrétiens) et le cheikh (pour les musulmans).

Le cardinal Edward Kreisner, de nationalité américaine, avait vu le jour dans une petite ville de l'Illinois, au sein d'une modeste famille d'origine allemande et de religion catholique. Justement, le jeune Edward manifesta très tôt un profond attachement au catholicisme. Parce qu'il grandissait dans une société américaine majoritairement protestante où les catholiques n'étaient pas forcément bien vus. Parce que cela le soutenait dans la pauvreté où il vivait. Et parce que... et parce qu'il y avait la foi religieuse qui ne s'explique pas.

Mais la famille Kreisner était vraiment modeste. Elle n'avait pas les moyens d'assurer l'avenir du jeune Edward. Sa chance fut un établissement social de Chicago : le *Midtown Sports and Cultural Center*. Il s'agissait d'un centre de formation destiné aux adolescents des quartiers pauvres. On leur offrait des programmes scolaires et sportifs destinés à combler les lacunes de leur éducation. D'ailleurs, les résultats étaient spectaculaires : 95 % des élèves achevaient l'enseignement secondaire et 60 % parvenaient à entrer à l'université. Bref, le centre faisait l'admiration de tous et le maire de Chicago autant que le gouverneur de l'Illinois ne lésinaient pas sur le soutien et les subventions.

Seulement, ce que beaucoup de gens ne savaient pas, c'est que le *Midtown Sports and Cultural Center* était une création de l'*Opus Dei* qui le contrôlait entièrement. L'*Opus Dei*, cette organisation secrète fondée en Espagne dans les années vingt pour défendre les thèses ultracatholiques. Devenue très puissante, elle entretenait ainsi de nombreuses écoles à travers le monde, souvent dans des quartiers défavorisés, officiellement pour venir en aide aux enfants pauvres. En réalité, ces établissements scolaires étaient surtout des viviers où les recruteurs de l'*Opus Dei* venaient chercher les meilleurs élèves pour en faire les futurs cadres de l'organisation.

Le jeune Kreisner fut donc vite repéré, car il faisait partie des plus doués. Il obtenait de bonnes notes dans presque toutes les matières et manifestait une soif d'apprendre peu commune, un élément de valeur. Il acheva son cycle secondaire et, un peu plus tard, il put s'inscrire dans une université du Massachusetts grâce à une bourse tombée du ciel. N'ayant pas les moyens de louer un appartement, il logeait à la *Trimount House*, une résidence pour étudiants de Boston, une résidence privée. Naturellement, et appartenant à l'*Opus Dei*, cela allait sans dire.

Enfin, Edward Kreisner, devenu un homme et possesseur d'un bon matelas de diplômes, débarqua à Rome. Il avait déjà opté pour la carrière religieuse et, s'il ne portait pas encore la soutane, il arborait une croix brillante au revers de sa veste.

Dans la capitale italienne, il entra à l'université pontificale de la Sainte-Croix pour y suivre des études théologiques. Ceux qui connaissaient bien les coulisses du Vatican savaient ce que cela signifiait : un boulevard vers les plus hautes fonctions. Et en effet, Kreisner entama très vite un parcours impressionnant. Il s'éleva dans la hiérarchie avec une rapidité qui sembla suspecte à certains. Il faut expliquer qu'il s'était fait une spécialité : les négociations secrètes. Dès qu'il y avait un problème quelque part, on l'appelait et on lui payait un billet d'avion : il débarquait et, en un clin d'œil, il arrangeait tout, même les cas les plus difficiles.

Les réactions à ces succès étaient diverses. Ses admirateurs s'extasiaient : un négociateur de génie ! Ses détracteurs pouffaient de rire avant de rétorquer : un négociateur de génie ? Un champion des coups tordus, oui ! À vrai dire, chacun savait bien que lorsque Kreisner s'envolait pour quelque part, il emportait fort peu de scrupules dans ses bagages... Ce qu'il justifiait en invoquant l'intérêt supérieur de l'Église, cette Église devenue définitivement sa maison.

Il promenait son physique de footballeur américain dans les couloirs du Vatican, dans les plus grandes cathédrales du monde, dans les missions les plus reculées d'Afrique et d'Asie. Après de longues années, il obtint la récompense de ses bons et loyaux services : le cardinalat. Ce qui ne l'empêchait pas de poursuivre son activité favorite et de travailler dans l'ombre.

Ainsi, lorsque débutèrent les conversations secrètes avec les musulmans, on ne se demanda pas qui il fallait désigner. Ce ne pouvait être que lui. On le connaissait : ce catholique pur et dur ne braderait rien, ne trahirait rien. C'est ainsi que le cardinal s'était retrouvé dans ces conférences secrètes, en face du cheikh.

* *

Le cheikh Hussein ben Khaled Al-Talyani était un homme d'une cinquantaine d'années, assez mince, avec un visage ascétique et des yeux profonds. Il parlait peu et chacune de ses phrases semblait avoir été soigneusement pesée. Mais quand on le connaissait, sa culture se révélait prodigieuse. Son nom surprenant (Al-Talyani signifiait **l'Italien**) s'expliquait par un lointain ancêtre, un modeste matelot génois, échoué (Allah seul savait comment) sur les côtes du golfe Persique. Mais cela remontait loin et n'avait guère d'importance. Le cheikh Al-Talyani était un Saoudien, un Arabe et un musulman. Rien d'autre.

Pourtant, à la différence de beaucoup de ses compatriotes, il ne professait aucun mépris envers l'Occident chrétien. Au contraire, il avait parcouru longuement l'Europe (surtout la Grande-Bretagne) et les États-Unis. Il parlait parfaitement l'anglais, aimait les cuisines française et italienne (tant qu'il n'y avait ni vin ni viande de porc, naturellement) et collectionnait les amis à Berlin, Londres et New York. En fait, il admirait et respectait l'Occident.

Mais, par un phénomène que les psychologues connaissent bien et qu'on rencontre fréquemment en politique (ou en philosophie, ou en littérature, ou partout ailleurs), cette admiration, au lieu de le rapprocher des Occidentaux, ne faisait que renforcer sa fidélité à sa culture, sa civilisation, sa religion. En d'autres termes, le respect que le cheikh Al-Talyani éprouvait pour l'Occident ne faisait que renforcer son fanatisme. Parce qu'il était, d'abord et par-dessus tout, un fanatique.

Il était né dans une bonne famille de Riyad. Une de ces familles qui aidèrent jadis Ibn Saoud à créer l'Arabie saoudite et qui vivent depuis de la reconnaissance royale. Lui n'avait pas le caractère à attendre placidement les faveurs pour vivre. Dès son plus jeune âge, il manifesta une grande soif d'apprendre, surtout dans le domaine religieux. Les plus grandes universités islamiques le virent passer.

Sa formation et ses relations le firent bientôt entrer à la direction de la Ligue islamique mondiale, cet organisme forgé de toutes pièces par l'Arabie saoudite en 1962. Très vite, il se vit confier un rôle précis : les missions secrètes. Sa maîtrise de l'anglais et sa connaissance de l'Occident constituaient pour cela deux atouts inestimables. Il parcourait les pays où vivaient des musulmans, c'est-à-dire le monde entier, d'une façon très discrète. Officiellement, son travail était de rédiger des rapports sur les relations entre l'islam et les États. Officieusement, il était chargé de vérifier que la religion musulmane était bien pratiquée comme il le fallait : pas de promiscuité entre hommes et femmes, pas de sexualité en dehors du mariage, le port du voile conseillé, etc. Tout ce qui ressemblait à la liberté ou au progrès devait être écarté sans pitié.

Et puis, par-dessus tout, la mission d'Al-Talyani était de toujours rappeler la règle de base de l'islam : dans un pays musulman, c'est la religion qui fait la loi. Les gouvernements ne sont là que pour l'appliquer. Les chefs d'État qui oubliaient cette règle se voyaient solennellement avertis qu'ils risquaient des représailles. Comme le roi du Maroc, Mohamed VI, qui avait imprudemment promis une réforme du statut de la femme dans son royaume : un matin, il eut la mauvaise surprise de découvrir un million de manifestants à Casablanca, venus spontanément pour défendre la loi musulmane. Le roi comprit le message et retira aussitôt sa réforme, pourtant bien timide.

L'efficacité d'Al-Talyani faisait donc merveille. Il fut alors appelé dans le cabinet personnel du mufti de La Mecque, un rêve d'enfance. Mais son travail demeurait les missions secrètes, et les négociations secrètes. C'est ainsi qu'il se retrouvait dans cette pièce, en face du cardinal.

* *

La discussion se poursuivit pendant plus d'une heure. Enfin, le cardinal toussota et sortit de sa sacoche un dossier rouge, ficelé par un cordon qu'il détacha.

— Et maintenant, dit-il, je crois qu'il est temps de passer au dernier point à l'ordre du jour. Nous en avons déjà parlé : la Société secrète.

En face de lui, le cheikh soupira imperceptiblement.

— Ah oui, cette fameuse Société secrète. Avez-vous du nouveau à son sujet ?

— Pas vraiment. Mais je vais vous rappeler rapidement de quoi il retourne.

Ayant ouvert le dossier rouge, il en tira trois grandes photos en couleur qu'il disposa sur la table. Elles représentaient trois hommes vêtus à l'occidentale.

— Voici les personnes en question. Celui-ci, à gauche, s'appelle Michel Kowalski : il dirige plusieurs entreprises d'import-export bien implantées en Europe et en Afrique. Celui-ci, au milieu, s'appelle Éric Schneider : il a bien réussi dans les assurances et compte d'ailleurs beaucoup de clients dans les pays arabes. Et celui-ci, à droite, s'appelle Christian Dalleray : il travaille dans l'industrie légère et s'est constitué un bon réseau en Amérique latine.

— Des Français ? questionna le cheikh.

— Oui, et ce sont eux qui ont fondé et qui dirigent la Société secrète.

— Comment s'y sont-ils pris ?

— Oh, de la manière la plus simple qui soit : ils se sont réunis dans un restaurant parisien, il y a une dizaine d'années, et ont décidé de créer une société secrète. Chacun est parti de son côté avec pour mission de recruter le plus de personnes possible. Et ma foi… La réussite a certainement dépassé leurs espérances les plus optimistes ! Dix ans après, leur société secrète est devenue une réalité et elle regroupe environ dix mille hommes et femmes à travers le monde. C'est une organisation très structurée.

— Et ce sont des athées dangereux, souffla le cheikh.

— Tout à fait. Leur but est justement de répandre l'athéisme sur la planète. Quand ils recrutent un nouveau membre, il doit s'engager à rester indépendant de toute religion. En avez-vous déjà repéré quelques-uns chez vous ?

Le cheikh se permit de hausser les épaules.

— Il n'y a pas de sociétés secrètes dans le monde musulman. C'est une spécificité occidentale. Quant à nous, nous les avons fait disparaître avec quelques *fatwas* bien rédigées.

Le cardinal faillit répliquer ce qu'il pensait : pas de sociétés secrètes chez les musulmans ? Et les groupes islamistes, alors ? Et les Assassins ? Et les Frères musulmans ? Mais la diplomatie fut la plus forte et il se mordit la langue. Il préféra poursuivre son exposé.

— Bon, nous en avons déjà parlé, mais il est temps de prendre une décision. Cette société secrète est dangereuse pour nous. Nous devons agir contre elle.

Le cheikh ne semblait guère convaincu.

— Enfin, vous venez de dire vous-même qu'ils ne sont que dix mille. Franchement, croyez-vous qu'ils puissent menacer un milliard de musulmans et deux milliards de chrétiens ?

— Oui, je le crois. Ne confondez pas la quantité et la qualité. Cette société secrète n'a pas recruté n'importe qui. On trouve parmi ses membres des personnalités importantes : plusieurs chefs d'État ou de gouvernement, des directeurs d'entreprises multinationales, etc. Je suis d'accord avec vous, ils ne sont pas nombreux. Mais ils ont beaucoup plus d'influence qu'il n'y paraît. Pour le dire plus crûment, ils sont plus dangereux qu'ils n'en ont l'air.

— Vous pensez qu'il faut les éliminer ?

Le cardinal se caressa le menton.

— Je ne le pense pas. Du moins pour l'instant. Mes amis et moi y avons réfléchi et sommes arrivés à une conclusion : cette société secrète, fondée pour nous combattre, peut être paradoxalement une chance pour nous. Suivez notre raisonnement : pour anéantir ses ennemis, il faut d'abord les connaître. Nous savons qu'il y a parmi les hommes puissants de la planète un certain nombre qui refuse l'autorité de la religion, mais nous ne savons pas lesquels. Avec cette société secrète, nous avons une possibilité de les démasquer.

Le cheikh était tout le contraire d'un imbécile. Il avait déjà compris où voulait en venir son interlocuteur.

— Mon cher cardinal, je suppose que vous avez déjà essayé d'infiltrer cette société secrète avec des hommes à vous ?

— On ne peut rien vous cacher, sourit le prêtre catholique. Nous avons essayé… et réussi. Certains de nos agents sont entrés dans cette organisation. Ils nous envoient de temps en temps des informations. Elles vont toutes dans le même sens : oui, la Société secrète est dangereuse. Elle regroupe des hommes et des femmes d'un niveau socioculturel très élevé. La sélection à l'entrée est rigoureuse et ils refusent beaucoup de candidats. Grâce à ce système, ils disposent d'un matériel humain terriblement efficace et de moyens financiers difficiles à chiffrer, mais sûrement importants.

— Et maintenant ? interrogea le cheikh.

— Et maintenant, nous allons passer à la première phase de notre plan. L'identification. Nous devons localiser les présidents, les politiciens, enfin tous les hommes de pouvoir qui sont membres de la Société secrète, ou qui sont en relation avec elle.

— Et la deuxième phase ?

— Une fois ces hommes repérés, il faudra étudier les moyens de les neutraliser. C'est-à-dire de les écarter des postes qu'ils occupent actuellement et de les remplacer par des hommes un peu plus proches de la religion. Si nous arrivons à renverser un président laïc et à lui substituer un religieux, ce sera une formidable victoire. Donc, dans un premier temps, surveiller de près la Société secrète.

Il eut un petit rire bref.

— Comme je l'ai dit tout à l'heure, cette organisation créée pour nous combattre va devenir notre meilleure alliée, bien involontairement. Et puis, je vois plus loin. Ces hommes sont des Français. Or, la France est un pays qui nous pose un problème. Les Français sont des gens un peu particuliers.

— C'est ce qu'il m'a semblé au cours de mes voyages ! sourit le cheikh.

— Oh, j'adore leur cuisine et j'admire leur patrimoine unique au monde. Mais les Français maintiennent dans leur constitution ce qu'ils appellent la laïcité. C'est une barrière hermétique entre l'État et la religion. Une horreur, pour nous et pour vous. Voilà un siècle que nous essayons de la faire disparaître, sans succès. Mais la Société secrète va peut-être nous aider. Si nous repérons ces membres, nous pourrions arriver à les discréditer et à faire abolir la laïcité française. Ce serait un des plus beaux jours de ma vie !

Mais le cheikh réfléchissait très vite.

— Je vous suis très bien, mon cher. Seulement, la Société secrète ne se laissera pas faire. Elle s'apercevra que vous l'avez infiltrée et, si elle est aussi bien organisée que vous le dites, elle réagira. Ne pensez-vous pas qu'il faudrait envisager une troisième phase ?

— La détruire physiquement ? dit tranquillement le cardinal. Bien sûr, nous l'avons envisagé. Mais le faire tout de suite serait une erreur, car les hommes de pouvoir qui en font partie nous échapperaient. Il vaut mieux procéder comme je vous l'ai expliqué. Cela étant dit...

— Cela étant dit ?

— Il est clair que ces personnes sont nos ennemies et ne nous feront aucun cadeau. Et si le christianisme et l'islam font alliance, c'est justement pour combattre leurs ennemis communs. Alors... Alors, quand nous aurons épuisé les deux premières phases et que la Société secrète ne nous sera plus d'aucune utilité, il faudra penser à l'anéantir, elle et ses membres. De quelle manière, nous aurons le temps de l'étudier. Bien entendu, cette décision devra être prise conjointement entre nous et vous, et mise à exécution par nous et vous également. Pour le moment, je le répète, restons-en aux deux premières phases.

Le cheikh, avec des gestes lents, s'empara des photos posées sur la table. Pensivement, il observa ces trois visages.

— C'est étrange, dit-il. Je ne connais pas ces hommes. Je ne les ai jamais rencontrés. Pourtant, ce sont mes ennemis. Allah seul peut comprendre ce paradoxe.

Il reposa les photos. Le cardinal les saisit et en sélectionna une qu'il jeta entre son interlocuteur et lui. Elle représentait un homme brun, entre trente et quarante ans, photographié à la terrasse d'un café (probablement à Paris) en train de déplier un journal.

— Voici le plus dangereux des trois. Christian Dalleray. Toutes les informations que nous recevons concordent : c'est le plus antireligieux, le plus extrémiste de ces hommes. C'est lui qu'il faudra surveiller en priorité. En fait, il faudra épier ses moindres faits et gestes.

Il plongea son regard dans les yeux profonds du cheikh.

— Quant à vous, je vous conseille néanmoins de surveiller votre territoire. Vous me dites qu'il n'y a pas de sociétés secrètes dans le monde musulman, mais celle-ci semble implantée partout.

— Je suivrai votre conseil. Maintenant, faut-il mettre ces belles résolutions par écrit ?

— Bien sûr, comme nous le faisons systématiquement. Nos collaborateurs vont s'en charger.

En effet, leurs accompagnateurs rédigèrent aussitôt un rapport de réunion, en anglais et en arabe. Le passage le plus important était le suivant :

... Concernant cette organisation que nous désignons sous le nom de Société secrète, décision est prise de la considérer à partir de ce moment comme une structure complètement et définitivement ennemie de la loi religieuse, qu'elle soit chrétienne ou musulmane. En conséquence, notre Commission ordonne de la surveiller d'aussi près que possible, de démasquer ses membres où qu'ils se trouvent et de les mettre hors d'état de nuire aux religions. Quant à une élimination totale et physique de cette organisation, notre Commission décide qu'elle n'est pas à l'ordre du jour actuellement, mais ne l'exclut pas pour l'avenir...

Le rapport, comme d'habitude, fut signé par toutes les personnes présentes. Chaque délégation conserva une copie.

Ils rangèrent leurs affaires, leurs documents, leurs stylos. Le cardinal referma le dossier rouge qu'il glissa dans sa sacoche. Ensuite, tous se levèrent et se dirigèrent vers la porte. Avant de l'atteindre, ils s'arrêtèrent pour se serrer la main.

— Eh bien, je vous souhaite un bon retour à La Mecque, dit le cardinal.

— Et moi, je vous souhaite un bon voyage jusqu'à Rome, répondit le cheikh. Saluez tous les amis que j'ai là-bas. Pour notre prochaine réunion, nous procéderons comme d'habitude ?

— Bien entendu. Je vous contacterai, ou vous me contacterez, par le canal habituel. Quand ? Dieu seul le sait. Mais en ce moment, il semble nous être plutôt favorable.

Ils sortirent et refermèrent la porte. La Commission secrète venait de se séparer. La pièce demeura vide et silencieuse, avec la table et les chaises bien rangées. Personne ne pouvait savoir ce qui venait de s'y passer.

La Société secrète

Paris, boulevard de Strasbourg

Le temps n'était ni bon ni mauvais, comme souvent à Paris. En fait, il faisait plutôt chaud pour la saison, mais un petit vent sournois venait surprendre les imprudents qui s'étaient habillés légèrement. Christian Dalleray remontait le boulevard de Strasbourg, sans se presser, avec un journal plié dans la main droite et une sacoche dans la main gauche. Il observait le décor familier de cette artère : les coiffeurs pour Noirs, les restaurants tunisiens, les théâtres. Étrange mélange témoignant de l'évolution de la société française.

Il s'arrêta devant la vitrine d'une pharmacie pour rectifier sa veste et ses cheveux. La vitre lui renvoyait l'image d'un homme approchant de la quarantaine, mais qui conservait la vigueur de la jeunesse. Brun, visage ovale, vêtu de noir avec une cravate bleue à motifs beiges, plutôt grand de taille. En fait, Dalleray se sentait mieux dans sa peau qu'à l'âge de vingt ans. La vie l'avait ouvert sur le monde et il s'en félicitait.

Il reprit sa marche et, un peu plus loin, entra dans une brasserie. Le propriétaire, un Kabyle nommé Hassan, le reçut avec un sourire.

— Salut. Voilà longtemps qu'on ne te voyait plus par ici.

— J'aime bien voyager, répondit-il évasivement. Tu me fais un café ?

Il posa les yeux sur l'ardoise accrochée au bout du comptoir et lut à voix haute :

— *Plat du jour : pavé de bœuf aux herbes...* Mais franchement, Hassan, tu ne pourrais pas te renouveler un peu ? Tu fais ça chaque semaine, ou presque !

Vexé, Hassan haussa les épaules.

— Écoute, si tu préfères les sandwiches grecs, il y en a juste à côté. Ici, on fait de la vraie cuisine !

Et il s'éloigna. Dalleray s'en voulut d'avoir involontairement froissé ce brave Kabyle qu'il aimait bien. Il but son café en parcourant le journal. Puis il déposa quelques pièces à côté de la tasse avant de ressortir.

Il changea de trottoir, puis remonta le boulevard jusqu'au numéro 38. Là, il entra sous un porche sombre. Celui-ci donnait sur une cour pavée. Mais à gauche de l'entrée apparaissait un vieil escalier en bois et c'est là qu'il s'engagea. Les marches grincèrent sous ses chaussures pendant qu'il montait. Il parvint au quatrième étage et se présenta devant une porte. Une plaque indiquait : France-Dom, conseil en domiciliations d'entreprises. Il sonna par politesse et entra.

Le décor qu'il découvrit était typiquement celui d'une société de domiciliations : les murs disparaissaient sous les étagères subdivisées en casiers numérotés dans lesquels attendait patiemment le courrier, lettres ou paquets. Pour le reste, la pièce contenait l'habituel bureau équipé d'un ordinateur et d'un téléphone. Une jeune secrétaire était assise derrière, en train de ranger des dossiers.

— Bonjour, Céline, lui dit-il gentiment.

Céline Ravaux, secrétaire de France-Dom, était le genre de fille qui ne laissait aucune chance aux messieurs. Ou bien elle portait un soutien-gorge, mais alors elle enfilait un chemisier transparent, ou bien elle daignait mettre une chemise normale, mais alors elle ôtait le soutien-gorge et faisait sauter le tiers des boutons. Ce jour-là, c'était le soutien-gorge et le chemisier transparent...

— Bonjour, Cléanthe, répondit-elle en se levant.

Cléanthe était le *nomen mysticum*[1] de Dalleray dans la Société secrète. C'était ainsi qu'il fallait l'appeler dès que la porte les avait coupés du monde extérieur. Il fit la bise à la secrétaire. Il adorait Céline, une fille d'une incroyable gentillesse.

— Zénon est déjà là, dit-elle. Dans le bureau voisin. Il vous attend.

— Merci, ma petite. Du courrier ?

— Je l'ai mis dans la case habituelle.

— Je verrai tout à l'heure.

Il passa dans la pièce suivante. Un homme, fort et vigoureux, observait par la fenêtre le boulevard de Strasbourg. Il tourna la tête.

— Salut, Cléanthe, tu as l'air en forme.

— Salut, Zénon, répondit sobrement Dalleray.

Zénon était le *nomen mysticum* de Michel Kowalski, le deuxième dirigeant de la Société secrète. Ils se serrèrent la main.

---

1 Le nom secret.

— Notre Céline chérie est impressionnante aujourd'hui, fit remarquer Dalleray.

Kowalski répondit en éclatant de rire. En effet, tout le monde savait bien que la jolie Céline Ravaux était toujours vierge. Elle affolait les mâles avec des tenues plus qu'audacieuses, mais... cela s'arrêtait là. Le travail terminé, elle rentrait bien sagement dans son appartement de Vincennes pour se faire la cuisine et regarder la télévision avant de se coucher. Impossible de lui reprocher quoi que ce soit : elle était trop gentille.

Ils discutèrent pendant un moment, échangeant des nouvelles. Au bout d'un quart d'heure, un éclat de voix à côté les informa de l'arrivée de quelqu'un. La porte s'écarta pour laisser passer un homme d'une cinquantaine d'années, corpulent, avec de fines lunettes en métal, portant un attaché-case.

— Salut, les amis.

— Salut, Chrysippe !

Il s'agissait du *nomen mysticum* d'Éric Schneider, le troisième dirigeant de la Société Secrète. Il leur serra la main à son tour et ils discutèrent cinq minutes. Puis Zénon (autrement dit Kowalski) regarda sa montre.

— Bon, il faudrait y aller.

— Eh bien, allons-y, répondit Cléanthe (autrement dit Dalleray) du tac au tac.

Ils retournèrent dans la première pièce où Céline tapotait sur son ordinateur.

— Ma chère, dit Kowalski, nous allons commencer la réunion. Vous savez ce qu'il faut faire, n'est-ce pas ?

— Oui, Zénon. Si des gens viennent, je les ferai patienter ou je leur dirai de revenir plus tard. Soyez tranquilles.

Les trois hommes faisaient totalement confiance à la jeune secrétaire. Elle était membre de la Société secrète, elle était dévouée et elle connaissait les consignes. Jamais elle n'avait commis la moindre bévue. Ils disparurent donc dans une autre pièce et refermèrent la porte à clé. Céline entendit la serrure qui grinçait.

Elle se remit à taper sur son clavier en observant l'écran. Le silence l'entourait désormais. Elle montait la garde. Personne au monde ne pouvait savoir, ne devait savoir ce qui se passait derrière cette porte.

* *

La pièce donnait sur la cour, mais on ne la voyait pas, car les fenêtres étaient fermées et les stores baissés. Elle contenait quelques armoires et surtout une table ronde au milieu. Les trois hommes ajustèrent leur cravate, relevèrent leur veste. Puis ils placèrent trois chaises autour de la table et, au centre de celle-ci, une bougie.

— Bon, nous pouvons y aller, dit Kowalski.

Schneider éteignit la lumière électrique et Dalleray alluma la bougie. La lueur de cette dernière transforma alors la salle en une sorte de caverne mystérieuse. Ils se placèrent chacun debout derrière une chaise. Ce jour-là, c'était Kowalski qui dirigeait la réunion. Il s'adressa donc à ses deux camarades.

— Mes amis, avant de commencer, remplissons les formalités voulues par notre règlement interne. Tout d'abord, confirmons nos identités. Toi, confirmes-tu être Chrysippe, géronte de la Société secrète ?

— Oui, répondit Schneider.

— Et toi, confirmes-tu être Cléanthe, géronte de la Société secrète ?

— Oui, répondit Dalleray.

— Et moi, je confirme être bien Zénon, lui aussi géronte de la Société secrète. Maintenant, jurons de garder le secret de tout ce qui sera dit au cours de cette réunion.

Les trois bras se levèrent par-dessus la table, dans le geste classique du serment.

— Je le jure ! dirent-ils en chœur.

— À présent, reprit Kowalski, nous pouvons nous asseoir et commencer.

Ils tirèrent les chaises et s'assirent. La flamme de la bougie trembla et vacilla sous le souffle qu'ils provoquaient. Ce rituel était classique pour eux, puisqu'ils l'avaient élaboré eux-mêmes. Ils étaient les gérontes, autrement dit les dirigeants suprêmes de la Société secrète. Et ils se réunissaient, comme tous les mois, pour traiter des affaires de leur organisation.

Ils ouvrirent leurs sacoches, en tirèrent des documents qu'ils déposèrent devant eux, avec des stylos.

— D'abord, dit Kowalski, voyons l'ordre du jour qui va nous occuper.

Il prit un feuillet dactylographié et lut à haute voix :

— Premièrement, et comme à l'accoutumée, chacun de nous va devoir faire un rapport détaillé sur les activités de son secteur. Deuxièmement, nous aurons à parler du thème, toujours délicat, du financement. Troisièmement, nous terminerons par une tâche un peu plus amusante : le changement d'identité de nous tous. Essayons d'aller vite, dans la mesure du possible.

Il se tourna sur la gauche, vers Schneider.

— Chrysippe, vous avez la parole. Nous vous écoutons avec attention.

— Je vous remercie, Zénon, répondit Schneider.

Il rajusta ses lunettes et, à la lueur de la bougie, se mit à lire le rapport qu'il avait préparé. Un texte précis, complet, presque scientifique. Il en était toujours ainsi avec Schneider. Tout simplement parce que c'était sa formation.

Il expliqua donc qu'il avait rendu visite aux groupes qui dépendaient de lui, dans l'est de la France, mais aussi en Allemagne et en Turquie. Les nouvelles n'étaient d'ailleurs pas franchement bonnes : plusieurs groupes se voyaient au bord de la disparition, par manque d'argent ou d'adhérents. En revanche, il s'en créait quelques nouveaux. Schneider recrutait surtout dans les milieux des assurances et de la banque, parce que c'était son métier. Il conclut en annonçant qu'il envisageait de modifier un peu la structure de son secteur, car le fonctionnement des groupes ne le satisfaisait pas.

Son rapport ainsi achevé, il écarta le dernier feuillet. Net, efficace et presque froid. Ainsi travaillait Chrysippe, c'est-à-dire Schneider. L'influence germanique marquait son éducation.

— Je te remercie, lui dit Kowalski.

Il se tourna sur sa droite, vers Dalleray.

— Maintenant, Cléanthe, c'est toi que nous allons écouter.

Dalleray commença son propre rapport. Sa méthode était bien différente de celle de Schneider : il avait des notes jetées sur une feuille, mais seulement pour se donner des repères. Ensuite, les mots coulaient de sa bouche comme ils venaient. Une autre éducation, un autre caractère.

Il informa lui aussi de l'actualité des groupes de son secteur. Celui-ci, en dehors de l'Europe, s'étendait essentiellement sur l'Amérique latine. Là-bas, il recrutait beaucoup dans la petite et moyenne industrie, profitant de ses relations dans cette branche. Justement, il dut annoncer la dissolution ou la mise en sommeil de quelques groupes en Colombie et au Chili. En revanche, ceux de l'Uruguay et de l'Argentine se développaient, grâce à la proximité de Montevideo et de Buenos Aires qui leur permettait de s'entraider. Il envisageait du reste d'organiser un congrès général de ses groupes en Amérique du Sud, quand il aurait trouvé de l'argent pour cela. De la même manière, il planifiait de convoquer les dirigeants de ses groupes du midi de la France afin de resserrer les liens entre eux. Au total, affirma-t-il, son secteur avoisinait à présent les trois mille membres. Mais il annonça également la radiation de quelques personnes. Car c'était sa philosophie : ceux que l'on sentait insuffisamment motivés devaient être écartés sans délai, dans leur propre intérêt et dans celui de la Société secrète. Ce fut d'ailleurs sa conclusion.

Kowalski la reçut avec le petit sourire de celui qui connaît bien son interlocuteur.

— Je te reconnais bien là, Cléanthe, dit-il. Dix ans que nous travaillons ensemble et tu ne changes pas. J'ai l'impression que tu ne changeras jamais... Bon, je crois que c'est mon tour.

Il prit ses feuillets et lut son propre rapport. Son secteur personnel couvrait à peu près l'Europe et l'Afrique francophone. C'était là qu'il recrutait, car ses affaires d'import-export lui y ouvraient bien des portes. Justement, il revenait de Dakar, où il avait réuni ses adhérents. Apparemment, l'ambiance semblait plutôt bonne. Mais l'instabilité politique de quelques pays africains jetait une certaine ombre sur l'avenir. Cependant, ce qui constituait en principe un handicap pouvait devenir une chance : des hommes, occupant des postes élevés sur le continent, seraient peut-être enclins à revenir vers la Société secrète après s'en être éloignés. En conclusion, il affirma que son secteur atteignait maintenant les quatre mille personnes, même s'il ne pourrait garantir l'assiduité de tout ce joli monde.

Il reposa son feuillet. La flamme de la bougie vacillait encore. Les visages des trois hommes ressemblaient de plus en plus à des reliefs rupestres.

— Bon, dit encore Kowalski. Nous n'en avons pas parlé dans nos rapports, mais je pense que le sujet était sous-jacent : la situation internationale. Autrement dit, l'islamisme et la tension entre l'Occident et le monde musulman. Je vous le demande : comment réagissent vos groupes à cette actualité ?

Schneider, qui était bien implanté en Turquie et dans plusieurs pays arabes, se sentit directement concerné.

— Mes adhérents sont inquiets. Pour l'instant, il n'y a aucune répression particulière des gouvernements, mais ils craignent que cela n'arrive. Il faudrait mettre fin à ce terrorisme islamiste qui nous empoisonne.

— Nous n'en avons pas le pouvoir, Chrysippe, répondit Kowalski. Et toi, Cléanthe, qu'as-tu à dire ?

— Ma foi, soupira Dalleray, tu viens toi-même de le souligner : nous n'avons aucun pouvoir. Que pouvons-nous faire ? Simplement défendre nos membres s'ils sont menacés. Préparons-nous à cette éventualité. Pour le reste… Je voudrais cependant ajouter une réflexion : nous souhaitons tous éviter un affrontement général entre l'Occident et le monde musulman. Mais si, malheureusement, il survient, les choses doivent être claires : nous sommes des Occidentaux et partie intégrante de la culture occidentale. C'est ainsi. Franchement, pouvez-vous me citer un seul pays musulman qui autorise les sociétés secrètes ? À part la Turquie, qui est une république laïque, je n'en vois aucun. L'islam interdit tout ce qui n'est pas intrinsèquement musulman. Le fait même d'être une société secrète nous met automatiquement en marge de cette religion. Dès lors, respectons Mahomet et ses fidèles, évidemment, mais soyons conscients que, pour l'instant, nous sommes de l'autre côté de la barrière.

— Voilà qui est dit avec clarté, remarqua Kowalski. Enfin, répétons-le : nous n'avons pas le pouvoir de changer le monde. Il faudra s'adapter à ce qu'il est.

Il revint à l'ordre du jour.

— Bon, nous allons passer au deuxième point. En écoutant les rapports, nous avons pu constater une fois de plus que notre problème principal était et demeurait toujours le même : l'argent, l'argent, l'argent ! Inutile de nous leurrer : nous savons parfaitement que c'est le nerf de la guerre. Pour nous et pour les autres. Disons-le plus crûment : nos moyens financiers ne sont plus à la hauteur de nos ambitions. En ce qui me concerne, mes groupes n'arrêtent pas de me demander des sous, et je suppose qu'il en est de même dans vos secteurs. Alors, je vais droit au but : que faire pour en trouver ? Notre ami Chrysippe a proposé plusieurs fois de faire un emprunt bancaire, mais Cléanthe s'y est toujours opposé.

— En effet, confirma fermement Dalleray. Je rejette catégo-ri-quement les emprunts, de quelque nature qu'ils soient. Il est facile d'emprunter, mais ensuite il faut rembourser ! Si nous avons un besoin urgent de liquidité, je préfère encore que nous achetions une poignée de valeurs en bourse. Au moins, si les cours baissent, nous n'aurons rien à restituer.

— Je ne suis pas d'accord, répondit Schneider. J'ai de bonnes relations dans les milieux bancaires, puisque c'est mon domaine. Je peux obtenir un prêt à des conditions très avantageuses. Je n'aurais qu'à le faire à titre personnel et cela passera inaperçu. En tout cas, mes groupes me soutiennent dans cette démarche.

— Bien, intervint Kowalski. Chacun de nous jouit d'une grande autonomie dans son secteur et peut donc prendre des initiatives, mais je vous rappelle que nous sommes ici pour discuter de la Société secrète en général et que nous devons donc prendre des décisions collectives. Malheureusement, à ce niveau-là, je n'en vois qu'une qui s'offre à nous : augmenter les cotisations. Elles sont actuellement de six cent cinquante euros par an. Je propose de les porter à sept cent cinquante euros.

— Mais nos adhérents vont protester ! gémit Schneider. Pour certains d'entre eux, c'est une somme importante. Je crains d'en décourager quelques-uns.

— C'est un risque à courir, répliqua Dalleray. Quand nous avons créé la Société secrète, c'est moi-même qui ai proposé de fixer délibérément des cotisations élevées. Écoutez, notre organisation a besoin d'hommes et de femmes motivés. Nous ne pouvons nous encombrer de ces hurluberlus qui viennent par simple curiosité et vous savez qu'il s'en glisse partout. Le fait que les cotisations soient importantes les décourage. Je maintiens que nous devons poursuivre cette politique. Un homme ou une femme qui accepte de payer cette somme démontre qu'il est réellement prêt à investir son temps dans nos activités.

— Mais si nous continuons à augmenter les cotisations, nous allons bientôt concurrencer le Rotary Club ! s'écria Schneider. Notre vocation n'est pas de devenir un cercle de milliardaires. Du moins, je l'espère.

— Mon cher Chrysippe, tu as raison sur le fond, dit Kowalski. Mais nous avons absolument besoin de liquide en ce moment et la seule solution qui s'offre à nous est celle-ci. Je vous propose un compromis : nous allons porter la cotisation annuelle à sept cent cinquante euros, mais nous nous engagerons auprès de nos membres à ne plus la modifier pendant les cinq prochaines années. Ensuite, au niveau de nos secteurs respectifs, je vous répète que nos statuts nous laissent une large autonomie : chacun de nous pourra trouver la source de financement qu'il voudra. À condition d'en informer ponctuellement les autres, ici même, au cours de nos réunions.

La proposition fut acceptée. L'augmentation de la cotisation était officialisée. De son côté, Schneider ferait l'emprunt bancaire qu'il avait annoncé. Et dans son propre secteur, Dalleray s'efforcerait d'acquérir quelques valeurs boursières.

Le problème résolu (si l'on pouvait dire, puisqu'en matière d'argent rien n'est jamais résolu définitivement), Kowalski passa au dernier point de l'ordre du jour.

— Eh bien, nous allons terminer par un sujet un peu plus drôle : le changement de nos noms. Nous en avons déjà parlé et je crois qu'il est temps de le faire. Voilà dix ans que nous nous appelons Zénon, Cléanthe et Chrysippe. Nous avons plusieurs témoignages qui nous prouvent que ces noms sont déjà connus en dehors de notre Société secrète. Cela représente un danger pour nous. Mieux vaut en changer.

— Et comment nous appellerons-nous désormais ? demanda Dalleray.

— J'ai eu une idée amusante. J'espère qu'elle vous plaira.

Kowalski plongea la main dans sa sacoche et en sortit un jeu de cartes. Plus exactement, un tarot de Marseille.

— Mes amis, vous connaissez le tarot. Il comprend soixante-dix-huit cartes. Nous allons prendre les trois premières cartes masculines.

C'est ce qu'il fit. Il sortit trois lames du jeu. Le Bateleur, l'Empereur et le Pape. Il les posa sur la table. Les couleurs brillèrent sous la faible lumière de la bougie.

— Chacun de nous va prendre une de ces cartes, expliqua Kowalski. Elle lui servira dorénavant de *nomen mysticum*. Il lui suffira de la montrer pour se faire reconnaître des membres de notre Société secrète.

C'était original, et plutôt amusant.

— On prend n'importe laquelle, au hasard ? interrogea Dalleray.

— J'ai une meilleure idée : nous allons tirer au sort. Tiens, Schneider, mélange-les.

Schneider mêla les trois cartes, puis les rendit à Kowalski. Celui-ci, après une inspiration, prit la première et la jeta sur sa droite : elle traversa la table pour atterrir devant Dalleray. Il jeta la deuxième sur sa gauche, devant Schneider. La troisième resta posée devant lui. Trois petits rectangles de bristol. Presque insignifiants.

— Et maintenant, retournons-les, reprit Kowalski.

Il retourna la sienne : c'était le Pape. Schneider retourna la sienne : c'était l'Empereur. Dalleray retourna la sienne : c'était le Bateleur.

— Voilà comment nous nous appellerons désormais, s'écria Kowalski. Nous devrons employer ces noms entre nous en toutes circonstances. Pour ma part, je trouve qu'ils sont plutôt jolis. Évidemment, tous les chefs de zone de notre Société secrète vont eux aussi recevoir un nom tiré du tarot. En nous appelant, nous aurons l'impression de dire la bonne aventure !

Dalleray cala sa carte sur sa paume pour l'observer. Elle représentait un jeune homme coiffé d'un large chapeau en train de faire le bonimenteur dans une foire. Le Bateleur. C'était ainsi qu'il s'appelait dorénavant. Son cœur se serra en pensant que plus jamais on ne l'appellerait Cléanthe. Dix ans, c'est long.

— Si personne n'a rien à ajouter, dit Kowalski, nous allons clore la réunion.

Personne n'avait rien à ajouter. Ils se levèrent et se tinrent debout.

— Mes amis, annonça Kowalski, nous venons de célébrer notre réunion mensuelle. Maintenant, nous allons rejoindre nos groupes pour les informer des décisions que nous venons de prendre. Mais avant de nous séparer, jurons encore de garder secret de tout ce que nous venons de dire.

— Je le jure ! dirent-ils ensemble.

Ils éteignirent la bougie, actionnèrent la lumière électrique, puis tournèrent la clé dans la serrure pour rouvrir la porte. Les trois gérontes de la Société secrète avaient terminé leur discussion. Et personne au monde ne pouvait être au courant. Ils refermèrent la porte en sortant.

* *

Ils retrouvèrent Céline, toujours affairée sur son ordinateur. Elle se leva en les voyant.

— Alors, votre conversation a été fructueuse ?

— Excellente, ma petite, répondit Kowalski. Ah, une de nos décisions vous concerne : nous venons de changer nos noms secrets. Il n'y a plus de Zénon, de Chrysippe et de Cléanthe. À partir d'aujourd'hui, je suis le Pape, Schneider est l'Empereur et Dalleray est le Bateleur.

— Mais c'est affreux ! s'écria-t-elle. Franchement, je préférais les précédents !

— Vous disiez la même chose des précédents ! sourit-il. D'ailleurs, je vais vous donner le vôtre.

Il lui tendit une carte du tarot : la Lune. Elle éclata de rire.

— La Lune ? Je m'appelle comme ça, maintenant ?

— Oui, ce sera votre *nomen mysticum*.

— Eh bien, va pour la Lune ! dit-elle en prenant la carte et en la glissant dans son sac à main.

Les messieurs lui firent la bise pour prendre congé. Ils redescendirent l'escalier en bois qui grinça avec douleur sous leur poids. En réalité, l'entreprise France-Dom n'était rien d'autre qu'une façade pour la Société secrète. Elle avait été fondée par les trois gérontes qui avaient confié la direction à un de leurs hommes.

Ils mangèrent à la brasserie, ce pavé de bœuf que Dalleray avait reproché à Hassan. Après le café, ils se retrouvèrent sur le trottoir. Les gens passaient auprès d'eux sans leur prêter attention.

— Nous allons nous quitter, dit le Pape. En ce qui me concerne, je prends demain l'avion pour Nouakchott. Je vais y signer un contrat important, et j'en profiterai pour m'occuper du groupe que j'ai là-bas.

— Moi, je pars en Bulgarie, ajouta l'Empereur. Je n'y ai aucun groupe, mais peut-être trouverai-je un volontaire pour en créer un.

Le Bateleur écarta les bras.

— Vous en avez de la chance ! Moi, je ne vais nulle part. Je m'occupe de mes affaires à Paris. Envoyez-moi des cartes postales !

Ils se serrèrent la main. À ce moment, une curieuse émotion parcourut le Bateleur. Dix ans. Dix ans qu'ils dirigeaient ensemble la Société secrète. Ils avaient traversé bien des épreuves, livré bien des combats. Toujours solidaires, toujours unis. Il s'aperçut que ces deux hommes étaient ses meilleurs amis. Peut-être ses seuls amis.

— À bientôt !

Le Pape remonta dans sa Laguna qui se perdit parmi le flot de la circulation. L'Empereur redescendit le boulevard vers le carrefour de Strasbourg–Saint-Denis où il allait prendre le métro.

Le Bateleur soupira. Il boutonna sa veste en observant le ciel qui grisonnait. Puis il se dit que les interrogations existentielles ne l'aideraient pas à cirer ses chaussures et il s'éloigna à son tour.

**

Il marcha jusqu'à la rue de Paradis, toute proche. Au numéro 50, France-Dom avait acquis deux étages regroupant sept bureaux qu'elle louait à la journée, à la semaine ou au mois. Le Bateleur en avait un pour lui, un petit local de 15 m^2 équipé d'une table de travail avec des tiroirs, d'un ordinateur, d'un téléphone et d'un fax. Il s'y installait deux jours par semaine, en toute discrétion. En effet, la location était faite par l'entreprise France-Dom elle-même sous le nom d'un employé. Il bénéficiait donc d'un anonymat total en venant dans ces lieux. Une fois la porte refermée, il se retrouvait comme coupé du monde. C'était depuis cet endroit qu'il dirigeait la Société secrète.

La plupart des gens qui connaissaient Christian Dalleray le considéraient comme un garçon de bonne famille, bien de sa personne, intelligent et travailleur. Les femmes s'étonnaient de le voir encore célibataire, car son physique était tout sauf désagréable. Il occupait un poste à l'Institut français de l'industrie légère, même s'il avait pris un peu de recul, jouissant de ce privilège en remerciement de précieux services rendus dans le passé. En fait, il était simplement un jeune homme qui avait réussi et quand il marchait dans les rues de la capitale en tenant sa sacoche à la main, rien ne le distinguait des autres messieurs qui défilaient sur le trottoir.

Les gens auraient été bien surpris d'apprendre que Christian Dalleray, une fois sa journée de travail terminée, se métamorphosait et devenait le chef d'une société secrète. Une surprenante double vie qui lui plaisait. Christian Dalleray pendant le jour, le Bateleur pendant la nuit. Un aventurier clandestin, en quelque sorte.

Ayant fermé la porte à clé, il ôta sa veste et la pendit au dossier de la chaise. Puis il s'assit et ouvrit un gros mémorandum bien rempli. Il consulta l'agenda et le répertoire pour se donner une idée des tâches à accomplir. Après quoi, il brancha l'ordinateur. Pendant deux heures, il envoya et reçut des messages, donna des coups de téléphone sans cesser de prendre des notes. Très simplement, il régissait la Société secrète. C'était son existence. Depuis longtemps. Si longtemps…

Christian Dalleray était né à Carcassonne, dans une famille dont le signe particulier était de n'en avoir aucun. Tout au plus son père, employé au Conseil général du département, aurait-il pu se vanter d'une médaille militaire et sept citations récoltées en Indochine, mais il n'aimait pas se mettre en avant. Quant au petit Christian, il ressemblait rigoureusement à tous les gamins qui gambadaient sous les remparts de la vieille cité audoise. Bref, un anonymat total, presque caricatural, qui aurait pu s'imposer pour l'éternité si un mince événement n'était pas venu bousculer le destin.

Un jour, le poste de télévision familial (en noir et blanc) amena devant ses yeux d'enfant *Les Disparus de Saint-Agil*, le célèbre film des années trente avec le mythique Eric Von Stroheim. Ce fut un choc. Mieux encore : une illumination. L'histoire de ces trois écoliers se réunissant en cachette pendant la nuit pour échafauder des projets mystérieux marqua profondément son esprit juvénile. Il cherchait l'aventure bien loin, alors qu'elle était tout près...

Il alla même plus loin en voulant imiter les héros du film. Il convainquit deux camarades de suivre son exemple. Tous trois formèrent une mini-bande clandestine : ils se rencontraient dans des endroits convenus à l'avance, se faisaient des signes de reconnaissance, échangeaient des messages codés par la poste, etc. Pour leur âge, c'était plutôt réussi ! Mais les deux camarades, en réalité, agissaient surtout pour faire plaisir à Christian. Ces jeux ne les enthousiasmaient pas vraiment. Ils finirent par se lasser et Christian se retrouva seul.

Qu'importait. Il avait trouvé sa voie. Les sociétés secrètes... Le sujet était devenu sa vie. Il courait les bibliothèques, lisait tous les livres sur ce thème. À seize ans, il en savait autant sur les franc-maçons, les rose-croix, les illuminés de Bavière ou les carbonari que sur le championnat de rugby. D'ores et déjà, son idée était claire : fonder sa propre société secrète. Un projet bien dissimulé dans sa tête et qu'il porta pendant toute sa jeunesse.

Bien sûr, il savait que sa modeste ville de province ne lui permettrait pas de réaliser ses vœux. Il n'en éprouvait aucun regret. Il ne pensait qu'à partir, pour découvrir le vaste monde. À vingt ans, il débarqua donc à Paris, avec un sac de sport renfermant ses affaires, un chéquier et quelques vagues diplômes. Grâce à une relation familiale, il parvint à entrer à l'Institut français de l'industrie légère, un organisme semi-public, semi-privé, à mi-chemin entre la fondation de recherche et l'entreprise, qui avait pour but de faire connaître la petite industrie française au reste du monde. Évidemment, il était paradoxal pour lui, littéraire de formation et de caractère, d'intégrer une structure industrielle, mais il faut bien gagner sa vie.

D'ailleurs, ses dirigeants ne regrettèrent pas de l'avoir engagé. Il allait leur rendre service en profitant d'un élément qui jouait en sa faveur : sa parfaite connaissance de la langue espagnole, pratiquée avec des cousins d'origine ibérique et perfectionnée par de fréquents voyages au-delà de la frontière. En faisant le tour des ambassades, il se procura des journaux et revues de tous les pays latino-américains et passa des heures à les parcourir en s'attardant plus particulièrement sur les pages économiques, les publicités et les petites annonces. Il put établir de la sorte une liste de plusieurs centaines d'entreprises dont certaines étaient perdues au fond des Andes ou de la Pampa. En ce temps, Internet n'existait pas et son initiative avait le mérite de l'originalité ! Il adressa à ces personnes des courriers en leur expliquant ce que l'I.F.I.L. pouvait leur apporter. Et il reçut des réponses. En moins de six mois, il put établir un fichier de plusieurs centaines de petites entreprises industrielles, éparpillées du Mexique à l'Argentine. Il se mit à leur expédier des piles électriques, des vis, des boulons, enfin toutes ces petites choses si insignifiantes qu'on ne leur prête aucune attention et sans lesquelles, pourtant, l'industrie ne pourrait exister.

Stupéfaits par cette réussite, les dirigeants de l'I.F.I.L. lui offrirent un beau bureau, une secrétaire et des responsabilités. Il prit alors l'avion et se rendit en Amérique latine pour prospecter ces immenses territoires. Un jour à Montevideo, le suivant à Bogota… Il dormait dans des hôtels d'aéroport et revenait à Paris la sacoche pleine de contrats. Si jeune et déjà réputé dans son métier…

Soit. Mais tout cela ne lui avait pas fait oublier le rêve de sa vie : la société secrète. « Sa » société secrète. Il y pensait sans arrêt.

Seulement, et ses lectures le lui avaient clairement fait comprendre, on ne s'improvise pas chef d'une organisation clandestine. Il faut des connaissances, de l'expérience. Autrement dit, une formation. Or, dans ce domaine si particulier, le monde occidental ne compte qu'une école vraiment reconnue par tous : la franc-maçonnerie. Il décida d'en passer par là.

Il demanda son affiliation au Grand Orient de France. On lui fit passer les formalités prévues pour cela et, comme il n'avait aucune sympathie pour l'extrême droite (la seule condition requise), il fut admis. Le jour venu, il se présenta au prestigieux bâtiment de la rue Cadet et… cela commença mal. En effet, l'ayant conduit au cabinet de réflexion, on l'y oublia complètement et le malheureux y resta enfermé toute la nuit ! Une anecdote incroyable qui fit bientôt partie de la légende du Grand Orient !

Une telle entame avait de quoi faire renoncer. Mais Dalleray ne renonça pas. Il prit un nouveau rendez-vous et se présenta. Cette fois, tout se passa bien. Il ressortit peu après minuit et, en marchant dans la nuit parisienne, il put se dire qu'il était devenu franc-maçon.

Il avait pris une résolution : quoi qu'il arrivât, il resterait au Grand Orient pendant quatre ou cinq ans. Le temps d'acquérir une bonne formation symbolique, économique et politique. C'est ce qu'il fit. En dépit des difficultés et des périodes de découragement, il tint bon. Dans les loges maçonniques, il apprit peu à peu comment on gère des organisations secrètes. Bien entendu, il se rendit compte que cela n'avait rien de bien romantique : il faut penser à payer des factures, se procurer tel ou tel matériel, enfin résoudre mille petits détails ennuyeux. C'est ainsi. L'aventure ne pouvait venir qu'après. Si elle venait.

Au bout de cinq ans, il estima avoir fait le tour de la question. Il expédia alors à ses supérieurs une lettre :

J'ai passé de riches moments parmi vous. Mais aujourd'hui, je me sens en désaccord avec les méthodes employées au Grand Orient de France, et même avec les buts poursuivis. Dans mon intérêt et dans le vôtre, je préfère démissionner...

Toute sa vie, il se sentirait lié à la franc-maçonnerie à laquelle il devait tant. Il gardait précieusement, dans un tiroir, son certificat d'admission. Mais il estimait qu'il était temps de voler de ses propres ailes.

* *

Ayant repris son indépendance, Christian Dalleray se retrouva au pied du mur. Il devait se décider à réaliser enfin son rêve. À le réaliser vraiment, c'est-à-dire de façon concrète. Mais il avait compris depuis longtemps qu'il n'y arriverait pas tout seul. Il lui fallait trouver des personnes avec qui partager le projet. Il en trouva deux. Michel Kowalski et Éric Schneider. En fait, il ne s'agissait pas d'inconnus pour lui, puisqu'il les avait rencontrés dans les couloirs de la franc-maçonnerie.

Kowalski avait fait ses classes à la Grande Loge nationale française, la seule obédience maçonnique de l'hexagone reconnue par les Anglo-Saxons. Originaire de Denain, dans le Nord, c'était un vrai Nordiste. Fort, vigoureux, au caractère trempé dans l'acier. Sortant d'un milieu modeste, il s'était fait tout seul et ne s'était pas raté. Avec ténacité, il avait monté plusieurs groupes d'import-export entre l'Europe, l'Amérique et l'Afrique et tutoyait même des ministres jusqu'à Vladivostok. Une belle réussite pour quelqu'un parti de rien. C'était le genre d'homme sur qui on pouvait compter.

Schneider, quant à lui, venait de Baumes-les-Dames, dans le Doubs. Il sortait d'une famille protestante, bourgeoise et austère qui l'avait formé à son image. Il était donc beaucoup plus discret et réservé que Kowalski. Mais tout aussi travailleur et efficace. Comme son père, il cheminait dans les assurances. Seulement, à la différence de son géniteur, resté modeste assureur en Franche-Comté, il vit tout de suite très grand. Il implanta des bureaux dans toute la France, puis toute l'Europe, avant de pousser jusqu'au Moyen-Orient. Il assurait des multinationales, des clubs de football, et même des chefs d'État. En parallèle, il militait activement à la Grande Loge de France, obédience maçonnique passant pour être proche des partis de droite modérés.

Dalleray leur fit part de son idée et leur proposa d'y participer. Ils répondirent qu'il fallait en parler plus profondément.

Ils se réunirent donc un soir dans un restaurant de Belleville appelé *La Perdrix rouge*, niché sous les murs de l'église Saint-Jean-Baptiste. Dalleray se souvenait encore du menu à soixante-dix francs : terrine de volaille, côte de veau poêlée, tarte à la framboise. Le tout arrosé d'une bouteille de Saumur Champigny. Il se souvenait aussi des persiennes derrière lesquelles Belleville s'enfonçait peu à peu dans la nuit. Et il se souvenait surtout de la conversation. Il fit part sans détour de son projet à ses interlocuteurs.

— Mes amis, mon désir est de fonder une société secrète. Une vraie. Pas quatre ou cinq braves types qui se réunissent dans une arrière-boutique pour se livrer à des enfantillages. Mais une authentique organisation clandestine, structurée et étendue.

— C'est intéressant, répondit Schneider. Mais dans quel but ? Les francs-maçons ont pour objectif d'améliorer l'humanité, les Frères musulmans d'imposer l'islam. Et nous, que ferions-nous ?

— J'y ai réfléchi : je pense que notre organisation devrait se fixer pour tâche de défendre la liberté.

— Mais c'est un peu vague, grimaça Kowalski.

— J'en suis conscient, et c'est volontaire de ma part. Écoutez, les sociétés secrètes ayant un but précis ne font pas long feu : voyez les carbonari, les illuminés de Bavière ou les décembristes. Une fois leurs buts atteints, ou ayant réalisé qu'ils ne les atteindraient jamais, ils ont disparu. Les associations clandestines qui durent sont celles qui se fixent des desseins assez vastes et qui s'inscrivent donc dans le temps.

— Et qu'entends-tu par défendre la liberté ? interrogea Schneider.

— Il ne faut pas rêver. Vouloir défendre la liberté sur toute la planète est au-dessus de nos forces et de toute façon chimérique. Je propose de nous fixer des cercles d'action : d'abord, protéger la liberté individuelle de nos membres, ceux qui auront adhéré à notre organisation. Ensuite, la liberté de notre société secrète elle-même, et son droit à exister partout. Enfin, pour ce qui concerne les libertés collectives, soyons lucides : nos possibilités d'agir seront minces. Mais si nous pouvons faire quelque chose dans tel ou tel cas, pourquoi pas ?

— Et qui engagerons-nous ? questionna Kowalski.

— Je crois qu'il faudra opérer une sélection rigoureuse. Mon intention sera de regrouper des hommes et des femmes qui seront à la fois des intellectuels, au sens large du mot, et des personnes d'action. Des chevaliers modernes, en quelque sorte.

— Cela paraît un peu utopique…, grinça Schneider.

— Et cela l'est ! Bien sûr, c'est un idéal impossible à atteindre. Mais disons qu'il faudra essayer de s'en approcher.

— Et l'argent ? intervint Kowalski. Tu sais qu'on ne peut rien faire sans cela.

— Nous en trouverons. Nous avons des relations, n'est-ce pas ? Et puis, nos membres paieront une cotisation. Je propose qu'elle soit très élevée, afin de décourager les fantaisistes qui voudraient se glisser dans nos rangs.

Ils avaient posé une feuille de papier sur la table et, avec un stylo, avaient tracé les contours de leur société secrète. Celle à laquelle ils allaient désormais consacrer leur vie.

Une société secrète, pour en être vraiment une, se doit d'avoir : 1/ des origines mythiques, 2/un rituel, 3/un but.

Pour ce qui concernait le but, Dalleray venait de le définir. Pour ce qui concernait les origines, il faut savoir qu'une société secrète n'est jamais créée : elle est réveillée. On considère qu'elle existe depuis toujours et qu'elle avait été mise en sommeil. La plupart des associations initiatiques de l'époque faisaient remonter leurs sources à l'Égypte pharaonique dont le prestige impressionnait beaucoup de gens. C'est ainsi que les rosicruciens, par exemple, affirmaient sérieusement que leur ordre avait été fondé par Akhenaton ! Après tout, l'Empereur du Japon se disait bien descendant du Soleil…

Les trois hommes décidèrent de tourner le dos à cette mode et de fixer leurs origines dans la Grèce antique. Plus précisément à Sparte. Ils considérèrent que leur groupement avait été créé par Lycurgue, le législateur légendaire. Celui-ci, étant mort depuis vingt-six siècles, ne risquait pas de venir les contredire ! À la chute de Sparte, la société avait été mise en sommeil. Et à présent, ils étaient réunis dans un restaurant de Belleville pour la réveiller.

D'ailleurs, les membres de l'association s'appelleraient les égaux, en allusion au titre que se donnaient les Spartiates. Il fut décidé que le recrutement se ferait exclusivement par cooptation. Les candidats ne seraient admis qu'après une enquête sévère. Une fois acceptés, ils commenceraient par être hilotes pendant un ou deux ans. Une sorte de période de probation durant laquelle on éprouverait leur motivation. Si elle était positive, ils deviendraient des égaux, autrement dit des membres à part entière avec tous les droits et devoirs que cela impliquait. Et cela en impliquait pas mal, car l'idée était de reprendre la vieille maxime du Rotary Club selon laquelle n'importe quel adhérent devait être capable d'occuper n'importe quelle fonction à n'importe quel moment.

Les égaux se réuniraient dans des groupes, comptant un nombre variable de membres. Les groupes seraient assemblés dans des zones géographiques (ville, département ou pays) et dirigées par des archontes. Et au sommet, il y aurait les gérontes, c'est-à-dire Dalleray, Kowalski et Schneider, les fondateurs et chefs suprêmes. Une organisation bancale et incomplète, mais que pouvaient-ils faire d'autre ?

En ce qui concernait le rituel, ils en confectionnèrent un aussi simple que possible. Les réunions, par exemple, se feraient autour d'une table avec une bougie allumée. Le but était de pouvoir le pratiquer partout et en toutes circonstances. Et surtout de maintenir coûte que coûte le secret. Personne ne devait connaître leur existence. Pour cela, du reste, ils décidèrent que chaque Égal porterait un *nomen mysticum* (un nom secret) qu'il devrait employer à chaque contact avec les autres. Dalleray s'appela Cléanthe, Kowalski se baptisa Zénon, et Schneider devint Chrysippe. Il fallait vraiment être calé en philosophie antique pour comprendre !

Ils sortirent du restaurant vers vingt-trois heures. Fatigués, mais heureux. La Société secrète venait de naître.

— Et maintenant, au travail, avait dit Dalleray. Chacun de nous va recruter ses propres membres, former ses propres groupes. Nous nous retrouverons de temps en temps pour faire le point.

Dix ans. Déjà. Cent vingt mois plus tard, la Société secrète était devenue une réalité. La réussite avait dépassé toutes leurs espérances. En fait, elle était inexplicable.

* *

Le Bateleur éteignit l'ordinateur. Il parcourut les notes qu'il venait de prendre et s'estima satisfait. Sa Société secrète comptait dix mille membres. Dix mille hommes et femmes menant une existence normale et dont personne ne savait qu'ils avaient une vie clandestine une fois la nuit tombée.

— Mon vieux, se dit-il, que tu le veuilles ou non, c'est ton destin. Tu l'as choisi et maintenant... tu ne pourrais plus arrêter.

Il remit sa veste et sortit du petit bureau en fermant la porte.

Gorvenal

Kenscoff, République d'Haïti

Pendant que le Bateleur se posait des questions existentielles sur la vie, son destin se jouait. À son insu, et loin de Paris. Très exactement sur le territoire de la République d'Haïti. À une trentaine de kilomètres au sud-est de Port-au-Prince, la petite ville de Kenscoff s'accrochait au flanc de la montagne. Un peu en marge s'élevait une villa luxueuse, entièrement calquée sur celles de Miami, avec jardin fleuri et grande piscine. Là habitait le Trois d'Épée, archonte de la Société secrète pour Haïti. En réalité, il s'appelait Emmanuel Sanon et il était un des principaux hommes d'affaires du pays. Ses investissements traçaient un sillon de la Floride au Venezuela. Il possédait un avion privé, des chambres louées à l'année dans des hôtels de Caracas et de Fort-de-France, et bien entendu cette belle villa, symbole de sa réussite.

Mais ce jour-là, son compte en banque et sa puissance ne l'empêchaient pas de rester perplexe. Il tenait dans la main un bout de papier froissé qu'il écrasait nerveusement. Une vulgaire feuille de quelques grammes.

Elle était arrivée ce matin-là, de très bonne heure, apportée par une grosse voiture. Un Noir corpulent en était descendu. Il s'était présenté au gardien, et comme celui-ci le connaissait fort bien, il l'avait laissé entrer. L'homme avait traversé le jardin, le visage impénétrable. Il avait tendu le bout de papier au Trois d'Épée. Sans un mot. Puis s'était éloigné pour repartir, le visage toujours impénétrable. Le Trois d'Épée s'était réfugié dans son bureau personnel pour lire le message. En fait, juste quelques lettres tracées au stylo noir :

Gorvenal doit rencontrer le Bateleur personnellement (je répète bien : personnellement) et de toute urgence. Transmettez.

Signé : Gorvenal.

Depuis, il allait et venait, le cœur battant, incapable de s'asseoir. Ce n'était qu'un bout de papier. Mais le message était le plus important de sa vie. En effet, Gorvenal était le nom secret d'un personnage d'Haïti. Un personnage très haut placé. Si haut placé du reste qu'il ne s'était jamais adressé directement à lui. S'il le faisait subitement, et de cette manière lapidaire, c'est que le motif ne pouvait être que grave. Profondément grave. Alors, les questions se bousculaient dans sa tête.

— Mais que peut-il se passer ? Pourquoi Gorvenal me demande-t-il cela ?

Un bruit venant de la piscine le poussa à sortir. Il faisait chaud. Dans l'eau merveilleusement bleue, il aperçut Eugénie, la jeune fille qui vivait avec lui, en train de barboter.

— Emmanuel, tu viens te baigner ?

Le Trois d'Épée était en bras de chemise et transpirait sous la chaleur tropicale. Mais à ce moment précis, la baignade ne le tentait pas vraiment.

— Pardonne-moi, ma chérie, j'ai un coup de fil urgent à passer.

La fille s'accrocha à la petite échelle et s'extirpa de la piscine. Elle ne portait qu'un minuscule string autour des reins. Son corps d'ébène ruisselait délicieusement de gouttes. Elle marcha le long du bassin pour ramasser une serviette et se sécher. Puis elle se laissa tomber sur une chaise longue, à l'ombre protectrice d'un parasol.

Le Trois d'Épée rentra dans la ville. Il se rendit dans son bureau et ferma la porte à clé. S'étant assuré que personne ne traînait près de la fenêtre, il s'assit et brancha l'ordinateur. Il lança le courrier électronique, composa une adresse qu'il tenait secrète et qu'il n'avait notée nulle part. Ensuite, il tapa le message :

Trois d'Épée à Bateleur,

Gorvenal veut te rencontrer personnellement (je dis bien : person-nellement) et de toute urgence. Terminé.

Signé : Trois d'Épée.

Il cliqua sur le mot envoyer, et un soupir de soulagement parcourut son corps musclé. Il se sentait mieux. Comme déchargé d'un poids. Il venait d'expédier la missive la plus importante de sa vie. Désormais, la suite ne dépendait plus de lui.

Il éteignit l'ordinateur, quitta le bureau et retourna sur les bords de la piscine. En le voyant, Eugénie se leva de la chaise longue et vint vers lui. Elle était superbe : petite mais bien en chair, les beaux seins tressautant au rythme des pas, la peau attirante. Elle se colla contre lui et frotta son corps exquis contre la chemise.

— Tu es sûr que tu ne veux pas te baigner ? Je te trouve un peu crispé. Cela te fera du bien.

— Pourquoi pas ? répondit-il, un peu plus détendu. Mais attends que je me déshabille et que j'enfile un maillot.

Elle éclata d'un rire coquin. Il comprit trop tard : comme ils étaient tout près du rebord, elle le poussa brusquement. Le grand Emmanuel plongea tout habillé dans l'eau si bleue où il s'enfonça en soulevant une grosse gerbe. Il eut à peine le temps d'émerger : Eugénie avait sauté pour le rejoindre.

— Espèce de..., voulut-il crier.

Elle se jeta sur lui pour l'entraîner sous la surface. Les deux corps, l'un vêtu, l'autre presque nu, descendirent ainsi jusqu'au fond de la piscine.

Et là...

* *

Le message traversa l'Atlantique pour atterrir à Paris, dans le bureau de la rue de Paradis. Mais en raison du décalage horaire, la nuit tombait sur la capitale française. Le message resta donc stocké pendant dix-huit heures, jusqu'à l'après-midi du lendemain. Le Bateleur entra dans la pièce et alluma l'ordinateur. Il vit défiler le signal habituel : *Réception du message 1 sur 1...*

Seulement, les membres de la Société secrète communiquaient entre eux avec des messages cryptés, afin d'empêcher leur interception par des personnes indiscrètes. Le brouillage était fait par un logiciel hyperperfectionné... et horriblement complexe pour le Bateleur. En effet, chaque courrier était codé et fermé par des clés de cent vingt-huit bits, cadenassées elles aussi, le tout avec deux mots de passe différents. Le destinataire devait donc déverrouiller les clés, puis décrypter le message avant de voir enfin apparaître le texte lisible. Une torture pour Dalleray. Tout ce cirque l'embêtait (pour ne pas employer un autre mot, plus significatif). Il se disait que c'était plus simple à l'époque de Jules César, quand on envoyait des missives où on remplaçait chaque lettre par la suivante sur l'alphabet ! Après tout, cela fonctionnait aussi bien. Enfin, puisqu'il fallait vivre avec son temps...

Avec ennui, il cliqua sur la petite clé marquée *décrypter* et suivit le processus de décodage. Il vit s'étaler le texte en clair :

Trois d'Épée à Bateleur,

Gorvenal veut te rencontrer personnellement (je dis bien : personnellement) et de toute urgence. Terminé.

Signé : Trois d'Épée.

Le Bateleur lut deux fois. Une fois sûr d'avoir bien compris, il referma le courrier électronique. Il se planta devant la fenêtre, plongea les mains dans ses poches et se mit à réfléchir. En fait, il demeurait perplexe.

Le Trois d'Épée, c'était l'archonte de la Société secrète à Haïti. Un homme qui s'appelait Emmanuel Sanon et en qui il avait confiance. Mais Gorvenal... C'était quelqu'un d'autre. Quelqu'un d'autre que personne ne connaissait. Pas même le Pape et l'Empereur. Le Bateleur n'avait pas voulu leur en parler, par mesure de sécurité. Seuls le Trois d'Épée et lui savaient de qui il s'agissait.

Et voilà que Gorvenal se manifestait... Il voulait lui parler personnellement et tout de suite. Le motif ne pouvait être que grave. Très grave. Il se creusa la tête pour essayer de comprendre. Mais non, il n'avait rien entendu aux informations concernant Haïti. Il arriva vite à la conclusion qui s'imposait : il devrait se rendre là-bas pour savoir. Décision prise, il se rassit et envoya sa réponse, après l'avoir cryptée :

Bateleur à Trois d'Épée.

J'arrive.

Signé : Bateleur.

Il éteignit l'ordinateur, reprit sa veste et quitta l'immeuble. Il retourna au boulevard de Strasbourg, au siège de France-Dom. La Lune (autrement dit Céline) était en train de ranger des dossiers.

— Ma chère, je vais devoir vous quitter : je pars en voyage. Je sais que c'est brusque, mais le motif est urgent.

La Lune avait appris à ne pas poser de question. Elle en posa une néanmoins.

— Et où allez-vous ? À moins que ce ne soit un secret réservé à des initiés.

— Non, je vais à Haïti. C'est ce que vous direz au Pape et à l'Empereur s'ils me demandent. Vous serez gentille de mettre mon courrier de côté.

— Eh bien, bon voyage. Et essayez de ne pas attraper un coup de soleil !

Il s'en alla et rentra immédiatement chez lui, au 175, rue de la Convention, dans le XVe. Le bâtiment n'ayant pas d'ascenseur, il monta à pied jusqu'au quatrième, comme il le faisait depuis si longtemps. Son logement était un deux-pièces de 40 m^2, avec une salle à manger, une chambre, une salle de bain et une petite cuisine. Disséminés là-dedans, on trouvait une table, un bureau standard, trois chaises, un lit à une place et une armoire. Les murs supportaient quelques étagères avec des livres. Bref, le nid typique du célibataire moyen.

Bien sûr, il aurait pu se payer un appartement d'un autre standing. Mais il ne pouvait se résoudre à quitter celui-ci. Tant de souvenirs parcouraient les rues avoisinantes... À dix minutes de là, le légendaire pont Mirabeau s'étirait pour relier le XVe et le XVIe. Bien des années auparavant, par une nuit étoilée, le jeune Christian Dalleray, fraîchement débarqué à Paris, s'était arrêté au milieu et avait longuement observé l'eau miroitante de la Seine. L'envie lui avait pris de s'y jeter, d'y plonger pour noyer définitivement son angoisse. Il ne l'avait pas fait et, longtemps après, il se demandait encore s'il avait eu raison.

Il se mit aussitôt à préparer son voyage. Il décrocha le téléphone pour faire sa réservation. Air France lui en offrit une sans trop de problèmes : les candidats au voyage à Haïti étaient peu nombreux ! Il raccrocha et se déshabilla afin de prendre une douche. L'eau chaude lui fit sentir la jeunesse de son corps. Complètement nu, il revint dans la pièce principale et se colla à la vitre en observant la rue de la Convention. Si une de ses voisines était à sa fenêtre, elle pourrait se rincer l'œil sans payer ! Il prépara son sac : un pantalon, une chemise, une trousse de toilette... L'expérience lui avait appris qu'il valait mieux ne pas trop s'encombrer. Il se frictionna les bras et le torse à l'eau de Cologne. Puis il se rhabilla et alla manger un morceau dans une brasserie du carrefour de la Convention. Il traîna un peu avant de rentrer et de se coucher.

Le lendemain, il s'éveilla et s'apprêta. Au moment de sortir, il s'immobilisa pour regarder une dernière fois ce modeste nid qu'il quittait. Il avait passé toute sa vie dans des appartements impersonnels comme celui-ci. Jamais il n'avait eu un véritable chez soi, une maison plongeant ses racines dans un terroir quelconque. Partout, il n'était que de passage. Allons, mon vieux, on t'attend. Christian Dalleray, le Bateleur, haussa les épaules avec fatalisme et referma la porte.

* *

Il rejoignit l'aéroport de Roissy et attendit deux bonnes heures avant d'embarquer. Puis l'avion décolla et l'emmena vers l'ouest. Il s'efforça de dormir pendant le voyage, sans y parvenir. À présent, les déplacements transatlantiques se faisaient routiniers pour lui. Il se souvenait avec nostalgie du temps où voler par-dessus une moquette de nuages lui paraissait une aventure. Pourtant, plusieurs milliers de mètres plus bas clapotaient les eaux froides de l'Atlantique Nord, celles qui avaient englouti le *Titanic*, et tant d'autres. Mais il avait hâte d'arriver.

Et l'avion arriva. Il survola brièvement la baie de la Gonâve avant d'atterrir sur l'aéroport de Port-au-Prince. Le Bateleur, passablement fatigué, se présenta au contrôle des papiers avec des gestes las. Le policier haïtien, ayant ouvert le passeport, leva la tête en souriant.

— Bonjour, monsieur ! Les Français sont toujours les bienvenus à Haïti.

— Je vous remercie, marmonna-t-il par politesse.

Une fois dans le hall, il trouva un téléphone pour appeler le Trois d'Épée. Celui-ci lui dit qu'il envoyait une voiture le chercher. En attendant, il acheta la presse locale et se laissa choir dans un fauteuil pour la parcourir. Tous les journaux affichaient en première page la photo d'un homme : Joseph Banguillot, le président de la République d'Haïti. Apparemment, il s'apprêtait à faire un discours très important qui serait retransmis par la télévision. Le Bateleur l'observa avec attention : Joseph Banguillot avait la cinquantaine, une peau très noire et portait le costume sans ostentation.

— M. Christian Dalleray est demandé au bureau d'information ! annonça une voix par le haut-parleur.

Il s'extirpa du fauteuil et, en portant son sac, traversa le hall jusqu'à un comptoir. Devant ce dernier patientait un jeune Noir vêtu d'une chemise à manches courtes. Il s'adressa à lui.

— Vous êtes envoyé par le Trois d'Épée ?

Le garçon haïtien répondit par un regard interrogateur. Dalleray comprit qu'il avait oublié quelque chose. Il sortit de son portefeuille une carte du tarot. Celle représentant le Bateleur. Il la montra discrètement. Le visage du jeune Noir se rasséréna.

— Ah, c'est vous, le Bateleur ? Oui, je suis envoyé par Emmanuel… Enfin, je veux dire par le Trois d'Épée. Venez, je vais vous conduire chez lui.

Une voiture, une Chevrolet verte, les attendait à l'extérieur. Ils s'y glissèrent. Le Haïtien sourit pour la première fois.

— Bonne idée que vous avez eue : ces cartes que vous montrez pour vous faire reconnaître. C'est mieux que les mots de passe !

— Et au moins, on n'a pas l'impression d'être dans un roman d'espionnage ! répondit le Bateleur en souriant à son tour.

Il desserra sa cravate, car la chaleur commençait à l'accabler. Ensuite, la Chevrolet démarra.

L'aéroport international était situé au nord de Port-au-Prince. Ils redescendirent donc vers la capitale, mais n'y entrèrent pas. Ils ne traversèrent que les faubourgs. Ce fut suffisant : comme à chacune de ses précédentes visites, le Bateleur fut effaré par la misère qui s'étalait sous ses yeux. Haïti était le genre de pays qui décourageait le révolutionnaire le plus acharné. Coups d'État, insurrections, plans de développement, programmes sociaux se succédaient, et rien ne changeait. Au contraire, la détresse se faisait plus profonde de jour en jour. Mais au-delà du dénuement, c'était le sentiment physique d'insécurité qui mettait mal à l'aise : un Blanc n'aurait pas marché cinquante mètres sans se faire agresser. Dans la voiture, il était comme un soldat dans un tank.

Que faire ? Rien. Il n'y avait rien à faire. Le Bateleur avait compris depuis longtemps. Chacun de nous possède un cercle personnel (famille, amis, travail, etc.) dans lequel il peut aider ceux qui en ont besoin. Mais vouloir changer le monde est une chimère... Il soupira et se dit qu'il avait hâte d'arriver.

La Chevrolet vira sur la gauche et tourna le dos à Port-au-Prince pour prendre la direction de l'est. Alors... alors commença un des phénomènes les plus époustouflants du monde : en l'espace d'une quarantaine de kilomètres, la route s'élevait du niveau de la mer à plus de mille mètres ! Le Bateleur avait beau être prévenu, il était toujours aussi impressionné. La voiture montait presque à la verticale ! Et ils grimpaient de plus en plus haut. Ils se hissèrent ainsi jusqu'à Pétionville, puis jusqu'à Bel-Air. Enfin apparurent les premières maisons de Kenscoff. Christian Dalleray fut presque soulagé.

Pétionville, Bel-Air, Kenscoff. Les trois bourgades où la bourgeoisie haïtienne se barricadait pour tenter de s'isoler de la misère et de la criminalité. Les familles qui en avaient les moyens y vivaient dans des villas luxueuses transformées en camps retranchés.

La Chevrolet se présenta devant l'une d'elles, située un peu à l'écart de la ville, et s'arrêta devant un grand portail en fer forgé. Le jeune Haïtien signala son arrivée à travers son téléphone portable. Trente secondes après, le portail s'écarta et la voiture put entrer. Ils roulèrent entre deux pelouses bien entretenues, avant de se garer sur une aire de terre battue. Le Bateleur descendit avec une envie féroce d'ôter sa veste pour échapper à la chaleur. Mais il suivit sagement le chauffeur. Ils passèrent devant une piscine magnifique. En fait, toute la villa respirait le luxe et l'opulence.

Bien sûr, après ce qu'il avait vu un peu plus tôt, le Bateleur aurait pu être choqué. Mais il ne l'était plus depuis longtemps. À Haïti, comme dans tout le tiers-monde, on est très pauvre ou très riche. Cela peut plaire ou pas, mais c'est ainsi.

Ils entrèrent dans la maison. La climatisation leur fit du bien. Ils se rendirent dans une chambre où attendait un lit à la couverture très colorée. Le visiteur put laisser tomber son sac en soupirant de joie. Le jeune Noir l'observa attentivement.

— Je vois que vous êtes très fatigué. Je vais vous laisser vous reposer. Le Trois d'Épée a promis d'interrompre son travail pour revenir plus vite. Au revoir.

Il disparut. Le Bateleur le remercia intérieurement de son tact. En effet, il était épuisé. Il enleva sa veste, dénoua sa cravate et se laissa choir sur le lit. L'embêtant avec le décalage horaire, c'est qu'il l'exténuait, mais qu'ensuite l'énervement l'empêchait de trouver le sommeil. À force de patience, il parvint néanmoins à s'endormir.

En ouvrant les yeux, il eut l'impression de s'être assoupi cinq minutes. En réalité, sa montre lui apprit qu'il avait dormi pendant deux heures. Il se leva en se frottant le visage et passa dans la pièce voisine. La surprise l'immobilisa. Une jeune fille noire était affalée sur un fauteuil, une jambe en travers de l'accoudoir, un verre à la main. Elle portait une chemise nouée au-dessus du nombril et un jean qui s'arrêtait à mi-jambes.

— Bonjour, dit-elle avec un évident accent créole. Vous êtes l'ami d'Emmanuel, celui qui vient de France ?

— Tout à fait, mademoiselle. Je m'appelle Christian.

— Et moi, Eugénie. Vous avez faim ?

— Poser la question, c'est déjà y répondre !

Elle alla dans la cuisine pour ouvrir le frigo et lui servit une assiette de charcuterie et de fromage. En revanche, elle ne lui proposa pas de vin, et ce petit détail lui fit prendre conscience qu'il était bien loin de la France. Tout en se restaurant, il discuta avec elle. Eugénie se révéla une fille sympathique, même si son niveau d'instruction était très faible, comme il s'en aperçut vite. Une demoiselle sortie du peuple et bienheureuse de s'être retrouvée dans cette luxueuse villa. Elle fit un mouvement et montra involontairement une scarification sur son bras gauche. Le Bateleur savait de quoi il s'agissait : un *gade*, une marque prouvant qu'Eugénie était une *kanzo*, autrement dit une initiée à la magie vaudou. Il avait fréquemment rencontré ce genre de symbole à Haïti.

Le soleil déclinait sérieusement quand le Trois d'Épée revint. Il gara sa Chrysler et rentra chez lui. Son visage noir s'éclaira d'un large sourire en découvrant Dalleray. Les deux hommes se fondirent dans une accolade.

— Je suis venu dès que j'ai trouvé ton message, dit le Bateleur.

— Je t'en remercie. Mais le message ne venait pas vraiment de moi.

Le Trois d'Épée se tourna vers Eugénie.

— Ma chérie, tu devrais profiter de la fraîcheur du crépuscule au bord de la piscine. C'est vraiment agréable.

Sans un mot, la jeune fille se versa un verre de rhum et sortit de la pièce. Ses fesses charnues dansaient sans honte dans l'enveloppe du jean. Le Bateleur ne pouvait cacher son admiration.

— Pas mal, ta copine. Où l'as-tu trouvée ?

— Dans un *hounfor*, un temple vaudou. Elle m'a dit qu'elle était vouée à *Erzulie Dantor*, l'esprit de l'amour. Je l'ai prise au mot et je l'ai invitée dans ma villa. Bof, ici, elle est logée et nourrie. Si elle retournait chez ses parents, elle devrait creuser le sol pour trouver de quoi manger.

Ils se laissèrent tomber dans des fauteuils. Le Trois d'Épée enlevait déjà sa veste et dénouait sa cravate en soupirant.

— Et maintenant, dit le Bateleur, si tu me disais quelle mouche l'a piqué.

— Gorvenal ? Aucune idée. Un de ses hommes m'a apporté son message, sans un mot d'explication, et je te l'ai transmis. Je n'en sais pas plus.

Dalleray se caressa le menton, dubitatif.

— Hum, il ne changera jamais. Il ne donne aucune nouvelle pendant deux ans et soudain voilà qu'il ressuscite et m'ordonne presque de venir le voir de toute urgence. Que se passe-t-il ? Une révolution ? Un tremblement de terre ?

— Rien de tout cela n'est prévu à Haïti dans l'immédiat, sourit le Trois d'Épée.

— Et si cela arrivait, que pourrais-je faire ? Gorvenal… La dernière fois que je l'ai vu, nous avons regardé ensemble un vieux film en vidéo et partagé un sauté de lapin. Nous sommes des amis, et pourtant nous nous rencontrons si peu souvent…

— Bon, je vais lui faire savoir que tu es arrivé. Tu as l'air fatigué, alors repose-toi. Quand il aura répondu, je te mettrai au courant.

Ils se levèrent. Le Bateleur prit le bras de son ami.

— Cela te fait combien, maintenant ?

— Quarante-deux ans, avoua le Trois d'Épée. Mais…

Il tâta avec fierté ses biceps bien gonflés.

— … Je me conserve !

— Tout de même… Tu te souviens de ce soir-là, avec Gorvenal, toi et moi ? Quand vous m'avez initié au rhum. Joli service que vous m'avez rendu ! La nuit était tropicale, le repas délicieux…

— Et les filles étaient très jolies ! glissa le Haïtien.

— Restons discrets ! Cela remonte à quand ? Je ne sais plus. Depuis, chacun de nous a suivi son chemin. Je suis inquiet, mon vieux : si Gorvenal rejaillit dans ma vie, et de cette manière, le motif ne peut être que très grave. J'espère qu'il ne sera pas trop grave.

Il retourna dans la chambre et s'étendit sur le lit pendant que la nuit tombait. Un peu plus tard, il se releva pour aller se faire un sandwich.

La villa était plongée dans l'obscurité, le Trois d'Épée et Eugénie déjà couchés. Retour définitif à la chambre et il s'allongea après s'être complètement déshabillé. La mince brise nocturne amenait les senteurs du parc. Il s'endormit peu à peu.

Le lendemain, il s'éveilla alors que le soleil chauffait déjà l'atmosphère. Il se lava, se frictionna les mains et le visage à l'eau de Cologne. Puis il sortit de la villa. Sous une petite toiture, il trouva Eugénie, installée à une table. Un sursaut le souleva : la jeune Noire ne portait qu'un string minuscule. La quasi-totalité de son corps d'ébène voluptueux s'offrait au regard. Il comprit pourquoi le Trois d'Épée lui accordait le vivre et le couvert : c'était le genre de demoiselle idéale pour remonter le moral à n'importe quel homme saisi par la déprime !

— Bonjour, monsieur. Vous prenez un petit déjeuner ?

Il le prit volontiers avec elle. Ensuite, il se promena dans le parc. Les vigiles qui montaient la garde sur les murs l'observèrent quand il passa. La villa était vraiment barricadée. Le Trois d'Épée réapparut vers midi pour lui apporter les nouvelles :

— Gorvenal est au courant de ton arrivée et il m'a contacté : il te recevra ce soir, vers minuit. Tu n'as qu'à attendre. Une voiture viendra te chercher. Naturellement, il faudra respecter les précautions d'usage.

Il repartit. Le Bateleur passa l'après-midi à pianoter sur l'ordinateur de son ami et à lire les journaux. Tous annonçaient le grand discours du président de la République prévu pour la soirée. La nuit retomba. Le Trois d'Épée revint. Ils dînèrent calmement en discutant de choses et d'autres.

Vers vingt heures, le Bateleur s'installa devant la télévision. Sur l'écran apparut le président Joseph Banguillot, assis derrière un bureau, les mains jointes, et regardant fixement la caméra. Il commença à parler.

— Peuple haïtien, j'ai décidé de m'adresser à vous ce soir…

Son discours s'étira sur une demi-heure et il annonça une série de mesures dans les domaines économiques et sociaux. Ensuite, il souhaita une bonne soirée aux téléspectateurs et disparut de l'écran. Le Bateleur soupira : décidément, les discours de tous les présidents du monde se ressemblaient de plus en plus, à l'image du costume qu'ils portaient. Il n'y avait guère que la couleur de la peau qui changeait de temps en temps.

Il se servit un verre et alla dans la chambre s'allonger sur le lit. Il attendit, attendit, attendit. Pendant des heures. Alors que la nuit enveloppait toujours davantage la luxueuse villa. Un peu avant minuit, un crissement de pneus dans le parc lui fit lever l'oreille, ainsi que quelques éclats de voix. Il comprit.

En effet, deux minutes plus tard, le Trois d'Épée poussa la porte de la chambre. Son visage était grave et il ne prononça pas un mot. Ce qui était inutile, car le Bateleur n'avait besoin d'aucune explication. Il se peigna rapidement, renoua sa cravate et remit sa veste. Ce n'était pas seulement une question d'élégance : en pleine nuit et à une telle altitude, la chaleur suffocante de la journée laissait place à une vive fraîcheur. Il traversa la villa et sortit dans le parc.

Une grande voiture sombre l'attendait. À côté, trois hommes. Trois Noirs. Bâtis comme des catcheurs et vêtus de costumes bien taillés. Les visages étaient fermés, inexpressifs. Aucune parole n'accueillit le visiteur blanc. Celui-ci leur dit simplement :

— Eh bien, messieurs, nous pouvons y aller.

On lui ouvrit la portière et il se glissa à l'intérieur. La banquette se révéla profonde et moelleuse. Un Haïtien s'assit près de lui. Les deux autres s'installèrent à l'avant et le conducteur démarra aussitôt. Le Bateleur ne vit pas même disparaître le Trois d'Épée.

Ils franchirent le grand portail qui se referma derrière eux. Puis ils refirent en sens inverse le trajet que Dalleray avait fait la veille. C'est-à-dire qu'au lieu d'escalader la montagne, ils la dégringolèrent pour redescendre vers Port-au-Prince. C'était au moins aussi impressionnant que la montée. Ils n'échangèrent pas un mot, pas un regard. Le Bateleur devait se contenter de scruter le paysage à travers la vitre. Il vit donc qu'ils entraient dans la capitale. Les rues furent d'abord désertes, mais devinrent plus animées vers le centre-ville. La vie nocturne était intense à Port-au-Prince, comme dans toutes les cités tropicales. Ils passèrent devant la façade de plusieurs casernes, sombres et immobiles. Le Français tenta d'imaginer les soldats à l'intérieur, en train de dormir ou de jouer aux cartes.

Mais la voiture s'enfonçait dans une ruelle obscure. Elle tourna ensuite dans une autre si étroite que c'était miracle si le véhicule pouvait y passer. Il s'arrêta brusquement. Toujours sans un mot, les Noirs descendirent et le visiteur les suivit. Une porte, presque invisible dans la nuit, s'entrouvrit. Quelques mots rapides furent échangés et on les autorisa à entrer. Ils se retrouvèrent dans un couloir pauvrement éclairé par une ampoule nue. Celui qui les recevait était un petit Noir terriblement vieux et maigre. Il ne jeta pas un regard sur le Blanc qui arrivait. Manifestement, il faisait un travail en cherchant à en savoir le moins possible.

— Suivez-moi, dit-il.

Il ouvrit la marche. Le Bateleur marchait derrière, et les trois gorilles noirs venaient après. Ils tournèrent, descendirent des escaliers. Visiblement, ils s'enfonçaient sous terre. Un autre escalier les fit remonter. Impossible dorénavant de déterminer avec précision où ils se trouvaient. Quelque part, loin de la rue, loin du monde. Le couloir devenait si étroit qu'ils risquaient de s'y salir en rasant les murs. Soudain, au pied de quelques marches, le vieux Noir s'arrêta et se retourna.

— Attendez ici, dit-il. Le monsieur doit être le seul à entrer.

Il fit monter le Bateleur sur les marches qui grincèrent piteusement. Au sommet, une porte, lourde et sale. Il la poussa et s'écarta. Le visiteur franchit le seuil et le battant se referma dans son dos.

Une pièce. D'une trentaine de mètres carrés. Avec deux poutres au plafond. Preuve que le bâtiment avait été construit à une autre époque. Sur le mur d'en face, une bibliothèque : des dizaines d'étagères surchargées de livres. Deux fauteuils, style des années vingt. Au milieu, une table et deux chaises. Et tout cela n'étant éclairé que par une seule ampoule. Autant dire que tout le pourtour de la salle était perdu dans une sorte de demi-obscurité. Seule la respiration du Bateleur rompait le silence. Il remonta les pans de sa veste. Ensuite seulement, il prit conscience d'une présence. Juste en face, dans un des fauteuils. Une forme. Celle d'un homme dont il ne distinguait pas le visage.

— Bonsoir, dit une voix.

La silhouette s'extirpa du fauteuil, s'avança dans la faible lumière. Un homme grand et athlétique, vêtu d'un costume croisé. Le Bateleur vit son visage et le reconnut immédiatement : celui de monsieur Joseph Banguillot, président de la République d'Haïti. Celui qu'il avait vu à la télévision, quatre heures auparavant. Et qui l'accueillait maintenant en souriant.

— Bonsoir, Bateleur.

Il sourit à son tour.

— Bonsoir, Gorvenal...

* *

Ils tombèrent dans les bras l'un de l'autre, s'embrassèrent, se tapèrent sur l'épaule. Heureux de se retrouver, après si longtemps. Gorvenal, c'était le nom secret de Joseph Banguillot, qu'ils employaient pour communiquer. En réalité, il ne faisait absolument pas partie de la Société secrète. Ses relations avec Dalleray étaient strictement personnelles : ils s'étaient rencontrés bien des années avant, lors d'un voyage d'affaires du Français à Port-au-Prince. Depuis, ils échangeaient des informations. En toute discrétion. Le Bateleur n'en avait jamais parlé à personne. Pas même au Pape et à l'Empereur. Seul le Trois d'Épée était au courant, et leur servait d'intermédiaire pour transmettre les messages entre eux.

— Bienvenue à Haïti, mon cher... Bateleur ? C'est ainsi qu'il faut t'appeler, désormais ?

— Oui, c'est mon nouveau nom secret.

— Franchement, je préférais le précédent : Cléanthe, cela faisait intellectuel ! Bon, ne tournons pas autour du pot : tu me trouves vieilli, n'est-ce pas ?

— J'ai envie de te répondre oui, rien que pour t'embêter. Mais sincèrement, je suis heureux de te voir encore en vie.

— Tu ne vas pas encore me ressortir ces vieux clichés sur Haïti ! se défendit Gorvenal. Nous ne sommes pas un pays de sauvages.

— Soit. Mais vous êtes un pays où les présidents ne meurent pas forcément de mort naturelle !

— Je te l'accorde...

Gorvenal reprit les épaules de son visiteur et sa voix se fit légèrement émue.

— Merci d'avoir immédiatement répondu à mon message. Je ne connais pas beaucoup d'hommes qui auraient tout arrêté pour rejoindre quelqu'un à des milliers de kilomètres. Jamais je ne regretterai de t'avoir accordé mon amitié. Tu la mérites.

— Ces paroles me vont droit au cœur, répondit le Bateleur sur un ton caustique. Maintenant, rassure-moi : tu ne m'as quand même pas fait traverser l'Atlantique pour parler de football ?

— Mon appel t'a surpris ?

— Franchement, tu reconnaîtras... Tu restes deux ans sans donner de nouvelles. Je me demandais si tu n'avais pas oublié mon existence ! Et soudain, tu me sors de ma torpeur parisienne pour me faire voler huit mille kilomètres sans me laisser le temps de me brosser les dents. Tu ne serais pas surpris, toi ? Alors, je te le répète : j'espère que ce n'est pas pour parler de football !

— Ma foi, les corners et les penalties, c'est intéressant, non ? Bon, ce n'est pas pour cela que je t'ai fait venir. Tiens, prenons place.

Ils s'assirent à la table. Gorvenal sortit mystérieusement une bouteille de brandy, ainsi qu'une petite assiette de cacahuètes salées. Le Bateleur ne put s'empêcher de sourire.

— Tu m'as oublié pendant deux ans, mais tu n'as pas oublié mes goûts !

— Le penchant des Français ou des Italiens pour l'apéritif m'étonnera toujours.

Ils burent une gorgée, plongèrent la main dans les cacahuètes.

— Pas mal, ton discours de ce soir, dit le Bateleur. Je l'ai suivi à la télévision.

— Je ne suis pas sûr que le peuple haïtien partage ton avis ! J'ai annoncé des mesures plutôt restrictives. Mais il le faut : nous sommes étranglés par la dette extérieure, comme tant d'autres, et nous n'avons guère le choix.

— Franchement, y a-t-il encore un espoir pour ce pays ? Depuis l'indépendance, depuis deux siècles, vous passez de misères en dictatures. Je ne veux pas jouer les provocateurs, mais si vous étiez restés français, vous n'en seriez certainement pas là.

— On ne peut pas refaire l'histoire, balaya Gorvenal, et je ne partage pas ton pessimisme. Tant que Haïti existera, il y aura de l'espoir.

Le Bateleur grignota encore une cacahuète, puis regarda son interlocuteur.

— Et maintenant, si tu me disais... ?

— Oui, j'y arrive. Je t'ai fait venir pour te donner une information.

— Ah, bon. Et le Trois d'Épée n'aurait pas pu s'en charger, comme d'habitude ?

— Non, répondit fermement Gorvenal. Il ne doit pas être au courant. D'ailleurs, personne ne doit être au courant. C'est une chose que toi et moi devons être seuls à connaître.

— Diable, tu m'intrigues. Vas-tu me dire que les extra-terrestres ont débarqué, qu'ils sont parmi nous, et que l'ONU est dirigée par des petits hommes verts avec des antennes ? Alors, je te préviens tout de suite : *X-Files* est un feuilleton qui m'a toujours horripilé.

— Pas tout à fait. Mais presque. Bateleur, je sais avec certitude qu'à l'heure où nous parlons, les chrétiens et les musulmans sont en train de préparer un traité d'alliance ultrasecret. Je peux te confirmer que cela existe.

Dalleray demeura perplexe pendant plusieurs secondes. Il but une gorgée de brandy.

— Un traité d'alliance entre les chrétiens et les musulmans ? Un moment, monsieur le président : quand tu dis chrétiens et musulmans, je suppose que tu ne parles pas de ces millions de moutons qui emplissent les églises et les mosquées !

— Non, bien sûr. Pour les chrétiens, ou plutôt les catholiques, il s'agit d'un groupe de cardinaux représentant le Vatican. Pour les musulmans, c'est moins clair, mais j'ai cru comprendre qu'il s'agissait d'une équipe d'hommes désignés par le mufti de La Mecque.

Le silence retomba dans la pièce mystérieuse. Le Bateleur reprit une cacahuète et s'adressa franchement à son ami.

— Écoute, c'est toi qui décides. Dis-moi ce que tu as envie de me dire et rien d'autre. S'il y a des détails que tu préfères garder pour toi, je le comprendrai. Tu es seul propriétaire de ces informations.

Gorvenal haussa l'épaule droite en signe d'impuissance.

— Malheureusement, je ne pourrai rien te cacher, car je ne sais rien d'autre que ce que je viens de te dire. Le christianisme et l'islam sont les deux plus grandes religions du monde. Alors, leurs dirigeants ont pensé qu'en s'unissant ils formeraient une grande puissance. Ce en quoi ils ont d'ailleurs raison. Ils continueront à s'affronter, idéologiquement et théologiquement, sur la voie publique, mais en coulisses, ils collaboreront pour défendre leurs intérêts communs qui sont plus nombreux qu'on ne le croit. D'après ce que je sais, tout a commencé voici quelques années, lors d'un voyage du pape au Moyen-Orient. Au cours de discussions, décision fut prise de créer une Commission secrète : deux équipes d'hommes qui se rencontreraient périodiquement pour discuter de tout. En réalité, pour tenter de trouver un terrain d'entente. Apparemment, cela a été fait, du moins dans une certaine mesure. Je peux te garantir que ladite commission existe. Elle est composée de six hommes. Du côté des catholiques, ce sont trois cardinaux occupant un rang très élevé au Vatican, mais je ne connais pas leur nom. Du côté des musulmans, il y a aussi trois hommes, envoyés par le mufti de La Mecque, mais je ne sais strictement rien d'eux. Enfin, la Commission secrète se réunit de temps en temps, et toujours en cachette. Ils ont signé plusieurs accords, théologiques ou politiques. Ensuite... Ma foi, tu sais ce que c'est : quand on obtient des succès, on veut aller plus loin. Ils sont allés plus loin. Jusqu'au jour où ils ont carrément décidé de conclure un traité d'alliance. Non pas un petit pacte de circonstances, mais une véritable alliance, entre le Vatican et le mufti de La Mecque. Le document a été rédigé, je le sais avec certitude. Mais a-t-il été signé ? Cela, je l'ignore. Voilà, je ne peux t'en dire plus, car je n'en sais pas plus.

Le Bateleur réfléchit quelques secondes. Ce qu'il venait d'entendre était énorme, mais il s'efforçait de garder son calme.

— Tu peux quand même me dire comment tu as appris ces faits assez extraordinaires. Je ne vais pas croire que tu étais caché sous la table pendant que ces braves gens discutaient !

— Ce n'est pas mon genre d'aller sous la table, sourit Gorvenal. Plus simplement, j'ai été mis au courant par un informateur.

— Lequel ?

— Quelqu'un qui se fait appeler Papinianus.

— Papinianus ? Ma foi, pour être candidat à une élection présidentielle, ce n'est pas très indiqué. Mais pour un nom secret, cela me paraît idéal. Qui est-ce ?

— Quelqu'un d'autre refuserait de me croire. Mais toi qui évolues dans les sociétés secrètes, tu sauras que je dis la vérité : je ne sais pas du tout qui il est.

— Tu ne le connais pas ?

— Absolument pas, confirma Gorvenal. Il m'envoie tous ses messages en signant Papinianus. Pour le reste… Il peut être blanc ou noir, grand ou petit, chinois ou roumain. Je n'ai aucune idée de son identité ni de ce qu'il fait dans la vie. Quoique, pour connaître ce genre d'informations, il doit exercer des fonctions très élevées. Mais lesquelles, je suis incapable de le dire. Papinianus… Je ne sais rien d'autre de lui.

— Mais si tu ignores de qui il s'agit et où il se trouve, comment fais-tu pour communiquer avec lui ?

— Exactement comme je communique avec toi : à travers un intermédiaire. Entre toi et moi, il y a le Trois d'Épée. Entre Papinianus et moi, il y a une autre personne. Quand il veut me contacter, il s'adresse à elle et elle me transmet le message. Cela dure ainsi depuis deux ans. Bien sûr, cela fait un peu romanesque, mais cela ne me déplaît pas.

— Je reconnais bien là ton goût pour Rocambole et Fantômas ! grinça le Bateleur. Et cet intermédiaire, qui est-ce ?

Sans un mot, Gorvenal sortit un portefeuille de sa veste et en extirpa une petite carte de bristol qu'il jeta sur la table. Le Français s'en empara et, sous la faible lumière, essaya de lire : *Duchessa Monica Ferri di Lazzaro – Via della Fontana, 13 – Mirano, Venezia, Italia.*

— Diable, une femme, et duchesse en plus ! Tant qu'à faire dans le romanesque, tu vas jusqu'au bout ! Elle est séduisante ?

— Je ne sais pas pourquoi, mais j'aurais parié que ce serait la première question que tu poserais ! sourit le président haïtien. Oui, elle est très séduisante. J'ajouterais même que c'est le genre de femme que tout homme rêve d'avoir comme épouse. Ou comme maîtresse, selon les préférences. Moi, je suis déjà marié. Mais toi, tu as encore ta chance ! Bref, cette dame connaît Papinianus. Comment et pourquoi elle l'a connu, je n'en sais rien. Mais elle le connaît. Alors, elle me transmet ses messages. Bien entendu, je lui donne une petite gratification pour le service : quelques dollars n'ont jamais fait de mal à personne. Voilà, je crois que je t'ai dit tout ce que j'avais à te dire. À moins que tu n'aies encore des questions à me poser.

Le Bateleur en avait une, et il grignota une cacahuète avant de la lancer sans détour.

— Pourquoi me parles-tu de cela ? En quoi cela me concerne-t-il ?

— Eh bien, je me le suis demandé aussi. Vois-tu, Papinianus m'a révélé l'existence de la Commission secrète voici deux ans. Et il y a six mois qu'il m'a confirmé la rédaction de ce traité d'alliance. Alors, pendant six mois, je me suis interrogé : à qui pouvais-je parler de ces faits ? Et d'abord, devais-je en parler à quelqu'un ? Finalement, je n'ai trouvé qu'une personne : toi.

— Je ne me savais pas si important ! répliqua le Bateleur sur un ton caustique.

— Je n'ai pas dit que tu l'étais, renvoya Gorvenal sur le même ton. Mais je ne m'imagine pas en train de raconter cette petite histoire à mes collègues chefs d'État de la planète. La plupart ne me croiraient pas, et les autres feraient semblant de n'avoir rien entendu. Tu sais qu'à ce niveau, les religions sont et demeurent un sujet tabou. Pas question non plus d'en parler à mon entourage, même mes plus proches conseillers : il y aurait inévitablement des fuites. Il y en a toujours. Alors... alors, j'ai pensé à toi. Bien sûr, à première vue, cela ne te concerne pas. Mais à deuxième vue...

— Je crois comprendre ce que tu veux dire. Mieux vaut être au courant de ce genre de choses. Même si, en effet, je ne crois pas que les agissements occultes des curés et des imams me concernent directement. D'ailleurs, ce qu'ils font ou ce qu'ils disent ne me concerne en rien.

— Je sais ce que tu penses des religions et des religieux, sourit le président. Moi, je m'efforce de ne pas être négatif : l'Église catholique nous a quand même aidés à nous débarrasser de l'horrible dictateur Duvalier.

Le Bateleur se permit de faire la moue.

— Pardonne-moi de ne pas m'extasier : l'Église a renversé Duvalier après l'avoir longtemps soutenu ! Trop longtemps pour que ce soit un accident.

Il finit son verre d'un trait et observa le fond.

— Excellent, ce brandy. L'Espagne est le pays du brandy : ils prennent les hectolitres de vin qu'ils ont en surplus et les laissent mûrir jusqu'à les porter à 36 % d'alcool. Des milliers de bouteilles contenant des merveilles.

Il reposa le verre. C'était un peu bête, mais cette ambiance de mystère et de secret ranimait son âme d'enfant.

— Et maintenant, qu'allons-nous faire ? demanda-t-il simplement.

Gorvenal répondit tout aussi simplement.

— Rien du tout, car nous ne nous verrons plus.

Le Bateleur s'immobilisa. Son cœur se mit à battre. Il comprenait par instinct qu'un moment important approchait.

— Que dis-tu ?

Le président haïtien se pencha par-dessus la table.

— Christian…

Le Bateleur frissonna. Son ami ne l'avait plus appelé par son prénom depuis une éternité. S'il le faisait, dans la demi-pénombre de ce lieu, c'est que l'heure était grave.

— … Nous ne devons plus nous revoir. Ce que je viens de te dire est dangereux, excessivement dangereux. Je sais que tu le mesures tout seul. Si la conversation que nous venons d'avoir venait à s'ébruiter en dehors de cette pièce, ma carrière politique serait menacée. Ma carrière et sans doute aussi ma vie. Voilà pourquoi j'ai tellement hésité avant de t'apprendre cette information. Je savais que, si je te disais un mot, un seul, je serais ensuite obligé de rompre mes relations avec toi. Maintenant, c'est fait. Il m'est impossible de revenir en arrière. Alors, nous allons nous quitter et ne plus nous revoir. Nous n'échangerons plus de messages. Plus aucun contact. Plus rien. La rupture totale. Je sais que c'est difficile, après l'amitié que nous avons vécue, mais il n'y a pas d'autre choix.

Le Bateleur était abasourdi. Il ne pouvait réaliser ce qu'il vivait.

— Mais voyons, Gorvenal, personne ne saura jamais...

— Écoute-moi, le coupa Banguillot. Les religions ont une puissance colossale. *Colossale.* Aucun président au monde n'aura jamais le centième du pouvoir que peut avoir le pape, par exemple. En comparaison, je ne suis qu'un modeste contremaître ! Ici même, à Haïti, je ne peux prendre une seule décision sans m'être assuré du soutien de l'Église catholique. Et il en est ainsi dans plus d'une centaine de pays ! Christian, cette alliance entre le christianisme et l'islam est ultrasecrète. Personne n'a le droit d'être au courant. Or, je suis au courant. Donc, je suis en danger. Ensuite, je viens de t'en parler. Donc, je suis doublement en danger. Et si *je* suis en danger, *tu* le seras aussi. Dès lors, la sécurité commande. Quittons-nous et n'ayons plus aucun contact. Je poursuivrai ma carrière politique et tu continueras à diriger ta société secrète. Il le faut. Dans mon intérêt et surtout dans le tien.

— Mais cette information...

— Tu es libre d'en faire ce que tu veux. À la seule condition de n'en parler à personne. Pour le reste, tu peux la garder dans un coin de ton cerveau ou essayer d'en savoir davantage. À toi de décider. Quant à moi, je vais oublier l'existence de Papinianus, de la Commission secrète et de ce maudit document. Je ne veux plus y penser. Le fait seul d'y penser serait déjà dangereux pour moi.

Le silence retomba dans la pièce. Cette fois, il était lourd comme du plomb. Gorvenal fut le premier à se relever. Il dressa sa stature imposante sous la pauvre lumière de l'ampoule. Le Bateleur l'imita avec regret. Ils restèrent face à face pendant plusieurs secondes. Puis, avec des gestes lents, ils s'embrassèrent. Pour la dernière fois. C'est à ce moment qu'ils prirent conscience que, en effet, ils ne se reverraient plus. Leur amitié avait été bizarre. Ils ne s'étaient guère rencontrés que six ou sept fois durant toute leur existence. Le reste du temps, ils n'avaient communiqué que par messages. L'émotion asséchait la gorge du Bateleur.

— Christian, je voudrais te remercier, pour tout ce que tu as fait, pour les services que tu m'as rendus. Ils m'ont été précieux. Mais par-dessus tout, je voudrais te remercier d'avoir été mon ami. C'est cela que j'aurai le plus apprécié en toi : ton amitié. Je suis fier d'avoir été ton ami. Et maintenant, adieu, et bonne chance.

Le président de la République d'Haïti tourna les talons et son dos carré disparut par une porte sombre qu'il referma derrière lui. Le Bateleur dut se secouer pour rejeter son trouble. En quittant Paris, il s'était attendu à beaucoup de choses, mais certainement pas à celle-là… Une page de sa vie venait de se tourner. Une partie de sa jeunesse venait de s'envoler. Faisant un effort sur lui-même, il quitta à son tour la pièce par l'autre porte.

Il retrouva le vieux Noir qui attendait dans le couloir. Sans un mot, il l'emmena jusqu'aux trois gorilles qui attendaient aussi. Ils refirent le chemin en sens inverse et ressortirent dans la petite ruelle où sommeillait la voiture. Celle-ci les ramena à Kenscoff.

Ils se garèrent dans le parc, alors que la montre indiquait cinq heures du matin et que le jour pointait timidement. Le Bateleur mit pied à terre, sans un mot pour ses accompagnateurs qui repartirent d'ailleurs comme ils étaient venus. Il entra dans la villa. Le Trois d'Épée, qui n'avait pas dormi, l'attendait au milieu du salon.

— Alors ? interrogea-t-il. Je suppose que cela t'a fait plaisir de le revoir...

Le Bateleur ne répondit pas. Il alla directement dans la chambre, le visage fermé. Son ami comprit alors qu'il venait de vivre une intense émotion et qu'il fallait le laisser seul.

* *

Il mit la journée suivante à récupérer. Une journée qu'il passa complètement isolé, sans adresser la parole à personne. C'est seulement après le dîner qu'il rappela au Trois d'Épée qu'il devait repartir.

— J'ai une idée pour t'éviter les formalités à l'aéroport : tu vas prendre mon avion privé qui t'emmènera à la Martinique. Là, tu devrais trouver facilement un vol pour Paris.

Le Haïtien observa le Français avec attention.

— Tu ne peux pas me révéler ce que t'a dit Gorvenal ?

— Non, je ne peux pas, répondit laconiquement le Bateleur.

En tournant le regard vers le parc, il aperçut Eugénie qui attendait, vêtue d'une robe.

— Vous allez sortir ? s'étonna-t-il.

— Oui, confirma le Trois d'Épée. Nous nous rendons dans un *hounfor*, pour assister à une cérémonie vaudou. Bof, j'y vais surtout pour elle. Elle y croit vraiment. Moi, tu sais... Tu veux venir avec nous ?

Le Bateleur faillit accepter. Mais il finit par refuser. Il n'avait rien contre le vaudou, mais désapprouvait les sacrifices d'animaux. C'était la seule chose qui le gênait dans cette forme de magie.

Le lendemain, il quittait donc la luxueuse villa. Le Trois d'Épée regarda s'éloigner la voiture qui emportait son ami. Jamais il ne saurait ce que le président de la République d'Haïti avait bien pu lui révéler. Il haussa les épaules et retourna à ses occupations.

La duchesse

Comme prévu, l'avion privé transporta le Bateleur jusqu'à la Martinique. Là, il prit une correspondance pour Paris.

Revenu dans le petit bureau de la rue de Paradis, il s'installa et… commença à hésiter. Il hésita, hésita, hésita pendant deux semaines. La question qui le tourmentait était simple : devait-il parler de cette affaire au Pape et à l'Empereur ? Il en brûlait d'envie. Mais il avait promis à Gorvenal de garder le secret.

Vint le jour de la réunion mensuelle des gérontes, et il hésitait encore en remontant le boulevard de Strasbourg. C'est en passant sous le porche du numéro 38 qu'il prit sa décision. Il allait leur en parler. Bien sûr, il était conscient de commettre une trahison morale envers son ami Joseph Banguillot. Mais… il ne pouvait laisser le Pape et l'Empereur dans l'ignorance de faits aussi importants. Ou alors la Société secrète, qu'il avait bâtie si patiemment, n'aurait eu aucun sens. Tant pis.

Ce jour-là, c'était lui qui dirigeait la réunion. Ayant épuisé l'ordre du jour, il garda un instant de silence, sous la faible lumière de la bougie rituelle. Finalement, il s'adressa à ses deux collègues.

— Mes amis, je dois vous apprendre une information très importante, et même incroyable par certains aspects. C'est une affaire si spéciale que je dois vous demander de jurer de la garder absolument secrète, de n'en parler à personne en dehors de cette pièce.

— Mais nous jurons cela au début de chaque réunion, s'étonna l'Empereur.

— Il s'agit d'une chose tout à fait particulière. Jurez de garder le secret si vous voulez que je vous le dise.

Vraiment étonnés, les deux gérontes le jurèrent aussitôt. Le Bateleur soupira, puis ouvrit la bouche. De ses lèvres coula l'information confidentielle qu'il avait entendue à Haïti. Ses interlocuteurs demeurèrent ébahis, voire incrédules.

— Eh bien, parvint à dire le Pape, tu nous en apprends une bien bonne ! Le Vatican et les autorités de La Mecque qui négocient en secret ! Les catholiques et les musulmans qui unissent leurs efforts après des siècles de guerre et de méfiance ! C'est un événement historique.

— Et inattendu, pour employer un euphémisme, ajouta l'Empereur. J'ai du mal à y croire. Mais comment l'as-tu appris ?

Le Bateleur soupira à nouveau. Il se résigna à leur révéler l'histoire de Gorvenal. Nouvelle stupéfaction de ses deux collègues.

— Eh bien, tu nous fais des cachotteries ! s'écria encore le Pape. Le président de la République d'Haïti ! Il te transmettait des informations et tu ne nous disais rien !

Le Bateleur préféra hausser les épaules.

— Je ne vous ai fait aucune cachotterie. Le président Banguillot ne faisait absolument pas partie de la Société secrète. Ses relations avec moi étaient strictement personnelles. Simplement, nous avions intérêt à les garder secrètes. Alors, il a pris un nom de code, Gorvenal, et nous communiquions en toute discrétion. Je parle au passé, car nos contacts sont bel et bien terminés : après m'avoir appris cette incroyable nouvelle, il a décidé de rompre définitivement avec moi, par mesure de précaution.

— Précaution ? s'étonna l'Empereur. Et de quoi a-t-il peur ? Un chef d'État a du pouvoir, non ?

— Le pouvoir des chefs d'État n'a aucune commune mesure avec celui des religions, et Banguillot le sait. S'il entrait en conflit avec l'Église catholique, il n'en aurait plus pour longtemps. Maintenant, je vous le demande : que pensez-vous de cette information ? Toi, Pape.

Kowalski réfléchit une seconde.

— Ma foi, je te remercie de nous l'avoir apprise. C'est une énorme surprise pour moi. Mais franchement, je ne vois pas en quoi elle nous concerne. Ces braves gens dirigent des religions et nous dirigeons une société secrète. Ne mélangeons pas les genres ! Nous ne marchons pas sur le même terrain.

— Et toi, Empereur ?

— Je suis du même avis que le Pape, répondit Schneider. Le Vatican et les leaders religieux de La Mecque peuvent bien discuter dans la coulisse. Du moment qu'ils ne s'occupent pas de nous... Vivons et laissons vivre. Et puis, que devrions-nous faire ? Je ne le vois vraiment pas.

Le Bateleur réfléchit à son tour.

— J'espère que vous avez raison. Oui, j'espère de tout cœur que ces événements ne nous concernent en rien. Cependant, je voudrais faire une réflexion. Toutes les religions du monde sont bâties sur le même modèle. Il y a les fidèles d'en bas, autrement dit les peuples. Ceux-là sont de pauvres naïfs qui croient sincèrement ce qu'on leur raconte. Ils sont généralement tolérants et sympathiques. Enfin, résumons, ils ne sont pas dangereux. Et puis, il y a les fidèles d'en haut. Ceux qui commandent. Ceux qui décident. Et ceux-là ne sont ni naïfs, ni tolérants, ni sympathiques. Ils savent très bien ce qu'ils veulent et comment l'obtenir. Soyons brefs et clairs : si les cardinaux romains et les cheikhs saoudiens se réunissent en secret, ce n'est sûrement pas pour parler de charité, d'amour du prochain ou du sexe des anges ! Ils doivent poursuivre des buts plus matériels, c'est-à-dire plus politiques. N'oublions pas que le christianisme et l'islam sont deux religions à l'échelle planétaire. Alors, j'espère que vous avez raison et que ce traité d'alliance ne nous concerne en rien. Je l'espère vraiment.

N'ayant plus rien à dire, il mit fin à la réunion. Tous trois saluèrent la Lune, qui leur souhaita une bonne journée avec un sourire exquis. Ils se retrouvèrent sur le boulevard de Strasbourg, battu par un vent de plus en plus froid. Là, ils se serrèrent la main pour se quitter. Le Pape fit un petit clin d'œil au Bateleur.

— Quand même, tu m'en as bouché un coin, avec ton président !

Il s'éloigna, accompagné par l'Empereur. Dalleray resta immobile et pensif. Bien sûr, il ne regrettait pas d'avoir parlé à ses deux amis. Ils avaient le droit de savoir. Mais la trahison commise envers Joseph Banguillot lui procurait encore un remords. Bref, il leur avait tout dit. Tout, sauf un détail qu'il avait préféré garder pour lui. Il sortit de sa poche la petite carte et la lut encore : *Duchessa Monica Ferri di Lazzaro – Via della Fontana, 13 – Mirano, Venezia, Italia.* Un nom, une adresse, un mystère. Il haussa les épaules avec fatalisme et rejoignit la rue de Paradis.

**

Les jours passèrent. Il avait repris son train-train habituel, alternant ses passages à l'I.F.I.L. (où il devait bien parfois faire acte de présence) et ses venues au petit bureau de location d'où il dirigeait la Société secrète. Mais quelque chose avait changé, et il avait beau le refouler et le refouler encore, cela revenait sans arrêt. Une sorte de curiosité inexplicable. Papinianus. Le nom trottait dans sa tête. Quand il mangeait. Quand il marchait. Quand il se penchait sur l'ordinateur. Pas moyen de s'en défaire. Papinianus… Mais qui diable pouvait être cet homme ?

Il avait beau se dire et se répéter que cela ne le regardait pas, qu'il pouvait vivre sans le savoir (de même qu'il vivait en ignorant beaucoup d'autres secrets), la pensée revenait inlassablement. Il voulait percer ce mystère. Bien sûr, il ne serait ensuite ni plus grand ni plus riche. Peut-être serait-il déçu, d'ailleurs. Mais c'était plus fort que lui.

Un matin, en se frottant les mains à l'eau de Cologne, il prit sa décision. Bien sûr, si Joseph Banguillot avait été au milieu, il ne s'en serait pas mêlé. Mais son ami haïtien s'était complètement retiré de cette affaire. Alors, s'il commettait une bêtise, il serait du moins le seul à en supporter les conséquences. Le torse nu, il décrocha le téléphone.

— Allô, Alitalia ? Je voudrais une réservation pour Venise, je vous prie... Oui, aujourd'hui même, si possible.

Deux heures après, il décollait. Passionné par un article de *La Repubblica*, il ne vit rien du survol des Alpes. Qu'importait. Un peu plus tard, l'avion se posait sur la piste de l'aéroport Marco Polo. Il ne put réprimer un sourire. *Aeroporto Marco Polo*. Eh oui, Venise avait donné le nom de Marco Polo à son aéroport. Après l'avoir traité de menteur et jeté en prison ! Décidément, le temps arrangeait bien des choses...

Un autobus l'emmena vers le sud, jusqu'à Mestre, la partie continentale de la Cité des Doges. Là, il chercha, faillit prendre un taxi. Mais il trouva finalement un deuxième autobus qui allait à Padoue en passant par Mirano. Le long véhicule s'engagea dans la campagne vénitienne, parmi les vignes qui couvraient la terre jusqu'à l'horizon. Le légendaire vignoble de Vénétie qui avait régalé des générations. Le Bateleur descendit à Mirano. Ayant mis pied à terre, il entra dans un bar pour avaler un *espresso*. Il en profita pour demander :

— *Via della Fontana, per favore...*

On lui indiqua la direction et il la suivit. La petite ville de Mirano était devenue le refuge des Vénitiens à la recherche d'un logement décent et chassés de la vieille cité par un immobilier délirant. Un deux-pièces à Venise coûtait plus cher qu'un F5 à Paris ! Seuls les Japonais et les Américains pouvaient se payer cela. Alors, on venait vivre à Mirano.

La *Via della Fontana* était une de ces banales rues provinciales qui ne faisaient rien pour être remarquées. Bien entendu, elle n'abritait aucune fontaine (mais voilà belle lurette que les noms des rues n'ont plus le moindre rapport avec ce qu'elles contiennent !). Le numéro 13 était une vieille demeure en pierre de taille à la façade un peu pâlie. C'est là que le Bateleur s'immobilisa subitement, prenant conscience de ce qu'il allait faire.

— Enfin, mon vieux, tu viens de Paris et tu vas frapper à la porte de personnes que tu ne connais pas, qui ne te connaissent pas, et à qui tu vas demander... Au fait, que vas-tu leur demander ? Tu ne le sais même pas ! Mon pauvre, tu vas te faire foutre dehors.

C'était une telle évidence qu'il rebroussa chemin, faillit regagner le bout de la rue. Mais il se reprit. Avoir fait tout ce chemin pour rien... Après tout, il en serait quitte pour une petite blessure d'amour-propre. Il retourna au numéro 13 et frappa franchement sur la lourde porte. Cette dernière s'écarta peu après, laissant apparaître une femme brune qui l'observa avec de grands yeux étonnés.

— *Si, signore ?*

Il soupira, puis se lança.

— Madame la duchesse Monica Ferri di Lazzaro ?

— C'est moi-même. Que voulez-vous ?

Il se demandait quoi dire. Alors, il alla droit au but.

— Papinianus..., dit-il simplement.

Il se doutait qu'elle serait stupéfaite. Elle le fut. Elle resta immobile en le fixant de ses grands yeux. Mais il ne se doutait pas de ce qui allait suivre.

— Vous êtes français ? répondit-elle. Je le reconnais à votre accent. Je suppose que vous êtes celui qu'on appelle Cléanthe ?

Ce fut son tour d'être stupéfait ! Entendre ce nom en cet endroit, et prononcé par cette personne... Ils s'observèrent un instant. Inconnus l'un de l'autre, et pourtant... La femme écarta le battant.

— Veuillez entrer, monsieur. Je vous attendais.

Elle l'attendait ! Il était encore abasourdi en entrant. Il s'aperçut à peine que la porte se refermait dans son dos.

— Veuillez me suivre, lui dit-elle.

La duchesse le guida jusqu'à un salon, meublé dans un style très campagnard. Avec même une cheminée (désaffectée, évidemment) pour faire plus vrai.

— Veuillez vous asseoir. Je suis en train de boire de la *grappa*, mais si vous préférez du cognac...

Encore ahuri, il répondit avec un temps de retard.

— Non, non, la *grappa* ira très bien. Je vous remercie.

Il se laissa tomber dans un fauteuil profond. Elle déposa le verre sur une table basse et s'installa en face de lui. Alors seulement, il put détailler son interlocutrice.

Une femme entre trente-cinq et quarante ans, brune, à la peau légèrement mate. Et très belle. Oh, pas la beauté de ces bimbos qui peuplent désormais les écrans de télévision et les sites Internet. Une autre beauté, plus difficile à définir. Une séductrice moderne. D'ailleurs, elle portait l'uniforme de la séductrice moderne : un tailleur noisette impeccablement coupé, un foulard rouge et bleu noué sur l'épaule, des petites chaussures luisantes comme des bijoux. Si la marquise de Merteuil vivait aujourd'hui, elle s'habillerait ainsi.

Elle croisa les jambes de façon millimétrée et la jupe s'arrêta automatiquement au-dessus du genou, comme marquant une ligne invisible. Malgré lui, le Bateleur frissonna de la tête aux pieds. Une femme. Une vraie.

— Eh bien, monsieur, vous avez l'air surpris.

— On le serait à moins ! Pour être franc, je m'attendais à me voir claquer la porte au nez.

Il but une gorgée de *grappa* pour se remettre.

— Dites-moi quels sont vos motifs d'étonnement et je m'efforcerai de les dissiper, l'encouragea-t-elle.

— En réalité, je n'en ai que deux. Vous semblez me connaître et vous m'attendiez. De quoi rester bouche bée, non ? Alors, procédons par ordre : comment me connaissez-vous ?

— Je ne vous connaissais pas, répondit-elle doucement. Enfin, pas vraiment. Jusqu'à aujourd'hui, je ne connaissais que votre nom secret, Cléanthe.

— Et comment le connaissiez-vous ?

— Par un ami commun : Joseph Banguillot, président de la République d'Haïti. C'est lui qui m'a parlé de vous. Compliments !

— Pourquoi, compliments ? s'étonna-t-il à nouveau.

Elle se permit un sourire.

— Ce cher Banguillot était dithyrambique en parlant de vous ! Intelligent, droit, d'une honnêteté et d'une intégrité sans faille, avec des principes très stricts, fidèle à ses convictions et à ses amis. Un homme, un vrai. Je cite textuellement ses paroles.

— Eh bien, il ne m'a jamais dit cela en face ! grinça-t-il avec ironie.

— En fait, avec le portrait qu'il me faisait de vous, je vous imaginais beaucoup plus vieux. Avec un ventre un peu bedonnant et un crâne un peu dégarni. Maintenant, je comprends un peu mieux son admiration :

avoir réussi ce que vous avez fait à votre âge est effectivement remarquable. Je veux parler de la Société secrète.

— Il vous a aussi parlé de ça ? C'était pourtant confidentiel, entre lui et moi.

— Oh, rassurez-vous. Il n'a absolument pas trahi votre confiance. Il m'a seulement raconté qu'avec deux amis, vous avez réussi à monter une société secrète, qui est aujourd'hui implantée dans un certain nombre de pays et qui fonctionne de mieux en mieux. Alors, je suis d'accord avec lui : avoir fait cela à votre âge, bravo !

— Merci pour les fleurs. Maintenant, madame, je crois que vous avez raté un épisode. Ou plutôt, que notre ami commun Joseph n'a pas eu le temps de vous le rapporter. Je ne m'appelle plus Cléanthe. Avec mes amis, nous avons décidé de changer nos noms secrets, pour des raisons de sécurité.

— Eh bien, ce n'est pas que cela me regarde, mais comment faut-il vous appeler dorénavant ?

Il sortit de sa poche une carte qu'il lui tendit. Elle s'en empara.

— Tiens, le Bateleur ! Une lame du tarot ! C'est original. Vous aimez jouer à prédire l'avenir ?

— La divination ne fait pas partie de mes croyances, madame.

— Ma mère y croyait. Elle a passé toute mon enfance à me tirer les cartes. Je ne perdrai pas de temps à vous énoncer tout ce qu'elle m'a prédit, mais je dirai, en gros, qu'il m'est arrivé à peu près le contraire !

Ce fut son tour de sourire. Décidément, il ne regrettait pas d'avoir fait le voyage.

— Le Bateleur, soit, reprit-elle. Mais votre vrai nom ? Je ne l'ai pas bien saisi à l'entrée.

— Christian Dalleray, répéta-t-il.

— Vous voyez, Banguillot ne vous a absolument pas trahi : j'ignorais même votre véritable identité.

Il but une nouvelle gorgée de *grappa*.

— Bien, voilà le premier mystère éclairci. Maintenant, le second : vous m'attendiez. Et comment saviez-vous que j'allais venir, puisque vous ne me connaissiez pas ?

— À cause de Papinianus, répondit-elle très naturellement. Si Banguillot m'a parlé de Cléanthe, je suppose qu'à vous il a parlé de Papinianus.

— Tout à fait exact, confirma-t-il. Voici, en gros, ce qu'il m'en a dit : c'est un personnage mystérieux, sans nom et sans visage, qui vous utilisait comme intermédiaire pour lui transmettre des messages. En fait, des informations ultraconfidentielles.

— Il a dit vrai. J'ai connu Banguillot pendant un voyage aux Caraïbes, il y a quelques années, alors qu'il n'était pas encore président. Quant à Papinianus… Ma foi, je garderai cela pour moi. Ensuite, ils ont commencé à échanger des messages et je servais de boîte à lettres. Je recevais la missive de l'un et je la transmettais à l'autre. Mais voici un peu plus de trois mois…

— Banguillot a cessé brusquement sa correspondance, coupa-t-il.

— Exactement. Il m'a fait savoir qu'il rompait ses relations avec moi et qu'il m'ordonnait de ne plus chercher à le contacter. Je lui ai demandé pourquoi, bien sûr. J'ai cru comprendre que les informations qu'il recevait de Papinianus devenaient extrêmement dangereuses. Si dangereuses qu'elles pouvaient mettre en péril sa carrière politique, et même sa vie. Ce qui ne m'étonne guère, d'ailleurs.

C'est avec une certaine appréhension qu'il posa la question qui s'imposait alors.

— Et vous, connaissiez-vous les informations que Papinianus faisait parvenir à Banguillot ?

— Absolument pas, répondit-elle fermement. J'ai toujours tenu à ne pas le savoir. Je me contentais de transmettre les messages. Si j'avais su le contenu, l'un ou l'autre aurait sans doute perdu confiance en moi. Alors, peut-être ai-je l'air idiote, mais non, je ne sais pas du tout ce qu'ils se disaient.

Il soupira intérieurement. Ouf, cela lui faisait un problème en moins ! Et à elle aussi, probablement.

— Cela ne me dit toujours pas comment vous saviez que j'allais venir chez vous.

— Quand Banguillot m'a communiqué qu'il rompait ses relations avec moi, j'ai immédiatement compris qu'il vous en parlerait à vous. Vous êtes le seul au monde en qui il ait une confiance totale. Il ne vous laisserait pas dans l'ignorance si le dernier message de Papinianus était grave. Et il l'était manifestement ! Ensuite...

Elle l'observa avec amusement.

— Ensuite, je savais que la curiosité serait la plus forte. Nous ne sommes que des êtres humains, n'est-ce pas ? Banguillot ne pouvait vous dire qui est Papinianus, puisqu'il l'ignore. Alors, je me doutais que vous viendriez, pour le savoir.

Admiratif, il posa son verre.

— C'est à mon tour de vous complimenter, madame. Un héros de John Le Carré n'aurait pas mieux calculé ! Mais nous sommes désormais deux orphelins : Banguillot a également rompu ses relations avec moi, et pour les mêmes raisons. Il estime que sa situation est devenue dangereuse et il ne veut pas me compromettre. Je ne vous cacherai pas que cela m'a fait mal, très mal. C'était un ami auquel je tenais beaucoup.

— Moi aussi, dit-elle.

Il n'osa lui demander quel sens le mot ami prenait avec elle… Mais à ce moment, un bâillement lui échappa.

— Vous n'avez pas mangé ? s'étonna-t-elle.

— Oui : un sandwich dans l'avion, sourit-il.

— Je vais vous préparer à dîner.

Il l'arrêta dans son mouvement.

— Madame, je m'en voudrais de vous imposer une cuisine et une vaisselle à cause d'un étranger qui s'est introduit chez vous. Non, en venant, j'ai aperçu un restaurant au coin de la rue. Je vous invite. J'insiste. Après la conversation que nous venons d'avoir, il serait inconcevable que je reparte sans vous avoir offert un repas. Au moins cela.

— Pourquoi pas ? Cela nous permettra de poursuivre notre conversation.

Elle disparut, pour revenir avec un sac à main, et ils sortirent de la maison. Le soir était tombé. Ils remontèrent la rue, comme un couple quelconque, et entrèrent dans le restaurant. À cette heure-là, il était encore presque vide, ce qui leur assurait la discrétion. Un serveur les installa près de la fenêtre. Le temps de jeter un coup d'œil sur le menu et le garçon revenait en tenant un carnet. Le Bateleur commanda le premier.

— Je prendrai une assiette de *coppa*, puis une entrecôte à la *mozzarella*, avec une demi-bouteille de *chianti*.

— *Molto bene, signore.* Et vous, *signora* ?

La duchesse ouvrait la bouche pour répondre, mais le Bateleur ne lui en laissa pas le temps. Il avait déjà sorti un petit calepin de sa poche et il lut tranquillement :

— Vous donnerez à madame une assiette de jambon de Parme, une escalope au *gorgonzola* et une demi-bouteille de *Valpolicella*. Ensuite... Eh bien, madame ne prend pas de café.

— Très bien, monsieur.

Le serveur s'éloigna. La duchesse s'était immobilisée sur sa chaise, en fixant son interlocuteur. Elle déplia lentement la serviette et l'étala sur sa jupe.

— Mais monsieur, finissez, voyons. Finissez de lire vos notes à mon sujet.

Le Bateleur haussa les épaules et reprit le calepin.

— Bof, il n'y a rien que vous ne sachiez : vous vous appelez Monica Ferri di Lazzaro, vous êtes duchesse, d'une vieille famille vénitienne remontant au XVIe siècle. Vous comptez parmi vos ancêtres... Eh bien, des cardinaux, des amiraux, deux ou trois chefs de cabinet de différents ministres, et même un membre fondateur de la démocratie chrétienne. Vous avez... Oh, pardon, je n'ai pas demandé votre âge, mais on me l'a dit néanmoins. Vous êtes mariée à un riche homme d'affaires de Bologne, mais vous vivez séparée de lui depuis quelques années. Il habite à New York avec un célèbre top model. Vous avez une fille, prénommée Antonella, qui a fréquenté un très bon collège en Angleterre et qui étudie aujourd'hui le droit à Milan. Quant à vous, vous êtes copropriétaire de plusieurs demeures historiques qui font office de sites touristiques et de cinq ou six chevaux de course. À une époque, vous possédiez aussi un hôtel à Haïti, et c'est ainsi que vous avez rencontré Joseph Banguillot. Vous aimez l'art de la Renaissance, la littérature classique et le lac de Côme où vous allez souvent vous purifier les poumons.

Il referma le calepin et le reposa sur la nappe. Bonne joueuse, la duchesse réagit par un petit sourire.

— Eh bien, j'espère qu'on ne vous a pas dit aussi si je portais une culotte !

— Oh, j'ai cherché à le savoir, mais personne n'a pu me répondre.

Ils rirent tous deux. Une heure avant, ils se seraient croisés dans la rue sans se remarquer. À présent, ils avaient déjà beaucoup de choses en commun.

— Je savais bien que vous tiriez les cartes, glissa-t-elle avec ironie. Ou alors, c'est que votre société secrète est bien organisée à l'heure de se renseigner sur les gens.

— Oh, il n'y a rien de sorcier : un coup de fil à un détective privé qui réside à Padoue et, huit jours après, il vous fait un rapport complet. Comprenez que, après ce que m'avait révélé Banguillot, je pouvais difficilement débarquer chez vous à l'aveuglette. Maintenant, bon appétit.

Ils s'attaquèrent, lui à sa *coppa*, elle à son jambon de Parme. Elle montrait d'ailleurs un coup de fourchette égal au sien ! Il reposa sa serviette et décida d'attaquer.

— Bien, madame, allons droit au but : qui est Papinianus ?

— J'ai attendu patiemment que vous veniez en Italie et que vous me posiez cette question. J'ai donc eu le temps de préparer ma réponse.

— Je brûle de la connaître.

— Je ne demande qu'à satisfaire votre curiosité. Mais pour cela, j'aurais une condition à poser. Une seule.

Il se méprit et lança avec maladresse :

— Vraiment ? Et... C'est combien ?

— Mais qui vous a parlé d'argent ? C'est autre chose que je souhaite.

— Je vous écoute.

— Ce que je vous demanderais, ce serait d'accepter ma société secrète dans la vôtre. De nous intégrer parmi vous, en quelque sorte.

Surpris, il immobilisa sa fourchette par-dessus l'assiette.

— Vous avez une société secrète ? s'étonna-t-il.

— Oh, beaucoup plus modeste que la vôtre ! Nous ne sommes qu'une dizaine. En réalité, c'est une sorte de tradition familiale qui a commencé au XVIIIe siècle. À l'époque, il était assez courant de voir les dames de la haute société se grouper pour former des groupes occultes. Il faut comprendre que les marquises et les duchesses de ce temps s'ennuyaient beaucoup : tous les postes sociaux leur étaient fermés. À part papoter et tromper leur mari, elles n'avaient pas grand-chose pour s'occuper. Alors, elles se réunissaient, dans des salons, dans des boudoirs, n'importe où. Ensuite, fonder des associations secrètes devenait une conséquence logique. Beaucoup de grandes dames de l'époque l'ont fait.

— C'est vrai, confirma le Bateleur. D'ailleurs, l'exemple le plus fameux, du moins en France, reste celui de la duchesse du Maine. Cette femme, apparentée à Louis XIV, fonda en 1703, à la cour de Versailles, une société secrète qu'elle appela l'Ordre de la mouche à miel. Bien sûr, le nom peut faire rire. Mais personne n'avait envie de rire. Car cette petite confrérie fut mêlée à tous les complots politiques qui secouèrent le royaume de France pendant quinze ans. Jusqu'en 1718, quand le régent Philippe d'Orléans, excédé, ordonna la dissolution de l'Ordre et exila la duchesse du Maine dans une lointaine province. Pour tromper son ennui, elle devint la protectrice d'un jeune écrivain nommé Voltaire.

— Je vois que vous maîtrisez votre sujet, dit-elle, admirative. Banguillot ne m'avait pas menti à votre sujet. Bref, cela se faisait beaucoup à l'époque et une de mes ancêtres l'a fait. Dans la Venise du XVIIIe siècle, elle a recruté quelques dames de la grande aristocratie. Elles se retrouvaient de temps en temps, dans des endroits discrets, pour faire… disons, des cérémonies occultes, des rituels magiques, des incantations sataniques. Je ne sais trop, et ne cherche pas vraiment à le savoir. D'autant qu'elles ne nous ont laissé aucun document pour en juger. Ensuite, cette pratique s'est perpétuée de génération en génération parmi les femmes de ma famille. Bon, en réalité, je triche un peu avec la vérité, car elle s'était éteinte vers les années soixante. C'est moi qui ai décidé de la reprendre. Nous sommes aujourd'hui une dizaine de femmes habitant Venise, Bologne, Padoue et Trévise. Nous comptons parmi nous une avocate, deux journalistes, etc. Une fois par mois, nous nous réunissons dans un endroit secret, pour des assemblées secrètes. Enfin, disons la vérité : nous ne faisons rien de grandiose ! C'est un jeu plus qu'autre chose.

— Je sais, sourit-il. C'est souvent le cas. Les mots sociétés secrètes font peur, et pourtant ils ne cachent en général que des banalités sans danger. Lorsque nous avons fondé la nôtre, c'était plus ou moins cela. Mais vous n'acceptez que des femmes ? Vous êtes les Elven Sisters de Vénétie !

— Je vous demande pardon ? s'étonna-t-elle.

— Les Elven Sisters étaient une petite société secrète fondée en Californie dans les années soixante et entièrement composée de femmes, des jeunes intellectuelles de l'époque. Elle reflétait bien l'esprit des sixties : la drogue y était courante et l'homosexualité féminine quasi obligatoire.

— Je vous rassure : l'ambiance parmi nous est très différente ! J'oserais même dire que la plupart de mes amies ont une préférence bien tranchée pour les hommes.

— Et vous aussi ? glissa-t-il.

— Vous avez donné la réponse en lisant vos notes.

— Et maintenant, vous voulez nous rejoindre ?

— Oui, je vous demande de nous intégrer dans votre organisation. Nous deviendrons un de vos groupes, parmi tant d'autres. Bien entendu, nous accepterons vos règles et nous acquitterons les cotisations convenues. La seule chose que nous réclamerons sera de pouvoir continuer à élire nous-mêmes notre présidente. En ce moment, c'est moi.

— Hum, on n'entre pas dans une société secrète comme dans un club de bridge. Nous poursuivons des buts. Les connaissez-vous et y adhérez-vous ?

— Les connaître, pas totalement. Mais avec ce que Banguillot m'a dit sur vous, je n'envisage pas que vous parcouriez le monde pour répandre le totalitarisme et la haine raciale. Je suis même persuadée que vous faites tout le contraire. Alors, mes amies et moi ne gênerons en rien vos activités.

Le Bateleur tailla un morceau d'entrecôte et l'enfourna dans sa bouche en réfléchissant. En réalité, la requête de la duchesse n'avait rien d'extraordinaire ni d'ailleurs de surprenant. Elle était plutôt relativement banale dans ce monde parallèle. Depuis toujours, les petites associations clandestines essayent de rejoindre les grandes sociétés secrètes. Parce que cela leur permet de bénéficier de structures puissantes, d'être mieux soutenues. Aussi (ne soyons pas hypocrites) parce que cela leur assure un financement plus régulier. En d'autres termes, les petites sociétés secrètes rejoignent les grandes pour survivre. C'est ainsi que la franc-maçonnerie était devenue aux XVIIIe et XIXe siècles la première organisation initiatique du monde occidental : en absorbant tous les groupuscules isolés qui parsemaient l'Europe.

La demande de la duchesse était donc habituelle et, dans ce contexte si particulier, logique. Le Bateleur reposa sa fourchette.

— Eh bien, madame, vous m'embarrassez beaucoup. Si vous m'aviez réclamé cela il y a cinq ou six ans, je vous aurais répondu immédiatement. Oui ou non, je ne sais pas. Mais je vous aurais répondu. Seulement, cela m'est impossible aujourd'hui. Comme vous me l'avez dit avec gentillesse, la Société secrète est devenue importante : nous sommes près de dix mille, avec des structures bien établies. Je ne peux plus me permettre de décider seul. Tout ce que je peux vous promettre, c'est d'inscrire votre requête à l'ordre du jour de nos prochaines réunions. Elle sera discutée. Quant à savoir si elle sera acceptée ou rejetée, je ne peux vous le dire.

Il but une gorgée de *chianti* avant d'ajouter, presque malgré lui :

— Enfin, je peux vous promettre quand même que je la soutiendrai du mieux que possible.

Elle répondit en s'emparant à son tour de son verre.

— C'est plus ou moins la réponse que j'attendais de vous. Si vous ne faites que cela, je vous en serais déjà reconnaissante.

— Vraiment ? Et... Papinianus ?

— Désolée, mais ma position est ferme : je ne vous révélerai son identité que si mon groupe est accepté dans votre société secrète.

Il n'y avait rien à ajouter et ils n'ajoutèrent rien. La suite du repas se déroula avec une conversation sur Casanova, Cagliostro et les autres aventuriers du XVIIIe siècle. Après le dessert, le Bateleur regarda sa montre qui indiquait presque vingt-deux heures.

— Bien, madame, cela a été un honneur et un plaisir pour moi de vous connaître. Maintenant, je vais tâcher de trouver une chambre d'hôtel et, demain matin, je reprendrai l'avion pour Paris.

Elle répliqua par un regard déterminé.

— Que chantez-vous là ? Il ne sera pas dit que j'aurai reçu le meilleur ami de Banguillot et que je l'aurai laissé se morfondre dans un hôtel anonyme ! Même si ce cher Joseph a rompu avec moi, j'ai du respect pour lui. Écoutez, il y a une chambre d'amis chez moi, dont personne ne se sert jamais. Pour une fois, elle va être utile : vous y passerez la nuit. Et demain, pour vous ramener à l'aéroport, je connais un taxi local, très bon ami à moi, qui vous fera une petite réduction. Il n'y a pas de petits bénéfices, comme vous dites en France !

— Madame, je suis très gêné de m'imposer chez vous de la sorte...

Il était sincère en disant cela. Parce que c'était son caractère, et parce que le fait de naviguer dans le monde des sociétés secrètes enseigne la prudence. Mais elle balaya l'objection en s'emparant de son sac à main.

Il n'eut d'autre choix que de la suivre. Ils redescendirent la rue, désormais éclairée par les réverbères, jusqu'au numéro 13. Là, elle fit tourner la clé dans la serrure et poussa la porte. À peine eut-elle fait cela que l'inattendu fit sursauter le Bateleur. D'abord, l'intérieur de la demeure était éclairé, alors qu'ils avaient tout éteint en partant. Ensuite, un vacarme (celui, manifestement, d'un poste de télévision) les accueillait.

Il ne comprenait pas, évidemment. Mais la duchesse semblait comprendre, car elle entra dans une violente colère.

— Oh non, elle recommence ! s'écria-t-elle.

Elle se précipita jusqu'au salon, suivie par son visiteur, stupéfait. Et il le fut bien plus encore en débouchant dans la pièce. Au fond, près de la cheminée, la télévision était effectivement en marche, diffusant une émission quelconque. Mais surtout, sur la moquette bouffante, il découvrait une silhouette mollement allongée. Celle d'une jeune fille complètement nue. Il distinguait une tignasse brune, un dos relativement mince et, plus bas, deux fesses ravissantes, prolongées par deux jambes assez longues. Un spectacle charmant, mais tout à fait incongru en cet endroit.

La duchesse traversa la pièce à grandes enjambées et éteignit le téléviseur d'un geste furieux.

— Antonella, tu n'as pas honte ? Tu vois bien que nous avons un visiteur !

La demoiselle étendue ne manifesta aucun affolement. Elle tourna lentement la tête et montra au Bateleur un visage jeune, jeune, terriblement jeune. Elle avait dix-neuf ans (il le savait grâce à ses notes), et en paraissait quelques-uns de moins. Deux yeux indifférents scrutèrent le nouvel arrivant.

— Bonjour, monsieur, dit-elle.

Une phrase banale. Mais qui, en ces circonstances, prenait une sonorité de provocation. La duchesse sursauta à nouveau.

— Antonella, retourne immédiatement dans ta chambre, c'est un ordre !

La jeune fille mit deux bonnes secondes à réagir. Puis, sans se presser le moins du monde, elle daigna se redresser. Elle ramassa le livre qu'elle était en train de lire et sortit très lentement du salon. La silhouette nue monta un escalier et disparut dans un couloir. La duchesse s'approcha du Bateleur en soupirant.

— C'est ma fille, Antonella, expliqua-t-elle.

— Je l'avais compris, répondit-il. Je suis sincèrement navré d'avoir assisté à cette scène.

— Vous n'avez pas à l'être. Suivez-moi.

Elle lui fit monter l'escalier à son tour et le conduisit à une chambre, toute petite et sommairement meublée. Un grand lit occupait à lui seul les deux tiers de la superficie.

— J'espère que vous serez à l'aise. Je vous souhaite une bonne nuit. Désirez-vous qu'on vous réveille, demain matin ?

— Non, ne vous donnez pas cette peine : je suis assez grand pour me réveiller tout seul.

Au moment où elle sortait, il l'interpella.

— Vous voyez bien que mes notes sur vous étaient incomplètes : elles ne disaient rien sur ce sujet.

— Ma foi, en ce qui me concerne, je ne sais pas. Mais en ce qui concerne ma fille, si cela continue, elle n'aura bientôt plus de secret pour vous ! Bonne nuit.

Elle referma la porte et le laissa seul, comme dans une banale et anonyme habitation hôtelière.

Retenant sa fureur, la duchesse retraversa le couloir et entra en coup de vent dans la chambre d'Antonella. Celle-ci avait enfilé un semblant de T-shirt et un vestige de culotte, afin de donner l'impression qu'elle s'était habillée.

— Ton petit sketch t'a amusée, je suppose ?

Le ton sec ne désarçonna absolument pas la jeune fille.

— Oh, je t'en prie : ne me dis pas que ce brave monsieur a été traumatisé. À mon avis, il s'est bien rincé l'œil !

Ce genre de discussions étant habituel entre elles, la duchesse parvint malgré tout à se contenir. Elle donna à sa voix une autre intonation, férocement ironique.

— Ma chérie, je t'ai déjà dit à maintes reprises que montrer ses fesses à tout le monde n'est pas dans les traditions de notre famille.

Antonella renifla avec mépris.

— Les traditions de notre famille ? Ma chère maman, je te rappelle que la tradition familiale, c'est que nos ancêtres étaient toutes des putains. Les hommes allaient les ramasser sur le trottoir et les épousaient pour en faire des dames de l'aristocratie.

— Je te laisse cette conception très personnelle de l'histoire de l'Italie ! grinça la duchesse. Maintenant, j'en ai assez, assez et assez de toi. Quand tu es à Milan, j'ai envie de te voir revenir, car je sais les bêtises que tu fais à longueur de journée. Mais quand tu es ici, j'ai envie de te voir repartir, car voilà bien longtemps que je ne te supporte plus ! Il y a des jours où je regrette que le tribunal ne t'ait pas confiée à ton père, au lieu de m'imposer la charge de t'éduquer, si tant est que je puisse employer ce mot en voyant le résultat.

— Je n'ai pas besoin de toi ni de papa pour m'éduquer. Compte sur moi, je sais où je mets les pieds.

— Vraiment ? Écoute, quand tu vas traîner dans les nuits milanaises, j'espère bien que tu penses à prendre la pilule et que tu demandes aux garçons de mettre un préservatif. Si tu fais cela, et rien que cela, je t'aurai au moins enseigné quelque chose !

— M'enseigner quoi ? répliqua Antonella. Tu crois que je t'ai attendue pour découvrir l'existence des pilules et des préservatifs ? De toute façon, ce n'est pas toi qui vas me donner des leçons de morale.

La duchesse se raidit brusquement.

— Que veux-tu dire ? articula-t-elle.

La fille hésita une seconde. Puis elle haussa les épaules et se lança.

— Tu peux dire ce que tu veux sur moi. Mais toi, tu ne t'es jamais beaucoup défendue avec les hommes.

Folle de rage, la duchesse franchit d'un bond la distance qui les séparait et asséna à Antonella une gifle retentissante.

— Espèce de petite putain ! Tu mériterais... Écoute, je te préviens que si tu recommences à jouer avec la drogue, tu devras te débrouiller toute seule ! Plus question de dépenser une lire pour te payer des cures de désintoxication. Si mademoiselle veut s'empoisonner, elle le fera sans ma collaboration !

— La drogue ne m'excite plus ! se défendit la fille. Et puis, je fais ce que je veux.

— Pour une fois, je suis d'accord avec toi. À partir de maintenant, ce sera ainsi : toi de ton côté et moi du mien.

Au moment de sortir, la duchesse se retourna pour lancer une ultime flèche.

— Et à l'avenir, si tu veux trouver de l'argent, tu sais ce qu'il te restera à faire : te prostituer dans les rues de Milan. C'est-à-dire que tu feras à peu près ce que tu fais aujourd'hui, mais au moins tu seras payée !

Elle sortit en claquant la porte.

**

Le lendemain, le Bateleur se réveilla et s'habilla. Il prit un petit déjeuner rapide avec la duchesse. Comme promis, cette dernière avait appelé un taxi qui acceptait de l'emmener jusqu'à l'aéroport de Venise. Une fois sur le seuil, la curiosité le poussa à poser une question.

— Madame la duchesse, quand je correspondais avec Banguillot, je l'appelais Gorvenal. C'est le nom d'un personnage d'une légende celtique. Et vous, comment l'appeliez-vous ?

— Othello. Eh oui, je sais, ce n'était pas très original.

— Mais c'était plus joli. Au revoir.

Il se glissa à l'intérieur du taxi, dont la portière claqua. Avant qu'il ne parte, la duchesse approcha son visage avec un mince sourire.

— Ah, j'oubliais de vous dire : j'ai toujours eu horreur de l'escalope au *gorgonzola*. Votre détective privé a eu un petit raté…

Le taxi démarra tout de suite après. Il s'éloigna par la petite rue provinciale, si banale, si paisible.

Le Bateleur déjeuna à l'aéroport. L'avion décolla à quatorze heures trente. Rentré à Paris, il se rendit immédiatement à la rue de Paradis pour régler quelques affaires. Ses occupations étant nombreuses, il n'eut pas le temps de réfléchir. La nuit le surprit donc et il ne rentra chez lui que vers vingt-deux heures. Sans traîner davantage, il se déshabilla, se laissa couler dans le lit et ferma les yeux.

C'est alors seulement qu'il s'aperçut de ce qu'il n'avait pas encore remarqué. Il rêvait de la duchesse. L'image de la belle Vénitienne occupait tout son esprit. Il la revoyait assise près de la cheminée, marchant avec le sac à main en bandoulière, maniant sa fourchette au restaurant. Sa stupéfaction fut énorme. En effet, cette femme n'avait rien fait de particulier pour le séduire. Pas de regard appuyé, pas de pose suggestive. Rien. Pourtant... Avec un pouvoir diabolique, elle avait imposé son empreinte jusque dans le subconscient de son visiteur. Sans que celui-ci s'en rende compte. Maintenant seulement, il le réalisait.

Très énervé, il se retourna sous le drap, mais ne parvint pas à s'endormir.

Le Neuf d'Épée

Dans les jours qui suivirent, il réfléchit profondément et se rendit compte qu'il ne pourrait malheureusement pas tenir sa promesse à la duchesse. En effet, s'il proposait son adhésion à ses archontes, ceux-ci lui demanderaient évidemment pourquoi il désirait intégrer dans leur organisation cette femme inconnue pour eux, et il serait obligé de leur parler de Papinianus, et logiquement de Gorvenal. Absolument impossible. Alors, il devrait s'abstenir ou trouver un stratagème quelconque. Embarrassé, il tournait et retournait le problème dans sa tête.

Mais la vie avait repris son cours, entre ses passages à l'I.F.I.L. et les après-midi au petit bureau de la rue de Paradis. C'est là qu'il entra un jour, vers dix-huit heures, passablement fatigué. Il avait eu beaucoup de travail et venait juste pour consulter les éventuels messages. Ensuite, un bon dîner et au lit sans tarder. C'était du moins son intention. Il brancha l'ordinateur : sur la page d'accueil, il vit s'étaler les classiques lettres rouges : *Vous avez 1 message à lire....* Il lança la messagerie. À sa grande surprise, il lut le texte suivant :

Neuf d'Épée à Bateleur,

S'il vous plaît, venez vite chez moi, de toute urgence. Je dois vous parler. Je viens de faire une découverte. Une découverte terrible qui concerne toute la Société secrète. Je ne peux vous la dire par téléphone, c'est trop grave. Je vous en supplie, venez vite chez moi.

Signé : le Neuf d'Épée.

Il y avait de quoi rester perplexe, et il resta perplexe. D'abord, il ne voyait pas immédiatement de qui provenait le message. Il dut consulter le nom de l'expéditeur : J.C. Delouvain, inscrit à Club-Internet.fr. La mémoire lui revint : Jean-Claude Delouvain. Oui, il se souvenait de lui. Un égal, autrement dit un membre de la Société secrète qui dépendait de la zone sud de Paris.

Mais il n'était guère plus avancé. Que lui arrive-t-il ? se demanda-t-il. Il a l'air affolé. Une découverte terrible ? Quelle découverte ? Et pourquoi ne me la dit-il pas tout simplement dans son message ? Puis il se dit que rester debout à cogiter ne l'éclairerait pas. Il soupira et se résigna. Tant pis pour la soirée tranquille : il faudrait y aller. De toute façon, il se sentait intrigué et avait envie de savoir.

Soit. Mais la moindre des choses était quand même de passer par l'archonte de la zone sud. Une question de politesse. Il quitta l'immeuble. Ce jour-là, il était venu en voiture, fait rare chez lui. En général, il préférait le métro pour les déplacements dans Paris intra-muros. Il récupéra donc son Alfa Roméo rouge sur le boulevard de Strasbourg et démarra.

L'archonte de la zone sud de Paris était la Reine de Deniers. En réalité, elle s'appelait Sophie Charbonnière et tenait un cabinet de psychothérapie sur la rue de Vouillé, à hauteur de la porte Brancion.

Presque une voisine pour lui. C'était une dame de 35 ans, intelligente et énergique, qui réussissait dans son métier tout en élevant seule un petit garçon. Le Bateleur se réjouissait d'être du sexe masculin (il en concevait même une certaine fierté, voire une fierté certaine), mais il ne lésinait pas son admiration pour les femmes modernes qui affrontent la vie en travaillant, en se battant, sans renoncer à leur rôle de mère. Il ignorait s'il aurait manifesté autant de courage dans ce genre de situation… Il éprouvait de la fierté à compter la Reine de Deniers dans son organisation, et envisageait de lui confier des responsabilités plus élevées. Mais ils auraient le temps d'en reparler.

L'Alfa Roméo le ramena dans le XVe, rue de Vouillé, où il se gara. Il se présenta devant un porche. Sur le mur, une plaque dorée annonçait : *Mme Sophie Charbonnière – Psychothérapeute – Consultations sur rendez-vous.* Il monta à l'étage, entra dans le cabinet et se laissa tomber dans un des fauteuils de la salle d'attente. Quelques secondes plus tard, celle qu'il cherchait apparut. Une belle dame avec des cheveux blond cendré. Elle posa une main sur sa hanche pour le dévisager avec ironie.

— Tiens, Bateleur ! Je savais bien qu'un jour ou l'autre, tu deviendrais un de mes patients. Alors, dis-moi tout : une crise de paranoïa, de claustrophobie, une névrose obsessionnelle ? Ou simplement un coup de déprime après un chagrin d'amour ?

Il répondit par un sourire et se leva.

— Rien de tout cela. Malheureusement pour toi, je ne suis pas encore mûr pour une psychothérapie. En réalité, je ne sais pas trop pourquoi je suis ici. Tu pourras peut-être m'éclairer.

— Je t'écoute.

Il lui expliqua le message qu'il venait de recevoir. La surprise de son interlocutrice fut égale à la sienne.

— Mais qu'est-ce que c'est que cette histoire ? Une découverte terrible à propos de la Société secrète ? Laquelle ?

— Il ne t'a rien dit ?

— Absolument rien. Je suis stupéfaite.

— Pourrais-tu me rafraîchir la mémoire à propos de ce Neuf d'Épée ?

— Il s'appelle Jean-Claude Delouvain et il est membre de notre société depuis quatre ans. C'est un très bon élément. Il travaille dans un institut de recherches économiques et habite à Viry-Châtillon.

— Faisait-il quelque chose de spécial, en ce moment ?

— Ma foi, je lui avais confié un petit travail : prospecter les départements de l'Essonne, des Yvelines, du Loiret et de l'Eure et Loire pour étudier les possibilités de recrutement. Il devait notamment contacter les groupes du Pape et de l'Empereur qui sont bien implantés là-bas. Mais vraiment rien de monumental. Il doit d'ailleurs me remettre prochainement ses conclusions.

Ils se regardèrent. Manifestement, ni l'un ni l'autre ne comprenait ce qui arrivait. Il opta pour hausser les épaules.

— Tant pis, je vais me rendre chez lui. Je saurai ce qu'il me veut.

— J'y vais aussi, dit-elle fermement. Il dépend de ma zone. C'est la moindre des choses que je me déplace. Et puis, je suis comme toi : cela m'intrigue.

Il la suivit dans le couloir. À un moment, ses yeux tombèrent sur le derrière de la femme et il ne put réprimer un sourire. La Reine de Deniers présentait une particularité physique assez remarquable : il y avait une disproportion totale entre son corps, tout à fait normal, et son fessier, absolument surdéveloppé et démesuré. Une véritable fantaisie de la nature ! Il s'était souvent permis de la taquiner à ce sujet. Il la saisit donc par les épaules pour l'arrêter et murmura à son oreille :

— Alors, ma chérie, beaucoup de messieurs se sont retournés sur toi, aujourd'hui ?

Elle était parfaitement consciente, bien sûr, de l'effet que ses rondeurs provoquaient chez les hommes. Après s'en être longtemps offusquée, elle le prenait à présent avec amusement.

— Eh bien, si cela leur fait plaisir, cela me fait plaisir de leur faire plaisir. Mais… on regarde et on ne touche pas !

Elle poussa une porte et, en une seconde, ils changèrent d'univers. Ils passèrent du cabinet médical à l'appartement privé de la Reine de Deniers. Un petit garçon d'une dizaine d'années était assis sur un canapé, en train de regarder la télévision. Il se leva à leur arrivée.

— Bonsoir, monsieur Dalleray, dit-il en venant l'embrasser.

— Bonsoir, mon grand. Alors, ça va, l'école ?

La maman réapparut, ayant revêtu une veste et pris un sac à main. Elle demanda à son fils de se mettre à table tout de suite (le repas était prêt) et de dîner sans elle. Elle promettait de revenir rapidement. Ils ressortirent du cabinet et descendirent l'escalier.

— Il grandit vite, ton gamin, dit-il. À cette allure, il va bientôt me rattraper.

— Ne parle pas de malheur. C'est déjà difficile de les élever quand ils sont petits, mais quand il arrivera à l'adolescence…

Comme il marchait devant, elle put l'observer à loisir. Il faut dire qu'il portait ce jour-là une veste de cachemire, avec un pantalon assorti et une cravate flamboyante. Fière allure. En fait, la Reine de Deniers avait toujours éprouvé une attirance secrète pour le Bateleur. Sans grand espoir. Paradoxalement, ils se ressemblaient tellement, surtout par leur indépendance d'esprit, qu'ils avaient peu de chances de former un couple.

Ils montèrent dans l'Alfa Roméo. Le crépuscule s'était abattu sur Paris et il dut allumer les phares. Ensuite, il roula jusqu'à la porte d'Orléans où il bifurqua vers le sud.

La nuit était bien tombée quand ils arrivèrent à Viry-Châtillon. Ils descendirent du véhicule et se plantèrent devant une maison individuelle, plongée dans l'obscurité. Le Bateleur sonna à l'entrée. Rien ne bougea.

— Ce serait la meilleure ! s'écria-t-il. Il nous aurait fait venir de toute urgence et il serait parti ?

Il eut alors l'idée de pousser la petite grille du jardin. À sa grande surprise, cette dernière s'écarta sans résistance : elle n'était pas fermée à clé. Cette fois, leur étonnement se teinta d'inquiétude. Quelque chose d'anormal arrivait dans cette maison...

Ils marchèrent sur une allée de graviers et montèrent trois marches pour atteindre la porte. Ils frappèrent. Aucune réponse. Le Bateleur prit alors la même initiative que précédemment : il appuya sur la poignée et poussa le battant. La porte s'ouvrit. Elle non plus n'était pas fermée à clé. Leur inquiétude grandit : on ne part pas de chez soi en laissant la maison ouverte...

Ils entrèrent et allumèrent. Une pièce vaste, bien meublée, bien entretenue. Mais vide.

— Neuf d'Épée ! appela-t-il. Êtes-vous là ? Vous nous avez appelés et nous sommes venus.

Aucune voix ne lui répondit. Ils avancèrent dans la demeure. La Reine de Deniers éclaira une cuisine. Toujours personne.

— Enfin, où peut-il être passé ? murmura-t-elle.

Le Bateleur avisa une porte entrouverte sur la droite. Il s'approcha pour la pousser. C'était un bureau, avec une grande bibliothèque qui couvrait tout le mur d'en face. Il fit un pas à l'intérieur. Et sursauta d'horreur.

— Sophie, viens par ici !

Elle le rejoignit, et sursauta à son tour. Le corps d'un homme gisait sur le plancher, baignant dans une mare de sang. Une affreuse blessure béante apparaissait sur sa nuque. Il était étendu au pied d'une table de travail, tout près d'une chaise renversée. Le Bateleur s'accroupit en prenant soin de ne pas se tacher. Il observa de près le visage.

— Le Neuf d'Épée..., murmura-t-il.

Même s'il ne l'avait plus vu depuis longtemps, il le reconnaissait. Ce pauvre Jean-Claude Delouvain. Mort. Il se redressa. La Reine de Deniers s'approcha aussi, retenant son dégoût.

— C'est incroyable. Assassiné ?

— Cela ne fait aucun doute, répondit-il. On lui a tiré une balle dans la nuque, et à bout portant.

Il jeta un regard circulaire. Son cerveau fonctionnait à toute vitesse pour essayer de comprendre.

— Il était assis à son bureau, en train de travailler. Quelqu'un lui a tiré une balle par-derrière et il s'est écroulé en faisant tomber la chaise.

Le plus curieux était que toute la maison semblait en ordre. Rien ne paraissait avoir été volé ou cassé. Aucune trace de bagarre. Quant à la porte, elle n'avait pas été forcée. Tout cela ne ressemblait guère à un cambriolage. Incompréhensible.

C'est alors que ses yeux passèrent sur la table de travail. Un livre était posé dessus, ouvert. Il le saisit, regarda la couverture : *Les Stoïciens*, de la Bibliothèque de la Pléiade. Apparemment, le Neuf d'Épée était en train de le lire au moment où on l'avait tué. Un étrange instinct le guida alors. Il referma l'ouvrage et décida qu'il allait le garder.

— Il faut appeler la police, dit-il. Mais attends un instant, que je fasse quelque chose.

Il emporta le livre à sa voiture et le jeta dans la boîte à gants. Ensuite seulement, il rentra dans la maison et décrocha le téléphone pour prévenir la police.

Cette dernière arriva rapidement. Ils se virent entourés d'uniformes. On leur posa toutes les questions de circonstances et ils répondirent. Bien entendu, ils ne dirent pas un mot sur la Société secrète. Ils étaient des amis de Jean-Claude Delouvain et ils avaient découvert son corps en venant lui rendre visite. Ce qui était du reste strictement conforme à la vérité. Pas un mot non plus sur le livre que le Bateleur avait subtilisé. Les interrogatoires s'éternisant, la Reine de Deniers dit aux policiers qu'elle avait un enfant qui l'attendait. Ils les autorisèrent alors à repartir en les convoquant pour le lendemain au commissariat local.

Ils rentrèrent donc à Paris. En silence, bien sûr. Une bonne nuit de sommeil leur restitua quelques forces. Le lendemain, ils retournèrent à Viry-Châtillon. Au commissariat, ils signèrent leur déposition définitive. Après quoi, ils purent s'en aller.

Ils revinrent à la rue de Vouillé. La Reine de Deniers emplit deux verres de cognac et ils y trempèrent leurs lèvres.

— Je n'en suis pas encore revenue, dit-elle. Quelle horreur ! Mais qui pouvait en vouloir à cet homme au point de le tuer ? Il menait une vie parfaitement tranquille.

— La réponse est la question que nous nous posions en allant chez lui : il avait découvert quelque chose. Quelque chose de grave. C'est pour cela qu'on l'a tué.

Elle tentait de se raccrocher à des hypothèses moins traumatisantes.

— Tu crois ? Mais cela peut être un malfaiteur, un cambrioleur...

— Non. Rien n'a été volé, rien n'a été abîmé et il n'y avait aucune effraction.

— Alors, comment un criminel a-t-il pu s'introduire dans cette maison et s'enfuir ensuite ?

— C'est très simple : l'assassin du Neuf d'Épée était quelqu'un qu'il connaissait, et qu'il connaissait très bien. Il l'a laissé entrer sans se méfier. Ensuite, il s'est installé à son bureau pour lire le livre que j'ai pris. Et pendant qu'il avait la tête penchée, son visiteur lui a tiré une balle dans la nuque à bout portant. Il ne lui a laissé aucune chance.

Elle resta silencieuse un instant.

— Mais alors, tu penses que l'assassin...

— ... est un membre de la Société secrète, acheva-t-il. Tu es très intelligente. Oui, cela me semble une évidence. Écoute, le Neuf d'Épée avait découvert une chose terrible sur notre organisation, en tout cas de compromettant pour quelqu'un, et on l'a tué avant qu'il ne nous le dise. À moins que ce soit un règlement de comptes personnel. Mais tu l'as dit toi-même : il menait une vie tranquille.

— Qu'allons-nous faire ?

— Mener une enquête et trouver l'assassin. Il le faut absolument. C'est un événement d'une gravité exceptionnelle pour nous : la première fois qu'un membre de la Société secrète en tue un autre. Et d'ailleurs, même s'il ne s'agit que d'une affaire personnelle, ce qui est encore possible, nous ne pouvons passer cela aux pertes et profits. Il doit y avoir une enquête et elle doit aboutir.

— Devons-nous passer un message aux groupes ?

— Ah non, surtout pas ! Si nous voulons provoquer une vague de défections dans nos rangs, il n'y a qu'à le faire ! Non, procédons avec discrétion. Je connais des gens qui savent mener ce genre d'investigations. Je vais les mettre sur la brèche.

Il finit son verre de cognac d'un trait.

— Crois-moi, nous retrouverons l'assassin.

Elle demeura pensive.

— Mais enfin, qu'est-ce que ce malheureux pouvait bien avoir découvert de terrible ?

— Cela, le meurtrier nous le dira. Quand nous le tiendrons.

Elle regarda sa montre.

— Pardonne-moi, mais j'ai plusieurs rendez-vous aujourd'hui.

— Moi aussi, j'ai à faire. Je vais te laisser.

Ils quittèrent l'appartement. Une fois sur le seuil, il se retourna pour sourire à son amie.

— Tu as été plus courageuse que moi. La vue du sang m'a toujours dégoûté.

— Tant mieux si j'avais l'air courageuse : mon estomac tournait comme une machine à laver !

— Compliments, néanmoins. Essaye de dormir.

Ils se firent la bise et il prit congé.

* *

Le Bateleur rentra chez lui. Il ôta sa veste et, avec des gestes fiévreux, sortit le livre. Celui qu'il avait pris sur le bureau du Neuf d'Épée, pendant que le corps du malheureux saignait sur le plancher. Il le posa sur sa table et l'examina.

Les Stoïciens, de la Bibliothèque de la Pléiade. Il connaissait cette œuvre, l'avait déjà lue à plusieurs reprises. Il l'ouvrit et tourna une à une les mille quatre cent trente-huit pages ! À la recherche de… Il ne savait quoi. À chaque feuille, il s'attendait à voir tomber un morceau de papier, un carton de bristol, n'importe quoi. Il ne trouva rien.

C'était peut-être fou, mais un curieux instinct l'habitait. Une conviction confuse et inexplicable. *Ce n'est pas par hasard que le Neuf d'Épée lisait précisément ce livre quand on l'a assassiné*, pensait-il. *Je suis certain qu'il a un rapport avec l'information qu'il voulait me transmettre.* Un rapport. Mais quel rapport pouvait-il y avoir entre un bouquin reprenant les travaux de philosophes antiques, disparus depuis vingt siècles, et une société secrète bâtie dans le monde moderne ?

Il rouvrit l'ouvrage. À la page treize, il découvrit un petit détail qu'il n'avait pas remarqué. À la quatrième ligne, deux noms propres étaient soulignés avec un gros feutre : Zénon et Chrysippe. Ensuite, à la vingt et unième ligne, un troisième nom était souligné aussi :

celui de Cléanthe. Il haussa les épaules : vraiment pas de quoi tirer des conclusions sur un meurtre ! Il lui arrivait lui-même de souligner des mots ou des phrases quand il lisait un livre. Avec patience, il réexamina donc une à une les mille quatre cent trente-huit pages. Rien.

Et pourtant, son obscure conviction demeurait. Ce n'était pas par hasard que le Neuf d'Épée lisait précisément ce bouquin au moment où on lui avait tiré une balle dans la nuque.

Découragé, il alla ranger l'ouvrage sur une étagère et resta immobile, les bras ballants, avec un terrible sentiment d'impuissance. Mais pourquoi a-t-on tué ce pauvre homme ? Et que voulait-il me dire de si important ? Il alla se poster près de la fenêtre et observa pendant longtemps la rue de la Convention.

Le prélat

Rome, Italie

L'après-midi était ensoleillé à Rome. La chaleur, sans être étouffante, s'alourdissait néanmoins de minute en minute. Le prélat referma la fenêtre et regarda encore l'effrayante circulation qui engorgeait en permanence les rues de la capitale italienne. Il soupira et retourna s'asseoir derrière sa table de travail.

Il compulsa quelques papiers. Son bureau était anonyme et l'immeuble dont il faisait partie aussi. Personne n'y prêtait attention. D'ailleurs, personne ne connaissait le prélat. Il aurait pu marcher en ville sans être remarqué. Et pourtant…

Le prélat était le dirigeant suprême de l'*Opus Dei*. Conformément aux statuts de cette organisation, il avait été élu à vie. L'*Opus Dei* était une prélature personnelle fondée le 2 octobre 1928 à Madrid par un prêtre extrémiste nommé Josemaria Escrivà de Balaguer (béatifié par le Vatican en 1992). Ce dernier prétendait avoir reçu l'idée grâce à une révélation divine : comme quoi, saint Paul et son chemin de

Damas (auquel les premiers chrétiens ne croyaient guère) inspiraient toujours ! Bref, l'*Opus Dei* comptait désormais quatre-vingt-quatre mille membres à travers le monde entier et brassait un budget considérable. Ce qui lui permettait de jouer un rôle non négligeable dans l'évolution de nombreux pays.

D'ailleurs, son influence était parfaitement illustrée par une blague qui circulait depuis longtemps dans les salons romains : *Quelle est la différence entre Tchaïkovski et Jean-Paul II ? Réponse : Tchaïkovski faisait l'Opus IV et Jean-Paul II faisait l'Opus Dei !* Plus sérieusement, le pouvoir de l'organisation ultra-catholique dépendait des lieux et des personnes. Mais tout le monde savait qu'il était réel.

Tous les huit ans, au cours d'un congrès mondial, le prélat nommait son gouvernement qui se constituait de deux assemblées : un Conseil central composé de femmes et un Conseil général composé d'hommes. Tout ce joli monde se voyait fixer des objectifs à atteindre. Le prélat était un Espagnol d'origine basque : malgré de longues années passées en Italie, il parlait toujours l'italien avec un fort accent hispanique.

Son secrétaire personnel, un jeune prêtre aux cheveux courts, ouvrit respectueusement la porte pour lui annoncer :

— Le cardinal Kreisner, monseigneur...

— Faites-le entrer, je vous prie.

Quelques secondes après, le cardinal Edward Kreisner pénétrait dans le bureau. Les deux hommes se saluèrent, se donnèrent l'accolade. Ils se connaissaient depuis des années et leur estime réciproque atteignait la complicité. Ils partageaient des secrets nombreux et importants, et cela tisse des liens très forts.

— Vous m'avez fait demander, monseigneur ?

— Oui, et le motif est grave. Asseyez-vous d'abord.

Ils s'installèrent. Le prélat sortit un dossier dont il détacha le cordon qui le fermait.

— Cardinal, les nouvelles sont préoccupantes, et même inquiétantes. Lisez ceci.

Il tendit une feuille qui semblait être l'impression sur papier d'un message électronique. Son visiteur le parcourut et se pétrifia littéralement sur sa chaise.

— Ce n'est pas possible..., dit-il, incrédule.

— Mais si. J'ai reçu ce message la semaine dernière. J'ai attendu votre retour pour vous le montrer, car j'estimais trop dangereux de vous l'envoyer.

— Enfin, cette information est-elle fiable ?

— Oui, tout à fait, confirma le prélat. L'informateur qui nous l'a transmise est digne de confiance. Car il est placé où il faut pour savoir.

Le cardinal, qui avait un caractère bien trempé, se ressaisit. Il réfléchit rapidement.

— Mais comment cet homme a-t-il pu être mis au courant ?

— Eh bien, cela aussi, notre informateur nous l'a appris. Voyez...

Il tendait maintenant un autre papier qui était un article découpé dans un journal. Le cardinal vit la photo d'un homme, un Noir vêtu d'un costume très élégant et dans une attitude rigide. Sa mémoire se mit à travailler.

— Ce visage me dit quelque chose, mais...

— M. Joseph Banguillot, président de la République d'Haïti, expliqua le prélat. Oui, c'est lui qui a mis au courant l'autre homme, celui que vous appelez le Bateleur.

— Et comment le président Banguillot a-t-il pu savoir ?

Le prélat haussa les épaules en signe d'ignorance.

— Hélas, à partir de là, nous entrons dans le flou. Une évidence s'impose : il y a eu des fuites. À quel moment et à quel niveau, il faudra le déterminer. Mais le problème existe : cet homme sait. Alors que personne ne devait savoir. Je suppose que vous saisissez les conséquences.

— Bien sûr, confirma le cardinal. Seulement, vous comprendrez que je sois troublé. Qui était au courant ? Vous, moi, le Saint-Père et quelques collaborateurs. Le cercle est restreint. Et les suspects peu nombreux.

— Pour ma part, j'ai toujours estimé que plus un secret était important, plus il était difficile de le garder secret. Maintenant, il faut aviser.

Le cardinal se leva et alla à son tour regarder par la fenêtre la circulation dans les rues romaines.

— Bien. Cette situation n'était pas prévue, mais puisqu'elle se présente, il faudra y faire face. D'abord, pas d'affolement. Que je sache, le Bateleur n'a pris aucune initiative indiquant qu'il allait utiliser cette information dans un sens ou un autre. Apparemment, il préfère la garder pour lui. S'il persiste dans cette attitude, le problème sera résolu. Vivons et laissons vivre.

— Et s'il change d'attitude ? suggéra le prélat.

— Nous n'en sommes pas encore là. Dès maintenant, en tout cas, une décision me paraît devoir s'imposer : il faut convoquer une réunion d'urgence de la Commission secrète. Je suis prêt à partir sur-le-champ.

— C'est ce que je pensais aussi. Je vais envoyer un message par le canal habituel. Vos collaborateurs sont déjà alertés. Je vous fais confiance, évidemment, mais un conseil néanmoins : devant vos interlocuteurs, dites-en le moins possible. Inutile de leur donner des munitions qu'ils pourraient ultérieurement utiliser contre nous.

Le cardinal quitta le bureau d'un pas ferme. Le prélat avait déjà décroché le téléphone pour donner des ordres énigmatiques.

* *

Quelque part sur la terre

Huit jours plus tard, la Commission secrète se réunissait de toute urgence. C'était d'ailleurs la première fois qu'elle était convoquée de la sorte. Jusque-là, les rencontres se faisaient toujours selon un calendrier préétabli. Les six négociateurs entrèrent dans la pièce mystérieuse et prirent place autour de la table. Le cheikh ne dissimulait pas sa surprise.

— Eh bien, mon cher, il va de soi que je suis très heureux de vous voir, mais votre appel a été quelque peu… précipité.

Le cardinal préféra aller droit au but. Puisque c'était lui qui apportait la mauvaise nouvelle, autant le faire sans fard.

— J'aurais préféré attendre la date normale de notre prochaine réunion, mais les événements commandent.

Il sortit un dossier qu'il posa sur la table. Son interlocuteur le reconnut tout de suite : celui de la Société secrète. Le cardinal en tira une photo qu'il plaça devant le Saoudien, avant de dire simplement :

— Cet homme est au courant…

L'envoyé du mufti de La Mecque eut un haut-le-corps. La photo représentait le Français que les chrétiens appelaient Christian Dalleray.

— Quoi, il sait ? Vous voulez dire, à propos de nos négociations ?

— Oui, tout à fait. Et du traité d'alliance aussi. Il ne sait pas tout, mais il en sait déjà trop.

— Mais comment a-t-il pu savoir ?

Le cardinal tira une deuxième photo. Celle d'un Noir en costume.

— Grâce à celui-ci. M. Joseph Banguillot, président de la République d'Haïti.

— Et comment ce président a-t-il su ?

— Cela, mon cher, il faudra le déterminer.

Le cheikh, qui s'était fabriqué depuis des années une carapace de diplomate, montra brusquement sa nature profonde. Sa voix monta d'un ton, devint rauque.

— À déterminer, dites-vous ? Allons, cardinal, parlons clairement. Ce Banguillot est président de la République d'Haïti. Un pays catholique, où l'Église catholique possède un grand pouvoir. C'est totalement votre sphère d'influence. S'il y a eu des fuites, et il y en a eu manifestement, elles ne peuvent venir que de chez vous.

Le cardinal, à force de fréquenter le cheikh, s'était pris d'une estime sincère pour lui. Mais cela ne l'aveuglait pas. Il n'oubliait jamais qu'il était un catholique et son vis-à-vis un musulman. Et que Jésus avait précédé Mahomet de six siècles. Pas question de se laisser faire.

— Je croyais que les choses avaient été mises au point lors de nos premières réunions. Il s'agit ici d'une commission, pas d'un tribunal. Nous nous rencontrons pour travailler, pas pour nous juger. Ne vous inquiétez pas : nous déterminerons d'où sont venues les fuites, s'il y en a eu. Et ne nous affolons pas : franchement, je vous voyais un peu plus maître de vos nerfs.

Furieux d'avoir été pris en défaut, le Saoudien se mordit la lèvre inférieure.

— Ai-je l'air de m'énerver ? Je vous demande simplement ce que vous comptez faire dans cette situation. Parce que c'est à vous d'agir : je vous répète que Haïti est dans votre zone.

— Je connais ma géographie, répliqua l'Américain. Nous allons prendre une décision rapide à propos de Joseph Banguillot. Quelle ingratitude : c'est grâce à nous si cet homme, qui n'était qu'un modeste avocat, a pu devenir président de son pays. Il ne nous montre guère de reconnaissance !

— Pour Banguillot, je veux bien. Mais pour la Société secrète ? Parce que désormais, c'est d'elle qu'il s'agit.

— Nous y avons pensé aussi. Regardez ceci...

Il sortit de la sacoche un objet rectangulaire. En fait, un jeu de cartes. Le cheikh eut un sursaut de dégoût en voyant cette invention diabolique. Le cardinal ne put réprimer un sourire devant cette réaction.

— Allons, mon cher, n'ayez pas peur : je ne vais pas vous obliger à y jouer ! Ceci s'appelle le tarot. C'est un jeu de cartes français.

Il tira trois cartes qu'il disposa sur la table.

— Les dirigeants de la Société secrète ont imaginé une astuce pour s'appeler entre eux. Chacun porte le nom d'une carte du tarot. Original, n'est-ce pas ? Après tout, ils sont peut-être plus spirituels que nous ne le pensons. Celle-ci s'appelle le Pape : elle représente Michel Kowalski. Celle-ci s'appelle l'Empereur : elle représente Éric

Schneider. Mais la plus importante est celle du milieu : le Bateleur. Elle représente Christian Dalleray. C'est lui qui a rencontré Banguillot et qui a été mis au courant. C'est donc lui qu'il faut surveiller en priorité.

— À quoi cela nous avance-t-il ?

— C'est très simple : nous savons et ils ne savent pas que nous savons. Ainsi, à chaque fois que le Bateleur, ou Christian Dalleray, arrivera quelque part et montrera sa carte, il nous signalera sa présence. Nous pourrons le suivre à la trace sans qu'il s'en aperçoive.

— Je vous trouve bien optimiste !

— Je ne suis ni optimiste ni pessimiste. Je joue avec les atouts dont je dispose, et ils sont plus nombreux que vous ne semblez le penser.

Le cardinal sortit une photo. Celle représentant Christian Dalleray, assis à la terrasse d'un café. Il l'observa pendant quelques secondes.

— Hum, je crois que nous avons sous-estimé cet homme. Il est plus dangereux qu'il n'en avait l'air. Maintenant, assez de mots. Il est temps d'agir. Nous allons mettre nos belles résolutions par écrit.

Il se permit un dernier regard perfide vers le cheikh.

— Quant à vous, je ne saurais trop vous conseiller de surveiller votre territoire. Vous affirmez qu'il n'y a pas de fuite chez vous : j'aimerais en être sûr.

Les collaborateurs rédigèrent rapidement un rapport de réunion. Ce qu'il disait dans sa conclusion était terrible. Mais ledit rapport étant ultrasecret, personne n'en saurait rien. Le cardinal et le cheikh signèrent, puis se dirent adieu et quittèrent la pièce. La porte se referma.

* *

Un mois plus tard, à Haïti...

Le colonel René Derval buvait du café dans la salle de garde. Il frotta son front, où perlait la transpiration, et sécha sa main en la passant sur son uniforme. La nuit tropicale restait fidèle à elle-même : étouffante. Encore du café.

René Derval était officier dans l'armée haïtienne. Un officier banal, sorti du moule habituel. Il avait intégré l'école militaire, s'en était extirpé en se dissimulant dans le milieu du classement, et avait commencé sa carrière. Ennuyeuse et plate. L'armée haïtienne ignorait complètement ce à quoi ressemblait une guerre extérieure. Elle était conçue pour autre chose. René Derval manifestait surtout son courage dans les bordels, dont il était un client assidu. Ses visites au lupanar avaient rythmé les étapes de ses promotions. Désormais, colonel.

Il attendait, visiblement nerveux. Bientôt vingt-deux heures. Son téléphone portable sonna doucement. Il l'ouvrit avec précipitation.

— Oui...

Il écouta fiévreusement pendant quelques secondes, puis donna l'ordre tant attendu.

— Bien, alors, allons-y !

Il coiffa sa casquette et sortit en trombe de la pièce. Un quart d'heure plus tard, un spectacle, hélas habituel pour le peuple haïtien, se déroulait dans la cour de plusieurs casernes. Des soldats en armes couraient et montaient dans des camions. Ils portaient des uniformes américains, des casques américains, des fusils américains. L'armée de la République d'Haïti était calquée sur celle des États-Unis. Les camions quittèrent les casernes et remontèrent la rue. La longue file passa devant le bâtiment de l'Assemblée nationale qui semblait assoupie. Et un peu résignée.

En effet, c'était un coup d'État. Un de plus. Dans ce pays qui en avait déjà connu tant. Il ne brilla d'ailleurs pas par son originalité, car il respecta le scénario classique.

Les soldats se répandirent à travers Port-au-Prince pour prendre position aux endroits stratégiques. Des pelotons occupèrent très vite les locaux de la radio et de la télévision, ainsi que les sièges des principaux partis politiques. En moins d'une heure, la capitale était entre leurs mains. Aussitôt, le principal groupe d'insurgés, dirigé par le colonel Derval en personne, attaqua le palais présidentiel. Les grilles furent forcées, les fantassins se précipitèrent dans les couloirs et les pièces richement meublées. Les vieilles boiseries tremblaient sous le fracas des rangers qui martelaient le plancher. Un garde fut abattu à bout portant, plusieurs autres blessés. Le colonel Derval, revolver au poing, enfonça lui-même d'un coup de pied la porte du bureau du président. Il était vide.

Ils coururent dans un corridor pour atteindre les appartements personnels du président. Là aussi, les portes furent cassées. Mais celui qu'ils cherchaient n'apparaissait pas. Les seules personnes qu'ils découvraient étaient des employés terrorisés. Ils en plaquèrent un contre le mur en lui plaçant un fusil sur le front.

— Où est-il ? Dis-le-nous !

Le malheureux ne put que bégayer.

— Il n'est pas ici. Il a préféré passer la nuit dans sa maison, avec sa famille...

Le colonel Derval ralluma son téléphone portable et cria presque sur lui.

— Écoutez-moi, le président est chez lui. Surtout, qu'il ne vous échappe pas ! Je répète : qu'il ne vous échappe surtout pas !

En effet, pendant que l'essentiel des troupes occupait la capitale, un petit nombre de camions escaladaient les hauteurs pour occuper Pétionville, Bel-Air et Kenscoff. Là où habitait la bourgeoisie haïtienne. Là où se trouvait l'argent. Aucun coup d'État n'est préparé au hasard.

Les occupants du premier véhicule reçurent l'appel. Ils arrivèrent bientôt à Bel-Air et sautèrent au sol comme des pumas. La villa personnelle de Joseph Banguillot. Elle était là. Les soldats renversèrent la grille, se ruèrent à travers le jardin, pulvérisèrent les portes. Des coups de feu les accueillirent. Les gardes du corps du président avaient eu le temps de préparer un semblant de résistance. Le combat s'engagea. Mais il était inégal, par le nombre et par la nature des armes opposées : petits revolvers contre fusils de guerre. Évidemment, les gardes furent tués l'un après l'autre. Dans une pièce, les fantassins tombèrent sur les domestiques, la femme et les enfants de Banguillot, absolument glacés d'effroi. Les soldats casqués et bottés les regardèrent à peine. Ils enfonçaient déjà une autre porte. Celle du bureau. Là, ils s'immobilisèrent et le silence s'abattit. Stupéfiant après tant de fureur.

Joseph Banguillot, président de la République d'Haïti, était assis derrière sa table de travail, en bras de chemise, avec la cravate desserrée. Tenue inhabituelle pour quelqu'un qui apparaissait toujours en public tiré à quatre épingles. Il ne marqua aucune panique. Au contraire, il recevait ses visiteurs avec courtoisie.

— Bonsoir, dit-il d'une voix très calme.

Les soldats ne bougeaient plus, comme scotchés à leur place. Pourtant, les fusils étaient braqués. Cinq ou six fusils dirigés vers cet homme. Mais ils n'osaient tirer sur celui qui était tout de même leur président. Ils avaient défilé devant lui à plusieurs reprises, avaient parfois assuré sa protection. Banguillot prit une cigarette et l'alluma en détachant bien ses gestes.

— Mes chers soldats, laissez-moi vous parler. Vous savez l'amour que j'ai toujours eu pour vous et pour l'armée en général. J'ai fait en sorte que vos soldes soient payées régulièrement et que vos familles soient mieux logées. Vous êtes des soldats haïtiens, votre devoir est de défendre Haïti...

Les fantassins immobiles. Les fusils braqués. Le temps semblait suspendu.

— Mes chers soldats, ne commettez pas un acte qui ferait du mal à votre pays...

— Assez ! cria un des militaires. Tirez !

Et il donna l'exemple en appuyant sur la détente. La balle atteignit Banguillot à l'épaule droite. Les autres tirèrent à leur tour, presque sans s'en apercevoir. Le président fut criblé, soulevé. Il emporta la chaise et roula sur la riche moquette. Les militaires coururent pour contourner le bureau. Le corps remuait encore. Ils l'achevèrent d'une deuxième salve. Ensuite, le silence retomba. Ils avaient du mal à réaliser ce qu'ils venaient de faire...

Un peu plus haut, à Kenscoff, des scènes analogues se produisaient. Cette fois, c'était la villa du Trois d'Épée qu'on investissait. Les vigiles qui la protégeaient furent abattus après une vaine résistance.

Les soldats se précipitèrent dans la maison. Ils ne trouvèrent pas le riche homme d'affaires Emmanuel Sanon, qu'ils avaient pour mission d'arrêter (car ses liens amicaux avec Banguillot étaient connus de tous), mais ils découvrirent dans une chambre une malheureuse fille. Eugénie. Ils la traînèrent jusqu'au bord de la piscine, éclairée par des ampoules fixées sur la façade. Elle poussait des cris de terreur.

— Où est Sanon ?

— Je ne le sais pas ! Il est parti ce matin pour aller travailler et il n'est pas revenu !

— Dis-nous où il est !

— Mais je vous jure que c'est vrai !

Apparemment, elle disait la vérité. Ils déchirèrent la chemise tropicale, ils arrachèrent presque le pantalon coûteux. La peau noire se soulevait avec désespoir sous l'effet du halètement apeuré. L'un d'eux écarta brutalement les jambes et la viola avec bestialité. Un par un, ils se succédèrent sur elle. La petite paysanne haïtienne pleurait toujours.

Ensuite, le sous-officier qui commandait le peloton leva son revolver et tira une balle sur la tête d'Eugénie qui éclata affreusement. La jeune fille tomba à la renverse et plongea dans la piscine. Quand elle réapparut à la surface, les soldats tirèrent encore au fusil, avant de partir en courant. Le tendre corps d'Eugénie flottait mollement sur l'eau merveilleusement pure qui se teintait d'un rouge horrible...

Quelques heures après, à l'aube, le colonel René Derval, depuis le palais présidentiel, lançait son premier discours radiotélévisé. Les paroles se répandaient dans les rues et les avenues complètement désertes.

— Peuple haïtien, je m'adresse à vous pour vous dire que cette nuit, à la tête de notre vaillante armée, j'ai pris le pouvoir. Nous avons renversé Joseph Banguillot, le président corrompu, qui avait transformé Haïti en sa propriété personnelle, qui exploitait le pays au profit de sa famille et de ses amis, et laissait le peuple dans la misère la plus effroyable. Nous vous avons libérés de lui et de ses sbires…

Au même moment, un homme marchait sur un chemin escarpé de montagne. Il avançait avec l'énergie du désespoir. Miraculeusement prévenu à temps, le Trois d'Épée avait pu échapper aux soldats. Mais ceux-ci contrôlaient désormais tout le territoire national. Il gravissait donc la montagne à la recherche d'un abri. En fin de journée, il trouva enfin refuge dans un *hounfor* perché à 1 400 mètres d'altitude et niché au fond d'un bosquet. Les prêtres vaudous, qui le connaissaient bien et à qui il avait rendu des services (financiers, évidemment), acceptèrent de l'accueillir.

Il resta retranché dans cette modeste bicoque pendant huit jours. Ensuite, par une nuit sans lune, amaigri, émacié, il redescendit la montagne avec un petit groupe d'hommes. À trois heures du matin, ils atteignirent une anse au bord de la mer des Caraïbes. Un petit bateau de pêcheurs les attendait en se gondolant sur les flots. Une fois embarqués, le navire s'élança. Il fendit ces eaux que tant de pirates et de galions avaient jadis parcourues. Avec de la chance et de l'astuce, ils parvinrent à échapper aux garde-côtes. Et peu après l'aurore, Emmanuel Sanon et ses compagnons accostèrent sur une plage de la République dominicaine. Épuisés, affamés. Mais sauvés.

Les archontes

La nouvelle parvint évidemment à Paris. En réalité, elle fit fort peu de bruit. Haïti, c'était loin, c'était petit, et ce pays insignifiant n'intéressait personne. Le Bateleur entendit l'information sur France-Info. Stupéfait, il descendit aussitôt pour acheter *Le Monde*. Oui, ce qu'il venait d'entendre était confirmé. Il y avait même une photo : celle de l'ancien président de la République d'Haïti, désormais défunt. Le cœur du Bateleur se serra : Joseph Banguillot, Gorvenal, son vieil ami... Il eut un mal fou à cacher son émotion aux clients du bistrot où il était entré pour lire le journal.

Le lendemain, il y avait la réunion mensuelle des gérontes, au boulevard de Strasbourg. Le Pape et l'Empereur, eux aussi informés, lui exprimèrent leurs regrets.

— Nous sommes vraiment navrés pour toi, puisque cet homme était ton ami.

Le Bateleur, qui avait eu toute une nuit pour se remettre, répondit en haussant les épaules.

— Je lui avais conseillé plusieurs fois de changer de métier. La politique à Haïti est le meilleur chemin vers le pouvoir, ou vers la mort. Il n'est pas le premier à finir ainsi et je crains qu'il ne soit pas le dernier.

Maintenant, il se caressait le menton avec perplexité.

— Mais franchement, c'est quand même bizarre...

— Qu'est-ce qui est bizarre ? demanda l'Empereur, qui présidait ce jour-là la réunion.

— Écoutez, Gorvenal... enfin, je veux dire Joseph Banguillot, me rencontre et me transmets un secret important, celui que je vous ai dit. Et quatre mois plus tard, un coup d'État le renverse et des militaires l'assassinent.

L'Empereur et le Pape se regardèrent, visiblement étonnés.

— Mais que dis-tu ? C'est une coïncidence. Il n'y a aucun rapport entre les deux événements.

— Oui, renchérit le Pape. Quel rapport pourrait-il y avoir ? D'ailleurs, tu l'as dit toi-même : les coups d'État sont fréquents à Haïti. Je ne pense pas que les militaires qui ont pris le pouvoir s'intéressent beaucoup au Vatican ou au mufti de La Mecque !

L'Empereur employa ensuite l'argument définitif.

— Et puis, qui était au courant de cette affaire ? Nous et toi, et personne d'autre. Alors...

Le Bateleur dut admettre que ses deux amis avaient raison. Seulement, il ne pouvait oublier la terreur qui avait saisi Joseph Banguillot au moment de lui révéler ce secret. Il était conscient d'un énorme danger, indéfinissable, mais réel. L'Empereur lui tapota l'épaule.

— Écoute, j'ai l'impression que la mort de cet homme t'a beaucoup affecté. Tu devrais prendre quelques jours de repos.

— Je me rends à vos arguments, soupira-t-il. Oui, je vais prendre quelques jours pour faire un peu la grasse matinée.

La suite de la réunion se déroula selon la routine habituelle. Ils sortirent de la pièce, saluèrent la Lune et se quittèrent, comme d'habitude, sur le boulevard de Strasbourg. Le Bateleur entra ensuite dans un bistrot où il commanda une bière.

C'était plus fort que lui : la mort de Banguillot tournait inlassablement dans sa tête. Un coup d'État militaire. Bien sûr. Mais il voyait et revoyait sans cesse le visage de son ami au moment où il lui révélait le secret de Papinianus. Il avait peur, et il en fallait beaucoup pour faire peur à Joseph Banguillot. Quatre mois après, il était mort. Coïncidence ? Tout semblait l'indiquer. Seulement, le Bateleur ne pouvait s'empêcher de penser à la maxime qu'emploient les Anglo-Saxons : si deux hommes se rencontrent une fois, c'est un hasard. S'ils se rencontrent deux fois, c'est une coïncidence. S'ils se rencontrent trois fois, c'est un complot. Sans savoir pourquoi, il lui semblait que les deux premières étapes de cette maxime avaient été franchies d'un coup.

Il haussa les épaules, finit sa bière d'un trait. Ensuite, il s'efforça de faire le point. Bon, son vieil ami était mort et on ne pouvait le ressusciter. Le Trois d'Épée, en revanche, avait réussi à s'en sortir indemne. Il faudrait penser à lui venir en aide. Après quoi, tout serait terminé.

Terminé ? Mais rien n'avait commencé. Et c'était justement ce qui l'embarrassait. Il y avait eu Gorvenal et Papinianus. Le premier était mort, et il ne connaissait pas le deuxième. Énervant. Papinianus, il l'avait presque oublié. Mais la disparition de son ami le lui remettait en mémoire. Malgré lui, cette affaire l'intriguait, et de plus en plus. Il avait l'impression, diffuse, impalpable, que Banguillot lui avait laissé un dossier en cours et que c'était à lui de le boucler. De quelle manière, il aurait eu du mal à le dire. Mais ce serait une sorte d'hommage posthume à Gorvenal. Et puis, il y avait le goût du mystère, qui le poursuivait depuis son enfance. Tant pis, il allait sauter le pas. Il allait remplacer Banguillot auprès de Papinianus et travailler avec ce personnage énigmatique, comme l'avait fait le président haïtien. Où cela le mènerait-il, il n'en avait aucune idée. Mais il allait le faire. En souvenir de son ami défunt. Il déposa quelques pièces sur le comptoir et quitta le bar.

* *

Le soir même, il lançait des messages pour convoquer une réunion des archontes parisiens. Celle-ci eut lieu le lendemain soir, dans le cabinet de la Reine de Deniers.

Tout en prenant un verre, ils virent arriver le Dix de Coupe, autrement dit Robert Blexmann, archonte de la zone nord de Paris. Puis le Cinq de Coupe, autrement dit Georges Vartanian, archonte de la zone ouest. Enfin, le Huit de Bâton, autrement dit François Lefeuvre, archonte de la zone est. Ils installèrent une table au centre du cabinet, placèrent une bougie au milieu et éteignirent la lumière. Seule la bougie éclairait encore la pièce. Ils accomplirent alors le rituel, jurèrent un par un de garder secret tout ce qui allait être dit pendant la réunion. Ensuite, ils s'assirent.

— Mes amis, commença le Bateleur, je vous ai convoqués, car j'ai estimé nécessaire de nous réunir. En effet, nous ne l'avons plus fait depuis un certain temps et pas mal de choses se sont entassées.

La faible bougie mettait les visages en relief. Dans la demi-obscurité, le Bateleur se surprit à les détailler par un regard circulaire. Il avait sous les yeux la réalité concrète des sociétés secrètes. Loin des fantasmes, des affabulations, des chimères. Bien sûr, les mots « société secrète » évoquent pour la plupart des machineries surpuissantes et composées d'êtres fabuleux ou malfaisants, en tout cas extraordinaires. Société secrète, cela fait peur.

Mais la vérité est bien différente. Le Huit de Bâton était éditeur : il publiait des livres techniques sur les sciences et la médecine. Il était d'ailleurs un membre actif et influent du Syndicat national de l'édition. Le Dix de Coupe était O.R.L. dans un centre médical du XXe. Il avait plusieurs fois débouché les oreilles du Bateleur, qui s'obstruaient régulièrement à l'arrivée de l'hiver. Le Cinq de Coupe était un orfèvre-joaillier réputé : dans son atelier du XVIe, il composait les bagues et colliers les plus complexes qu'il livrait ensuite aux plus prestigieuses bijouteries parisiennes. Sans oublier la Reine de Deniers qui les recevait dans son cabinet de psychothérapie. Des hommes et une femme ordinaires, comme on en croise chaque jour dans la rue sans les remarquer. Qui passaient la journée à travailler, qui connaissaient les mêmes tracas quotidiens que tout le monde. Mais qui, une fois la nuit tombée, sacrifiaient leur temps libre, souvent leur vie familiale, pour se mettre au service de la Société secrète.

Qu'est-ce qui pouvait les pousser à faire un choix a priori aussi étrange ? Le Bateleur y avait souvent réfléchi. Mais les motivations de ces personnes étaient en fait les plus simples, les plus courantes : l'attrait du mystère, le désir d'aventure, l'envie de s'améliorer personnellement. L'ambition et le goût du pouvoir aussi, évidemment. Cependant, la raison la plus profonde était tout bonnement la plus vieille du monde : le refus de rester enfermé chez soi, à s'embêter.

Le Bateleur s'en souvenait encore. Sept ou huit ans auparavant. Il commençait à constituer les premiers groupes de la Société secrète. Pour recruter, il avait employé une méthode radicale : il passait des petites annonces dans des revues ésotériques. C'est ainsi qu'il avait vu arriver des volontaires. Bien entendu, il s'était vu obligé d'écarter les illuminés et les individus suspects. Les quatre archontes qui l'entouraient avaient survécu à la sélection. Depuis, il les connaissait, travaillait avec eux et leur faisait confiance. Ensemble, ils avaient bâti une organisation dont ils se sentaient fiers. C'est une des richesses des sociétés secrètes : les rapports humains, réconfortants et vivifiants.

— Bien, mes amis, avant d'en venir au sujet principal de cette rencontre, avez-vous des remarques à me soumettre ? Je vous écoute.

Il y en avait, et le Huit de Bâton fut le premier à intervenir.

— Nous avons un groupe, celui de Bagnolet, qui se trouve dans un état lamentable. Presque plus personne n'y va. À la dernière réunion, ils n'étaient que deux sur dix inscrits. Et c'est ainsi depuis plus d'un an.

Le Bateleur soupira. C'était la maladie chronique de toutes les sociétés secrètes depuis la nuit des temps : l'absentéisme. Les gens se lancent là-dedans, comme dans une aventure exaltante, et puis ils se lassent. Sans compter que si tous veulent participer, bien peu sont prêts à accepter les postes à responsabilités. Ainsi est faite la nature humaine. Alors, au bout d'un moment, ils ne viennent plus.

— Vous connaissez mon opinion à ce sujet : il faut tailler dans le vif. Mettons cela aux voix.

En votant à bras levé, ils décidèrent la dissolution du Groupe en question. Ce fut le tour du Cinq de Coupe de parler.

— J'ai fait un tour d'horizon de ma zone, et parmi les propositions que je reçois, il y en a une qui revient sans arrêt : beaucoup de mes égaux voudraient approfondir notre rituel. En fait, ils voudraient devenir une véritable société initiatique, avec tout ce que cela comporte.

Le Bateleur soupira encore. Car ce phénomène, lui non plus, n'avait rien de nouveau. Il s'exprima très doucement.

— Écoutez, nous ne sommes pas une société initiatique. Cela viendra peut-être. Dans un demi-siècle, ou davantage. Vous savez que ce genre de choses ne se commande pas. Les francs-maçons ou les soufis n'ont jamais décidé qu'ils seraient des sociétés initiatiques : cela s'est fait tout seul, au fil du temps. Alors, laissons faire le temps. Pour l'instant, nous sommes une société secrète, profane et laïque, et en ce qui me concerne, cela me suffit amplement.

Le Dix de Coupe intervint alors.

— Mais nous savons bien que certains groupes ont déjà sauté le pas : ils ont mis au point un rituel, ils font des cérémonies. Ils sont dès maintenant des groupes initiatiques.

— Oui, et tu connais aussi bien que moi les risques.

Ils n'ajoutèrent rien. Ils se comprenaient à mots couverts. C'était ce que les médias d'aujourd'hui appellent pudiquement des dérapages sectaires. Le Bateleur lui-même avait prononcé la dissolution d'un groupe dont le chef se faisait appeler maître et exerçait une autorité dictatoriale sur les membres. Que faire ? Il savait que, quelles que fussent les précautions prises, cela arriverait toujours. La nature humaine, encore.

Les autres questions soulevées étaient purement administratives. Le Bateleur reprit son souffle.

— Mes amis, je demanderai qu'un certain nombre de personnes soient admises dans la Société secrète. En fait, il s'agit d'une dizaine de femmes qui ont déjà constitué leur petite organisation et qui voudraient être intégrées dans la nôtre. Je propose que nous les acceptions. Elles deviendront un de nos groupes.

Les quatre Archontes ne cachèrent pas leur surprise.

— De qui parles-tu ? Nous ne les connaissons pas. Qui sont-elles ? Et pourquoi veux-tu les prendre chez nous ?

Un peu embarrassé, il se vit obligé de s'expliquer.

— C'est un groupe de femmes italiennes qui vivent dans la région de Venise. Elles ont constitué une petite société secrète, pas bien méchante et plutôt sympathique. Au lieu de rester isolées dans leur coin, elles ont demandé à nous rejoindre, afin de faire partie d'une structure plus importante.

— Mais comment les as-tu connues ?

— Eh bien, j'ai rencontré leur présidente, la duchesse Monica Ferri di Lazzaro, et c'est elle qui m'a présenté la demande.

— Comment a-t-elle entendu parler de la Société secrète ?

— De la même manière que vous, mes amis : par hasard. Maintenant, il faut nous décider : les acceptons-nous ou non ? Pour ce qui me concerne, j'y suis favorable. Nous y trouverions beaucoup d'avantages : cela nous permettrait de nous implanter dans le nord de l'Italie, où nous sommes peu présents en ce moment. D'autre part, cela nous assurerait des rentrées d'argent supplémentaires. Voilà mes arguments. Vous avez la parole.

Les archontes se regardèrent en hésitant. Le Huit de Bâton se chargea de répondre.

— Écoute, nous ne pouvons pas envisager cette possibilité. Je ne doute pas que ces dames soient sympathiques et bien intentionnées, mais ce que tu nous dis sur elles respire l'amateurisme : elles se réunissent de temps en temps en jouant à la société secrète. Je suppose que cela doit les amuser. Mais nous, nous sommes des professionnels. Je ne pense pas qu'elles correspondent à ce que nous cherchons.

Ce qui était rigoureusement vrai et le Bateleur le savait. C'est d'ailleurs ce qu'il aurait répondu lui-même si une telle proposition lui avait été présentée. Seulement, il avait ses raisons. Devant le refus de ses amis, il durcit la voix.

— Ma foi, si c'est votre réponse, j'en prends acte. Mais je vous rappelle que l'année prochaine, il y aura un congrès national de nos groupes, prévu à Bordeaux. À ce moment, je soumettrai la même question aux délégués et je me fais fort d'obtenir leur accord.

Ces paroles, et surtout le ton employé, laissèrent les archontes perplexes. Le Bateleur n'avait pas l'habitude de leur parler de la sorte. La Reine de Deniers, qui était assise à sa gauche, tourna la tête vers lui.

— Pourquoi t'obstines-tu ? Nous venons de te dire que nous ne voulions pas.

Puis elle le regarda avec méfiance.

— Eh, un moment, comment est-elle, cette duchesse ?

— Très séduisante, répondit-il du tac au tac.

— Je m'en serais douté ! s'écria-t-elle. Décidément, les hommes sont tous les mêmes : dès qu'ils voient un jupon, ils oublient les précautions les plus élémentaires ! Écoute, nous sommes une organisation sérieuse. Nous ne pouvons pas accepter une femme simplement parce qu'elle a un beau sourire, ou un beau... Bon, je me comprends.

— Mais ma chérie, pourquoi crois-tu que nous t'ayons prise, toi ?

Ils éclatèrent de rire en voyant son air choqué. Vexée, elle répliqua avec fermeté.

— En tout cas, je maintiens ma position. Ces dames veulent jouer aux justicières masquées : qu'elles le fassent dans leur coin ! Nous n'avons aucun intérêt à les prendre chez nous.

Le Dix de Coupe confirma cette réponse.

— Bateleur, la Reine de Deniers a raison. Je ne doute pas des bonnes intentions de cette duchesse et de ses amies. Mais ce sont visiblement des amatrices. Nous sommes une organisation très professionnelle. Elles risqueraient de nous encombrer. Pire, de nous démasquer, même involontairement. Dans tous les cas de figure, elles représenteraient un maillon faible.

Le Bateleur haussa les épaules. Il savait en arrivant que ce serait le résultat de la réunion. Tant pis, il chercherait autre chose.

— J'enregistre votre décision. Maintenant, y a-t-il encore des questions ?

— Une seule : où en est l'enquête sur la mort du Neuf d'Épée ?

De tous les sujets qui les préoccupaient, c'était bien le plus délicat.

— Au point mort, avoua-t-il. Cette affaire demeure obscure.

— Enfin, te rends-tu compte... ?

— Oui, parfaitement. C'est très certainement un membre de la Société secrète qui a tué le Neuf d'Épée. Ce qui signifie que nous avons un assassin parmi nous. Mais écoutez, il fallait bien que cela arrive un jour, sinon nous ne serions pas une organisation humaine. Or, j'espère que nous le sommes !

— Franchement, remarqua le Dix de Coupe, tu me rappelles David Ben Gourion célébrant comme un héros le premier voleur de l'histoire d'Israël, en affirmant que, grâce à lui, Israël était devenu un pays normal.

— C'est un peu cela. Je ne renoncerai jamais à retrouver l'assassin. En attendant, la Société secrète doit continuer à fonctionner. S'il n'y a plus de questions, nous pouvons clore la réunion.

Ils se levèrent et, dans la demi-pénombre, jurèrent de garder secret tout ce qu'ils venaient de se dire.

Ils se retrouvèrent sur le trottoir de la rue de Vouillé. Il était presque minuit. Ils se serrèrent la main. Le Cinq de Coupe, le Huit de Bâton et le Dix de Coupe remontèrent dans leur voiture et disparurent. Chacun retournait vers sa vie personnelle. Le Bateleur et la Reine de Deniers restèrent ensemble.

— Tu veux que je te ramène chez toi ? proposa-t-elle.

— Inutile, je rentrerai à pied. Cela me fera une petite balade.

— Tu n'es pas fâché après la façon dont je t'ai répondu ?

— Ah, les femmes ! J'adore voir comment vous vous énervez dès qu'on parle d'une autre femme. Et ensuite, c'est nous que vous traitez de machistes !

— Franchement, je n'ai pas compris ton acharnement à vouloir faire entrer cette duchesse chez nous.

— Nous aurons l'occasion d'en reparler. Bonne nuit.

Ils se firent la bise et se séparèrent.

* *

Le Bateleur passa un mois de plus à chercher une autre solution, sans la trouver. Enfin, il se résigna à la seule solution qui s'offrait : retourner en Italie. Ce qu'il allait dire à la duchesse, il n'en savait évidemment rien. Tant pis, il aviserait sur place.

Il reprit l'avion pour Venise. Une heure et demie après, il était de retour à Mirano. Il retrouva la *Via della Fontana*, toujours aussi dépourvue de fontaine. Le numéro 13. Cette maison qui lui avait paru si banale, mais qui, à la réflexion, dégageait un certain charme. Il frappa. La porte s'écarta, le laissant face à la duchesse. Elle esquissa un sourire.

— Tiens, je ne vous attendais plus !

— Je suis conscient d'avoir été un peu long.

— Entrez quand même.

Ils se rendirent dans le salon. Elle l'invita à s'asseoir et lui servit un verre. Très embarrassé, il réfléchissait avec désespoir à ce qu'il pourrait dire.

— Eh bien, madame, j'aurais aimé vous apporter une autre nouvelle, mais... malheureusement, votre demande d'adhésion à la Société secrète n'a pas été retenue. Croyez bien que j'ai fait de mon mieux.

À sa grande surprise, elle haussa les épaules.

— Monsieur, je vous remercie d'avoir fait le voyage pour m'apprendre cela. Mais en ce moment, ce n'est pas vraiment ce qui me préoccupe. J'ai d'autres soucis, bien plus graves.

— Ah, bon, s'étonna-t-il. Ce n'est pas que cela me regarde, mais…

Elle l'observa avant de hausser à nouveau les épaules.

— Nous partageons déjà pas mal de secrets. Nous pouvons en partager un autre.

Elle se leva, traversa le salon et appela d'une voix claire.

— Antonella, veux-tu venir ? Tout de suite.

Un bruit de pas. Puis la fille de la duchesse entra dans la pièce. Elle était toujours la même, jeune, jolie et svelte.

— Bonjour, mademoiselle, dit le Bateleur par automatisme.

Les deux femmes ne semblèrent pas le remarquer. La voix de la duchesse changea légèrement.

— Cette folle, cette inconsciente… Regardez où elle en est maintenant.

Surpris, le Bateleur regarda. Il ne remarqua rien. Antonella était toujours la même. Devant son incompréhension, la duchesse se décida à lui expliquer :

— C'est avant-hier que j'ai tout découvert. Elle était malade et n'arrivait pas à se lever. Elle avait très mal au ventre. Elle a essayé de me faire croire que c'était le repas de la veille. Mais quand j'ai voulu appeler le docteur, elle a paniqué. Alors, j'ai compris. Je suis une femme, moi aussi.

Le Bateleur, lui, ne comprenait toujours pas. Tout paraissait si normal. Son hôtesse dut ajouter :

— Depuis, je me demande ce que je dois faire.

À ce moment, il comprit. Enfin. L'horreur le souleva presque. Il n'arrivait pas à y croire. Malgré lui, ses yeux tombèrent sur le ventre d'Antonella qui paraissait presque absente. Il observa l'une, puis l'autre. Leur silence confirmait qu'il avait bien saisi. Le choc surmonté, il s'efforça de réagir et s'approcha de la jeune fille :

— Combien de temps ?

La malheureuse hésita. Le regard de sa mère lui fit comprendre qu'elle pouvait répondre.

— *Quindici settimane.*

Catastrophé, le Bateleur sursauta à nouveau, et cette fois presque jusqu'au plafond.

— Quinze semaines ? Mais le délai est dépassé !

Elles le savaient, bien entendu. Il marcha dans la pièce pour reprendre son souffle. Puis revint.

— Et avec qui ?

— Luigi, un garçon de Milan qui étudie le droit.

— Et qui est aux abonnés absents, je suppose ! Mademoiselle, je ne suis pas un faiseur de morale, et votre maman le sait. Mais comment une jeune fille peut-elle se retrouver dans cette situation de nos jours ?

Elle ne répondit pas. Ce qui lui permit de mesurer le niveau d'inconscience où elle était descendue. Et qu'elle payait à présent.

— Tu peux retourner dans ta chambre, maintenant, dit la duchesse.

Antonella disparut, sans marquer de réelle émotion. Il n'était pas sûr qu'elle ait effectivement réalisé la gravité de ce qui lui arrivait. Le Bateleur se rassit, en s'efforçant de se ressaisir. La duchesse le rejoignit.

— Que comptez-vous faire ? demanda-t-il.

— J'aurais bien envie de la laisser se débrouiller toute seule. Malheureusement, un minimum de conscience hérité de ma propre maman m'en empêche. Enfin, que voulez-vous que je fasse ? Vous l'avez dit vous-même : le délai légal est dépassé.

Le Bateleur réfléchissait, à la recherche d'une solution. Soudain, il en trouva une. En fait, ce n'en était pas vraiment une. Plutôt une idée qui pouvait devenir une solution. Il hésita, puis se décida.

— Madame, avez-vous un téléphone portable ?

— Ma foi, Antonella en a un.

— Pouvez-vous me le prêter, je vous prie ?

Elle alla le chercher dans la chambre, revint avec lui. Le Bateleur s'en empara.

— On peut téléphoner à l'étranger, avec cela ?

— Bien sûr.

Il sortit de la maison. La rue était déserte. Il s'adossa au mur en composant un numéro. Son cœur battait pendant qu'il entendait les sonneries.

Il essayait d'imaginer la scène qui se déroulait à des centaines de kilomètres de là. Une montagne verdoyante, une belle demeure blanche perchée sur les hauteurs parmi les sapins. Sur une terrasse, un homme en blouse blanche prenait son téléphone portable à la ceinture et l'allumait.

— *Doktor Kung...*

La voix était déformée par un fort accent alémanique. Le docteur Heinz Kung avait pratiqué la gynécologie dans les plus grands hôpitaux de Paris et New York. Avant d'ouvrir sa propre clinique privée, tout près de Zürich.

— Salut, Heinz, désolé de te déranger.

— Oh, Christian ! Eh bien, cela fait une éternité !

— En effet, je n'ai pas beaucoup pensé à toi, et je sais que ce n'est pas bien. Mais aujourd'hui, j'ai besoin d'un service.

— Je t'écoute.

— C'est pour un avortement.

— Un avortement ? Sur toi ?

— Je t'en prie, c'est sérieux !

— Bon, bon, c'était pour rire. Alors, de qui s'agit-il ?

— D'une jeune fille. Je vais te l'envoyer. Mais écoute, je vais te demander quelque chose : tu ne dois pas faire de papier, tu ne dois laisser aucune trace.

— Quoi ? Mais je dirige une clinique sérieuse. Je n'ai jamais eu de problème et je ne veux pas en avoir.

— Cette fille est enceinte depuis quinze semaines.

— Quinze ! Mais le délai légal…

Le Bateleur enfla légèrement la voix. À contrecœur.

— Heinz, tu es mon ami et je ne voulais pas te le rappeler, mais c'est grâce à moi si tu as pu ouvrir ta clinique. C'est la première fois que je te demande un service. Tu ne peux pas me le refuser. Je vais t'envoyer la fille, tu feras l'opération, et aucune trace, aucun papier. Je te paierai en liquide. Nous sommes d'accord ?

À l'autre bout de la communication, il sentait le trouble de son interlocuteur. Comme il sentait qu'il était en train de perdre un ami.

— Oui, nous sommes d'accord, Christian.

— Je t'envoie la fille tout de suite.

Il éteignit le portable et rentra dans la maison. La duchesse attendait.

— Je crois que j'ai résolu votre problème..., dit-il en lui rendant le téléphone.

Le lendemain, la Lancia de la noble Vénitienne les transportait jusqu'à la Cité des Doges, plus exactement jusqu'à la gare. Ils accompagnaient Antonella qui allait prendre le train pour Zürich. Elle portait un gros blouson et un sac de sport. Ils lui remirent son passeport, un ticket et une somme d'argent en liquide pour payer l'opération. Sa mère l'embrassa. Le train démarra et emporta la fille vers la Suisse. Ils restèrent sur le quai, comme un couple quelconque regardant s'éloigner un enfant. La duchesse soupira.

— Cette gamine m'a déjà tout fait, à part le suicide.

— Ne le dites pas trop fort : elle pourrait vous entendre ! grinça le Bateleur.

Ils sortirent de la gare, rejoignirent la Lancia. Cette dernière leur fit quitter Venise. Mais la duchesse, au lieu de prendre vers Mirano, bifurqua vers Padoue.

— Quoi, vous ne rentrez pas chez vous ? s'étonna-t-il.

— J'ai envie de vous montrer quelque chose. Un homme de votre goût devrait apprécier. Avez-vous entendu parler des villas de Vénétie ?

— Les villas de Palladio ?

— C'est ainsi que les appellent les étrangers. En effet, Palladio était un architecte qui en a fait pas mal. Mais il n'était pas le seul. Cela a commencé vers le XVe siècle. En été, la chaleur est étouffante à Venise. Alors, les familles nobles décidèrent de se construire des résidences secondaires à l'intérieur du pays. Ils engagèrent pour cela les meilleurs artistes de l'époque. En réalité, les villas de Vénétie sont des palais en modèle réduit. C'est ce qui fait leur caractère unique. Mes ancêtres en possédaient une : elle s'appelle la villa Emo.

Un peu avant Padoue, ils tournèrent à droite, traversèrent un village et se présentèrent devant une splendide demeure. La duchesse arrêta la Lancia. L'originalité de la villa Emo était que l'architecte l'avait conçue toute en longueur : un seul bâtiment qui s'étirait sur presque cent mètres, avec deux étages et un toit d'un rouge sombre. Elle lui expliqua :

— Au centre, les appartements des seigneurs. À droite et à gauche, les logements des domestiques et des gardiens. Aux extrémités, les granges et les entrepôts. Devant, il y a un beau jardin et derrière, un pré où on peut faire du cheval.

Le Bateleur se dit que c'était superbe, et son impression fut renforcée une fois à l'intérieur. Comme souvent dans les maisons anciennes, les pièces étaient petites et les plafonds montaient très haut. Sur les murs, il voyait s'étaler des merveilles : des œuvres d'Arcimboldo, du Pontormo, et cetera. Vraiment, un palais à petite échelle.

— Cela appartenait à votre famille ?

— Oui, confirma-t-elle. À partir de la fin du *Cinquecento*, date de sa construction, jusqu'aux années soixante de notre siècle, où il a fallu s'en défaire. Trop cher à entretenir. On l'a cédée au gouvernement autonome de Vénétie qui l'a revendue à une société privée. Laquelle organise des visites, des congrès, des festivals. Mais comme j'ai acheté des parts dans cette société, j'ai obtenu le droit de disposer de la villa quatre jours par an, à des dates choisies en dehors des périodes touristiques. C'est ici que j'ai célébré le dix-huitième anniversaire d'Antonella. Voilà à quoi nous en sommes réduits, pauvres aristocrates.

Elle lui glissa un regard amusé.

— C'est votre faute, à vous, Français. Si vous n'aviez pas fait la Révolution, nous n'en serions pas là.

Il se permit de grimacer.

— Vous y croyez encore ? Plaignez-vous plutôt à la révolution industrielle : elle a fait disparaître plus de nobles que Robespierre et Saint-Just !

— C'est vrai, reconnut-elle. Et puis, je préfère vivre de nos jours. Duchesse au XVIIIe, cela fait rêver. Dans les romans de Barbara Cartland. Mais dans la réalité, ces pauvres dames s'embêtaient horriblement.

Ils ressortirent par-derrière et se retrouvèrent sur le pré. Au loin, des arbres en demi-cercle marquaient la limite de la propriété.

— D'ailleurs, reprit-elle, ma famille avait déjà failli perdre cette villa et ne l'avait conservée que par miracle. C'était en 1917, pendant la Première Guerre mondiale. L'époque n'incitait guère à la joie, comme vous vous en doutez. Ma grand-mère eut une idée : pourquoi ne pas imaginer une maison où les garçons et les filles pourraient se rencontrer, boire un verre ensemble, se parler gentiment ? Un moyen d'oublier la guerre et de rêver à un monde meilleur. Une maison du bonheur, en quelque sorte.

Le Bateleur resta interloqué. En fait, il lui fallut plusieurs secondes pour comprendre ce qu'il venait d'entendre. Incrédule, il se tourna vers son accompagnatrice, hésitant à dire ce qu'il pensait.

— Quoi ! Mais madame, il me semble que cela s'appelle un bordel !

— Ma grand-mère n'a jamais toléré qu'on prononce ce mot devant elle ! s'esclaffa la duchesse. Non, elle considérait qu'elle avait fait œuvre humanitaire. Les armées avançaient et reculaient : il y avait sans arrêt des offensives et des contre-offensives. Alors, un soir, on voyait ici des officiers italiens ou français, et quelques jours après, des officiers autrichiens ou allemands. Essayez d'imaginer : tous ces militaires peuplant la villa, dans leurs beaux uniformes, et les jeunes filles circulant parmi eux en distribuant des coupes de champagne et des sucreries. Tout cela dans le sourire et la complicité.

— J'imagine, j'imagine..., dit-il sans vouloir entrer dans les détails.

— En tout cas, cette trouvaille permit à ma grand-mère de conserver ce bâtiment à ma famille un demi-siècle de plus. Mais aujourd'hui, même en le transformant en supermarché, on n'y arriverait plus. Trop cher.

Ils revinrent devant le perron, s'arrêtèrent près de la Lancia. Elle resta silencieuse, comme cherchant ses mots.

— Cher monsieur, dit-elle enfin, je n'oublierai jamais ce que vous avez fait pour moi et pour Antonella.

— Faut-il vraiment me remercier ? Demandons-nous plutôt ce qu'est la vie et où elle nous mène. On essaye d'être altruiste, honnête, et rien ne change : le monde reste désespérément le même. Alors, faut-il encore dire merci ?

— En tout cas, je vous le dis. Beaucoup de personnes s'en seraient lavé les mains. Vous, vous avez eu la volonté de faire quelque chose. Je dois donc à mon tour vous rendre service. Je vais vous présenter Papinianus.

Il sursauta. En réalité, il avait complètement oublié le motif de son voyage. Elle le lui rappelait et elle lui offrait ce qu'il n'osait espérer.

— Eh bien, madame, c'est à moi de vous remercier.

— Il me faudra un peu de temps, expliqua-t-elle. Vous n'avez qu'à rentrer chez vous. Dès que le rendez-vous sera prêt, je vous enverrai un message et vous pourrez venir.

Il se sentit gêné en entendant cela.

— Heu, madame, pour ce qui concerne votre demande, j'ai fait de mon mieux, mais mes collègues m'ont objecté que vous et vos amies n'avez pas la formation pour rejoindre notre Société secrète, qui est une organisation très professionnelle. Je dois admettre, malheureusement, qu'ils ont un peu raison.

— Alors, vous n'avez qu'à nous envoyer quelqu'un, une personne qui nous dirigera pendant un certain temps et qui nous apprendra comment devenir des professionnelles.

— C'est une idée à creuser...

Elle ouvrit enfin la portière.

— Bon, maintenant, c'est mon tour de vous inviter. Il y a un restaurant au village et, comme cela arrive fréquemment par ici, le propriétaire possède sa propre vigne. Vous ne serez pas déçu.

Heureusement, l'époque n'était plus où un homme qui se faisait inviter à déjeuner par une femme s'estimait privé de sa virilité !

Ils descendirent jusqu'à la bourgade et entrèrent dans ce qui avait été une auberge. Ils prirent des calamars à la napolitaine (pour elle) et un *osso bucco* (pour lui). La nourriture était bonne, le vin aussi, il faisait beau et le Bateleur se sentait bien.

Il se surprit à détailler discrètement sa convive. La marquise de Merteuil. Ce n'était plus une comparaison, mais presque une identification. Elle portait ce jour-là un tailleur clair, avec une veste à un seul bouton. Malgré lui, ses yeux descendirent plus bas, glissèrent sur la silhouette. Et des pensées incontrôlables commencèrent à traverser son cerveau. Il se demanda à quoi pouvaient bien ressembler les fesses sous la jupe. Elles devaient être larges, généreuses, bouffantes de tendre chair féminine, fermes sous la main, avec une peau douce au toucher. Il concevait un derrière attirant, mais sans vulgarité. Une femme de grande classe avait forcément des fesses de grande classe. Et la culotte ? À en juger par son aspect extérieur, il supposa qu'elle portait un slip en V, partant du creux des reins pour dégringoler sur les rondeurs en épousant délicatement chaque forme intime. Ou peut-être un string s'engloutissant dans la raie. Non, il optait plutôt pour le slip. De quelle couleur ? Le tailleur étant clair, il se dit que le sous-vêtement devait l'être aussi. Blanc, jaune, turquoise ? Avec des dessins, avec des rayures, ou très sobre ? Évidemment, l'expérience lui recommandait la prudence. Bien des dames d'apparence très chic cachent sous leur robe des culottes froissées, et bien des jeunes filles débraillées dissimulent sous leur jean de la lingerie hyperraffinée. C'est l'éternel mystère féminin, celui qui rendra toujours les femmes irremplaçables. Soit. Mais en voyant le profil de la duchesse, il était peu probable qu'elle ait pu s'encombrer d'un vieux chiffon usagé. Attentive au moindre détail, elle devait l'être à celui-là aussi. Non, il décida qu'elle portait une culotte propre et raffinée. Point.

Soudain, il se secoua et releva les yeux, saisi d'un instant de panique. Eh bien, se dit-il, heureusement qu'elle ne sait pas à quoi je pense. Qu'est-ce que je prendrais sur la gueule !

Le repas terminé, ils reprirent la voiture et retournèrent à Mestre, partie continentale de Venise. L'autobus attendait pour emmener quelques passagers vers l'aéroport. La duchesse lui fit ses dernières recommandations.

— Cela risque de prendre un certain temps, car Papinianus est excessivement prudent. Ne soyez pas impatient : mon appel finira par vous parvenir.

— Je n'en ai jamais douté, madame. Et je vous remercie encore. Car quoi que vous puissiez dire, c'est à moi de vous remercier et pas l'inverse. Ce que vous faites pour moi est plus difficile que ce que j'ai fait pour vous.

Il se retourna pour embarquer. Au moment où il posait le pied sur la première marche, elle lui dit très naturellement :

— Oh, j'oubliais : elle est blanche, avec des broderies roses.

Il la regarda sans comprendre.

— Je vous demande pardon, madame ?

Elle lui jeta un regard très amusé.

— Vous vous demandiez de quelle couleur était ma culotte, non ? Eh bien, je vous le dis : elle est en dentelle blanche, avec des broderies roses.

Puis elle rejoignit sa Lancia, comme si de rien n'était. Furieux (et honteux) d'avoir été percé à jour, il dut faire un effort pour monter dans l'autobus. Celui-ci l'emmena néanmoins à l'aéroport Marco Polo. Un avion le fit revenir à Paris.

La nuit était tombée quand il rentra chez lui. Il ôta sa veste, sa cravate, tout en écoutant les informations. Comme aucun message n'encombrait le répondeur, il se coucha tout de suite. Mais dans l'obscurité de l'appartement, il ne parvint pas à s'endormir. Il se tournait et se retournait sous la couverture. L'image de la duchesse occupait tout son esprit. Quelle femme ! Elle n'avait rien dit, n'avait pas marqué la moindre réaction. Mais elle avait parfaitement compris à quoi il pensait. Mieux qu'une séductrice, une ensorceleuse...

Vers deux heures du matin, il sortit du lit et, complètement nu, entra dans la salle de bain. Il s'aspergea le visage, avant de l'approcher du miroir. Son reflet le narguait presque. Mon vieux, si tu n'es pas amoureux, c'est drôlement bien imité !

Papinianus

Le Bateleur attendit le message de la duchesse pendant six semaines. Il s'éloigna un peu de la Société secrète et retourna à l'Institut français de l'industrie légère. On le reçut avec de grands sourires : il faisait désormais partie des meubles. Il consulta quelques dossiers, donna son avis sur deux ou trois projets. On lui faisait confiance. En déambulant dans ces bureaux si familiers, il pouvait mesurer le chemin parcouru et le temps écoulé. Malgré lui, la nostalgie commençait à s'immiscer dans son cœur. Oui, malgré lui. Car la nostalgie était précisément ce qui l'énervait le plus. Le passé était passé, et il ne revenait jamais.

Enfin, en rentrant chez lui un soir, il trouva dans la boîte une enveloppe avec un timbre italien. Il la déchira et en versa le contenu sur la table. Rien d'autre qu'une carte du tarot, représentant le Bateleur. Au verso, un stylo noir avait griffonné :

La prossima settimana in Venezia. Confermare, per favore. Grazie.

Signora Monica Ferri di Lazzaro[2].

Satisfait, il posta aussitôt une réponse pour confirmer son arrivée. Le week-end s'écoula, sans histoire et un peu ennuyeux, comme souvent à Paris. Le lundi, il s'empara de son sac et s'apprêta à partir. Mais auparavant, il retourna devant l'étagère et leva la main. Le livre. *Les Stoïciens*, de la Bibliothèque de la Pléiade. Il écarta les feuilles. À la page treize, encore et toujours, les trois noms soulignés : Zénon, Chrysippe et Cléanthe. Un gros trait sous chacun d'eux. Bon Dieu, se disait-il, je suis de plus en plus certain que ce bouquin contient l'explication de l'assassinat du Neuf d'Épée. S'il le lisait juste au moment où on l'a tué, c'est qu'il y avait une raison. Mais laquelle ? Laquelle ? Irrité, il remit le livre à sa place. Puis il reprit le sac et s'en alla.

L'avion d'Alitalia le fit atterrir à l'aéroport Marco Polo. En sortant, il eut la surprise de s'entendre appeler : la duchesse venait vers lui en souriant.

— Eh bien, s'étonna-t-il, vous vous êtes déplacée jusqu'ici pour moi ! Dois-je me sentir flatté ?

— J'espère que c'est ainsi que vous le prenez. J'ai voulu vous épargner le long parcours que vous subissez à chaque fois que vous venez. Allons, ma voiture est à côté.

Il l'observa rapidement. Elle avait opté pour le changement et portait une robe-chemisier en jean boutonnée par devant. Boutonnée étant d'ailleurs une conception toute théorique du vêtement, car elle avait fait sauter la moitié des boutons vers le haut et vers le bas. Une fois de plus, il frissonna : il n'en revenait pas de l'incroyable pouvoir de

2 (La semaine prochaine à Venise. Confirmez, s'il vous plaît. Merci. Madame Monica Ferri di Lazzaro.)

séduction de cette femme. Elle n'avait pas besoin de prendre des poses suggestives ni de glisser des regards insinuants. Il lui suffisait d'apparaître, et aussitôt le cœur de tous les hommes battait un peu plus fort. Et le Bateleur était un homme…

La Lancia les fit redescendre vers le sud. Pendant le trajet, elle lui expliqua le programme des jours à venir.

— Le rendez-vous est fixé pour après-demain, à Venise. Plus exactement, sur une petite île de la Lagune. Il y a une belle maison qui date du XVIIe siècle. La propriétaire est une femme nommée Eva Balbi, qui est vice-présidente de ma société secrète. Elle n'est au courant de rien. Elle me prête sa demeure quand je veux rencontrer Papinianus et elle ne pose jamais de question. La discrétion est assurée.

— Balbi ? s'étonna-t-il. Cela me dit quelque chose…

— Oui, confirma-t-elle. C'est une descendante de Marino Balbi, l'homme qui s'évada de la prison des Plombs avec Casanova. Elle raconte très bien l'histoire, d'ailleurs.

— Assisterez-vous à ma discussion avec Papinianus ?

— Certainement pas, répondit-elle avec fermeté. Je vous présenterai à lui et je vous laisserai seuls. Il a tenu à ce qu'il en soit ainsi, et je respecte sa volonté.

La voiture traversa Mestre, tourna vers l'ouest et roula jusqu'à Mirano. Là, ils retrouvèrent la vieille maison. Elle l'installa dans la chambre d'ami.

— À mon vif regret, je ne pourrai pas vous tenir compagnie. Je dois partir pour affaires. Mais le frigo est plein, vous avez la télévision et vous êtes chez vous. Je reviendrai après-demain pour vous emmener à Venise.

Elle se changea, remit ce tailleur qui la rendait si ensorceleuse et reprit sa Lancia. Le Bateleur la vit partir avec déception.

Il passa la journée de mardi étendu sur le lit, à lire la presse et à regarder la télévision. Il se prépara aussi à manger, sans trop de difficultés : être célibataire, cela apprend à se débrouiller ! Malgré lui, une tentation irrésistible le poussa à aller aussi explorer la chambre de la duchesse. Une pièce à l'image de celle qu'elle abritait : sobre, sans aucun tape-à-l'œil, mais immédiatement attachante. Sur la table de chevet, un cadre posé. Il s'en empara : une photo de mariage. La duchesse en robe blanche, très belle, auprès d'un monsieur sanglé dans un smoking impeccable. Sur le mur, une autre photo : la duchesse avec une petite fille qui était simplement Antonella, et qui avait l'air bien sage à l'époque. À ce moment, il se rendit compte de sa muflerie : il était en train de détailler la vie intime de celle qui l'hébergeait. Mais l'envie de savoir était trop forte. Il ouvrit la penderie : les vestes, les jupes, les robes pendaient à des cintres, parfaitement alignées, avec exactement la même distance pour les séparer. Il en eut le souffle coupé. Décidément, la dame avait de la classe jusque dans les faits les plus insignifiants. Il se pencha. Un peu plus bas, il vit des culottes et des soutiens-gorges, soigneusement entassés. Son cœur se mit à bondir. Il referma prestement le placard pour couper court aux pensées (plutôt osées) qui affluaient brusquement dans son esprit. Ses yeux passèrent lentement sur le lit recouvert d'un édredon vert et rouge. Il essaya d'imaginer le corps de la duchesse reposant à l'intérieur, paisiblement, voluptueusement.

Puis il haussa les épaules. *Mon vieux, cette femme est en train de te faire régresser au stade infantile. Il serait temps de réagir.* Énervé, il sortit de la chambre en fermant la porte.

Le lendemain, il fit un petit tour à la taverne du coin et offrit une tournée à tous les retraités qui s'y trouvaient. En trinquant avec eux, il se surprit soudain à les envier. Ces hommes qui n'avaient plus à travailler, à se battre, même plus à réfléchir, puisque tout cela était désormais derrière eux. Et si c'était cela, le bonheur ? S'asseoir à la terrasse et regarder s'écouler les heures, sans rien faire, avec un verre de vin rouge à portée de main. Oui, pourquoi pas ? Mais il se secoua. Mon pauvre, tu divagues. Ils passent la journée devant une coupe de vin et c'est banal. Mais il y a aujourd'hui des pays, des civilisations entières, où il est interdit de boire du vin ! Rien n'est banal dans la vie. Même le fait de ne rien faire. Surtout le fait de ne rien faire. Il retourna à la maison et attendit encore.

La nuit commençait à tomber quand la Lancia de la duchesse revint se garer le long du trottoir d'en face. Elle réapparut dans le salon.

— Nous pouvons y aller, dit-elle simplement.

Il remit sa veste et sa cravate, jeta une parka par-dessus et la suivit. Ils remontèrent dans la voiture qui démarra. Le trajet se déroula en silence.

Ils traversèrent Mestre, puis s'engagèrent sur la digue qui conduisait à la vieille ville de Venise. Elle se gara quelque part et l'invita à marcher. Ce qu'ils firent. Leurs talons claquèrent pendant qu'ils longeaient ces légendaires canaux qui renfermaient des siècles d'histoire. Ils arrivèrent sur un quai qui semblait presque se trouver au bout du monde. En tout cas, l'absence totale de personnes et de bruit donnait cette impression. Devant lui, le Bateleur apercevait deux îles endormies. Derrière, il le savait, il y avait la Lagune. Un vent horriblement humide le transperça jusqu'aux os. Il remonta la glissière de sa parka.

— Eh bien, il ne fait pas chaud, ici ! se plaignit-il.

— Je ne vous savais pas si douillet, répliqua-t-elle avec ironie.

Il se souvint de la visite discrète (et très impolie) qu'il avait faite dans sa chambre à coucher et préféra se taire...

Peu après vingt-deux heures, un bruit de moteur attira son attention. Un petit bateau de sept mètres de longueur venait de surgir de la nuit et approchait. Il se plaça contre le quai. À bord, une seule personne : un homme aux cheveux grisonnants, vêtu d'un gros pull marin.

— *Salite, presto !*

La duchesse embarqua la première et le Bateleur la suivit. Ils s'assirent à l'arrière de l'embarcation. Cette dernière repartit sans tarder et s'engagea sur les flots. Le pilote les fit passer entre les deux îles. Alors, Dalleray vit s'étaler devant lui l'immensité de la Lagune. Un avant-goût d'océan, sous un ciel variable où les étoiles se battaient avec les nuages pour tenter d'éclairer le paysage. Parfois, elles y parvenaient, et parfois l'obscurité les saisissait. À bâbord et à tribord, le Bateleur apercevait des îlots, morceaux de terre menacés par les eaux. Tel était le décor dans lequel vivaient les Vénitiens depuis un millénaire. Il se demandait toujours par quel incroyable concours de circonstances des hommes avaient pu choisir (avaient-ils vraiment choisi ?) de s'installer dans un endroit pareil.

Mais soudain, il ne vit plus de terre, seulement la grande tache sombre de la mer. Le bateau décrivit un large arc de cercle pour virer vers le nord. Une autre île surgit alors sous la clarté lunaire, à la limite entre la Lagune et l'Adriatique. Le pilote coupa le moteur. L'embarcation s'immobilisa, tanguant mollement sur les flots. Le clapotis contre la coque devenait lancinant.

— Qu'attendons-nous ? souffla le Bateleur.

— Un signal, répondit la duchesse de façon laconique.

Alors seulement, il s'aperçut qu'il y avait une maison sur l'îlot. Il en distinguait les formes massives au flanc d'une butte. Une demeure plongée dans l'obscurité. Pas tout à fait, en réalité, car en regardant mieux il vit un petit carré lumineux. Manifestement, une fenêtre éclairée.

— C'est le lieu du rendez-vous ? demanda-t-il.

— Oui, confirma-t-elle. Quand nous verrons une lampe s'allumer trois fois, cela signifiera que nous pourrons accoster. Nous procédons toujours ainsi, pour éviter l'arrivée inopportune de personnes non désirées.

Ces explications et le panorama réveillèrent en lui un souvenir vague et lointain. Après quelques secondes de réflexion, cela lui revint. Ah oui, *L'Ange à la fenêtre d'Orient*, la célèbre bande dessinée de Hugo Pratt, qu'il avait lue dans sa jeunesse. Décidément, comme il l'avait dit à Gorvenal, tout cela nageait dans le romanesque. Mais son esprit râleur reprit le dessus. *Romanesque, romanesque...*, pensa-t-il. *En attendant, on se les gèle, ici !*

Enfin, une petite lueur troua la nuit. Elle s'éteignit et se ralluma, trois fois de suite.

— C'est le signal, annonça la duchesse. Nous pouvons y aller.

Le moteur du bateau se remit à vrombir et ils vinrent accoster sur un quai encastré dans la roche. Ayant remis pied à terre, ils gravirent un escalier creusé au flanc de la butte. Une porte massive s'écarta pour les laisser face à une dame d'une cinquantaine d'années aux cheveux gris. Elle échangea quelques mots avec la duchesse, puis leur servit de guide. Elle les fit monter à l'étage et entrer dans une pièce. Meubles d'époque, boiseries d'époque : on se serait cru revenu au temps de Casanova et Goldoni.

— Installez-vous ici et attendez, lui dit la duchesse.

Elle disparut. Le Bateleur s'assit en soupirant. Il ne faisait que cela depuis des semaines : attendre, attendre et attendre ! Énervant.

Une heure plus tard, un bruit de moteur résonna sous la fenêtre. Il se leva pour écarter les persiennes : en bas, le petit bateau revenait. Des silhouettes en descendaient. Il fut soulagé : enfin, il allait savoir. Il se rassit. La duchesse ouvrit la porte, puis s'écarta.

— Entrez, Papinianus...

* *

L'homme qui entra portait un manteau sous lequel apparaissait une soutane de prêtre, ainsi qu'un chapeau rond. Même si ses connaissances dans ce domaine étaient limitées, le Bateleur reconnut les attributs d'un cardinal. Le nouvel arrivant était grand, corpulent et avait dépassé la soixantaine. Et puis, il y avait le visage. Le Bateleur se mit à réfléchir intensément. Ce visage... Il l'avait déjà vu quelque part. La duchesse se chargea des présentations.

— Vous vouliez connaître Papininanus ? Le voici. Et lui, c'est le Bateleur.

Elle ajouta avec un zeste d'ironie :

— Bien entendu, vous êtes libres de vous dire vos véritables noms, ou pas.

Comme elle l'avait annoncé, elle déposa sur la table une bouteille de chianti, deux verres, une assiette de cacahuètes et quitta la pièce en fermant la porte. Les deux hommes restèrent seuls.

Ils s'assirent, en silence. Le moment était si singulier : étrangers l'un à l'autre, venant de mondes si différents et si éloignés. Le souvenir de Joseph Banguillot passa dans l'esprit du Bateleur. Soudain, il tressaillit en regardant fixement son interlocuteur.

— Attendez… Oui, j'y suis : le cardinal Gaetano Prandelli !

Ce fut le tour du prêtre de tressaillir. Une forme d'inquiétude parcourut ses traits.

— Vous me connaissez ? s'étonna-t-il.

— Vous connaître, c'est beaucoup dire. J'ai vu votre photo dans les journaux. Mais vous êtes un des plus hauts personnages de l'Église catholique !

— Vous me flattez. Enfin, vous comprendrez maintenant pourquoi je m'entoure d'autant de précautions. Personne ne doit savoir que je suis ici, ni ce que j'y fais. Cela doit rester un secret absolu.

— En somme, personne ne doit savoir que vous êtes Papinianus ?

— Tout à fait. C'est un vieux nom romain, porté par plusieurs consuls, que j'ai ressorti des étagères pour en faire mon pseudonyme.

Le Bateleur n'en revenait pas. L'homme qui lui faisait face était un cardinal du conclave, dont le nom avait été prononcé plusieurs fois pour la fonction papale. Une personne venant d'un niveau incroyablement élevé, et qui se trouvait devant lui. Il décida de prendre le taureau par les cornes. Il s'empara de la bouteille, emplit les deux verres.

— Bon, essayons de procéder par ordre. D'abord, nous allons expliquer chacun ce que nous faisons ici. Ensuite, nous tenterons de trouver un terrain d'entente. En ce qui me concerne, comme vous l'a dit la duchesse, je suis le Bateleur. En réalité, je m'appelle Christian Dalleray et je suis français. Comment ai-je entendu parler de vous ? Par un ami, Joseph Banguillot, défunt président de la République d'Haïti. Moi, je l'appelais Gorvenal. Un nom tiré d'une légende celtique. Au cours d'une conversation, il m'a révélé votre existence, mais pas votre identité, puisqu'il ne la connaissait pas. Pour cela, j'ai dû passer par la duchesse. Au fait, pourquoi acceptez-vous de me rencontrer, alors que vous ne vous êtes jamais démasqué pour Banguillot ?

— La duchesse a tellement insisté... Et je ne peux rien lui refuser.

— En revanche, il m'a parlé des informations que vous lui transmettiez, et notamment du traité d'alliance.

— Il vous a aussi appris cela ?

— Oui, après qu'il a décidé de rompre ses relations avec vous et avec la duchesse. Il m'a alors convoqué chez lui pour me révéler tout cela, en me laissant libre de faire ensuite ce que je voudrais.

— Il avait donc vraiment confiance en vous..., murmura Papinianus.

— C'était un ami, un très grand ami, répondit simplement le Bateleur.

Il leva son verre pour boire une gorgée.

— Maintenant, qu'est-ce que je fais ici ? Comme vous le savez, Joseph Banguillot est mort, victime d'un coup d'État militaire. Alors, je me suis dit que je ne pouvais pas laisser cette affaire en suspens. Je devais savoir qui était Papinianus et poursuivre le travail de Joseph. Une sorte d'hommage posthume, si vous voulez. Voilà pour ce qui me concerne. Je vous écoute.

Son vis-à-vis hésita une seconde. Puis il but à son tour un peu de chianti et se lança dans sa propre confidence.

— Eh bien, puisque vous me connaissez déjà un peu, cela sera rapide. Oui, je suis le cardinal Gaetano Prandelli. J'ai été pendant longtemps archevêque de Milan et je suis membre du conclave depuis une quinzaine d'années. Il est vrai que les journaux continuent à publier mes photos. Mais c'est par pure gentillesse, car je n'ai plus de fonction officielle pour le mériter.

— Comment cela ? s'étonna sincèrement le Bateleur. Je croyais que…

— Que j'étais conseiller diplomatique auprès du pape ? De la poudre aux yeux ! On m'a affublé d'un titre pompeux et on m'a offert un superbe bureau au Vatican. Où je n'ai rien à faire de la journée, puisque personne ne me demande rien. Comme vous dites en France, on m'a mis sur une voie de garage. Enfin, un garage de luxe, tout doit être dit.

— Que vous reproche-t-on ?

— Officiellement, rien. Puisqu'au Vatican, personne ne reproche rien à personne. Nous sommes tous là pour défendre le message d'amour et de charité de Jésus, n'est-ce pas ? Officieusement… Ma foi, j'étais concurrent du pape, lors de la dernière élection, et j'ai même failli être élu à sa place. Cela ne pardonne pas !

— Décidément, vous ne me faites pas regretter de ne pas être entré dans les ordres ! Et Joseph Banguillot ?

— Je ne l'ai jamais rencontré. Je communiquais avec lui par l'intermédiaire de la duchesse. Je voulais d'ailleurs procéder ainsi avec vous, mais c'est elle qui a insisté pour que je vous voie, en m'assurant que vous étiez digne de confiance.

— Et maintenant que vous me voyez ? sourit le Bateleur.

— Eh bien, je ne sais pas, mais j'ai envie de croire qu'elle avait raison. Je ne prétends pas être physionomiste, mais vous respirez l'honnêteté, la droiture, l'intégrité. Vous semblez même quelqu'un à la morale un peu rigide. J'espère que vous ne le prendrez pas mal, venant d'un cardinal !

— Je suis dans de bonnes dispositions. Alors, je le prendrai comme un compliment. Revenons à nos moutons : vous transmettiez des informations à Banguillot. Des informations confidentielles concernant le Vatican. Et, je suppose, d'un intérêt exceptionnel.

— Même si on m'a enfermé dans un bureau insignifiant, je reste au courant de beaucoup de choses. J'ai fait une carrière très longue et j'ai connu à peu près tout le monde. J'ai encore des relations jusque dans les cercles les plus fermés.

Ces confidences mirent la puce à l'oreille au Bateleur. Il posa la question directement.

— Vous êtes membre de l'*Opus Dei*, Monseigneur ?

— Je l'ai été pendant trente ans. C'est d'ailleurs à cela que je dois une grande partie de ma carrière. Comme nombre de mes collègues. Vous savez, il n'y a pas de miracle dans l'Église catholique.

— C'est ce que je pense aussi. Pardonnez-moi, monseigneur, je reste perplexe. Vous êtes un des plus hauts dignitaires du Vatican, vous avez consacré votre vie au clergé, et vous transmettez les secrets de votre maison à un homme que vous connaissez à peine ! Il me semble que cela porte un nom : trahison.

Papinianus ne se troubla pas. Il s'attendait visiblement à cette remarque.

— Oui, si j'étais démasqué par quelqu'un, c'est certainement le mot qu'on emploierait. Écoutez, ce sera peut-être difficile à comprendre pour vous, mais je suis profondément et sincèrement catholique. C'est ma foi, celle qui a guidé toute mon existence. Je ne supporte plus de voir l'Église dirigée par cette horrible clique. Vous n'avez pas idée de ce que je peux voir et entendre au Vatican : c'est le règne du mensonge, de l'hypocrisie, de la corruption. Il y a des groupes mafieux, des réseaux pédophiles, des sorciers et des astrologues. Je pense à ce pauvre Jésus, mort sur sa croix. Il ne mérite pas ça. Alors, je me bats. Mon but est que la religion chrétienne retrouve la pureté de ses origines, celle de saint Pierre et saint Paul. Je veux rendre le christianisme au peuple, comme il aurait toujours dû l'être. Ma collaboration avec Banguillot était une partie de ce combat.

Le Bateleur grignota quelques cacahuètes en réfléchissant. Parce que, bien entendu, il ne croyait pas un mot de la magnifique envolée lyrique qu'il venait d'entendre !

À travers les paroles de Papinianus, il entrevoyait une réalité moins poétique. L'homme qui lui faisait face avait failli être pape. Cela s'était joué à deux ou trois voix. Deux ou trois voix qui lui avaient volé le rêve de sa vie. Ensuite, plus rien. Il se retrouvait sur une voie de garage, isolé dans un bureau, loin des hautes fonctions, loin des honneurs. Alors, il s'était lancé dans une croisade solitaire contre cette Église qu'il avait jadis ambitionné de diriger. Par dépit. Par amertume.

— Vous ne semblez guère convaincu par mes explications, fit remarquer Papinianus.

— Je n'aurais pas l'insolence de douter de votre sincérité, monseigneur. Tout de même, je suis surpris. Vous êtes entré dans les ordres dès votre jeunesse, vous avez fait une longue et brillante carrière à tous les niveaux de l'appareil ecclésiastique, et c'est aujourd'hui que vous découvrez que l'Église est corrompue ! Allons, mon cher, il suffit de feuilleter un livre d'histoire un tant soit peu objectif pour s'apercevoir qu'elle l'est depuis toujours. Et quand je dis depuis toujours, c'est bien depuis toujours ! Vous me faites rire avec votre pureté des origines. Quelle pureté ? La religion n'a jamais été pure. Les historiens ont des documents, irréfutables, qui démontrent que, un siècle à peine après la mort de Jésus, les chrétiens se plaignaient déjà de la corruption de leurs évêques. Ces braves gens n'avaient pas perdu de temps ! Non, par pitié, ne me dites pas que le christianisme était pur à ses débuts et qu'il est devenu sale par la faute d'une poignée de profiteurs : c'est une vision rassurante, mais complètement fausse de l'histoire. La religion chrétienne a toujours vécu sur le vice et le mensonge.

Il porta le verre à sa bouche avant d'ajouter :

— Et pour vous prouver que je ne suis pas raciste, je vous dirais que vos collègues musulmans ne valent pas mieux.

Papinianus le regarda avec attention.

— Vous n'avez pas l'air de beaucoup aimer les religions, avança-t-il.

Le Bateleur préféra hausser les épaules.

— Je suis un tenant de la philosophie stoïcienne : quand un problème dépasse votre volonté, ne pas s'en préoccuper. C'est pourquoi je laisse les religions suivre leur chemin et je suis le mien. Mais franchement, monseigneur, puisque vous me posez la question, si on jugeait les religions selon les mêmes critères que les idéologies politiques, il n'en resterait aucune ! On reproche au communisme ses quatre-vingts millions de morts, et on a tout à fait raison. Alors, je vous le demande : depuis deux mille ans, combien de morts au nom de Jésus ou de Mahomet ? Des centaines de millions ? Des milliards ? Personne n'a jamais osé calculer le chiffre exact, sans doute parce qu'il serait accablant. Et s'il n'y avait que les morts... Mais combien d'êtres humains soumis toute leur vie à des règles absurdes ? Combien d'existences brisées à cause d'une simple phrase de l'Évangile ou d'un simple verset du Coran ? Combien d'artistes censurés ou condamnés à mort ? Et tout cela au nom d'un Dieu que personne n'a jamais vu et à qui on fait dire n'importe quoi ! La tolérance... Ne me faites pas rire avec la tolérance ! Les religions n'ont jamais été tolérantes, ou alors involontairement. Enfin, monseigneur, vous savez mieux que moi que la plupart des textes religieux, chrétiens ou musulmans, ne sont rien d'autre que d'interminables suites d'interdits et de tabous. Il faut vraiment de l'imagination pour y trouver de l'amour et de la charité ! Pour conclure, j'ai l'habitude de respecter mes semblables et je respecterai donc ces millions de moutons qui se précipitent vers Lourdes ou La Mecque. Mais ne me demandez pas de me joindre à eux. Parce que je ne sais pas si cela me ferait rire ou pleurer !

Papinianus resta silencieux quelques secondes. Puis son visage rondouillard s'éclaira d'un pâle sourire.

— Mon cher, je vous avoue que j'ai beaucoup hésité. Mais à présent, je me réjouis d'être venu jusqu'ici. Vous êtes un homme qui dit franchement ce qu'il pense. Le mensonge vous est étranger. Je crois que nous allons très bien travailler ensemble. En tout cas, si vous êtes d'accord, c'est ce que je souhaite.

Ils se serrèrent la main par-dessus la table, scellant le début d'une relation surprenante. Oh, pas d'une amitié, car ils venaient de deux mondes trop opposés. Mais d'une confiance dont ils savaient qu'elle allait durer.

— Bon, maintenant, passons aux choses sérieuses. Joseph Banguillot m'avait révélé l'existence d'une Commission secrète et d'un traité d'alliance entre le Vatican et le mufti de La Mecque. Ensuite, il a rompu ses relations avec moi, estimant que cela devenait trop dangereux.

— Il avait raison, confirma Papinianus. C'est pour le même motif qu'il a rompu avec moi aussi. Ne me demandez pas trop de détails, car je ne les ai pas. Mais je sais que la Commission secrète existe. Elle est composée de six hommes : trois cardinaux et trois fonctionnaires musulmans. Ils se réunissent de temps en temps, dans un endroit que nul ne connaît, pour discuter des intérêts communs des deux religions. Apparemment, ils en ont trouvé, puisqu'ils ont fini par rédiger un traité d'alliance qu'ils ont soumis à leurs autorités respectives.

— Traité d'alliance, c'est vite dit ! Que stipule-t-il exactement ?

— Vous m'en demandez trop : ils ne m'ont pas autorisé à le lire ! En gros, c'est un texte par lequel le Vatican et le mufti de La Mecque s'engagent à collaborer. Bien entendu, chacun gardera son territoire propre. Mais partout où cela sera possible, ils travailleront ensemble.

— Je crois comprendre. Le but doit être de faire reculer ce qu'ils appellent l'athéisme et la laïcité. Autrement dit, faire que, dans le monde entier, les lois religieuses soient supérieures aux lois civiles. Décidément, ils ont de la suite dans les idées ! Voilà deux mille ans qu'ils poursuivent le même objectif et ils ne se découragent pas ! Leur rêve est que tout être humain, où qu'il se trouve, soit obligé de demander la permission de la religion avant de bouger le petit doigt. C'était déjà ce que voulaient les apôtres de Jésus et les compagnons de Mahomet. Et c'est ce que veulent encore les curés et les imams d'aujourd'hui ! Enfin... ce traité est-il signé ?

— Non. Il est rédigé, mais pas signé. Je crois qu'il y a des réticences, d'un côté et de l'autre. Il est difficile d'oublier des siècles d'affrontement.

— Comme quoi, l'amour de Dieu ne permet pas toujours de faire des miracles ! grinça le Bateleur. Maintenant, parlez-moi un peu plus de la Commission secrète. Vous savez qui la compose ?

— Du côté des catholiques, je le sais, oui. Le chef de la délégation est un cardinal américain qui s'appelle Edward Kreisner. Je le connais bien, puisqu'il fut un de mes plus proches collaborateurs au moment de mon entrée au Conclave. C'est quelqu'un de très intelligent, de très énergique, mais... hum, un peu radical. Le progressisme, ce n'est pas sa tasse de thé ! Il est très admiré au Vatican, mais il fait aussi un peu peur : il est spécialisé dans les missions secrètes. Autant dire que les scrupules ne l'étouffent pas… Tiens, quand je l'ai connu, il était chargé d'une tâche très importante : financer les mafias dans l'ex-U.R.S.S.

Le Bateleur crut avoir mal entendu.

— Je vous demande pardon, monseigneur ?

Papinianus expliqua sans détour :

— À l'époque, le Vatican était engagé dans une guerre sans merci contre le communisme, qu'on assimilait au diable. Tous les coups étaient permis. Alors, ordre avait été donné de soutenir les groupes mafieux à Moscou, à Leningrad, à Kiev, partout. En se développant, ils affaiblissaient le bloc communiste. Ce calcul s'est d'ailleurs révélé juste.

— Vous rendez-vous compte de ce que vous dites ? Je n'avais aucune sympathie pour l'ex-régime soviétique, un des pires de l'histoire. Mais de là à financer des mafias… Écoutez, le communisme a été balayé, mais les mafias sont toujours là, plus malfaisantes que jamais. Vous êtes fiers de vous ?

Papinianus répondit en haussant les épaules.

— La fin justifie les moyens. C'est en tout cas le raisonnement qu'on suivait en ce temps-là au Vatican.

Le Bateleur préféra soupirer.

— Et vous me demandez pourquoi je n'aime pas les religions ! Enfin… Je suppose que ce Kreisner est membre de l'*Opus Dei* ?

— Bien entendu, comme je l'étais moi-même à l'époque. Aujourd'hui, nous ne travaillons plus ensemble, mais nous nous rencontrons souvent. Je me tiens discrètement au courant de ce qu'il fait. S'il s'en apercevait, je risquerais gros ! C'est pourquoi je fais très attention.

— Et du côté des musulmans ?

— Là, j'en sais beaucoup moins, car ce n'est pas mon camp. Enfin, j'ai appris récemment que la délégation musulmane à la Commission secrète était dirigée par un certain Hussein ben Khaled Al-Talyani, un conseiller spécial du mufti de La Mecque.

— Conseiller spécial ? ironisa le Bateleur. C'est le spécial qui compte ! Ce monsieur doit être un fanatique.

— Qu'est-ce qui vous fait dire cela ?

— Allons, monseigneur, vous savez parfaitement qu'un musulman tolérant et progressiste n'aurait aucune chance de devenir un proche conseiller du mufti de La Mecque ! Pour atteindre ce genre de poste, il faut appartenir à la frange la plus dogmatique de l'islam. Autrement dit, il faut être un fanatique. Puisque j'ai l'habitude d'appeler un chat un chat.

Il réfléchit un instant.

— Ma foi, je vous remercie infiniment de toutes ces informations. Mais je me demande vraiment ce que je vais en faire. Tout cela se situe à un niveau beaucoup trop élevé pour moi.

À ce moment, son interlocuteur le regarda fixement et il comprit qu'il allait dire quelque chose de très important.

— Pardonnez-moi, mon cher... Bateleur, mais tout à l'heure, vous m'avez dit votre véritable nom. Christian Dalleray. Vous avez peut-être remarqué que j'ai sursauté en l'entendant.

— Non, cela m'a échappé. Pourquoi ?

— Parce qu'il me semble l'avoir déjà entendu. Christian Dalleray… Oui, c'est bien cela. Il me semble que la Commission secrète a parlé de vous…

Cette fois, ce ne fut plus de l'étonnement, mais carrément de la stupéfaction qui saisit le Bateleur.

— Quoi ! Monseigneur, pardonnez-moi de vous le dire, mais ce n'est peut-être ni le lieu ni l'heure de plaisanter.

— Alors, je vais vous rassurer : je ne plaisante pas. Non, Christian Dalleray… C'est bien vous qui dirigez une société secrète, avec deux autres personnes ? Eh bien, j'en suis sûr et certain : la Commission secrète a parlé de vous voici quelques mois.

— De moi et de la Société secrète ? Mais dites-moi ce qui nous vaut cet honneur : nous ne sommes que dix mille pingouins à travers le monde ! Rien qui puisse attirer l'attention de gens qui débattent de questions à l'échelle planétaire.

Papinianus haussa les épaules avec impuissance.

— Je ne peux vous dire que ce que je sais, et je n'en sais pas davantage. La Commission secrète a prononcé votre nom : voilà toutes mes connaissances.

— C'est ridicule, protesta le Bateleur. Nous ne sommes qu'une goutte d'eau. Des hommes aussi puissants ne devraient pas perdre une seule seconde avec nous. D'autant que nous ne faisons rien contre eux !

— Vous savez, cela ne veut rien dire. Qu'était la religion chrétienne juste après la mort de Jésus ? Une goutte d'eau. Qu'était la religion musulmane quand Mahomet commençait à prêcher ? Une goutte d'eau. Ensuite, vous savez ce qu'elles sont devenues. Écoutez, les religions se méfient même des plus petits groupuscules. Tout simplement parce qu'elles sont bien placées pour savoir qu'une goutte d'eau peut devenir un océan. Vous et vos amis êtes peut-être peu de choses, mais suffisamment pour attirer l'attention de la Commission secrète. Et ils ont l'air bien informés sur vous ! En tout cas, ils connaissent vos noms. Cela ne semble pas vous étonner ?

Le Bateleur se permit un sourire un peu moqueur.

— Mon cher, je ne suis pas innocent au point d'ignorer dans quel monde je vis. Oui, je sais parfaitement que ma Société secrète est infiltrée. Parce que toutes les sociétés secrètes sont infiltrées : par la police, par les services de renseignements, par d'autres sociétés secrètes. Ce que je ne savais pas, c'est que même les représentants des religions viendraient farfouiller dans nos affaires. Je le prends comme un compliment !

Il se pencha par-dessus la table, avec un air décidé.

— Bon, monseigneur, il faut absolument que vous sachiez pourquoi la Commission secrète a parlé de nous. Qu'est-ce qu'ils nous veulent exactement ? Si c'est juste de la curiosité, voilà qui est déjà embarrassant. Mais si c'est autre chose... Franchement, je ne comprends pas : nous ne représentons aucun danger pour eux !

— Je vous promets de faire de mon mieux, s'engagea Papinianus.

— Voilà ce que je vous propose : je vais simplement remplacer Banguillot. Vous ferez avec moi ce que vous faisiez avec lui, et nous procéderons de la même manière. C'est-à-dire que nous échangerons nos messages par l'intermédiaire de la duchesse. Je veux que vous me transmettiez tout, absolument tout ce que vous pourrez découvrir.

Il s'interrompit et regarda fixement son interlocuteur.

— Bien sûr, je suis conscient d'une chose : Banguillot était président d'un pays et je ne suis, comme vous venez de le dire, que le dirigeant d'une société secrète qui représente moins qu'un grain de poussière sur la planète. Mais… écoutez, je vous demande de me faire confiance. Si vous acceptez ma proposition, je vous amènerai des hommes puissants, très puissants, qui pourront vous apporter ce que je ne peux vous apporter. Croyez-moi, vous serez payé au centuple.

— De quels hommes parlez-vous ?

— Vous le verrez bien. Faites-moi confiance. Alors, nous commençons ?

— Bien entendu, et tout de suite.

Ils se serrèrent la main. À présent, ils étaient inéluctablement liés.

— Tout d'abord, reprit le Bateleur, je veux tout savoir des membres de cette Commission secrète : leurs noms, leurs C.V., et cetera.

— Pour les catholiques, je le ferai. Pour les musulmans, ce sera difficile.

— Au fait, combien faudra-t-il payer la duchesse pour ses services ?

— Ma foi, auparavant, je lui payais cinq cents euros par mois et Banguillot en rajoutait tout autant.

Le Bateleur se permit de siffler avec surprise.

— Eh bien, cette belle dame ne travaille pas pour rien !

— Elle vous plaît ? sourit Papinianus.

— Il faudrait être exigeant pour répondre par la négative !

— Moi, je suis hors-jeu, puisque j'ai fait vœu de chasteté, voilà bien longtemps. Mais je comprends que les autres soient attirés.

Le Bateleur fronça le sourcil.

— Banguillot a couché avec elle ?

— Je n'en sais rien, et cela ne me regarde pas. Mais il est vrai que leurs relations étaient vraiment… très amicales.

Le Bateleur réfléchissait encore.

— Écoutez, une chose m'étonne quand même. Banguillot a brusquement rompu ses relations avec vous et avec moi parce qu'il estimait que connaître l'existence de la Commission secrète était trop dangereux. Et quelques mois après, comme par hasard, il est victime d'un coup d'État et il meurt. Coïncidence ?

— Ma foi, puisque vous m'en parlez, je me suis fait la même réflexion en apprenant sa mort. En effet, si c'est une coïncidence… Drôle de coïncidence !

— Mais enfin, personne n'était au courant. À part vous et moi.

— Sans doute. Mais je trouve néanmoins bizarre qu'il ait été tué peu de temps après vous en avoir parlé. D'autant que lui-même se sentait en danger. Pour l'instant, je suis comme vous : je me pose des questions.

Le Bateleur était troublé en se levant. Ils ouvrirent la porte. La pièce voisine était déserte. Ils durent aller dans la suivante pour trouver la duchesse et son amie Eva Balbi, en train de discuter.

— Mesdames, il ne nous reste plus qu'à vous remercier d'avoir rendu possible cette rencontre. Elle a été fructueuse, croyez-moi.

— Nous nous en réjouissons. Maintenant, il faut vous ramener à Venise. Lequel partira le premier ?

— Je crois qu'il vaut mieux que ce soit moi, intervint rapidement Papinianus. Plus vite je retournerai à Rome, moins j'éveillerai de soupçons.

Dix minutes plus tard, ils se serraient la main sur le petit quai.

— J'ai confiance en vous, dit le Bateleur en le regardant dans les yeux.

— Je vous fais confiance aussi.

Le cardinal prit place sur le bateau, qui partit sans tarder et se fondit dans la nuit. Le Bateleur se retourna et se trouva nez à nez avec la duchesse.

— Alors, des nouvelles du front ? demanda-t-elle.

— Nous sommes tombés d'accord pour travailler ensemble, comme il le faisait avec Banguillot. Vous nous servirez d'intermédiaire. Hum… Quant à votre adhésion à la Société secrète, on en parlera plus tard. Chaque chose en son temps.

Une heure et demie après, c'était leur tour de monter sur le bateau qui les ramena à Venise. Là, ils reprirent la Lancia et retournèrent à Mirano. Le jour se levait quand ils y parvinrent. Épuisé, le Bateleur tomba sur le lit, sans même se déshabiller, et dormit comme un sourd jusqu'à midi.

Samantha

Il rentra donc à Paris, considérablement troublé par sa rencontre avec Papinianus. Cette conversation sur une île de la Lagune avait marqué son esprit. Depuis, la voix rauque du vieux cardinal résonnait sans arrêt dans sa tête : *La Commission secrète a parlé de vous... Ils connaissent votre nom, et celui de vos amis...*

De quoi demeurer pantois. Lorsque Joseph Banguillot lui avait révélé l'existence de cet organisme, il n'avait pas imaginé une seule seconde que des personnes aussi puissantes, évoluant dans des sphères aussi élevées, pouvaient s'intéresser, simplement s'intéresser, à lui, au Pape et à l'Empereur. Or, apparemment, non seulement ils s'y intéressaient, mais ils semblaient même fort bien informés sur eux ! Par conséquent, il était troublé.

Il avait repris ses activités. Et au bureau, au bistrot ou en marchant dans la rue, il réfléchissait sans cesse. En fait, il ne s'inquiétait pas vraiment. Comme il l'avait dit à Papinianus, toutes les sociétés secrètes sont infiltrées. Il en est ainsi depuis l'Égypte antique, quand le pharaon faisait surveiller les cérémonies d'initiation des ouvriers construisant les pyramides. Afin de s'assurer qu'on ne lui cachait rien… Tous les régimes politiques ou religieux suivirent par la suite cet exemple. Ainsi donc, avoir à son sujet une pile de fiches aux Renseignements généraux (ce qui était probablement le cas) ou un dossier complet à la D.S.T. (ce qui était probablement le cas aussi) ne prêtait guère à conséquence. Que la mystérieuse Commission secrète ait fait également un effort, même minime, pour se documenter sur lui et ses amis était déjà plus surprenant. Mais après tout, pas plus préoccupant.

Soit. Seulement restait alors la question : qui, à l'intérieur de la Société secrète, informait ces braves gens ? Autrement dit, qui était (ou étaient) l'espion (ou les espions) ? Cette interrogation-là s'avérait plus gênante…

Vint le jour de la réunion mensuelle des gérontes. Le Bateleur arriva au 38, boulevard de Strasbourg et trouva la Lune penchée sur un tiroir. La gentille Céline portait ce jour-là une mini-jupe avec beaucoup plus de mini que de jupe. Elle l'accueillit en souriant.

— L'Empereur est déjà là, dit-elle.

En effet, il attendait dans un bureau voisin. Le Pape débarqua un peu plus tard. Étant tous présents, ils entrèrent dans la salle de réunion et fermèrent la porte. La Lune, tout en tapant sur l'ordinateur, surveillait les lieux.

À l'intérieur, ils allumèrent la bougie rituelle et commencèrent la réunion. L'Empereur présidait. Il demanda la lecture des rapports, lut le sien et entama l'examen des questions inscrites à l'ordre du jour. Sur sa chaise, le Bateleur écoutait sans écouter vraiment. Les pensées occupaient obstinément sa tête. Il réfléchissait, réfléchissait.

Soudain, un tressaillement le parcourut. Il se demanda s'il ne devenait pas fou. Une idée venait de traverser son esprit, comme une fléchette empoisonnée traversant le crâne d'un côté à l'autre. Une idée si incroyable, si démente, qu'il tenta aussitôt de la refouler, de la faire disparaître. Mais elle demeura, grandit, se précisa. Jusqu'à ce que la question soit formulée dans son cerveau, avec des paroles claires : *Un de ces deux hommes serait-il un traître ?*

Il s'efforça de rester droit sur sa chaise. Mais il réfléchissait toujours. Enfin, comment une telle pensée pouvait-elle simplement lui venir en tête ? À la faible lumière de la bougie, il regarda le visage de l'Empereur, puis celui du Pape. Ses meilleurs amis. Il était prêt à tout pour les aider, il avait déjà tout fait pour les aider. Et voilà que, obscurément, il soupçonnait... Que soupçonnait-il, au juste ?

Peu à peu, impitoyablement, elle se précisa. Gorvenal, c'est-à-dire Joseph Banguillot, lui avait révélé l'existence de la Commission secrète. Et lui n'en avait parlé à personne. À personne... sauf à ses deux amis. Le Pape et l'Empereur. L'Empereur et le Pape. À eux, et à eux seulement. D'ailleurs, cela s'était passé dans cette même pièce, au cours d'une réunion comparable.

Il demeurait impassible à l'extérieur. Mais intérieurement, il réfléchissait de plus en plus intensément. *C'est horrible ce que tu penses, Christian. Tu as révélé à ces deux hommes le secret de Banguillot.* Et quelques mois plus tard, le malheureux était victime d'un coup d'État. Si c'est une coïncidence, tant pis. Mais imaginons une seconde, une seule seconde, que ce ne soit pas une coïncidence... Alors, la trahison ne pourrait venir que de cette pièce !

Il rangea nerveusement ses papiers sur la table et leva les yeux. Son regard scruta le visage de l'Empereur, puis celui du Pape. Ces visages qu'il voyait depuis si longtemps. Depuis si longtemps ? À ce moment, une autre idée absurde lui vint à l'esprit. Tout aussi grotesque que la précédente. Ces deux hommes étaient ses meilleurs amis et... il les connaissait à peine ! Le Pape, autrement dit Michel Kowalski. L'Empereur, autrement dit Éric Schneider. Et lui, le Bateleur, autrement dit Christian Dalleray. Dix ans plus tôt, ils s'étaient réunis dans un restaurant de Belleville pour lancer un projet fou : créer une société secrète. Et depuis dix ans, ils la dirigeaient, ensemble. Mais en réalité, ils se rencontraient une fois par mois, pour la réunion réglementaire, se voyaient parfois en ville pour dîner. Et rien de plus. Le reste du temps, ils allaient chacun de leur côté, créant et dirigeant leurs propres groupes. Ainsi le voulait l'organisation de la Société secrète.

Finalement, en dehors de cette pièce, ils ne se voyaient pratiquement jamais ! Et dix années venaient de s'écouler ainsi. La prise de conscience de ce fait, qu'il n'avait pas remarqué jusqu'alors, le laissa interdit. Ses meilleurs amis... et il les connaissait à peine !

Il les observa discrètement. Mais qui étaient donc ces hommes ? Que faisaient-ils en dehors de cette pièce ? Bien sûr, l'homosexualité de l'Empereur n'était un secret pour personne. Mais le Pape ? On ne lui avait connu aucune aventure féminine.

Et toujours l'horrible question qui tournoyait dans son âme : *Un de ces deux hommes serait-il un traître ?*

— Eh bien, Bateleur, c'est à toi de parler !

— Oh, pardon ! sursauta-t-il.

Il reprit ses esprits et donna son opinion sur les questions du jour. Tout de suite après, la réunion prit fin. Les gérontes sortirent de la pièce et retrouvèrent la Lune, qui leur sourit.

— Au revoir, ma chère, et tenez bien la boutique !

Ils lui firent la bise et redescendirent l'escalier qui grinçait. Sur le trottoir du boulevard de Strasbourg, ils se serrèrent la main, comme d'habitude. Mais en cette occasion, le Bateleur était troublé.

— Eh bien, s'inquiéta le Pape, tu n'as pas l'air dans ton assiette. Tu es malade ?

— Heu, bafouilla-t-il. Non, pas vraiment. Un petit coup de fatigue. Trop de travail. Comme vous, je suppose.

— Encore une histoire de femmes, hein ? sourit son ami.

— On peut le dire comme ça…

Ils se quittèrent. Chacun d'eux retournait vers son monde, son métier, son existence. Debout sur le trottoir, le Bateleur hésitait, hésitait et hésitait encore. Ce qu'il avait envie de faire le dégoûtait. Suivre un ami, cela ne se fait pas. Pourtant… Il regarda tour à tour la silhouette du Pape qui redescendait le boulevard et celle de l'Empereur qui le remontait. Une dernière hésitation, un dernier scrupule. Puis il se lança.

Son instinct lui commanda de suivre le Pape. Celui-ci marcha cinq minutes et ouvrit la portière de sa Laguna. Un instant d'affolement saisit le Bateleur. Il courut à son tour vers sa voiture. Quand il parvint à s'extirper de son stationnement et à rouler, il vit avec angoisse que la Laguna avait disparu. Il appuya furieusement sur l'accélérateur. Un peu plus loin, avec un soupir de soulagement, il la retrouva, arrêtée au croisement du boulevard de Strasbourg et celui de Magenta. Il desserra sa cravate en soufflant. C'était bien la première fois qu'il se lançait dans la filature de quelqu'un. Le Pape repartit, tourna dans le boulevard de Magenta et le redescendit en trombe. Il passa en coup de vent par la République, par le boulevard du Temple, puis par la Bastille pour foncer ensuite vers la Seine. Le Bateleur avait un mal fou à le suivre. Mais où diable allait-il ?

Soudain, la Laguna bifurqua à droite pour traverser le pont d'Austerlitz. Le Bateleur paniqua. Cette fois, il eut vraiment peur de la perdre. Il accéléra et tourna à son tour. Le pont fut sauté en une seconde. Mais plus de Laguna. Il pesta contre lui-même. Puis se lança au hasard en face de lui, dans le boulevard de l'Hôpital. Son intuition avait été la bonne : il revit la voiture de son ami, qui roulait désormais au ralenti, au point qu'il dut freiner à son tour. Le Pape tourna dans le boulevard Saint-Marcel et, brusquement, se gara près du trottoir de droite. Par chance, le Bateleur put s'arrêter aussi, à une vingtaine de mètres derrière. Énervé, il tapa sur le volant : décidément, il aurait fait un piètre détective privé !

À travers le pare-brise, il vit le Pape qui sortait de la Laguna et montait sur le trottoir. Il regarda autour de lui, puis poussa une porte et disparut.

Le Bateleur hésita. C'était risqué. Tant pis : il descendit de l'Alfa Roméo et rejoignit l'endroit où son ami venait d'entrer. Pour voir de quoi il s'agissait. Une boutique. L'enseigne disait simplement : *SAMANTHA*. Un peu plus bas, une vitrine noircie et opaque sur laquelle on pouvait lire : *Détente, relaxation*. Rien d'autre.

Il retourna à sa voiture, y rentra et commença à attendre. Cela dura trois quarts d'heure. Il fallait vraiment être patient ! Enfin, il vit réapparaître la silhouette du Pape. Ce dernier sortit de la maison et remonta dans la Laguna, qui redémarra et s'éloigna. Le Bateleur avait déjà la main sur la clé de contact, mais il réfléchit. Non, mieux valait entrer dans cet immeuble. Pour savoir. Il ressortit de l'Alfa Roméo et se présenta devant la boutique. Il rectifia sa cravate, le rebord de sa veste. Puis se décida et poussa la porte.

Un couloir, semblable à celui des hôpitaux. Sur sa droite, il vit une petite salle d'attente qui ne devait pas dépasser cinq mètres carrés, avec une table basse supportant des revues et deux chaises. Il y pénétra et se laissa choir, avant de s'emparer d'un magazine et de le feuilleter. Naturellement, il avait tout de suite repéré la caméra, en haut, dans un coin, qui le filmait d'un œil indifférent. Mais cette mesure de sécurité se retrouve aujourd'hui partout.

Au bout de trois minutes, une porte qu'il n'avait pas encore distinguée s'écarta pour laisser passer une femme. Il tressaillit d'admiration. Samantha était une superbe brune d'une quarantaine d'années, au visage rond, qui portait un léger pull avec un col en V et un pantalon s'arrêtant à mi-mollet. Il fut immédiatement séduit... et un peu gêné. En effet, c'était horrible à dire pour un homme comme lui (élevé dans la galanterie et le respect du sexe féminin), mais cette dame avait tout à fait l'air de ce qu'elle était. La magnifique poitrine qui tendait le pull suffisait déjà à trahir l'activité professionnelle qu'elle pratiquait. Elle lui parla doucement et poliment.

— Bonjour, monsieur. Puis-je d'abord vous demander comment vous avez eu mon adresse ?

C'est une question banale, que posent toutes les entreprises. Elle leur permet de repérer les moyens de promotion les plus efficaces. Le Bateleur s'efforça de rester évasif.

— C'est un ami qui m'a parlé de vous. Il m'a recommandé de venir vous voir en m'assurant que je ne serais pas déçu. D'ailleurs, en vous voyant, je me dis qu'il avait raison.

— Merci beaucoup. Maintenant, je vais vous expliquer mes prestations et mes tarifs. Vous pouvez avoir droit à un simple massage avec les mains et il vous en coûtera 120 euros. Vous pouvez aussi avoir droit à un massage en body-body et il vous en coûtera 150 euros. Enfin, vous pouvez même avoir avec moi des rapports sexuels, protégés par préservatif, et il vous en coûtera 200 euros.

Il jeta le magazine et se leva. Il ne s'était pas attendu à cela en se réveillant ce matin-là.

— Madame, il ne serait pas galant de passer à côté d'une femme comme vous et se contenter d'une petite caresse des doigts. Votre deuxième formule me convient très bien.

— Alors, je vous en prie.

Elle s'écarta pour le laisser entrer. Il descendit trois marches et se retrouva dans une pièce qui ressemblait à un cabinet médical. En tout cas, une table de massage trônait dans un coin, n'attendant visiblement que lui. Il restait debout et immobile, examinant les lieux, quand il s'aperçut qu'elle le regardait.

— C'est payable d'avance, monsieur, dit-elle sur un ton neutre.

— Oh, je vous demande pardon ! sursauta-t-il.

Ne fréquentant guère ce genre d'établissements, il n'en connaissait pas trop les usages. Il ouvrit son portefeuille et déposa sur une table trois billets de cinquante euros. Ensuite, il se déshabilla en rangeant ses vêtements sur une chaise. Quand il fut complètement nu, il se retourna et... sursauta encore. Samantha s'était déshabillée aussi, et il pouvait admirer ses formes pleines et généreuses.

— Voulez-vous vous installer, monsieur ?

Il s'étendit sur la table de massage, à plat ventre. La masseuse monta à son tour et s'allongea sur lui. Il frissonna, en retrouvant cette sensation unique pour un homme de se trouver peau contre peau avec une femme.

Samantha commença son travail. Elle répandait de l'huile de massage sur le corps du Bateleur, puis frottait son propre corps contre le sien pour la répandre. Ainsi, elle le frictionnait de la plus délicieuse des manières. Son bassin malaxait les fesses masculines, ses cuisses passaient sur celles de Dalleray. Le plus étourdissant était quand elle employait les seins. Elle écrasait ses deux beaux fruits sur la chair de l'homme et les faisait glisser dans un mouvement d'une incroyable douceur. Impossible pour un mâle de rester de marbre. Le Bateleur appréciait le traitement, et ce qu'il sentait entre ses jambes le démontrait amplement ! Une douce félicité l'envahissait.

Il fut donc doublement surpris quand une vive douleur éclata entre ses omoplates. Il ne put retenir un petit cri.

— Eh bien, qu'est-ce que c'est, ça ? gémit-il en tournant la tête.

— Ce sont les muscles de votre dos qui étaient bloqués, répondit tranquillement la masseuse. Vous êtes stressé, vous ! On voit que vous avez une vie professionnelle bien remplie.

— Peut-être, mais avec ce que vous me faites, je vais très vite oublier mes soucis. Tenez, madame, voilà ce que je vous propose : je vous paie dix euros de plus et vous m'appelez mon chéri. Cela vous va ?

Il devina la tête brune qui se penchait.

— Mon chéri..., murmura-t-elle.

Puis elle se redressa avec un petit rire.

— Vous êtes un sentimental, vous !

— On ne se refait pas. Tiens, puisque j'y suis, l'ami qui m'a donné votre adresse s'appelle M. Kowalski. Vous le connaissez ?

— M. Kowalski ? s'exclama-t-elle avec surprise. C'est drôle : il était là juste avant vous. Il est parti dix minutes avant que vous n'arriviez. Vous vous êtes ratés de peu.

— Ah bon, quelle coïncidence ! Il vient souvent ?

— Oh oui, c'est un client régulier.

— Et pour moi, un bon ami, qui a bien réussi dans les affaires. Il vous parle quelquefois de ses affaires, des entreprises qu'il a montées en Afrique ?

— Je n'embête jamais mes clients avec leurs affaires. Ils viennent chez moi pour se relaxer.

— C'est vrai, et vous le faites si bien...

Un silence. Soudain, la voix de Samantha laissa tomber, sur un ton égal :

— Vos questions sont un peu maladroites. Si vous voulez m'interroger sur votre ami, il faudrait le faire plus discrètement, monsieur Dalleray...

Il sursauta, et cette fois plus d'admiration, mais de stupéfaction. Il n'avait pas prononcé son nom. Comment le connaissait-elle ? Il tourna la tête. Le visage de la masseuse était impassible.

— De quoi voulez-vous parler, madame ?

— De ceci, monsieur...

Elle descendit de la table de massage et posa devant lui une carte. Une carte du tarot représentant le Bateleur.

Pendant qu'il restait bouche bée, elle allait tranquillement s'asseoir sur une chaise. Elle croisa les jambes, s'empara d'un paquet de cigarettes et en alluma une avec un briquet. Si elle avait porté un tailleur, la scène aurait été banale. Mais elle était totalement nue. Le Bateleur s'efforça de se remettre de sa surprise. Il saisit la carte et l'observa.

— Eh bien, madame, procédons par ordre. Où avez-vous trouvé cette carte ?

— Dans la poche de votre veste, pendant que vous montiez sur la table.

— Madame, ce n'est pas dans un endroit pareil que j'aurais le ridicule de donner des leçons de morale, mais... fouiller dans les poches de quelqu'un, c'est vilain.

— Et mentir, ce n'est pas vilain ? Depuis votre arrivée, vous n'avez dit que des mensonges. La vérité est que vous avez suivi Kowalski, que vous l'avez vu sortir d'ici et que vous y êtes entré à votre tour pour essayer de me soutirer des informations sur lui.

— Et comment connaissez-vous mon nom ?

— Kowalski m'a parlé de vous. Ainsi que du troisième larron, M. Schneider. Je vous ai reconnu dès que je vous ai vu : il m'avait montré une de vos photos.

Décidément, c'était une journée à marquer d'une pierre blanche ! Le Bateleur descendit lentement de la table de massage. Il traversa la pièce et s'assit en face de Samantha. Situation pour le moins piquante : ils étaient un homme et une femme, complètement à poil, en plein cœur de Paris, et en train de discuter comme dans un bistrot.

— Qui êtes-vous ? demanda-t-il.

— Une masseuse. Vous venez de le vérifier.

— Et que voulez-vous ?

— Entrer dans la Société secrète.

Elle avait cela tout naturellement, comme une évidence. Elle tira sur sa cigarette et commença son explication.

— C'est Kowalski qui m'a parlé de la Société secrète. Il vient régulièrement ici, et nos relations sont peu à peu devenues amicales. Il m'a révélé l'existence de cette organisation, dont il est un des principaux dirigeants, avec vous-même et M. Schneider. Et il m'a proposé d'y entrer. Alors, oui, je voudrais être admise dans la Société secrète.

— Mais je ne comprends pas. Puisque vous connaissez Kowalski, vous n'avez qu'à le lui demander : il vous prendra dans un de ses groupes.

— Non, répondit-elle fermement. Je veux entrer dans la Société secrète. Mais avec vous, pas avec lui.

— Pourquoi donc ?

— Parce que je ne lui fais pas confiance.

La réponse était claire et nette.

— Pourquoi ne lui faites-vous pas confiance, puisque c'est un de vos meilleurs clients ?

Elle tira à nouveau sur sa cigarette, avant de reprendre.

— Cher monsieur, quand on tient un homme sous son corps, au bord de la jouissance, au moment où il ne se contrôle plus, il est très difficile qu'il vous cache quelque chose. J'ai eu souvent Kowalski dans cette situation, et c'est pourquoi je ne lui fais pas confiance. Cet homme cache beaucoup de choses et il ment. Grâce à quelques confidences, je sais même qu'il vous ment à vous.

— Vraiment ? Donnez-moi des exemples de ces mensonges.

— Les groupes de M. Kowalski sont un leurre. La plupart d'entre eux sont purement fictifs. Des noms et des adresses sur un bout de papier. Et ceux qui existent réellement ont des effectifs surévalués. Je ne sais pas combien de personnes il a effectivement sous ses ordres, mais beaucoup moins que ce qu'il prétend.

Le cœur du Bateleur s'était mis à battre. Ce qu'il entendait était énorme !

— Madame, vous êtes sûre de ce que vous dites ?

— Aussi sûre que je viens de caresser vos fesses, répondit-elle avec un sourire moqueur. Voilà pourquoi je lui dis maintenant que j'ai renoncé à adhérer à la Société secrète. J'ai l'impression qu'il le croit. En tout cas, nous n'en parlons plus. En fait, je veux toujours y entrer, mais avec vous, mon cher Bateleur. Kowalski m'a parlé de vous, m'a montré votre photo. Mais je n'osais pas vous joindre : j'avais peur de commettre une faute. Quand je vous ai vu dans ma salle d'attente, j'ai pensé que c'était vraiment un miracle : vous veniez chez moi et je peux vous présenter ma demande d'admission de vive voix ! Naturellement, Kowalski ne doit rien en savoir.

— En effet, c'est bien de miracle dont on peut parler, soupira-t-il. Mais... heu, pourquoi voulez-vous entrer dans la Société secrète ?

— Si je vous dis que j'ai envie de défendre la liberté, vous me croirez ?

— Pourquoi pas ? Tout le monde a le droit d'avoir un idéal, non ?

— Vous voyez : ce que vous venez de répondre confirme que j'ai raison de vouloir entrer chez vous, et pas chez Kowalski. Je vous le répète : cet homme cache beaucoup de choses. Maintenant, j'attends votre décision.

— Madame, puisqu'on vous en a parlé, vous devez savoir qu'on n'entre pas comme ça dans la Société secrète. Il y a des démarches. En ce qui me concerne, je peux seulement vous présenter.

Il hésita, avant d'ajouter :

— Enfin, après ce que vous venez de me dire, je vous promets de faire un effort particulier pour vous. Je mettrai tout en œuvre pour que vous soyez acceptée.

— Je vous remercie, dit-elle sur un ton neutre.

Il se pencha vers elle.

— Et je suis d'accord avec vous : tout cela doit rester entre nous. Kowalski ne doit rien savoir. Il doit continuer à croire que vous avez renoncé. Ce que je vous demanderais, c'est de continuer à m'informer. Chaque fois que vous obtiendrez une information de Kowalski, n'importe laquelle, vous devrez me le transmettre.

Il reprit la carte du Bateleur, s'empara d'un stylo et griffonna au verso son adresse, son téléphone et son e-mail. Il tendit la carte à Samantha, qui la reprit.

— Et de mon côté, naturellement, je m'engage à tout faire pour vous aider. Si vous avez besoin de quoi que ce soit, n'hésitez pas à m'appeler.

— Je ferai comme vous dites.

— Pardonnez-moi, mais il me faudra votre identité réelle pour entreprendre les démarches.

— Je m'appelle Sandrine Caral, j'habite à Choisy-le-Roi et j'ai une petite fille de huit ans que je place dans un collège privé.

Il ne voyait rien à ajouter. Alors, il fit un geste pour reprendre ses vêtements. Il n'en eut pas le temps : la masseuse bondit sur ses pieds et l'arrêta.

— Où allez-vous ?

— Eh bien, notre conversation est terminée, non ?

— Monsieur, dit-elle fermement, je n'ai pas l'habitude de bâcler mon travail. Allez, on termine !

— Mais... heu...

— Allez, allez, on termine !

Elle le força presque à se recoucher sur la table de massage. Elle monta avec lui, en l'écrasant de son poids, et... elle termina son travail.

Un peu plus tard, il était de retour dans la salle d'attente. Rhabillé, et encore sonné par le traitement de Samantha. Celle-ci s'était rhabillée aussi.

— Madame, je vous le répète : surtout, Kowalski ne doit se douter de rien. Je le connais depuis longtemps et, jusqu'à nouvel ordre, ce n'est pas un méchant garçon. Mais... je ne sais pas pourquoi, les événements de ces derniers mois me semblent de plus en plus bizarres. Alors, contactez-moi directement.

— Je vois que j'ai eu raison de vous faire confiance, avoua-t-elle.

Il la regarda. Puis il ressortit son portefeuille, en tira un billet de vingt euros et le glissa dans le col en V de la belle masseuse. Un regret le saisissait : pour cinquante euros de plus, il aurait pu... Il préféra prendre congé et repartir.

* *

Le Pape habitait rue de Tocqueville, dans le XVIIe. Il gara sa voiture et vint composer le code de la porte de son immeuble. Sa boîte contenait deux enveloppes et pas mal de publicités. Assez fatigué, il appuya sur le bouton de l'ascenseur. Ce dernier le déposa au quatrième. Il ouvrit son appartement.

Il sursauta. Le salon était allumé. Il se demanda s'il n'avait pas oublié de l'éteindre en partant. Mais non, il ne s'en souvenait pas. Il avança jusqu'au seuil de la pièce et fut encore plus étonné. Le Bateleur était là, assis derrière une table, en train de boire un verre. Une bouteille de brandy était posée devant lui. Éberlué, le Pape mit plusieurs secondes à réagir.

— Mais... comment as-tu fait pour entrer ?

— Tu as oublié que tu m'as donné un double de ta clé ? De même que je t'ai donné un double de la mienne.

— Oui, j'avais oublié..., soupira le Pape. C'était il y a si longtemps. Remarque, tu as eu de la chance : le code d'entrée de l'immeuble change la semaine prochaine.

Il se débarrassa de sa parka et entra franchement dans la pièce.

— Et que viens-tu faire ?

— Te parler.

— Je t'écoute.

Le Pape s'assit à son tour et se servit un verre lui aussi. Il sourit.

— Ah, du brandy espagnol ! Tu es fidèle à toi-même. C'est toi qui me l'as fait découvrir.

Le Bateleur décida de faire dans le style direct.

— Michel, tu nous as menti.

Le Pape s'immobilisa, avec le verre tout près de ses lèvres.

— Menti ? À qui ?

— À moi-même, et à l'Empereur.

— Mais sur quoi vous ai-je menti ?

— Tu nous as fait croire que tu avais créé des groupes en Europe et en Afrique, et que tu avais recruté trois mille membres. C'est faux. La plupart de ces groupes n'existent pas. Et ceux qui existent ont des effectifs très inférieurs à ceux que tu revendiques. Évidemment, le budget que tu nous présentes est faux aussi.

Après deux secondes d'hésitation, le Pape acheva son geste. Il porta le verre à ses lèvres et but une gorgée. Lui non plus ne tourna pas autour du pot.

— Comment l'as-tu appris ? dit-il avec franchise.

— De la manière dont tout s'apprend en ce bas monde : par hasard. Enfin, Michel, tu devais bien te douter que cela finirait par se savoir un jour ?

— Oui, je me doutais que ce moment viendrait, souffla le Pape. J'ai tout fait pour le retarder. Mais puisque nous y sommes…

Le Bateleur se pencha par-dessus la table.

— Explique-moi, Michel. Je ne suis pas venu pour accuser, mais pour comprendre.

Son ami haussa les épaules. Comme pour marquer que, parvenu à ce stade, mieux valait tout déballer.

— J'ai fait de mauvaises affaires, voilà la vérité. Des contrats qui n'ont pas abouti, des personnes qui n'ont pas tenu leurs promesses. Cela s'est enchaîné. Et mon activité dans la Société secrète a suivi la même trajectoire. Oui, beaucoup de mes égaux ont démissionné, ou n'ont plus donné de nouvelles. Mais j'ai maintenu les groupes dans mon organigramme. Car pour moi, ils existent toujours : ils attendent simplement de nouveaux membres. Enfin, puisque tu es au courant, je n'ai pas été très performant et je me retrouve dans une situation assez difficile.

— Mais pourquoi ne nous as-tu rien dit ? Nous sommes là pour t'aider, voyons.

Le Pape se pencha à son tour par-dessus la table.

— Écoute, Christian, tu me connais : je suis un battant. Je n'abandonne jamais. Alors, ne compte pas sur moi pour aller implorer la pitié des autres. Je voulais m'en sortir seul. Je vais être clair : je traverse une mauvaise passe, mais il ne s'agit que d'une passe. Je compte bien lutter pour redresser la barre. Certains groupes m'ont quitté ? J'en créerai d'autres. Certains membres m'ont abandonné ? J'en trouverai d'autres. Donne-moi un an, deux ans, et je rebâtirai tout. Je reconstruirai ce que tu as connu.

Le Bateleur reconnaissait là le Kowalski qu'il connaissait et qu'il aimait. Soit. Mais il ne pouvait passer outre à ce qu'il savait.

— En attendant, tu nous as menti. Michel, ce n'est pas bien. Je t'aime beaucoup et je suis certain que tu as en effet les capacités pour te sortir de cette mauvaise passe. Mais tu sais qu'une société secrète ne peut fonctionner que si les membres ont confiance les uns dans les autres. En tout cas au niveau des dirigeants ! C'est une chose qu'on vérifie facilement dans les livres d'histoire.

— Je sais, je sais, s'énerva le Pape. Je savais que tu réagirais ainsi quand tu l'apprendrais. Bon, j'ai eu tort de vous cacher tout cela. Écoute, à la prochaine réunion des gérontes, je dirai tout à l'Empereur. Vous serez au courant de tout et nous mettrons les choses à plat.

Puis il répéta avec force :

— Je te le redis, Christian, je vais me battre pour redresser ma situation, et j'y arriverai !

— Je n'en doute pas. Seulement, comme tu viens de le dire, à la prochaine réunion, il faudra mettre les choses à plat. C'est-à-dire que tu devras t'engager à ne pas recommencer. À partir de maintenant, tu ne dois plus présenter de rapport falsifié ni de budget trafiqué. Je ne veux pas porter de jugement sur toi, mais ce que tu as fait est grave. On ne le pardonnerait sûrement pas à quelqu'un d'autre. Tu as de la chance d'être un des fondateurs de la Société secrète.

— J'en suis conscient. Eh bien, je m'y engage, et je m'y engagerai devant l'Empereur.

Le Bateleur finit son verre de brandy et s'en servit un deuxième.

— Finalement, cet épisode désagréable sera peut-être positif. Michel, je pense que nos structures sont dépassées. Voilà dix ans que nous avons fondé la Société secrète. Nous avons grandi à une vitesse qui nous a surpris nous-mêmes. Aujourd'hui, nous sommes nombreux, répartis dans beaucoup de pays, et notre organigramme ne tient plus la route. Je dirige mes groupes, toi les tiens et l'Empereur les siens. Et nous nous voyons une fois par mois pour donner de nos nouvelles. C'est débile. Je proposerai une réforme totale de notre organisation.

— Quand cela ?

— Au cours du congrès général que je veux convoquer.

Le Pape se permit de sourire.

— Mon vieux, voilà des années que nous essayons de monter un congrès mondial de notre Société secrète sans y parvenir ! Nos membres n'ont guère envie de se déplacer pour cela.

En effet, c'est une maladie récurrente de toutes les sociétés secrètes, et le Bateleur le savait.

— Eh bien, on verra. Mais il faut changer notre organisation.

— Tu sais ce que cela signifie ? insinua le Pape.

— Oui, nous risquons de perdre le pouvoir. Eh bien, cela arrivera un jour ou l'autre. Il y a derrière nous des jeunes qui poussent. Ils finiront par prendre notre place. C'est la loi de la vie.

Il posa son verre et se leva.

— Je crois que j'ai eu raison de venir. Cette mise au point était nécessaire.

Au moment où il se dirigeait vers la porte, le Pape le rappela.

— Tu te souviens, Christian, il y a dix ans ? Quand nous étions dans ce restaurant de Belleville, en train de créer la Société secrète ?

— Oh, moi, la nostalgie…

— … n'est pas ton truc, je sais. Eh bien, moi, oui. Je pense que nous étions mieux à l'époque. Nous n'avions rien, ou presque. Nous n'étions que trois malheureux tondus et nous parlions de bâtir une grande société secrète, alors que nous nous réunissions dans une cuisine ! Ah, c'était le bon vieux temps, Christian. Je le regrette.

— Comme disait le général de Gaulle, on peut regretter le temps des lampes à huile et de la marine à voile, mais ce n'est pas pour autant qu'il reviendra. Bonsoir.

Le Bateleur s'en alla et ferma la porte.

* *

L'Empereur habitait à Marly-le-Roi, dans les Yvelines. Cette nuit-là, il avait garé sa voiture et s'apprêtait à rentrer dans son pavillon, quand son attention fut attirée par une autre voiture, à une vingtaine de mètres, qui faisait des appels de phare.

Intrigué, et après une seconde d'hésitation, il s'approcha. Se demandant, évidemment, s'il ne s'agissait pas tout simplement d'une prostituée attirant le client. Mais non, une fois tout près, il reconnut l'Alfa Roméo du Bateleur. En se penchant par la vitre, c'est bien Christian Dalleray qu'il vit au volant. Surpris, il ouvrit la portière et entra.

— Eh bien ! Que fais-tu ici ?

— Voilà une éternité que je n'étais pas venu à Marly. J'ai bien le droit de te rendre visite, non ? Bon, sérieusement, je voulais te dire quelque chose.

— Je t'écoute.

Le Bateleur posa la main sur l'épaule de l'Empereur.

— Écoute, je sais que cela va te choquer, mais à partir de maintenant, nous devons mettre le Pape en quarantaine.

— Quoi ! sursauta son ami.

— Laisse-moi t'expliquer. J'ai appris récemment, par hasard, un fait extrêmement grave : le Pape nous a menti. Il nous mentait depuis des années. En résumé, son secteur n'est pas développé comme il le prétendait. La plupart des groupes figurant sur son organigramme sont fictifs. De simples noms sur du papier. Quant aux trois mille membres dont il se vantait, ils n'existent pas. Il en dirige en réalité beaucoup moins. Bien évidemment, mais tu l'as déduit par toi-même, les budgets qu'il nous présentait étaient faux également.

La tête de l'Empereur exprimait assez clairement sa stupéfaction.

— Mais... mais...

— C'est comme ça, mon vieux. Je sais que tu aimes beaucoup Kowalski, et moi aussi. Mais écoute, nous ne pouvons pas laisser passer cela. Il nous a menti : cela signifie qu'il pourra encore mentir dans le futur. Et ce sont des mensonges graves. Alors, je te le répète : à partir de maintenant, il est en quarantaine. Nous ne devons plus lui transmettre aucune information. Évidemment, tous les rapports qu'il nous présentera dorénavant seront examinés à la loupe. Eh oui, cela ne me fait pas plus plaisir qu'à toi. Seulement, il ne s'agit plus de nous, de nos petites personnes, mais de l'avenir de notre organisation. À l'heure actuelle, nous ne pouvons plus faire confiance au Pape.

— Mais il a au moins le droit de se défendre !

— Je suis allé chez lui, ce soir, et nous avons discuté en toute franchise. Mon cher, ses explications ne m'ont pas semblé convaincantes. Je suis sûr qu'il continue à me cacher des choses. Tiens, au moment où je repartais, il a essayé de me prendre par les sentiments, en évoquant le bon vieux temps. Son attitude n'en est que plus suspecte.

— Mais comment a-t-il pu en arriver là ?

— Il dit qu'il a fait de mauvaises affaires, ce qui est peut-être vrai. Nous n'avons pas à le juger. Écoute, nous devons prendre une décision dans l'intérêt général de la Société secrète, et elle ne peut être que celle-ci. En ce moment, le Pape doit être considéré comme suspect.

L'Empereur mit un moment à se remettre du choc. Quand ce fut fait, il soupira.

— Bon, je suppose que tu as raison. Enfin, pour finir la soirée sur une note un peu plus gaie, je t'offrirai quand même un verre.

— Tu sais que je ne refuse jamais ce genre de proposition !

Ils quittèrent la voiture et entrèrent dans le pavillon. Mais à l'intérieur, l'Empereur s'immobilisa d'étonnement. Dans la pièce principale, un jeune garçon attendait, vêtu d'un jean et d'un T-shirt.

— Mais que fais-tu ici, voyons ? s'écria l'Empereur. Je t'avais dit...

Le jeune garçon protesta.

— Je n'ai plus d'argent. J'ai besoin de toi...

Et puis, leurs regards se tournèrent vers le Bateleur. Lequel se sentit gêné d'avoir involontairement surpris cette scène. En effet, le jeune garçon était homosexuel, et cela sautait tellement aux yeux que c'en devenait embarrassant.

— Eh bien, pardonnez-moi, dit-il. Je crois que je vais repartir.

— Ah non ! le retint l'Empereur. Je t'ai promis un verre et je te l'offrirai.

Il le lui offrit. Un whisky avec des glaçons qu'ils prirent dans la cuisine. Mais la présence du garçon dans la pièce voisine lestait leur conversation. Le Bateleur se dépêcha de terminer pour prendre congé.

— Cette fois, je te quitte. Et n'oublie pas ce que je t'ai dit.

— C'est d'accord. Bonne soirée.

Il s'en alla, reprit son Alfa Roméo et démarra en direction de Paris.

L'Ermite

Le Bateleur voulait savoir. Les événements de ces derniers jours modifiaient sa vision des choses et insinuaient en lui une vague inquiétude, diffuse et indéfinissable. Il disposait déjà d'un canal de renseignements, grâce à Papinianus. Mais il lui en fallait un autre.

C'est pourquoi, ce jour-là, il entra d'un pas décidé dans le petit bureau de la rue de Paradis. Il posa un verre d'eau sur la table de travail, se débarrassa de sa veste et s'assit en allumant l'ordinateur. Tout de suite, il lança la messagerie électronique et composa une adresse qu'il n'avait plus composée depuis une éternité. Ensuite, il tapa le texte de son message :

Bateleur à Ermite,

Salut, mon vieux. Je sais que je t'avais un peu oublié et je m'en excuse. J'espère que tout va bien pour toi. J'ai besoin de renseignements concernant un certain Hussein ben Khaled Al-Talyani, qui est conseiller spécial auprès du mufti de La Mecque. Je sais que tu as des contacts en

Arabie saoudite, alors que je n'en ai aucun. Peux-tu m'aider ? Merci par avance et à bientôt.

Signé : le Bateleur.

Après l'avoir crypté et protégé par un mot de passe, il l'envoya et se rejeta en arrière sur la chaise en soupirant.

* *

Chicago, É.-U.

— How do you do, sir ?

— Very well, thank you. One coffee, please.

Il faisait froid à Chicago. Vraiment très froid. Le thermomètre était descendu largement au-dessous de zéro, et la grande métropole des bords du lac Michigan semblait frigorifiée. Alors, Michael Berthaud était entré dans le bar, histoire de se réchauffer un peu. Il laissa couler dans sa gorge le café réconfortant. En effet, cela faisait du bien. Il déplia ensuite le *Chicago Tribune* et le feuilleta lentement. Autour de lui, il y avait du monde, mais les conversations ne démarraient pas vraiment. Le froid paraissait engourdir tous les habitants.

Ce moment de détente passé, il déposa quelques pièces sur le comptoir, salua le barman et s'en alla. À nouveau le froid qui le saisit à l'extérieur. C'était vraiment horrible. Malgré des années passées à Chicago, il ne s'y faisait pas. Ce vent glacial venait tout droit de l'Arctique, sans aucun obstacle naturel pour le freiner. Et c'était encore pire un peu plus vers le nord, au Canada !

Il rentra prestement chez lui, dans un grand immeuble de soixante étages. Il habitait au vingt-huitième, où un ascenseur le déposa. Il retrouva avec soulagement le chauffage électronique de son appartement. Débarrassé de son manteau, il jeta un coup d'œil par la fenêtre, sur le panorama des buildings qui s'étalaient à perte de vue. Vingt ans qu'il vivait là. C'était devenu son univers. Malgré tout, il s'y sentait heureux. Il ne regrettait pas d'être venu s'y installer.

Dans la cuisine, il se fit chauffer un autre café. De toute façon, le café américain n'est rien d'autre que de l'eau un peu noircie et on peut en boire à longueur de journée sans rien risquer ! En tenant sa tasse, il entra dans son bureau et s'assit. Une bonne gorgée de liquide et il alluma l'ordinateur. La boîte électronique lui signala qu'un message l'attendait. Il la lança. Surprise : le courrier était crypté. Sa présentation lui fit comprendre de qui il provenait. Il se souvint alors du mot de passe et le composa. Le texte s'inscrivit devant ses yeux :

Bateleur à Ermite,

Salut, mon vieux. Je sais que je t'avais un peu oublié et je m'en excuse. J'espère que tout va bien pour toi. J'ai besoin de renseignements concernant un certain Hussein ben Khaled Al-Talyani, qui est conseiller spécial auprès du mufti de La Mecque. Je sais que tu as des contacts en Arabie saoudite, alors que je n'en ai aucun. Peux-tu m'aider ? Merci par avance et à bientôt.

Signé : le Bateleur.

Il se rejeta en arrière en soufflant. Eh bien, le Bateleur ! Il l'avait presque oublié ! Des années qu'ils ne s'étaient pas vus. Voilà qu'il surgissait, avec une requête inattendue. Michael Berthaud réfléchit quelques secondes. Puis il tapa sa réponse :

Ermite à Bateleur,

Alors, mon vieux, tu t'es souvenu de moi ? Bon, je plaisante. J'ai bien reçu ton message. Écoute, je ne promets rien, mais je vais essayer. Je te tiens au courant. À bientôt.

Signé : l'Ermite.

P.S. J'espère qu'il fait plus chaud à Paris qu'ici !

Il se leva pour aller poser sa tasse à la cuisine. En réfléchissant profondément au courrier qu'il venait de recevoir.

Michel (rebaptisé Michael par les Américains) Berthaud était originaire de Sotteville, dans la Seine-Maritime. Dès son plus jeune âge, il avait manifesté une grande passion pour l'ésotérisme. Au point d'en faire plus tard son métier. À Paris et à Bruxelles, il avait fondé et dirigé des revues spécialisées. Jusqu'au jour où il se dit qu'il fallait aller plus loin, concevoir quelque chose de plus vaste. Il prit alors son passeport et quitta la France pour débarquer à Chicago. Là, il employa le moyen le plus simple qui fut : il acheta une boîte postale. Une *P.O. Box* qui portait le numéro 4077. Ensuite, il passa des petites annonces dans des magazines ésotériques du monde entier, pour recruter des volontaires. Très vite, des personnes lui écrivirent pour devenir ses élèves. À partir de là, le système était en place. Il envoyait par la poste des cours de sciences occultes, de symbolisme, d'alchimie, d'astrologie, de magie. Il s'agissait de véritables cours, c'est-à-dire que l'enseignement suivait une progression : chaque année, les élèves devaient passer un examen par correspondance afin d'accéder au degré supérieur.

De cette manière, Michael Berthaud s'était constitué une authentique société secrète, regroupant près de cinq mille personnes dans le monde. Et cela grâce à une simple boîte postale à Chicago ! Simple et génial. Une réussite qu'on aurait pu qualifier d'américaine, mais il était obligé de garder la plus totale discrétion. Aucun de ses voisins ne pouvait soupçonner les activités occultes de ce Français si bien élevé.

Il retourna au bureau et se rassit devant l'ordinateur, en se grattant la tête. Le Bateleur (puisque c'était ainsi qu'il fallait désormais appeler Christian Dalleray) était un de ses vieux amis. Même s'ils se voyaient rarement en raison de l'éloignement géographique. Il n'était absolument pas membre de la Société secrète, mais il avait accepté, par amitié, de la représenter à Chicago. C'est pourquoi le Bateleur lui avait donné le *nomen mysticum* de l'Ermite. Ce qui le faisait un peu rire !

Aujourd'hui, il lui demandait un service, et il cherchait comment lui répondre. Oui, en effet, il avait un correspondant en Arabie saoudite. Un garçon qu'il appelait Enkidu, du nom d'un personnage d'une très vieille légende. Mais il hésitait. Devait-il vraiment le déranger pour cela ? Il haussa les épaules et se décida. Il composa une adresse électronique et tapa son message :

Ermite à Enkidu,

Bonjour, cher ami. Pardonne-moi de troubler ta quiétude dans les sables d'Arabie. Mais un de mes collègues, auquel je tiens beaucoup, a besoin d'un service. Il cherche des informations sur un certain Hussein ben Khaled Al-Talyani, qui serait conseiller spécial du mufti de La Mecque. Peux-tu nous apporter des éléments ? Je te remercie. Salut et à bientôt.

Signé : l'Ermite.

Il envoya le message. Avant d'aller se poster à nouveau devant la fenêtre et observer encore le panorama des buildings sans fin.

* *

Djeddah, Arabie saoudite

Djilali Feraoun rentra chez lui absolument essoufflé. En fermant la porte, il retrouva avec soulagement la sensation rafraîchissante de l'air climatisé. Il n'y avait rien à faire, il ne s'y habituait pas : la chaleur de l'Arabie saoudite était simplement infernale. Pourquoi situait-on l'enfer sous terre, alors qu'il était ici ?

Il but un grand verre d'eau, vaqua à quelques affaires. En fait, il lui fallut une demi-heure pour penser à allumer son ordinateur et à consulter sa messagerie. Un sursaut le souleva : il y avait un message et sa provenance le surprit. Il l'ouvrit :

Ermite à Enkidu,

Bonjour, cher ami. Pardonne-moi de troubler ta quiétude dans les sables d'Arabie. Mais un de mes collègues, auquel je tiens beaucoup, a besoin d'un service. Il cherche des informations sur un certain Hussein ben Khaled Al-Talyani, qui serait conseiller spécial du mufti de La Mecque. Peux-tu nous apporter des éléments ? Je te remercie. Salut et à bientôt.

Signé : l'Ermite.

Djilali Feraoun demeura perplexe. Il ferma la messagerie avant d'aller boire un deuxième verre d'eau. Il jeta un coup d'œil par la fenêtre pour voir la rue obstinément vide et écrasée par le soleil. Seule une voiture passait de temps à autre. La chaleur accablante obligeait tout le monde à se calfeutrer chez soi, à la recherche de ce bon air climatisé, invention occidentale que, pour une fois, personne ne maudissait.

Oui, Djilali Feraoun était Enkidu. C'est ainsi que l'appelait l'Ermite dans les messages qu'ils échangeaient. Un code secret qui l'avait un peu énervé au début, mais auquel il s'était fait. Il était algérien, originaire de Bejaia. Après des études brillantes, il avait opté pour le journalisme. Pas pour la rubrique des chiens écrasés, naturellement. Mais pour diriger des groupes de presse. À présent, âgé de trente ans, il occupait un poste au secrétariat général de l'I.I.N.A. (*International Islamic Newspapers Agency*) et habitait à Djeddah, siège de cet organisme. L'I.I.N.A., comme son nom l'indiquait, était une agence de presse islamique, créée et financée par l'Arabie saoudite, dont le travail consistait à inonder le monde entier de dépêches démontrant de façon irréfutable que tout allait pour le mieux dans les pays musulmans : les sociétés musulmanes fonctionnaient à la perfection, les femmes musulmanes étaient les plus heureuses de la planète. Bref, l'islam était la plus parfaite de toutes les religions et il fallait que cela se sache ! Telle était la fonction de l'I.I.N.A. et le gouvernement saoudien investissait des millions de dollars pour lui permettre de la remplir. Bien sûr, les rabat-joie de service auraient pu marmonner que, en fait d'information, cela ressemblait plutôt à de la propagande. Mais le mot était tabou en Arabie saoudite. Comme beaucoup d'autres choses.

Enkidu travaillait donc à l'I.I.N.A. et y avait noué de nombreux contacts. Car il était vraiment et sincèrement musulman. Il aimait cette religion et la pratiquait. Ce qui lui valait la confiance des Saoudiens. Seulement, ses amis ignoraient que le gentil Djilali Feraoun entretenait aussi une face cachée de sa personnalité. Dans sa maison, bien au fond d'une cave fermée à clé, il dissimulait toute une bibliothèque étrange. Des livres en arabe, en anglais et en français. Des ouvrages traitant des sciences occultes, de magie, d'alchimie, d'astrologie ou de l'histoire des sociétés secrètes. Enfin, toutes choses qui, dans un pays comme l'Arabie saoudite (où la loi musulmane était appliquée de façon intransigeante), auraient pu lui valoir des ennuis gravissimes. Pire encore que d'être surpris en train de boire de l'alcool (ce qu'il ne faisait jamais) ou regarder des cassettes pornographiques (ce qu'il ne faisait jamais non plus). Eh oui, Enkidu s'intéressait à l'ésotérisme. Parce que cela le passionnait. Lui n'y voyait aucune contradiction avec sa foi musulmane. Mais il savait que le gouvernement saoudien l'aurait interprété d'une tout autre manière.

C'est pour assouvir cette passion qu'il avait adhéré à l'organisation de l'Ermite. Depuis des années, il écrivait à une boîte postale située à Chicago (États-Unis) et recevait en retour des cours qu'il devait étudier et des devoirs qu'il devait accomplir. Il avait d'ailleurs fait des progrès rapides dans cet enseignement, au point qu'il envisageait à présent de gagner à son tour les États-Unis et de devenir lui aussi professeur en sciences occultes. Mais ce serait pour plus tard. En attendant, il y avait l'I.I.N.A.

La question de l'Ermite ne lui faisait pas peur. En effet, grâce à ses fonctions dans cette agence de presse officielle, il disposait de plusieurs contacts dans l'entourage du mufti de La Mecque. Il était donc fort bien informé. Il ouvrit un placard et en tira une pile de fiches qu'il commença à trier. Car Enkidu faisait des fiches sur tout le monde. C'était une des choses que lui avait demandées l'Ermite. Un moyen d'avoir de l'information disponible à n'importe quel moment. Il en possédait donc une sur Hussein ben Khaled Al-Talyani.

Il la parcourut rapidement. Ensuite, il ralluma l'ordinateur et, après une longue réflexion, tapa sa réponse.

Enkidu à l'Ermite,

Bonjour, cher ami. J'espère que tu vas bien. Oui, je sais qui est Hussein ben Khaled Al-Talyani. C'est effectivement un conseiller spécial du mufti de La Mecque. Il est très connu à Djeddah, où il vient souvent. Il est respecté de tous, mais aussi un peu craint. Tout le monde sait qu'il a de la puissance et qu'il vaut mieux ne pas se fâcher avec lui. Au cours des derniers mois, il s'est rendu en voyage en Indonésie, au Nigeria et en Égypte, sans que l'on sache les missions dont il était chargé. Je cherche d'autres informations et je te tiens au courant. À bientôt.

Signé : Enkidu.

Il cliqua sur *Envoyer* et éteignit l'ordinateur. Il souffla et retourna dans la cuisine boire un autre verre d'eau.

* *

À Chicago, l'Ermite lut le message, avec perplexité. Il observa et observa encore l'écran de son ordinateur, sans comprendre. Franchement, il ne savait pas trop ce que son ami Christian Dalleray pourrait faire avec ce genre de renseignements ! Mais il avait appris à ne pas poser trop de questions. Il transféra donc le courrier d'Enkidu à Paris, en ajoutant :

Ermite à Bateleur,

Je t'envoie la réponse de mon correspondant. J'espère qu'elle te conviendra. À bientôt.

Signé : l'Ermite.

P.S. Si tu veux, je peux te faire ton horoscope. Cela t'aidera peut-être.

* *

C'était une étrange conversation à trois, par ordinateurs interposés, entre la chaleur infernale de Djeddah, le froid accablant de Chicago et la grisaille de Paris. Mais elle touchait à sa fin.

Dans son petit bureau de la rue de Paradis, le Bateleur reçut le message. Il l'imprima carrément sur du papier pour le lire à son aise. Un sourire lui échappa en découvrant la phrase où il était dit que le cheikh avait été vu… *En Indonésie, au Nigeria et en Égypte…* Partout où éclataient des troubles directement ou indirectement liés à la religion musulmane ! Décidément, la personnalité de cet homme se précisait de plus en plus ! Il rédigea sa réponse.

Bateleur à Ermite,

Merci beaucoup, et continue ta tâche passionnante. Tu es loin de mes yeux, mais proche de mon cœur. À bientôt.

Signé : le Bateleur.

P.S. : Fous-moi la paix avec tes horoscopes ! Tu sais ce que je pense de ces fadaises !

Il envoya le courrier avec joie. Il n'avait pas perdu sa journée. Grâce à l'Ermite, il disposait désormais d'un canal de renseignements en Arabie saoudite. Et grâce à Papinianus, il en possédait un autre au Vatican. Indiscutablement, il avait bien progressé !

Il éteignit l'ordinateur et s'étira longuement sur la chaise. Puis il remit sa veste et quitta l'immeuble pour aller manger un morceau chez Hassan.

Le Chariot

Il était temps de passer aux actes. Il avait promis à Papinianus de lui payer ses services et il devait tenir sa promesse. Pour cela, il lui faudrait entreprendre un voyage important et périlleux.

Mais tout d'abord, il réunit les archontes parisiens. La rencontre eut lieu au domicile du Huit de Bâton, rue de la Chine, dans le XXe, juste au-dessus de la librairie qu'il possédait. Autour de la table, à la lumière de la bougie, le Bateleur commença par leur annoncer sa décision concernant le Pape.

— Il est en quarantaine totale. À partir de maintenant, vous ne devez plus avoir aucun contact avec les groupes qui dépendent de lui.

La nouvelle surprit, évidemment.

— Tu te rends compte de ce que tu nous dis ? s'exclama le Cinq de Coupe. Le Pape nous trahirait ? Mais au profit de qui ?

Le Bateleur fut alors obligé de leur révéler l'existence de la Commission secrète et du traité d'alliance. Chez ses amis, ce fut évidemment la stupéfaction.

— Quoi, une alliance entre les chrétiens et les musulmans ! s'écria le Dix de Coupe. Mais c'est énorme ! Un événement d'une portée considérable !

— N'exagérons rien : pour l'instant, c'est un bout de papier qui n'engage personne.

— Je ne suis pas d'accord. Est-ce que tu réalises ce que cela signifie ? Le monde dominé par les curés et les imams : quelle horreur ! Il faudra obéir aux ordres de ces messieurs sans rechigner, il faudra manger la Bible ou le Coran à tous les repas… Et bien entendu, il faudra s'abstenir de tout rapport sexuel en dehors du mariage ! Bel avenir que cela nous promet !

— Je sais bien, soupira le Bateleur. Mais que pouvons-nous faire ? Les religions ont un pouvoir immense. Il y a deux milliards de chrétiens et un milliard de musulmans. Nous, nous sommes moins de dix mille ! Et si ce n'était qu'une question de nombre… Mais il y a sur la terre des centaines de millions de gens qui croient que Jésus était le fils de Dieu ou qu'Allah a été révélé à Mahomet. Ce n'est pas qu'on les oblige à y croire, c'est qu'ils y croient vraiment ! Les religions peuvent mobiliser des foules sur un simple claquement de doigts. Face à une telle puissance, nous sommes un peu désarmés.

— Désarmés ? Mais si on nous attaque, nous n'allons pas nous laisser faire !

— Il n'en est pas question, assura fermement Dalleray. S'ils nous agressent, nous nous défendrons, évidemment. Seulement, pour l'instant, personne ne nous a attaqués. Tout ce que nous savons, c'est que nous sommes espionnés. S'il ne s'agit que de cela, il n'y a pas de quoi s'affoler.

— Et selon toi, le traître serait le Pape ?

— Malheureusement, pour le moment, les soupçons pèsent sur lui.

— Enfin, si nous commençons à soupçonner nos dirigeants, c'est l'avenir de la Société secrète qui est compromis à terme !

— Je m'en étais rendu compte, rassure-toi ! Écoutez, il ne s'agit que d'une mesure de précaution. Pour l'instant, rien ne nous permet de lancer une quelconque accusation contre le Pape. L'accuser de quoi, d'ailleurs ? D'être responsable des fuites ? Nous n'avons pas même la certitude qu'il y en ait eu. Dans le doute, nous le mettons en quarantaine, en attendant d'en savoir davantage.

La Reine de Deniers, qui restait discrète depuis le début, intervint alors.

— Ce que tu nous dis me laisse perplexe. Je me souviens que ce malheureux Neuf d'Épée, celui qui a été assassiné, menait des prospections dans les départements du Centre, où le Pape et l'Empereur sont bien implantés. Si les groupes du Pape étaient fictifs, comme tu nous le dis, je suppose qu'il s'en serait aperçu et qu'il nous aurait prévenus.

— Si je connaissais les réponses, je ne serais pas là à me poser des questions ! Quant à l'enquête sur le meurtre du Neuf d'Épée, elle se poursuit.

Il posa ensuite sur la table le deuxième point à l'ordre du jour : la demande d'adhésion de Samantha. Il fut obligé, évidemment, d'expliquer le rôle de la masseuse dans les soupçons qui pesaient désormais sur le Pape. Les archontes devaient tenir compte de ces circonstances particulières. Ils tombèrent d'accord pour considérer que Samantha pouvait être admise et que la procédure devait être accélérée. Seule la

Reine de Deniers manifesta une certaine réticence. Comme beaucoup de femmes, elle éprouvait une répulsion physique envers la prostitution. Le Bateleur le comprenait, mais il fut forcé de mettre les choses au point.

— Sur le plan moral, nous ne pouvons rien dire. Ce n'est pas notre vocation. Sur le plan légal, non plus : un salon de massage n'est pas considéré comme un lieu de prostitution. C'est la loi.

L'admission de Samantha fut donc votée par quatre voix et une abstention, celle de la Reine de Deniers.

Le Bateleur arriva ensuite au troisième sujet de la réunion.

— Mes amis, je vais repartir, comme au bon vieux temps. Eh oui, je reprends mon bâton de pèlerin et je vais au bout du monde, pour recruter des volontaires. Cette fois, c'est spécial : je vais tenter un recrutement exceptionnel. Si je réussis, la Société secrète entrera dans une nouvelle étape de son histoire. Je vous expliquerai tout à mon retour. D'ailleurs, je vous fais confiance : je sais que vous pourrez vous débrouiller sans moi. Vous l'avez déjà fait. Autre chose ?

Non, l'ordre du jour était épuisé. Ils se quittèrent donc. En jurant de garder le secret sur tout ce qui venait d'être dit.

* *

Le lendemain, le Bateleur se rendit chez la Reine de Deniers. Celle-ci le reçut dans son cabinet.

— Ma chère, commença-t-il, je te confie les clés de la boutique. En mon absence, c'est toi qui dirigeras la Société secrète. En tout cas, au niveau de la France. Je sais que je peux compter sur toi.

— Quel honneur ! grinça-t-elle sur un ton caustique. J'espère au moins en être digne.

— Ma foi, s'étonna-t-il, je m'attendais à une réaction un peu plus... enthousiaste.

— Oh, je le suis ! Mais je me pose des questions en voyant les critères que tu emploies ces temps derniers pour accorder ta confiance.

— De quoi parles-tu ?

— Eh bien, de cette... Comment s'appelle-t-elle, déjà ? Samantha ? Non, Sandrine quelque chose. Samantha est son nom de guerre.

Malgré sa sympathie pour la Reine de Deniers, le Bateleur se raidit brusquement. Certes, il avait de l'humour. Mais certains sujets étaient sensibles.

— Ma petite Sophie, je ne plaisante pas avec cela. Tu sais que je n'ai jamais pratiqué la promotion canapé. Toi-même, tu as gagné le poste que tu occupes par tes mérites. J'ai même été parfois plus exigeant avec toi qu'avec d'autres, parce que je savais que tu avais des qualités et je ne voulais pas que tu les gâches.

— Merci ! ironisa-t-elle.

— Pour ce qui concerne Samantha, c'est un cas particulier. Elle a pris un risque en me révélant ce qu'elle savait. Sa demande d'adhésion ne pouvait pas être examinée comme les autres.

C'était une évidence et la Reine de Deniers le savait. Mais, têtue de nature, elle ne s'avouait pas vaincue.

— Il n'empêche que tu es un homme et que tu sembles te laisser influencer. Tiens, ton Italienne, celle que tu essayes de nous fourguer depuis des mois...

— Encore ! s'irrita-t-il. Mais qu'est-ce qu'elle t'a fait ?

— Oh, rien. Seulement, elle est en Italie et tu prends régulièrement l'avion pour aller manger avec elle. Alors que moi, qui suis juste à côté, voilà une éternité que tu ne m'as plus invitée à dîner !

Il faillit pouffer de rire. Décidément, elle était imprévisible, et adorable.

— Ma petite Sophie, je reconnais que je n'ai pas été très assidu ces derniers temps. Mais tu sais qu'un homme comme moi, aussi occupé...

— Toujours des bonnes excuses ! Tu fais moins de chichis avec d'autres ! Évidemment, je ne suis pas duchesse, moi. C'est un handicap.

— Si tu continues à faire des allusions vénéneuses à cette femme, tu pourras être sûre de ne plus dîner avec moi ! Son seul crime est d'avoir demandé son admission à la Société secrète.

Ensuite, il se mit à rire. Car c'était le paradoxe qui faisait le charme irrésistible de la Reine de Deniers : elle affichait un physique digne d'une strip-teaseuse de Las Vegas, mais elle était une dame honnête, une psychothérapeute compétente et une parfaite mère de famille. Quel homme aurait pu rester insensible ? Il se pencha pour déposer un baiser très tendre sur la joue de la belle blonde.

— Bon, je capitule. Tout plutôt que perdre l'amitié d'une dame comme toi. Quand je reviendrai, je te promets que je t'emmènerai quelque part. Ah, ce sera une surprise : un petit coin que personne ne connaît et qui, crois-moi, ne te décevra pas. En attendant, je te le répète : je te confie la boutique et je te fais confiance.

Ils sortirent du cabinet. Elle l'accompagna dans le couloir. Ils se dirent adieu sur le seuil.

— Ma chère, sourit-il, si tu n'existais pas... Oh, je n'aurais pas besoin de t'inventer : tu t'inventerais toute seule !

— Méchant ! Enfin, bon voyage quand même...

* *

Le Bateleur partit donc pour ce long voyage qu'il préparait depuis longtemps et que son accord avec Papinianus avait accéléré.

Il prit à Orly l'avion d'Aerolineas Argentinas pour suivre une des lignes les plus interminables du monde, puisqu'elle passait par Madrid, Bahia, Rio, Sao Paulo, Montevideo et finissait à Buenos Aires. Lui s'arrêterait à Montevideo, en Uruguay. Il consacra le trajet à essayer de dormir et d'écrire, car les films qu'on leur proposait étaient, comme d'habitude, de parfaites nullités. Quand ils se posèrent enfin sur la piste de l'aéroport Carrasco Internacional, il souffla d'énervement. Il supportait de moins en moins bien ces éprouvants déplacements transatlantiques.

Ayant accompli les formalités, il déboucha dans le hall d'arrivée et ne tarda pas à repérer un homme en costume sombre, les mains dans les poches, qui n'attendait visiblement pas sa grand-mère. Il s'approcha.

— *Buenos dias, señor*, dit-il poliment.

L'autre lui accorda un regard hésitant. Il sortit alors de sa poche une carte du tarot, celle du Bateleur, et la lui montra. L'homme sursauta, avant de sourire avec soulagement.

— *Ah, es usted, el Mago ?*

El Mago. Eh oui, c'était ainsi qu'on disait en espagnol, puisque le mot Bateleur était intraduisible.

— Le Jugement vous a envoyé pour m'accueillir ?

— *Sí, señor*. La voiture est à côté. Nous y allons ?

— Un instant, je descends juste de l'avion. Pour me remettre, je m'enverrais bien un café.

Ils passèrent donc par le bar, où un café bien serré revigora le voyageur. Ensuite, empoignant son sac, il suivit le guide. Ce dernier retrouva sa voiture dans un immense parking et ils démarrèrent. Roulant vers le sud, ils remontèrent les premières rues de Montevideo. Mais le conducteur ne s'y engagea pas. Au contraire, il bifurqua sur la gauche et prit la *Carretera Panamericana*, cette grandiose autoroute qui traverse l'Argentine, l'Uruguay et le Brésil. Ils roulèrent à toute vitesse vers l'est du pays, en longeant l'océan Atlantique.

En avançant, le Bateleur se laissait aller à une coupable nostalgie. Dix ans déjà. À l'époque, il parcourait l'immensité de l'Amérique du Sud, avec un simple sac de voyage et son passeport. Officiellement, il travaillait pour l'I.F.I.L. En réalité, il bâtissait la Société secrète : à Montevideo, Buenos Aires, Santiago et ailleurs, il rencontrait des gens, il organisait des réunions discrètes. Une authentique aventure dont, pris qu'il l'était par l'action, il n'avait pas bien mesuré l'ampleur. Eh oui, c'était le bon vieux temps. Comme aurait dit le Pape... Cette dernière pensée le réveilla et le ramena au présent.

La voiture arriva à une petite station balnéaire dont le nom s'étalait à l'entrée, sur un panneau : *Atlántida* (l'Atlantide). Comme à chaque fois qu'il venait, il ne put s'empêcher de sourire : oui, il fallait y penser, mais c'était bien ainsi que s'appelait la ville !

Une petite maison blanche avec un jardin. Là habitait le Jugement. Le responsable de la Société secrète pour cet immense territoire que constituaient l'Uruguay et l'Argentine. Le véhicule s'arrêta, le Bateleur entra. Un homme se levait de table pour l'accueillir. Petit, rondouillard et vieux. Il marchait d'ailleurs avec une certaine difficulté.

— *Bienvenido*, Christian. Oh, pardon, Bateleur... C'est ainsi qu'il faut t'appeler désormais !

— Appelle-moi comme tu veux, mais j'espère que tu as de quoi boire.

Ils tombèrent dans les bras l'un de l'autre. Avec une émotion contenue. Ils se voyaient si rarement, et le Jugement était maintenant si vieux que le Bateleur n'était jamais sûr de le revoir vivant quand il le quittait.

— Comment vas-tu ?

— Très bien, mon cher, très bien, assura le vieil homme.

— Ne me dis pas de mensonge. Je sais que tu es sous traitement médical.

— Je serais curieux de voir comment tu seras à mon âge ! Si tu y arrives, naturellement. Ton seul avantage sur moi, c'est que tu as quarante ans de moins. Pour le reste, je suis sûr que je pourrais encore t'en remontrer.

Le Jugement était originaire de Biarritz et quand le Bateleur le retrouvait, son propre accent carcassonnais remontait à la surface. On arrivait à cette situation burlesque : deux hommes, au bord du Río de la Plata, en train de discuter dans le parler du Midi de la France !

— Tu veux manger quelque chose ? demanda l'hôte.

— Non, répondit le voyageur. Je veux dormir, dormir, dormir et... dormir !

— Ah, je te comprends : le *jet lag*, n'est-ce pas ?

— Arrête de parler anglais, tu sais que j'ai horreur de ça ! Le décalage horaire, la *desfase horaria*, c'est assez clair, non ? Allez, à tout à l'heure.

Le Bateleur jeta son sac n'importe où, se rendit dans la chambre et se laissa tomber comme une masse sur un lit, les bras écartés, sombrant dans le sommeil comme dans un puits.

Il dormit cinq heures d'affilée. Une fois réveillé, il prit une douche et rejoignit son ami qui servit aussitôt le repas. Tout en mangeant, Dalleray regardait le vieux monsieur qui lui faisait face avec amitié, admiration et un peu d'amusement.

L'histoire du Jugement était extraordinaire et aurait justifié plusieurs romans d'aventures. Il s'appelait en réalité Julien Irrouléguy et avait vu le jour à Biarritz, dans les Pyrénées-Atlantiques. Il avait débarqué en Uruguay dans les années 50, en tant que simple professeur de français. Ce qu'il était d'ailleurs, et ce qu'il faisait plutôt bien. Mais la plupart des gens ignoraient qu'il était aussi très versé dans l'ésotérisme et le symbolisme, matières auxquelles il consacrait l'essentiel de son temps libre. C'est ainsi qu'il allait peu à peu mettre au point un système qui allait devenir une incroyable réussite.

Il fonda à Montevideo une école : la *Escuela Esotérica Tradicional*. Il s'agissait d'une véritable école, avec des professeurs et un programme. Les cours pouvaient être donnés dans des salles de classe ou par correspondance. Les cours ? Eh bien, l'enseignement couvrait l'ensemble de l'ésotérisme issu de toutes les traditions occidentales, depuis les mystères égyptiens ou grecs jusqu'à la spiritualité moderne en passant par l'alchimie, le catharisme, et cetera. La philosophie générale de l'école était basée sur les *lois cosmiques selon la conception des anciens qui ont servi de base au judaïsme, au christianisme, au mahométisme et autres religions...* Le programme s'étalait sur trois, quatre ou cinq années, selon le choix (et les moyens financiers) de chacun. Tout cela était d'un niveau très élevé, fait sérieusement et les étudiants ne tardèrent pas à affluer, venant souvent de milieux très aisés.

Les simples citoyens n'y voyaient donc qu'un établissement scolaire juste un peu différent des autres. Mais les spécialistes des sociétés secrètes avaient, eux, compris depuis longtemps : la *Escuela Esotérica Occidental*, aussi sérieuse fût-elle, n'était rien d'autre qu'une façade. Elle avait pour but de sélectionner les élèves les plus doués, les plus brillants. À la fin de leur enseignement, on les convoquait discrètement et on leur proposait d'entrer dans la véritable création d'Irrouléguy : *la Orden Universal*. Une société ultrasecrète qui ne figurait sur aucun document officiel. Le succès fut foudroyant. Dans les années soixante-dix, une grande quantité de politiciens, de chefs d'entreprise, d'intellectuels uruguayens étaient membres de *la Orden Universal*. Sans oublier plusieurs généraux de l'état-major de l'armée. Un véritable cénacle de sommités ! À cette époque-là, on murmurait qu'Irrouléguy était le véritable président de l'Uruguay. Que c'était lui qui faisait et défaisait les gouvernements. Qu'on ne pouvait envisager une carrière sans entrer dans son organisation.

Tout cela était très exagéré, bien sûr, et il laissait dire en souriant. Il n'en restait pas moins vrai que son pouvoir (ou son influence) était réel et important. Mais qui aurait pu se douter que ce brave professeur de français qui vivait de son modeste traitement était le chef de la plus puissante société secrète du pays ?

Le temps avait passé. L'Uruguay avait bien changé, ce qui était finalement la moindre des choses. *La Orden Universal* et *la Escuela Esoterica Occidental* n'étaient plus que des souvenirs. Irrouléguy avait été depuis longtemps naturalisé uruguayen et rebaptisé Julio. Il n'était plus qu'un paisible retraité. Le Bateleur, débarquant sur le Río de la Plata, avait alors récupéré cet homme pour en faire le responsable local de la Société secrète. Son expérience le prédisposait évidemment à tenir ce poste. Récemment, on lui avait donné le nom secret de Jugement. Telle était son histoire.

Le Bateleur termina son assiette et vida le verre de vin local. Il se sentait mieux, ragaillardi.

— Alors, que me racontes-tu ?

— Bof, bougonna le vieil homme, ce n'est plus comme avant, que veux-tu que je te dise. L'Uruguay est devenu un pays normal, avec des politiciens qui ne s'occupent que de politique et des militaires qui ne s'occupent que de préparer la guerre. À mourir d'ennui… Ah, je regrette le bon vieux temps !

Le Bateleur ne put s'empêcher de sourire. Parce que, bien entendu, il savait que le Jugement ne lui disait qu'une partie de la vérité. D'accord, *la Orden Universal* avait été mise en sommeil. Mais il connaissait trop bien Irrouléguy pour l'imaginer en train de cultiver la nostalgie dans sa bibliothèque. Il se doutait bien que le vieux Basque devait continuer discrètement ses activités occultes, en dehors de la Société secrète évidemment. De quelle manière ? Il n'arrivait pas à le savoir. Mais le Jugement était bien incapable de vivre sans cela !

Ils passèrent dans le salon et s'installèrent devant la télévision, qui diffusait un match de football.

— Si tu as reçu mon message, tu sais pourquoi je viens, commença le Bateleur.

— Oui, pour recruter Pietri. Franchement, je t'ai déjà dit ce que j'en pensais : ce type ne m'inspire pas confiance.

— Je me suis fait la même réflexion des dizaines de fois au cours des dernières années. Mais il faut se décider. Et maintenant, j'ai vraiment besoin de lui.

— Bien, je vais le contacter, pour conclure un rendez-vous. Cela prendra plusieurs jours.

— Je suis très bien chez toi, mon vieux !

Pendant les trois journées suivantes, la maison du Jugement reçut pas mal de visites. Les membres de la Société secrète installés en Uruguay faisaient le déplacement pour rencontrer le Bateleur, leur chef. Ils ne le voyaient pas si souvent ! Ils lui présentèrent leurs salutations, mais aussi leurs requêtes. En fait, ils avaient les mêmes problèmes que les autres : manque d'argent, manque de temps, et cetera. Certains groupes n'existaient plus et le Bateleur dut se résigner à ordonner leur mise en sommeil. Tous ces éléments font la routine d'une société secrète, mais les dirigeants doivent s'en occuper, même avec ennui, sous peine de les voir s'entasser et prendre des dimensions insoupçonnables.

Le quatrième jour, le Jugement lui annonça que le rendez-vous était conclu. Ce soir-là, à la nuit tombée, ils prirent une voiture et repartirent en direction de Montevideo. Bientôt apparurent les lumières de la grande ville du Río de la Plata, qui ressemblait de plus en plus à toutes les mégapoles qui parsèment aujourd'hui la planète. Le Bateleur s'en fit la réflexion en roulant : tel était le monde dans lequel vivaient désormais la majorité des êtres humains. Un univers urbain, avec des paysages d'immeubles et de buildings dont les fenêtres s'illuminaient dès la nuit tombée. Mais fallait-il le déplorer ? Les nostalgiques du passé merveilleux le faisaient bien rigoler : combien d'hommes auraient-ils accepté de reprendre la rude vie campagnarde de leurs ancêtres ? Bien peu, évidemment ! Alors, puisqu'il était né à une époque de citadins, il était un citadin.

La voiture s'enfonça dans Montevideo et passa de feu rouge en feu rouge jusqu'au quartier de Bella Italia, dont le nom rappelait l'importante et ancienne immigration italienne qu'avait connue l'Uruguay. Ils s'arrêtèrent devant un immeuble et entrèrent. Un ascenseur les hissa jusqu'au quarantième étage. Le Jugement sortit une clé pour ouvrir une porte.

— C'est une officine qu'une société, appartenant à un de mes amis, loue à la semaine. Nous y serons tranquilles.

Le bureau se composait de deux pièces totalisant une trentaine de mètres carrés. Par la baie vitrée, le Bateleur admira les fenêtres lumineuses des buildings aux alentours. En effet, ils seraient tranquilles. Ils s'assirent et le Jugement sortit une bouteille d'un tiroir pour tuer le temps.

Celui qu'ils attendaient arriva sur le coup de vingt-deux heures. Il frappa à la porte et s'assit devant le Bateleur. Il avait la cinquantaine, des cheveux gris plaqués sur le crâne et portait un costume sombre, taillé sur mesure. Tous les Uruguayens connaissaient au moins son visage, car il apparaissait souvent dans les journaux et à la télévision. Carlos Oscar Pietri. C'était un politicien, un des principaux dirigeants du Parti libéral-chrétien. Une formation politique qui jouait un rôle-clé dans le pays. Car si elle ne totalisait qu'un nombre modeste de voix aux élections, elle n'en était pas moins nécessaire à la constitution de toute coalition.

— Eh bien, monsieur Pietri, lança le Bateleur, c'est un honneur de vous connaître. Vous avez exprimé le souhait d'entrer dans la Société secrète et je suis ici pour en discuter. Prendrez-vous un verre ?

— Volontiers, répondit Pietri. Mais êtes-vous le dirigeant suprême de la Société secrète ?

— Un des trois dirigeants suprêmes. Étant entendu que, l'immensité de la terre étant ce qu'elle est, chacun de nos groupes bénéficie d'une grande autonomie.

— Bien, alors, nous pouvons commencer à parler sérieusement. Je vous le demande : si j'adhère à la Société secrète, quels avantages pourrez-vous me proposer ?

Au moins, c'était clair ! Le Bateleur glissa un regard désabusé vers le Jugement qui ne put réprimer un sourire amusé.

— Monsieur Pietri, nous pouvons vous proposer beaucoup d'avantages, mais il faudra aussi que vous ameniez quelque chose. Nous ne sommes pas une association philanthropique !

La négociation dura une heure et demie. Pendant que la ville brillait de ses néons, les trois hommes, dans l'intimité du bureau, discutèrent d'arrache-pied. Chaque point fut débattu. Pietri était un politicien ambitieux, rusé et accrocheur. Vers vingt-trois heures trente, l'accord fut enfin conclu et ils se serrèrent la main.

— Mon cher, dit le Bateleur, à compter d'aujourd'hui, vous êtes un membre de la Société secrète. J'insiste sur le fait que, pour l'instant, vous n'êtes qu'un hilote. Autrement dit en période probatoire. Passé ce délai, le Jugement me fera un rapport pour me permettre de décider si vous pouvez devenir un égal, c'est-à-dire un membre à part entière. Soyez sûr cependant que, dès maintenant, vous aurez droit au soutien et à la protection de la Société secrète.

Il sortit de sa poche un petit rectangle de carton. Une carte du tarot. Le Monde. Il la jeta sur le bureau.

— Désormais, ce sera votre nom secret. Le Monde. Vous devrez l'employer dans tous vos messages, ainsi que pendant toutes vos rencontres avec le Jugement. Êtes-vous satisfait ?

— Totalement, répondit Pietri. Notre rencontre a répondu à toutes mes attentes.

Ils se serrèrent à nouveau la main et le politicien s'en alla. Un peu plus tard, le Bateleur et le Jugement partirent à leur tour. Ils quittèrent l'immeuble et montèrent dans la voiture. Irrouléguy ne pouvait plus se retenir.

— Écoute, je n'ai pas de conseil à te donner, mais entre nous, tu fais confiance à ce type ?

— Pas plus que toi, répliqua Dalleray. Mais j'ai besoin de lui. Alors, je fais un effort.

— Mais il ne nous a rejoints que par intérêt !

— Je m'en étais aperçu. Seulement, ce n'est pas à toi que je vais apprendre qu'une société secrète, pour être vraiment efficace, doit compter sur plusieurs couches successives d'adhérents : des membres à part entière, des membres à temps partiel, et aussi de simples sympathisants. Le grand révolutionnaire Bakounine ne disait pas autre chose, et il a passé sa vie dans les sociétés secrètes ! Pietri est un politicien important et il peut nous apporter beaucoup. D'accord, ce n'est pas un individu très scrupuleux, mais Voltaire le disait avant nous : *Je sers Dieu et le Diable à la fois*. Nous n'avons pas trop d'alternatives.

Le Jugement préféra changer de conversation.

— Bon, il serait temps d'aller manger un morceau, tu ne crois pas ?

Ils s'engouffrèrent dans un restaurant pour goûter à l'*Asado*, la viande de bœuf grillée qui faisait le plat national de l'Uruguay (ainsi que de la voisine Argentine). Le Bateleur se souvenait encore de sa première expérience, dix ans plus tôt. On lui avait donné le choix entre le *normal*, le *mediano* et le *superior*. Afin de frimer, il avait demandé le *superior*. À sa grande horreur, on avait déposé devant son nez une assiette avec un énorme morceau de viande de vingt-cinq centimètres de longueur et trois ou quatre d'épaisseur ! Il eut beau découper et mastiquer, rien n'y faisait : plus il en mangeait, plus il en restait. Finalement, il préféra abandonner, sous les rires de ses amis uruguayens.

Maintenant, il ne se laissait plus abuser. Il réclama sagement un *normal* avec quelques frites et le dégusta avec une carafe de vin local.

**

Le Bateleur resta deux jours de plus chez son ami, à préparer la deuxième partie de son voyage, la plus importante et la plus difficile.

Pour commencer, il s'acheta une valise. À l'aide du Jugement, il y confectionna un double fond. Ensuite, il retourna à Montevideo, dans une banque dont il connaissait le directeur, où il retira discrètement dix mille dollars en coupures de cent dollars. Revenu à Atlántida, il disposa les liasses de billets dans la valise et fixa le double fond par-dessus. Quant au bagage lui-même, il fut rempli de vêtements et refermé. Il observa son travail, satisfait, mais vaguement inquiet.

— Tu crois que j'arriverai à passer la douane ? interrogea-t-il.

— Cela devrait aller. Le plus difficile sera au départ. À l'arrivée, on ne t'embêtera pas.

Le lendemain, il lui fallut partir. Sur le pas de la porte, les deux amis se regardèrent. Et s'efforcèrent de refouler leur émotion. En effet, ni l'un ni l'autre ne se faisait d'illusion. Avec son âge, et son état de santé, le Jugement n'en avait plus pour longtemps. Il arrivait au bout du chemin. De ce si singulier chemin qui avait été le sien. Le Bateleur prit le visage ridé entre ses mains.

— Julien, fais-moi plaisir. Reste en vie. Encore un peu. J'ai envie de te revoir en revenant ici. Une dernière fois.

— Tu peux compter sur ma collaboration dans ce but ! sourit le vieil homme.

— Tu sais, j'ai bien envie de faire comme toi : me retirer au bord de la mer. Il y a des jours où je me dis que j'ai assez couru à travers le monde.

Cette fois, le Jugement éclata franchement de rire.

— Ne dis pas n'importe quoi ! Toi, te retirer au bord de la mer ? Mon pauvre, tu es exactement comme moi : malade des sociétés secrètes. Shooté, comme on dit aujourd'hui. Tiens, tu sais qui tu me rappelles ? Jean-Baptiste Willermoz. Le Lyonnais qui commença à créer des sociétés secrètes à vingt ans et qui continua jusqu'à sa mort à quatre-vingt-quatorze ans ! Tu feras comme lui, mon cher Christian.

Ils s'embrassèrent. Le Bateleur peinait à contenir le picotement qui attaquait ses yeux.

— *Adiós...*

— *Adiós...*

Il monta dans la voiture et s'éloigna. Le Jugement, très ému lui aussi, haussa les épaules en se disant que c'était la vie. Il rentra dans la maison en fermant la porte.

* *

Le Bateleur reprit l'avion et vola jusqu'à Sao Paulo. Là, il passa vingt-quatre heures dans un hôtel d'aéroport à attendre sa correspondance. Le lendemain, il embarqua sur un avion de la Varig (la compagnie brésilienne) à destination du Caire, en Égypte. Le contrôle des bagages fut un moment angoissant pour lui. Mais la valise, avec le précieux double fond, fut acceptée sans méfiance. Rassuré, il prit place et l'appareil décolla.

Une dizaine d'heures plus tard, il atterrissait à l'aéroport international du Caire. Là, il fut reçu par un monsieur corpulent et moustachu, qui lui sourit avant de l'embrasser. C'était le Deux de Bâton, le chef de la Société secrète en Égypte. En réalité, il s'appelait Ahmed el Khatib et appartenait à la bonne bourgeoisie francophone du Caire. Le pays du Nil abritait encore de vieilles familles francophones, vestiges d'une grande histoire d'amitié franco-égyptienne qui s'enfonçait inexorablement dans le brouillard du passé.

— Je tiens ma promesse, dit le Bateleur. Je t'apporte ce que je t'avais promis.

— Où sont-ils ? interrogea l'Égyptien.

— Dans la valise, sous un double fond.

— Heu, c'était un peu risqué de les cacher là, non ?

— Ce sont les vieux trucs qui marchent le mieux !

Ils récupérèrent la valise et la chargèrent dans le coffre de la voiture du Deux de Bâton. Celui-ci démarra et s'élança vers Le Caire.

Le Bateleur avait beau être prévenu, cela faisait toujours un choc. Il était impossible d'imaginer la pagaille, la cacophonie et l'horreur de la circulation dans la capitale égyptienne ! Sans parler de la pollution ! Vraiment, une seule ville pouvait soutenir la comparaison : Mexico. À part cela, c'était vraiment unique.

Le Deux de Bâton l'emmena chez lui, dans le vieux quartier de Bab As-Siriya. Il habitait un appartement, en compagnie de sa femme et de ses enfants, absents pour le moment. Cela leur assurait une discrétion dont ils profitèrent pour ouvrir la valise. Le Bateleur arracha le double fond : les billets de banque apparurent, soigneusement rangés, à peine froissés par le voyage. Le Deux de Bâton s'empara d'une liasse.

— Combien y a-t-il ?

— Dix mille dollars, en coupures de cent.

— Mais écouler des billets de cent dollars, ce n'est pas évident !

— Je sais, mais si j'avais pris des coupures de vingt, il m'aurait fallu deux valises, et pour un voyageur seul, cela aurait paru bizarre. Voyons, tu m'as demandé de l'argent pour financer ton groupe : je te l'apporte. Avec cela, vous aurez de quoi tenir pendant un ou deux ans. En vous serrant la ceinture, je l'admets.

— Cela nous fera du bien, soupira le Deux de Bâton. Écoute, autant te le dire tout de suite, le moral est au plus bas et beaucoup ont déjà abandonné. Moi-même, il m'arrive de douter.

— Le doute fait partie de la foi. Il me semble que c'est saint Augustin qui disait cela. Ce n'est pas ma référence habituelle, mais on s'en contentera. Bon, je ferai de mon mieux. Réunis ton groupe quelque part et j'essayerai de leur parler. Ensuite, il faudra passer au but de mon voyage. Tu le connais.

— Oui, je le connais. Mais je te répète que cela me semble risqué. *Recruter le président de la République d'Égypte...* Je n'y aurais jamais pensé.

— Pourtant, voilà un an que tu mènes les négociations et que tu me tiens au courant.

— Malgré cela, je n'en reviens pas de voir que nous sommes sur le point de le faire.

— Que nous *devons* le faire. Jusqu'à présent, c'était une éventualité. Maintenant, j'ai vraiment besoin de lui, et je ne repartirai pas sans avoir réussi ce recrutement. Essaye de cacher cet argent : ta femme et tes enfants ne vont pas tarder à rentrer.

Pendant que le Deux de Bâton dissimulait les billets de banque, il se servit une tasse de thé et sortit sur le balcon pour essayer de respirer un peu d'air frais. Essayer seulement, car la chaleur l'étouffait. Il eut beau ôter sa veste et desserrer sa cravate, peine perdue : il avait encore plus chaud.

Tout en sirotant son thé, il laissa son regard parcourir les toits du Caire. De loin en loin, le minaret d'une mosquée se dressait. Mais la modernité, indifférente, dressait déjà des buildings beaucoup plus hauts que les lieux de culte.

L'Égypte avait bien changé, et pas en positif. Les vieux de la vieille parlaient encore avec émotion des temps lointains du président Nasser. Oh, certes, le colonel moustachu n'était pas franchement un démocrate et les sociétés secrètes (notamment les francs-maçons) avaient payé pour le savoir ! Du moins s'était-il efforcé de sortir son pays du carcan oppressant de l'islam. Dans les années soixante, le cinéma égyptien pouvait montrer des hommes et des femmes parlant d'amour très librement tout en buvant de l'alcool et en fumant des cigarettes, sans choquer personne. Eh oui, heureuse époque... Mais tout cela était du passé. La religion musulmane avait peu à peu repris le pouvoir, avait étendu sa terrifiante toile d'araignée sur toute la société égyptienne. En fait, le vieux pays du Nil avait régressé de plusieurs siècles. Politique, éducation, cinéma, littérature, spectacles, la religion dominait tout, surveillait tout, et ce qui n'était pas rigoureusement conforme aux règles coraniques était impitoyablement censuré. Le cinéma ne pouvait même plus montrer un garçon et une fille se tenant par la main ! Les chrétiens (10 % de la population) étaient plus que jamais considérés comme des citoyens de seconde zone. Quant aux femmes, elles n'avaient plus qu'un seul droit : la fermer. De toute façon, ces imbéciles heureuses avaient ce qu'elles méritaient : ces traditions qui les transformaient en esclaves, elles les défendaient avec plus d'acharnement encore que les hommes !

Debout sur le balcon, il observait Le Caire sans acrimonie, sans animosité. S'il en était besoin, son amitié profonde avec Ahmed el Khatib aurait suffi à démontrer son absence totale d'hostilité envers les musulmans. Mais... non. Décidément, cette religion n'était pas la sienne, cette façon de vivre n'était pas la sienne. Il haussa les épaules avec fatalisme et rentra dans la maison.

* *

Le lendemain soir, le Deux de Bâton réunit les membres du groupe dans l'appartement de l'un d'entre eux, qui se trouvait à Shubra al-Khaymah, dans la banlieue nord du Caire. Ils commencèrent à arriver vers la nuit tombante, frêles silhouettes qui rasaient les murs. Quand ils furent assemblés autour de la table, le Bateleur ne put retenir un soupir de découragement.

Ils étaient six. Plus le Deux de Bâton. Eh oui, une misère. Mais telle est la réalité concrète des sociétés secrètes, bien loin des fantasmes. Quelques malheureux réunis en cachette. Pour composer son groupe, le Deux de Bâton avait recruté parmi les catégories marginales de la population égyptienne : les chrétiens coptes, les homosexuels. Ces derniers faisant l'objet d'une chasse féroce sous la pression des mouvements islamistes. En les regardant, le Bateleur éprouva un sentiment de honte : il faisait l'aventurier en Occident, où il ne risquait rien d'autre que se faire arnaquer par des individus peu scrupuleux. Mais ces hommes avaient fait un choix bien plus dangereux que le sien. Ils étaient homosexuels, ils étaient athées et ils étaient membres d'une société secrète. Trois motifs pour trembler dans un pays musulman. Et que représentaient-ils ? Six hommes obligés de se cacher. Autour d'eux, la puissance colossale de l'Islam, qui imposait sa loi des faubourgs de Manchester aux jungles d'Indonésie. Le combat n'était pas inégal, non. Car il n'y avait même pas de combat.

Le Bateleur haussa les épaules avec impuissance et se dit qu'il devait néanmoins faire son travail. Le Deux de Bâton lui servit d'interprète.

— Mes amis, je suis parfaitement conscient de la situation que vous vivez. Je vous exprime mon admiration pour avoir continué à faire vivre ce groupe dans les pires conditions. Je sais que vous manquez de tout et que vous êtes persécutés par la police. Écoutez, je ne doute pas une seconde de votre courage. Je sais que vous remonterez la pente. Pour ma part, je suis un des trois gérontes et je me dois de vous aider. Soyez certains que je le ferai de toutes mes forces. J'ai apporté une somme d'argent, dix mille dollars, que j'ai déposée chez le Deux de Bâton. Avec cela, vous aurez de quoi financer le groupe pendant deux ans environ. Cela vous permettra de souffler. Cependant, je dois préciser que nous ne pourrons pas éternellement vous subventionner de l'extérieur. Il faudra que vous parveniez à exister par vous-même. Même si c'est difficile pour certains d'entre vous, je vous conjure de faire un effort pour payer vos cotisations. Vous avez deux ans devant vous pour travailler. Si vous avez des suggestions à me présenter, c'est avec joie que je les mentionnerai dans le rapport que je ferai à mon retour. Une dernière chose : vous pourriez vous décourager en constatant que vous n'êtes que six face à des millions. Dites-vous bien que vous existez. Le fait d'exister est déjà une victoire formidable pour vous.

Ensuite, toujours à l'aide du Deux de Bâton qui traduisait, il prit les hommes un par un et s'intéressa à leur situation individuelle. La plupart ne demandaient en fait qu'un service : un visa pour aller vivre en France. Il dut expliquer que cela ne dépendait pas de lui. Mais il mesurait à quel point vivre au Moyen-Orient en étant chrétien, ou homosexuel, ou dans une quelconque autre catégorie sortant de la stricte observance de l'islam devenait de plus en plus une utopie...

Ils se serrèrent la main et repartirent. Dans la voiture qui les ramenait, le Bateleur félicita le Deux de Bâton.

— Mon cher, tu arrives à faire vivre la Société secrète en Égypte avec ça ? Tous mes compliments !

* *

Ils passèrent la journée suivante à se reposer. Ensuite, il fallut préparer le gros morceau du voyage, ce qui le justifiait. Ils se rendirent dans le vieux Caire. Parmi cet incroyable grouillement (le Bateleur craignait à chaque pas de se faire piétiner), ils trouvèrent une bijouterie et y entrèrent. Le propriétaire leur demanda poliment ce qu'ils désiraient. Ahmed el Khatib posa sur le comptoir la carte représentant le Deux de Bâton et Christian Dalleray celle du Bateleur. Le bijoutier resta de marbre. Puis il leur indiqua l'arrière-boutique.

— Veuillez me suivre, s'il vous plaît.

Ils se réfugièrent dans une pièce discrète.

— Vous ne devriez pas venir en plein jour, leur reprocha le bijoutier.

— La dernière fois, je suis venu en fin d'après-midi et vous m'avez dit la même chose, répliqua le Deux de Bâton. Bon, ne tournons pas autour du pot : ce monsieur est venu de France dans un but bien précis. Réussir enfin l'opération dont nous parlons depuis un an. Il est temps d'agir. Pouvez-vous nous obtenir un rendez-vous dans les prochains jours ?

Le bijoutier se frottait les mains avec nervosité.

— Je maintiens que ce que vous faites n'est pas prudent. Vous rendez-vous compte ? Il s'agit du président de la République ! Si les islamistes l'apprenaient...

— Mon ami et moi sommes parfaitement conscients des risques, répondit le Deux de Bâton. Maintenant, il faut vous décider. Allez-vous nous arranger un rendez-vous ?

Le bijoutier hésita une dernière fois, puis soupira.

— Bon, je le ferai. Mais je souligne que c'est à mon corps défendant.

Ils repartirent. Dans un bar voisin, en sirotant une tasse de thé, le Deux de Bâton lui expliqua :

— Ce bijoutier est un ami d'enfance du président de la République. Il peut le joindre plus facilement qu'un dirigeant de la police ou des services secrets. Le président recevra le message, crois-moi.

Ils retournèrent à la maison et attendirent. Deux jours après, le bijoutier leur envoya sa réponse : le rendez-vous était fixé pour le lendemain soir. Le Bateleur se mit à trembler d'excitation : un moment important approchait.

Vingt-quatre heures plus tard, il embarquait dans la voiture du Deux de Bâton et ils traversèrent Le Caire. La rencontre était fixée dans une maison discrète du vieux quartier de Müski. En arrivant, ils découvrirent des soldats en armes qui montaient la garde. Le Bateleur ne put contenir son irritation : franchement, ils auraient pu être un peu plus discrets ! On les laissa cependant passer. Sans doute avait-on transmis leur signalement... À l'intérieur, ce furent des agents des services secrets qui les accueillirent, taillés comme des armoires à glace et avec un regard peu amène. Ils furent interrogés et fouillés. Ensuite seulement, on les conduisit jusqu'à une pièce. La porte se referma.

Le Bateleur demeurait immobile et silencieux. Mais son cœur battait. Face à lui, assis derrière une table, il apercevait Farid el Wahab, président de la République d'Égypte. Le monde entier connaissait son visage, que les télévisions et les journaux montraient régulièrement. Il se leva. Il présentait une carrure athlétique et une allure très droite. C'était un ancien militaire venu à la politique sur le tard. Ce qui ne l'avait pas empêché de vivre une carrière fulgurante. Il portait un costume croisé qui soulignait encore son physique de lutteur.

— Messieurs, veuillez vous asseoir, dit-il en désignant deux chaises.

Les visiteurs prirent place. Le Bateleur ne pouvait quitter des yeux son interlocuteur. Malgré lui, il était impressionné. Un an déjà que duraient les négociations pour faire entrer Wahab dans la Société secrète. À un moment, il avait même cru que cela ne se ferait pas. Et maintenant, il était face à lui, sur le point de le recruter. Le président lui adressa un sourire, avant de lui dire, par l'intermédiaire du Deux de Bâton qui traduisait :

— Cher monsieur Dalleray, je comprends un peu le français, car on parlait encore cette langue en Égypte pendant mon enfance. Mais je serai obligé de vous répondre en arabe. Notre ami fera l'interprète.

Le Bateleur se racla la gorge. Il devait reprendre contenance. Car cette conversation était capitale pour lui.

— Monsieur le président, vous avez exprimé le souhait d'entrer dans la Société secrète. M. Ahmed el Khatib, ici présent, m'a transmis votre demande, et pendant un an, il a mené les négociations auprès de vous. Aujourd'hui, je suis devant vous pour officialiser votre adhésion. Maintenant, je suis obligé de faire une remarque : vous êtes président de la République d'Égypte. Autrement dit, président d'un pays à majorité musulmane. Êtes-vous conscient des risques que vous prenez en entrant dans une société secrète ?

— Oui, répondit très simplement Wahab.

— J'insiste. Ce que vous risquez, c'est d'être *assassiné*.

— Oui, je le sais, répéta Wahab, tout aussi simplement.

Le Bateleur était déjà obligé de l'admirer. Cet homme avait un cran tout à fait exceptionnel. Visiblement, les épreuves de la vie en avaient fait un roc solide.

— Alors, je suis obligé de vous le demander : quelles sont vos motivations ? Car je connais peu de personnes qui prendraient un risque pareil.

Wahab lui fit un sourire presque narquois.

— Mon cher monsieur Dalleray, figurez-vous que je vis un drame. À moins que le mot soit un peu grandiloquent. Je suis athée. Eh oui, c'est ainsi. Malgré mes efforts (et je vous assure que j'en ai fait), je n'ai jamais pu faire entrer dans ma tête l'idée de Dieu, de révélation divine, et encore moins de la religion. C'est plus fort que moi : je n'y crois pas. Mon caractère profond s'y refuse. Évidemment, si j'étais président de la France, ou de l'Allemagne, je suppose que cela ne poserait aucun problème. Car les Français et les Allemands se moquent éperdument de savoir si leur président croit en Dieu ou pas. Mais le destin m'a fait naître en Égypte et a fait de moi son chef d'État. Président d'un pays musulman… Savez-vous ce que cela signifie, monsieur Dalleray ? Écoutez, le peuple égyptien, comme tous les peuples musulmans, ne *peut pas* envisager l'idée que son président soit athée. C'est une impossibilité totale. À la limite, il accepterait peut-être que je sois chrétien. Ce serait difficile, mais peut-être l'accepterait-il. En revanche, un athée… Écoutez, les athées sont la catégorie la plus basse dans la société musulmane. L'équivalent des parias chez les hindous. En Arabie saoudite, on les met même en prison. L'islam enseigne la tolérance envers les autres religions, mais pas envers les athées. Ce sont des fauteurs de troubles puisque, dans la mesure où ils ne croient pas en

Dieu, ils ne peuvent pas croire à la révélation de Mahomet. Or, l'islam peut tout accepter, sauf cela.

Toutes ces paroles ne représentaient aucune découverte pour le Bateleur. Une question lui échappa cependant :

— Mais, monsieur le président, comment faites-vous, alors ?

Wahab répondit avec un sourire triste.

— Je mens. Tout simplement. Je suis complètement hypocrite, puisqu'il n'y a pas moyen de faire autrement. Je vais à la mosquée et je fais semblant de prier. Je fais semblant de lire le Coran, alors que ce bouquin m'embête : je préfère Edgar Poe et Hemingway. Ou Jules Verne, pour vous faire plaisir. Enfin, pour résumer, je fais semblant de pratiquer la religion. Je vous répète que je n'ai pas le choix : un peuple musulman n'accepterait jamais d'être gouverné par un homme qui ne croit pas en Dieu.

— Mais ce doit être terrible, murmura le Bateleur.

— Eh oui. Voilà trente ans que je me répugne, que j'ai honte de me regarder dans la glace. J'en ai assez de jouer cette comédie, de mentir, de fréquenter les imams et de leur taper sur l'épaule en souriant alors que je les déteste. Ils me cassent les pieds avec leurs questions religieuses. Voici quelque temps, ils ont débattu pendant des mois pour savoir si une femme pouvait employer un téléphone portable ! Comment voulez-vous moderniser un pays avec une religion pareille ! J'ai même été obligé de faire deux fois le pèlerinage à La Mecque...

— C'est si horrible que cela ? sourit le Bateleur pour tenter de détendre l'atmosphère.

— J'avoue que La Mecque au moment du Hadj est nettement moins excitante que Paris by night ! sourit à son tour Wahab. Essayez de comprendre que, dans un pays musulman, le véritable pouvoir, c'est la religion. C'est elle qui décide de tout. Le gouvernement n'est là que pour appliquer. Alors, à chaque fois que nous essayons de faire une nouvelle loi, on nous répond qu'elle est contraire à la tradition musulmane et nous sommes obligés de la retirer. Voilà comment nous accumulons le retard sur l'Occident !

Il se tut pour observer un instant le Bateleur.

— Et vous, mon cher, quelle est votre opinion ? Vous n'êtes pas obligé d'en avoir une, bien entendu.

Dalleray haussa les épaules avec impuissance.

— J'en ai une néanmoins. Si on peut appeler cela une opinion. Écoutez, je vis dans le monde actuel et je le trouve passionnant. Cependant, je ne vous cacherai pas qu'il contient quelques mystères qui me laissent perplexe. Une des grandes énigmes de notre époque, pour moi, est précisément l'islam. Monsieur le président, je n'éprouve aucune rancœur et aucune animosité contre personne. Mais franchement... Je n'arrive pas à comprendre l'incroyable timidité, l'effarante bienveillance dont on fait preuve envers cette religion. Enfin, comment peut-on qualifier de tolérante une religion qui ne tolère pas qu'on remette en cause une seule lettre du Coran ? Comment peut-on qualifier de tolérante une religion qui multiplie les interdits, les tabous, les prohibitions partout où elle passe ? On fait semblant d'être sourd, aveugle. Ou bien on se réfugie dans l'euphémisme pour ne pas condamner ce qui devrait être condamné. Quand donc aurez-vous un Victor Hugo musulman qui flinguera l'islam comme le nôtre a flingué le christianisme avec tant de talent ?

Le président Wahab recevait ce discours avec un petit sourire.

— Monsieur Dalleray, il n'y a qu'un petit problème : c'est que si je prononçais en public une seule des paroles que vous venez de prononcer, je serais obligé de démissionner dans les cinq minutes. Pas un musulman n'accepterait qu'on dise ce que vous venez de dire. Et les plus pauvres seraient les plus choqués.

— Mais quand donc aurez-vous le courage de vous révolter ? De secouer vos imams, comme les chrétiens ont secoué leurs curés au XIXe siècle ?

— Ce n'est pas pour demain ! Mon rêve serait de faire en Égypte ce que le grand Atatürk a fait en Turquie. Ah, ce brave Atatürk... Il pouvait se permettre d'appeler Mahomet le vieux Bédouin immoral ! Moi, je ne pourrai jamais. Écoutez, nous sommes prisonniers de l'islam, et le pire est que la plupart de mes compatriotes sont heureux de leurs chaînes. Le combattre de façon souterraine, comme je le fais, peut paraître dérisoire. Mais c'est pour l'instant la seule forme de résistance possible.

Le Bateleur se dit qu'il était temps de revenir au sujet de l'entretien.

— Bien, monsieur le président, j'ai parfaitement compris vos motivations. Mais je dois vous le répéter : vous prenez un risque énorme. Par conséquent, je vais vous accorder cinq minutes. Cinq minutes de réflexion totale que je vais vous demander d'observer. Quand elles seront écoulées, je vous reposerai la question.

Pendant cinq minutes interminables, ils restèrent immobiles et silencieux autour de la table. Ils se regardaient sans échanger un mot. Ce fut un moment qui demeurait gravé dans leur mémoire respective. Les cinq minutes passées, le Bateleur reprit la parole.

— Monsieur le président, maintenez-vous votre demande d'adhésion à la Société secrète ?

— Oui, répondit calmement Wahab.

— Dans ce cas, je vous montre sur ma gauche Ahmed el Khatib, qui dirige la Société secrète en Égypte. À partir de ce jour, il sera votre correspondant. Vous devrez passer par lui pour envoyer tous vos messages. De mon côté, je m'engage à tout mettre en œuvre pour que votre adhésion reste confidentielle. Nous sommes trois dirigeants principaux : même les deux autres ne seront pas au courant. Ainsi, les risques seront réduits au minimum. Acceptez-vous ?

— Oui, dit Wahab, avec toujours cette voix si calme.

Le Bateleur sortit une carte du tarot. Celle représentant le Chariot. Il la déposa sur la table.

— À partir de maintenant, ce sera votre nom secret : le Chariot. On ne vous appellera jamais autrement. En aucun cas, vous ne devez en employer un autre. Quant à Ahmed el Khatib, c'est le Deux de Bâton.

Amusé, Wahab prit la carte entre ses doigts.

— Le Chariot ? C'est ainsi que je m'appelle désormais ? C'est une bonne carte, au moins ?

— Ma foi, dans certains jeux, on l'appelle le Char du Triomphe. Vous voyez que tous les espoirs vous sont permis.

Wahab rangea la carte dans la poche intérieure de sa veste. Tout au long de l'entretien, il ne s'était pas départi une seconde de son calme absolu.

— Vous savez, dit-il soudain, je regretterai toute ma vie de ne pas avoir appris le français. Mais à l'école militaire, nous étions obligés d'apprendre l'anglais. Malgré tous leurs défauts, les Français ont apporté la liberté là où ils sont passés. Parfois de façon involontaire.

— Toujours de façon involontaire, rectifia le Bateleur, qui connaissait son histoire.

Ils se levèrent.

— Je dois vous quitter, dit Wahab. Mon absence pourrait éveiller des soupçons.

Le Bateleur s'efforça de parler d'une voix claire.

— Monsieur le président, je tiens à exprimer mon admiration à votre égard. Vous prenez un risque énorme en venant nous rejoindre. Je ne comprends pas toujours votre politique. Mais je dois reconnaître que vous êtes un homme d'un courage exceptionnel. C'est une fierté pour moi de vous compter dans la Société secrète.

Wahab ne perdait ni son calme ni son sourire.

— Eh bien, si je me fie à ce que m'a dit Khatib sur vous, c'est aussi une fierté pour moi de faire partie de votre organisation.

Il se retira. Sa carrure de lutteur déboucha dans la nuit, se glissa dans une voiture qui démarra. Les agents secrets et les soldats disparurent eux aussi.

Le Bateleur et le Deux de Bâton sortirent dix minutes après. Ils reprirent leur véhicule et repartirent vers le domicile de Khatib. Pendant le trajet, Dalleray prit le bras de son ami.

— Mon vieux, tu peux être fier de ton président. Quoi qu'on pense de ses choix politiques, c'est un homme, un vrai.

— C'est ce que je pense aussi, sourit le Deux de Bâton.

* *

Deux jours plus tard, le Bateleur devait repartir. Son ami le raccompagna à l'aéroport. Devant la porte d'embarquement, ils se serrèrent la main avec émotion. Ils ne se voyaient pas si souvent.

—Je dois te remercier, dit le Deux de Bâton. Franchement, je vois l'avenir avec plus d'optimisme qu'avant ton arrivée. Tu nous as remonté le moral à tous.

—Je vais te faire une confidence : mon propre moral est aussi un peu plus haut qu'avant.

Ils se dirent adieu. Le Bateleur monta dans l'avion et repartit. Quelques heures après, il était de retour à Paris.

Il rentra dans son appartement de la rue de la Convention et se laissa tomber sur le lit en s'étirant de satisfaction. Son voyage avait été une réussite formidable. Avec le recrutement du Monde (Carlos Oscar Pietri, politicien uruguayen) et du Chariot (Farid el Wahab, président de la République d'Égypte), il venait de marquer un point exceptionnel. Maintenant, il avait de quoi payer Papinianus pour ses informations. Et il pouvait échafauder des projets ambitieux pour l'avenir. Content de lui, il ferma les yeux en se détendant.

L'Empereur

Le Bateleur traversa une période franchement euphorique. Le succès de son voyage lui assurait une force qu'il n'avait jamais connue. Et sa collaboration avec Papinianus l'augmentait encore. Vraiment, ce cher Banguillot aurait été fier de lui !

En plus, un temps splendide illuminait Paris. Bref, tout allait pour le mieux dans la meilleure des sociétés secrètes possibles. C'était du moins ce qu'il se disait. Oubliant, malgré son expérience, que c'est toujours dans ces moments de bonheur total que surviennent les tuiles. Ce qui allait précisément arriver.

Ce jour-là, il se réveilla avec une curieuse sensation. Qu'il ne tarda pas à identifier : entre les draps, il bandait comme un taureau. Il sut tout de suite pourquoi : il venait de passer la nuit à rêver de la duchesse. L'image de la majestueuse séductrice vénitienne occupait son subconscient, au point de l'empêcher de rêver d'autre chose. Il bandait encore en entrant dans la salle de bain et en s'aspergeant le visage. *C'est incroyable : je l'aime, je l'aime, je l'aime ! Aucune femme ne m'a rendu fou à ce point. Si je la revois, j'aurai du mal à me retenir de l'embrasser...* Mais il ne la voyait plus. Il recevait les messages de Papinianus, qu'elle transmettait, et il répondait. La tentation lui venait de trouver un prétexte quelconque pour se rendre à Venise. Pourquoi pas ?

Il débarqua à la rue de Paradis très détendu. Tellement qu'il ne se pressa pas pour ôter sa veste et allumer l'ordinateur. En fait, il n'avait pas beaucoup de travail. À part consulter la messagerie pour voir s'il y avait du courrier. Il n'y en avait pas. Il bâilla alors, en se demandant s'il allait retourner boire un verre ou faire un tour à l'I.F.I.L., où il ne mettait plus les pieds depuis plusieurs semaines. À ce moment, le téléphone sonna.

— Allô, oui...

Au bout du fil, il reconnut vite la voix de la Lune. Mais une voix plus nerveuse qu'à l'accoutumée, ce qui l'étonna.

— Bateleur, s'il vous plaît, pouvez-vous venir tout de suite au siège de France-Dom ?

— Qu'est-ce qui vous arrive, ma chère ?

— Eh bien, j'ai ici une jeune fille qui demande à vous parler de toute urgence.

Son étonnement grandit.

— Une jeune fille qui veut me parler ? Mais de quoi ? Et d'abord, de qui s'agit-il ?

— Je suis désolée, mais je ne peux pas vous le dire : elle ne parle pas le français. Apparemment, c'est une Italienne, et il m'est impossible de communiquer avec elle. Je vous en prie, venez : elle a l'air très énervée !

Le Bateleur était décontenancé.

— Eh bien, ma chère, j'arrive sans tarder...

Il était perplexe en raccrochant. Une jeune fille italienne qui le cherchait ? De qui pouvait-il s'agir ?

Il remit sa veste, quitta l'immeuble et rejoignit le boulevard de Strasbourg. Au 38, il passa sous le porche et monta l'escalier en bois. La Lune le reçut avec de grands yeux.

— Elle est dans le bureau d'à côté, expliqua-t-elle en tendant le doigt.

De plus en plus intrigué, le Bateleur se dirigea vers la pièce indiquée et poussa la porte. La stupéfaction l'immobilisa. Oui, une jeune fille attendait, assise sur une chaise. Antonella Ferri di Lazzaro. La fille de la duchesse ! En l'apercevant, elle se dressa sur ses pieds.

— Bonjour, monsieur, je vous cherchais. Je dois vous parler.

Absolument ahuri, il se demandait quoi dire. Antonella était devant lui, avec sa silhouette svelte. Oui, déjà quatre mois. Ce n'était plus qu'un mauvais souvenir. Elle était redevenue la demoiselle mince et élancée qu'il avait découverte à Mirano. Les cheveux noirs tombaient en cascade sur les épaules. Toute de jean vêtue, elle le regardait. Vraiment, une jolie fille.

— Mais, *signorina*, que faites-vous ici ?

— Je vous l'ai dit : je veux vous parler.

— Comment avez-vous trouvé cette adresse ?

— C'est celle que vous avez donnée à ma mère : je l'ai lue sur son carnet.

Ces quelques phrases lui avaient du moins permis de reprendre contenance. Il s'assit derrière le bureau pour lui faire face.

— Eh bien, je vous écoute. Pourquoi me cherchez-vous ?

Elle hésita une seconde.

— Tout d'abord, je voudrais vous remercier de ce que vous avez fait pour moi. Je suis allée dans cette clinique suisse et l'opération s'est très bien passée. Je vous suis reconnaissante. Sans vous, je ne sais pas ce que je serais devenue.

— Je vous remercie de me remercier. Mais… vous n'avez pas fait tout ce chemin pour me dire cela !

Elle hésita encore.

— Heu, écoutez, monsieur Dalleray, vous allez peut-être rire…

— Je vous promets que non.

— Eh bien, voilà… Je voudrais entrer dans la Société secrète.

Il se pétrifia sur la chaise. Absolument stupéfait.

— Quoi ! Mais enfin, mademoiselle, comment connaissez-vous l'existence de la Société secrète, puisqu'elle est secrète ?

Elle haussa les épaules, comme si ce détail n'avait aucune importance.

— Oh, je vous ai entendu en parler avec ma mère, à plusieurs reprises.

— Ah, parce que vous écoutez aux portes, en plus !

Décidément, il en arrivait à se demander s'il existait un vice, un seul, qu'elle n'ait pas…

— Oui, je sais, ce n'est pas très poli. Mais j'ai appris ce que vous faites. Je vous le redis : je veux entrer dans la Société secrète.

Il soupira.

— Voyons, mademoiselle, puis-je vous demander ce qui vous pousse à entreprendre cette démarche, pour le moins… inattendue ?

— Écoutez, je sais que je n'ai pas été jusqu'à présent une jeune fille modèle.

— C'était à peu près l'impression que j'avais..., répliqua-t-il sur un ton neutre.

— Justement, dans cette clinique suisse, après l'opération, je me suis retrouvée seule et j'ai beaucoup réfléchi. J'ai pris conscience de la vie que j'ai menée pendant toutes ces années. Oui, je sais ce que vous pensez de moi, et ce que tout le monde pense de moi : salope, droguée, et idiote au point de me faire engrosser par mon meilleur copain. D'accord. Mais aujourd'hui...

Elle se pencha par-dessus le bureau et sa voix se fit suppliante.

— Monsieur Dalleray, dans la solitude de ma chambre, à la clinique, je me suis dit qu'il fallait changer. Je me suis même juré que j'allais changer. Je veux me réhabiliter. Pas aux yeux des autres, parce que je m'en fous, mais pour moi, et pour ma fierté personnelle. Je sais que cela peut faire rire. Mais je veux devenir enfin une jeune fille convenable.

Il resta perplexe. Il commençait à comprendre. Seulement, il ne savait que répondre.

— Hum, mademoiselle, vous vous trompez à propos de l'opinion que j'ai sur vous. La seule chose que je vous reproche, c'est d'être tombée enceinte alors que les femmes d'aujourd'hui ont tous les moyens pour échapper à cette situation dramatique. Pour le reste, c'est votre vie et je n'ai pas à la juger. Maintenant, je suis très gêné. Vous voulez vous réhabiliter ? Et vous devez entrer dans la Société secrète pour cela ?

— Oui, répondit-elle avec force. J'ai besoin d'une raison de vivre, d'un but. En travaillant avec vous, je sais que j'occuperais mes journées à faire quelque chose d'utile. Croyez-moi, cela me motivera. Je vous en prie, donnez-moi une chance. C'est tout ce que je vous demande : une chance pour redémarrer dans la vie.

— Mais si vous voulez… redémarrer dans la vie, comme vous dites, vous n'avez qu'à aller trouver votre mère et…

— Ah, non, pas celle-là ! Elle ne doit rien savoir. Je la hais. Vous ne savez pas comment elle m'a traitée.

— Heu, reconnaissez qu'elle avait quelque raison de s'énerver contre vous…

— Je ne veux plus la voir ! Je referai ma vie sans elle, et je serai beaucoup mieux. Prenez-moi avec vous.

Il soupira à nouveau.

— Mais mademoiselle, savez-vous au moins ce qu'est une société secrète ?

— J'en ai une idée. Un peu vague, c'est vrai…

— Un peu vague, oui… C'est ce que je pensais. *Signorina*, comme dit une de mes amies, on n'entre pas dans une société secrète comme dans un club de bridge.

Elle se fit suppliante.

— Je vous en prie, monsieur, donnez-moi une chance… C'est peut-être la dernière que j'aurai.

À ce moment, il tourna la tête vers la porte. Certes, il faisait totalement confiance à la Lune. Mais cette rencontre avec Antonella était plus que privée. Il se leva.

— Mademoiselle, je crois que nous devrions poursuivre cette conversation dans un endroit plus discret. Veuillez me suivre.

Il lui fit quitter les locaux. Céline les regarda partir avec des yeux étonnés. Elle se demandait visiblement qui était cette jeune fille.

Ils ressortirent sur le boulevard. Soudain, le Bateleur frémit, presque sans s'en apercevoir. En effet, pris par surprise dans le bureau, il n'avait pas vraiment observé Antonella. Il pouvait le faire à présent. Et il y avait de quoi frémir : elle portait un jean si serré qu'on aurait pu mesurer, avec une règle, la profondeur de la raie de ses fesses ! De plus, suivant la mode des adolescentes, elle avait accroché autour des hanches un très large ceinturon qui surlignait encore la rotondité de son derrière. Il fut obligé de se souvenir qu'il avait déjà vu ces rondeurs nues, une fois... Antonella était décidément ravissante. Elle avait la démarche majestueuse et altière de la duchesse. Apparemment, c'était d'ailleurs la seule chose qu'elle avait héritée de sa génitrice !

Il se ressaisit et ouvrit la portière de l'Alfa Roméo. Foin de demi-mesures : il avait décidé d'emmener carrément sa visiteuse chez lui. Au moins, il serait sûr que personne ne viendrait les déranger.

Il rentra donc rapidement à la rue de la Convention. Là, ils montèrent à l'appartement. Antonella, après avoir jeté un regard circulaire (peut-être étonnée par la petite taille du logement), s'assit sur le rebord du lit. Le Bateleur opta pour aller droit au but.

— Écoutez, mademoiselle, je suis vraiment désolé, mais il m'est impossible d'accepter votre requête.

— Mais pourquoi ? gémit-elle. Je vous assure que je suis sincère ! Oui, je sais que je vous ai donné une image déplorable lors de nos précédentes rencontres. Mais je veux changer !

Il s'approcha pour la calmer. Dans le mouvement, il s'assit lui aussi sur le rebord du lit, à côté d'elle.

— Mademoiselle, je ne doute pas une seconde de votre sincérité. Mais… comment vous expliquer ? C'est une question de fonction. Une société secrète n'a pas pour fonction d'aider les gens à recommencer leur vie. On peut le déplorer, mais c'est ainsi. Nous ne pouvons nous permettre ce genre de risques. Écoutez, il y a des associations, des clubs de loisirs…

— Vous vous moquez de moi ou quoi ? sursauta-t-elle. Des clubs de loisirs ? Mais je ne veux pas partir en vacances ! Je veux me rendre utile, ne plus être la fille débauchée dont tout le monde se moque. Je vous en supplie, donnez-moi une chance !

Il essaya de la convaincre, de la raisonner. Seulement, ils étaient de plus en plus proches l'un de l'autre. Le visage d'Antonella était de plus en plus attirant. Ses grands et beaux yeux dévisageaient le Bateleur avec une lueur pathétique.

Soudain, tout se passa très vite, et ils n'eurent pas vraiment conscience de ce qui arrivait. Elle se jeta sur lui, enroula les bras autour de son cou.

— Je vous en supplie, monsieur Dalleray…

Il frissonna de tout son être. Sans savoir comment, il se retrouvait avec une belle fille serrée contre lui ! Il ne réfléchit pas, n'eut pas le temps de réfléchir. Il referma à son tour les bras autour du torse féminin. Une seconde après, ils étaient bouche contre bouche et s'embrassaient avec fougue. Ils roulèrent sur le lit. Il écrasa la jeune Vénitienne de son poids. Sa main plongeait dans la chevelure brune.

— Monsieur Dalleray…, murmura-t-elle, visiblement aussi stupéfaite que lui.

Il ouvrait déjà fiévreusement le jean et le descendait jusqu'aux cuisses. Alors, il s'arrêta. Pour la deuxième fois, il voyait les fesses d'Antonella. Juvéniles, fraîches, éclatantes. Un mince string barrait la peau d'une hanche à l'autre. Un bout de ficelle s'enfonçait dans la raie et y disparaissait irrémédiablement. Le Bateleur pencha la tête, posa les lèvres sur ces exquises rondeurs. Couchée à plat ventre, la jolie fille haletait nerveusement. Les cheveux couvraient son visage plaqué sur le drap.

L'irréparable eut lieu deux minutes plus tard. Le lit grinça avec désespoir, les râles d'Antonella emplirent l'appartement. Puis le silence.

Le Bateleur remit pied à terre en reprenant son souffle. Il referma son pantalon. Avec un vague sentiment de honte. Maintenant seulement, il se rendait compte de ce qu'il venait de faire. Et il regrettait. Il alla dans la salle de bain, fit couler de l'eau, s'aspergea le visage. Ensuite, il jeta la serviette par terre avec rage. Éberlué par ce qui lui arrivait. Il rêvait depuis des mois de coucher avec la mère, et il venait de coucher avec la fille !

Il revint dans la pièce principale. Antonella était toujours étendue sur le lit, le visage enfoui sous la crinière brune. Il posa les yeux sur les fesses encore frémissantes. Heureusement, il avait eu assez de lucidité pour se retirer au moment de la jouissance. Son plaisir maculait la couverture. Il lui tapota l'épaule.

— S'il te plaît, lève-toi. Nous devons trouver une solution.

Elle bougea, s'extirpa du lit avec des gestes lents. Une fois debout, elle remonta le string, qui s'enfonça entre les fesses avec un petit claquement. Puis le jean et le ceinturon, qui remirent aussitôt en valeur la superbe chute de reins de la jeune Vénitienne. Elle s'approcha du Bateleur et se serra contre lui en posant la tête sur la poitrine de l'homme.

— Je ne sais pas ce qui m'a pris..., bafouilla-t-il.

— Oh, je t'en prie. Tu ne vas pas me dire que cela t'a dégoûté ! Franchement, ça fait drôle de coucher avec quelqu'un comme toi.

— Merci de me traiter de vieux ! grinça-t-il, pincé.

— Ne te vexe pas. Mais jusqu'à aujourd'hui, mon amant le plus vieux avait vingt-trois ans ! Alors, c'est une impression étrange de le faire avec un homme de ton âge.

Le Bateleur réfléchissait de toutes ses forces. Après le coup de folie qu'il venait de commettre, plus question de se débarrasser d'Antonella en la jetant à la porte ! Il devait absolument trouver quelque chose.

— Bon, ma petite, voilà ce que je te propose : je vais t'envoyer dans le sud-est de la France, à côté de Nice, un bled qui s'appelle Sophia-Antipolis. Là-bas, je possède un groupe de la Société secrète. Cinq ou six personnes qui travaillent presque toutes dans l'informatique. Tu seras reçue et on s'occupera de toi. Entendons-nous bien : tu ne feras pas partie de la Société secrète. En aucun cas. Mais tu pourras travailler avec eux, leur prouver ta motivation... Bref, cela te permettra de faire tes preuves. Ils me tiendront informé. Ensuite, on verra. Je ne peux pas faire davantage pour l'instant.

Elle ouvrit de grands yeux reconnaissants. Consciente qu'il en faisait sans doute bien plus qu'il n'aurait dû.

— Merci, dit-elle. Je te promets que je ferai de mon mieux. Tout ce que je demande, c'est qu'on me donne une chance.

— Maintenant, dis-moi dans quel hôtel tu es descendue.

— Un hôtel ? Mais je ne suis dans aucun hôtel.

— Quoi, tu as débarqué à Paris comme ça, les mains dans les poches ?

— Oui.

Décidément...

— Il va falloir te caser quelque part. Viens avec moi.

Il lui fit redescendre l'immeuble et l'embarqua dans l'Alfa Roméo. Ensuite, il l'emmena à la rue de Vouillé et tous deux entrèrent dans l'appartement de la Reine de Deniers. Celle-ci les reçut avec des yeux étonnés.

— Ma chère Sophie, je vais devoir te demander un service. Peux-tu loger cette jeune fille chez toi pendant deux ou trois jours ?

— Bien entendu. Mais de qui s'agit-il ?

Il lui expliqua rapidement. Elle sursauta.

— Quoi ! Tu ne vas pas la prendre dans la Société secrète, voyons ! Ce serait une folie.

— Écoute, elle a fait une demande d'admission : elle doit être examinée dans les règles. Nous ne pouvons pas faire de discrimination.

— Ah, toi et tes grands principes ! soupira-t-elle.

Il n'osa lui avouer l'énorme entorse qu'il venait de faire à ses principes... Il prit congé d'Antonella.

— Tu seras bien ici. Mme Charbonnière s'occupera de toi.

Elle s'accrocha à lui.

— Surtout, ma mère ne doit rien savoir. Je la hais et je ne veux plus la voir. Promets-le-moi !

Il fut obligé de promettre et s'enfuit littéralement de l'appartement. Une fois seul sur le trottoir, il essaya de reprendre ses esprits. N'y parvenant pas, il entra dans un bistrot et s'envoya une bière d'un trait. *Qu'est-ce qui m'a pris ? Mais qu'est-ce qui m'a pris ?* Il savait déjà qu'il venait de commettre une grande bêtise. Dont les conséquences seraient dramatiques.

* *

Le Bateleur était encore sous le choc de sa rencontre avec Antonella. Mais quelques jours plus tard, il allait en subir un autre, encore plus puissant.

Par un après-midi, il entra dans le bureau de la rue de Paradis et brancha l'ordinateur. Celui-ci lui apprit qu'un message crypté l'attendait. Avec ennui, il lança le décryptage. Le texte disait :

Je te prie de me téléphoner de toute urgence. J'ai une information importante te concernant.

Le Deux de Bâton.

Il se gratta le menton de surprise. Le Deux de Bâton, autrement dit Ahmed el Khatib, le représentant de la Société secrète en Égypte. Il voulait lui parler de toute urgence ? Mais que pouvait-il se passer ? Perplexe, il décrocha le téléphone et composa un numéro international. Il dut essayer à trois reprises avant d'atteindre celui qu'il cherchait. Enfin, il entendit la voix familière :

— Bateleur, c'est toi ?

— Oui, mon vieux. Qu'est-ce qui t'arrive ? Ce n'est pas ton genre de bousculer ainsi les amis.

— Non, tu as raison. Mais écoute, le Chariot vient de me transmettre une information et je dois te la communiquer sans tarder.

Le Chariot ? Le Bateleur revit en mémoire le visage de Farid el Wahab, président de la République d'Égypte.

— Eh bien, je t'écoute.

Le Deux de Bâton parlait, là-bas, au Caire. Le Bateleur, téléphone à l'oreille, recevait ses paroles. Et peu à peu, son visage se transformait, se couvrait d'une profonde stupéfaction. En fait, il ne parvenait pas à croire ce qu'il entendait.

— Quoi, mais mon vieux, tu es sérieux ?

— Le Chariot est catégorique, insista le Deux de Bâton. Ce sont ses services de police qui lui ont appris cela. Il dit qu'il peut te le prouver, si tu veux.

— Eh bien, ma foi... Je te remercie de m'avoir appelé. Salue ta famille de ma part. Et pour cela... je vais aviser.

Il raccrocha, absolument perplexe, et demeura fixé sur sa chaise pendant cinq minutes. Se demandant simplement ce qu'il allait faire, ce qu'il devait faire. Finalement, il haussa les épaules. Il accomplit normalement son travail quotidien, répondit aux messages, étudia deux ou trois dossiers. L'après-midi touchait à sa fin quand il quitta le bureau.

Il monta dans son Alfa Roméo et démarra sans tarder. Il emprunta le périphérique jusqu'à la porte Maillot, où il tourna à droite. Le moteur vrombit et il se vit bientôt parcourant le département des Yvelines. La voiture roula jusqu'à Marly-le-Roi et se gara devant un petit pavillon. Le domicile personnel de l'Empereur.

Comme il possédait un double de la clé, il ouvrit la porte et entra. La maison était vide. Ne voulant pas être indiscret, il s'abstint de pénétrer dans le bureau. Il se dirigea vers la cuisine et happa une bouteille de whisky. Il la posa sur la table du salon, s'emplit un verre et s'installa pour attendre.

La nuit était tombée quand l'Empereur rentra chez lui. Il rangea sa voiture et franchit le seuil. La surprise l'arrêta en découvrant de la lumière. Il passa la tête et vit le Bateleur, assis devant un verre, en train de feuilleter un journal.

— Eh bien, Christian, quelle surprise ! Je sais que je t'ai donné un double de ma clé, de même que tu m'as donné un double de la tienne, mais tu t'en sers rarement.

— J'avais besoin de te voir, répondit le visiteur.

L'Empereur ôta son pardessus et s'approcha de la table.

— Eh bien, je vais faire comme toi. Un bon whisky permet de se remettre des fatigues de la journée.

Il emplit un verre à son tour et le porta à ses lèvres.

— De plus en plus de travail, soupira-t-il. Les assurances… Les gens s'imaginent qu'il suffit de signer un contrat et d'attendre placidement que tombent les intérêts. S'ils savaient…

Il reposa le verre.

— Alors, qu'est-ce qui t'amène ?

Le Bateleur choisit d'aller droit au but.

— Éric, pourquoi ne nous as-tu pas dit que tu t'étais converti à l'islam ?

Un haut-le-corps parcourut l'Empereur. Visiblement, il ne s'était pas attendu à cela. Il resta silencieux trente secondes. Avant de s'asseoir lentement.

— Eh bien, mon cher Christian, je vais te répondre. Mais tout d'abord, j'ai le droit de savoir comment tu as su.

Le Bateleur haussa les épaules.

— Écoute, mon vieux, tu t'es converti à l'islam en Égypte, dans une mosquée d'Ismaïlia. Il se trouve que je connais deux ou trois personnes en Égypte, des gens bien placés. Ce sont eux qui me l'ont dit.

Puis il se pencha par-dessus la table.

— Enfin, Éric, tu ne pensais pas garder cela secret toute ta vie ? Tu devais bien te douter que, tôt ou tard, le Pape ou moi-même l'apprendrions.

— Oui, soupira l'Empereur, je savais bien que ce moment viendrait. Mais disons que je faisais tout pour le retarder. Après tout, que tu l'aies appris me soulage.

Il but une gorgée de whisky et plongea les yeux dans le verre.

— Tu veux tout savoir ? Eh bien, je suis un peu embarrassé, car en fait il n'y a pas grand-chose à raconter. C'est une histoire banale. Tu sais que, depuis une quinzaine d'années, j'ai implanté beaucoup de mes affaires au Moyen-Orient. Je parcours régulièrement ces pays. La Turquie, le Liban, la Jordanie, l'Égypte… Bien entendu, je m'y suis fait beaucoup de relations et beaucoup d'amis. Alors, je suppose que tu comprends. Peu à peu, presque sans m'en apercevoir, je me suis rapproché d'eux, j'ai adopté progressivement leurs habitudes, leur façon de vivre. Cela s'est fait tout seul, naturellement. En réalité, j'étais entré dans la culture musulmane depuis longtemps. Simplement, par un phénomène d'osmose, dirons-nous. Alors, un jour, je me suis enfin rendu compte que j'avais changé. Et que le mieux était d'officialiser ce changement. Tu l'as dit, je me trouvais en Égypte, à Ismaïlia. Je suis entré tout bêtement dans une mosquée et j'ai demandé ma conversion. Tu vois que ce n'était pas plus compliqué.

— Peut-être. Mais je reviens à ma question : pourquoi ne nous en as-tu pas parlé ?

L'Empereur se permit un sourire moqueur.

— Eh bien, pour ce qui concerne le Pape, je ne sais pas. Mais pour ce qui te concerne… j'ai eu peur de te choquer. Mon cher Christian, nous connaissons tous ton opinion sur les religions !

— Personne ne la connaît, martela le Bateleur. Au risque de surprendre, je serais prêt à me battre pour que les gens aient le droit d'aller à l'église ou à la mosquée. Ce que je n'apprécie pas avec les religions, c'est quand elles imposent des dogmes qui nous empoisonnent la vie pendant des siècles. Que tu sois devenu musulman ne me choque en rien. Alors, pourquoi ne me l'as-tu pas dit ?

— Parce que j'ai estimé que c'était ma vie privée.

— Vraiment ? Eh bien, je ne suis pas d'accord. Le Pape et moi avions le droit de savoir.

— À mon tour de ne pas être d'accord. Des cachotteries, tu nous en as fait toi aussi !

— Tu veux parler de Banguillot, le président de la République d'Haïti ? Pardonne-moi, mais c'était une relation personnelle, en dehors de notre organisation. J'ai toujours joué le jeu.

— Et tu estimes que, de mon côté, je ne l'ai pas joué ?

— Absolument, asséna le Bateleur. Bien entendu, ta vie privée ne regarde que toi. Si tu as décidé de devenir musulman, c'est pour des raisons qui te concernent et qui t'appartiennent. En aucun cas, je ne me permettrais de porter le moindre jugement sur toi. D'ailleurs, quel jugement pourrais-je porter, je te le demande ? Tu es dans ton droit le plus absolu. Seulement…

Il se pencha à nouveau par-dessus la table.

— Seulement, mon cher Éric, je dois te rappeler que toi, moi et le Pape sommes à la tête d'une *société secrète*. C'est-à-dire qu'à l'heure actuelle, dans le monde musulman, nous sommes considérés comme des corps étrangers, nous sommes interdits, et parfois persécutés. Si cela est conforme au message du Coran ou pas, je n'en sais rien et ne cherche pas à le savoir. Mais en ce moment, c'est ainsi. Dans les pays musulmans, les sociétés secrètes sont vues comme des inventions diaboliques. Alors… tu admettras que ta conversion à l'Islam nous concernait un petit peu.

L'Empereur écarta les mains, comme signifiant qu'il reconnaissait son erreur.

— Je te répète que je suis heureux que ce moment soit arrivé. Tôt ou tard, vous l'auriez su. Mieux vaut en finir. Oui, je suis devenu musulman. C'est un choix que j'assume. Ce que je peux te dire, c'est que ma nouvelle foi n'influence en rien mon travail dans la société secrète. D'ailleurs, tu auras pu le constater au travers des réunions mensuelles. Enfin, si tu l'estimes nécessaire, à la prochaine rencontre des gérontes, je ferai une petite déclaration, en présence du Pape. Afin que cela soit éclairci.

— Oui, je pense que ce serait une bonne chose, dit le Bateleur, sur un ton qui indiquait clairement que l'Empereur aurait dû prendre cette initiative un peu plus tôt.

Dalleray finit son verre. En réfléchissant. Jamais il n'avait eu avec Éric Schneider les relations fortes, viriles, qu'il avait partagées avec le Pape. L'Empereur était plus réservé, plus distant. Leurs rapports avaient toujours été courtois, sans plus. Encore une chose dont il prenait conscience avec un temps de retard.

— Éric, tu es mon ami et je désire ton bien. Si tu te sens mieux en étant musulman…

— Je me sens mieux. Cette religion m'a apporté un calme, une quiétude que je ne connaissais pas auparavant. Oui, je te sens sceptique, mais c'est une affaire intérieure, propre à chacun.

— Eh bien, se sentir calme parce qu'on croit savoir ce qu'il y a après la mort est une philosophie qui m'échappe. Mais si c'est la tienne, désormais…

Le Bateleur hésita une seconde avant de lancer sa réflexion.

— Néanmoins, une chose m'étonne : je te vois en train de boire du whisky. N'y a-t-il pas là une petite contradiction ?

L'Empereur ne put s'empêcher de sourire.

— Allons, mon cher Christian, ne me déçois pas ! Tu es trop intelligent pour reprendre ce genre de cliché ! Il y a des millions de musulmans qui boivent de l'alcool. Allah ne leur en voudra pas.

Le Bateleur le regarda dans les yeux.

— Éric, tu as parfaitement compris ma question…

L'Empereur sursauta. Et, pour la première fois, perdit de son assurance. Il mit un temps à répondre.

— Je suppose que tu fais allusion à mon homosexualité ? Eh bien, oui, je serai franc, il y a en effet un problème. Mais écoute, je ne crois pas qu'on puisse accabler l'islam à ce sujet : toutes les religions condamnent l'homosexualité, malheureusement. Alors, disons qu'il faut travailler pour les faire évoluer.

— Hum, loin de moi l'intention de te décourager, mais l'islam existe depuis quatorze siècles et personne n'a réussi à le faire évoluer d'une virgule ! Je te souhaite bon courage.

Il reposa son verre, pour signifier que la conversation prenait fin.

— Eh bien, cette explication était nécessaire et elle a eu lieu. Je te répète que ta vie privée ne concerne que toi. Mais dans ce cas précis, je persiste à penser que tu aurais dû nous en parler de ton propre chef. N'y revenons pas. Si tu es heureux ainsi...

— Je suis heureux ainsi, assura fermement l'Empereur.

Le Bateleur regagna la porte. Son ami le retint.

— Au fait, pour le Pape ?

— Ma foi, il va falloir penser à mettre fin à sa quarantaine. Parce que, finalement, nous n'avons pas grand-chose contre lui, à part qu'il nous a menti. Ce qui me semble déjà grave, mais enfin... Nous prendrons une décision à notre prochaine réunion, dans quinze jours. En attendant, bonne soirée.

Le Bateleur quitta la maison et remonta dans son Alfa Roméo. Sans tourner la tête, il sentait le regard de l'Empereur qui le suivait. Il démarra et roula jusqu'à la sortie de Marly-le-Roi. Là, il s'arrêta et se gara quelque part.

Il se passa les mains sur le visage en soufflant. Sa tête bourdonnait et son cœur battait. Parce qu'il y avait de quoi. La conversation qui venait de s'achever résonnait dans son crâne. Il était de plus en plus convaincu qu'il y avait un traître dans la Société secrète. Jusqu'alors, il avait soupçonné le Pape. Maintenant, il soupçonnait l'Empereur.

Le cheikh

Rome, Italie

Le prélat se tenait debout devant la fenêtre, observant la circulation dans les rues de Rome. Malgré son immobilité, il était visiblement plus nerveux qu'à l'accoutumée. D'ailleurs, il se retourna vivement quand son secrétaire ouvrit la porte.

— Le cardinal Kreisner, monseigneur, annonça-t-il.

— Faites-le entrer immédiatement.

Le cardinal apparut tout de suite après. Toujours aussi athlétique, et le visage toujours aussi déterminé.

— Monseigneur, vous m'avez fait appeler de toute urgence ?

— Oui, car nous sommes devant une urgence.

— Diable, je vous ai rarement vu aussi agité !

— Je dirais même une urgence grave. Veuillez vous asseoir.

Le cardinal s'exécuta. Le prélat ouvrit un tiroir du bureau et en sortit une mince chemise contenant trois feuillets dactylographiés.

— Voici trois messages qui nous sont parvenus de notre informateur, celui que nous avons à l'intérieur de la Société secrète. Lisez-les. Ils sont en français, mais je crois que vous maîtrisez suffisamment cette langue.

— Oui, cela ira.

Le cardinal s'empara des trois feuillets et les parcourut. Quand il eut terminé, il les reposa sur le bureau en soufflant. Ne dissimulant absolument pas sa surprise.

— Eh bien, vous avez eu raison de m'appeler ! En effet, la situation est grave. Christian Dalleray connaît mon nom et celui du cheikh ! Mais comment a-t-il fait ?

— Le comment n'a pas trop d'importance, rétorqua le prélat. Ce qui importe, c'est que ce Bateleur commence à en savoir beaucoup trop.

— En effet. Et en plus, il a réussi à recruter le président de la République d'Égypte ! Décidément, il force mon admiration.

Le cardinal se caressa le menton, avant d'avouer, avec un mince sourire :

— Finalement, cette partie d'échecs se révèle plus passionnante que je ne le supposais.

Le prélat s'était rejeté en arrière sur sa chaise.

— Maintenant, il faut agir. Franchement, les affaires entre musulmans me laissent froid, mais... Nous avons passé des accords avec le cheikh, et nous devons les respecter. Vous allez convoquer immédiatement une réunion de la Commission secrète et vous le mettrez au courant. Bien entendu, vous le placerez devant ses responsabilités. C'est à lui de régler le cas du président de l'Égypte, puisque c'est son secteur. De notre côté… nous devons impérativement savoir comment le Bateleur a pu découvrir votre identité et celle du cheikh. J'espère au moins qu'il n'a pas placé un micro dans ce bureau !

— Ma foi, il y a cet Ermite, qui habite à Chicago…

— Nous essayons de l'identifier. Quand ce sera fait, nous aviserons. Mais pas un mot de cela au cheikh : c'est notre affaire, pas la sienne. Il s'est assez moqué de nous à propos du président d'Haïti ! Parlez-lui seulement du président Wahab.

Le cardinal soupira.

— Je vais exécuter vos ordres. Cependant, ne pensez-vous pas qu'il faudrait, à propos de la Société secrète, commencer à prendre des mesures plus radicales ? Ce Bateleur se rapproche peu à peu de nous.

— Pour l'instant, la Société secrète nous est utile. La preuve : c'est grâce à elle que nous pouvons repérer le président de l'Égypte, comme elle nous avait déjà permis de repérer le président d'Haïti. Certes, ce sont des services involontaires qu'elle nous rend ! Quand partez-vous ?

— Aussitôt que possible.

Au moment de sortir, le cardinal se retourna.

— Mais au fait, vous ne voulez toujours pas me dire qui est ce mystérieux informateur que vous avez à l'intérieur de la Société secrète et qui vous tient au courant des faits et gestes du Bateleur ?

Le prélat se permit de sourire.

— Non, je ne peux pas vous le dire. En tout cas, il nous est précieux. Ah, si ce pauvre Christian Dalleray savait de qui il s'agit, je crois qu'il en tomberait à la renverse ! Mais je ne pense pas qu'il le découvre jamais.

Le cardinal disparut en fermant la porte. Le prélat se leva pour aller se poster à nouveau devant la fenêtre. Un reste de sourire parcourait encore ses lèvres. Oui, en effet, si le Bateleur avait su qui était le traître dans son organisation, il en aurait été stupéfait ! Mais le prélat, et lui seul, le savait.

* *

Quelque part sur la terre

Ils entrèrent dans la pièce en file et s'installèrent autour de la table, comme d'habitude : les trois catholiques d'un côté, les trois musulmans de l'autre. La Commission secrète se réunissait une fois de plus.

Ils ouvrirent les sacoches, sortirent les dossiers et les stylos. Le cheikh ne dissimulait pas son étonnement.

— Mon cher cardinal, cette réunion a lieu sur votre demande. J'avoue que j'ai été surpris. Avez-vous de nouvelles propositions à nous soumettre ?

— Pas vraiment, répondit le cardinal. Il s'agit d'autre chose.

Puis il ne put résister au plaisir de glisser un regard ironique vers son interlocuteur. Après tout, celui-ci ne s'était pas gêné dans le passé.

— Eh bien, vous me disiez que les sociétés secrètes n'existaient pas dans le monde musulman ? Manifestement, vous aviez mal regardé.

— Je ne comprends pas ce que vous dites, répondit le cheikh.

— Alors, voyez la nouvelle que je vous apporte.

Le cardinal tendait deux feuilles dactylographiées.

— La première est le message original en français, la seconde est sa traduction en anglais. Je vous laisse lire.

Le cheikh parcourut le texte en anglais. Les traits de son visage se figèrent. Visiblement, il vivait une des plus grandes surprises de sa vie.

— Comment ! parvint-il à articuler. Farid el Wahad, président de la République d'Égypte ! Mon cher, vous savez la confiance que j'ai en vous, mais une telle information est-elle fiable ?

— Elle est fiable à 100 %, répliqua fermement le cardinal. Elle provient de l'agent que nous avons infiltré dans la Société secrète, et jusqu'à présent toutes ses informations se sont révélées fondées. Donc, celle-ci l'est aussi.

Malgré cela, le cheikh n'en revenait pas.

— Enfin, c'est incroyable : le président de l'Égypte qui adhère à la Société secrète ! Et pourquoi fait-il cela ? Quel intérêt peut-il y trouver ?

— Cela, mon cher, ce sera à vous de le découvrir. De même que ce sera à vous de trouver une solution à ce problème : l'Égypte se trouve dans votre secteur.

En entendant ces propos, un peu secs, le cheikh se ressaisit. Il s'en voulut intérieurement d'avoir montré ce petit moment de faiblesse.

— Je connais ma géographie, rétorqua-t-il. Et aussi ma géopolitique. Oui, je sais où se trouve l'Égypte.

— Alors, je compte bien que vous preniez vos responsabilités. De même que nous avons pris les nôtres avec le président de la République d'Haïti.

— Nous prendrons nos responsabilités, cardinal. Je vous le promets. Je vais immédiatement rentrer à La Mecque et faire un rapport à mes supérieurs. Je peux vous assurer que toutes les mesures opportunes seront prises d'ici peu.

Il reprit la feuille et reposa les yeux dessus.

— Tout de même, murmura-t-il, Farid el Wahad, président de l'Égypte… Quelle ingratitude ! Si nous ne l'avions pas soutenu, notamment sur le plan financier, il ne serait pas resté au pouvoir plus de trois mois. Et voilà comment il nous remercie !

— C'est exactement ce que je disais à propos du président d'Haïti ! fit remarquer le cardinal avec humour.

— Oui, mais si vous me permettez, le cas de Wahad me semble plus grave. Un homme qui avait la confiance de tous les Arabes et qui tourne le dos à son pays, à sa culture, à sa religion… Cela me semble impardonnable et aucun musulman ne pourra lui pardonner.

Le cardinal se racla la gorge.

— Autre chose que je dois vous dire, et qui ne va pas non plus vous faire plaisir. Le Bateleur, autrement dit Christian Dalleray, a réussi à nous identifier, tous les deux.

— Nous identifier ? sursauta le cheikh.

— Oui, il connaît nos noms, nos qualités, et cetera. J'espère au moins qu'il ne connaît pas encore nos numéros de téléphone personnels !

Le Saoudien n'en revenait pas : la Commission secrète était le secret le mieux gardé de la planète. Du moins le pensait-il jusque-là.

— Enfin, voulez-vous me dire comment il a pu…

— Nous ne le savons pas. Mais le fait est que ce Bateleur est fort, très fort. Il semble avoir des sources de renseignements partout. En tout cas, cela confirme que la Société secrète est puissante.

— Hum, je vous avoue qu'au début, quand vous me parliez d'elle, je ne comprenais pas l'intérêt que vous lui accordiez. Maintenant, je comprends mieux. En effet, ces hommes ont l'air plus dangereux qu'il n'y paraissait. Ne pensez-vous pas qu'il serait temps…

— De passer à l'offensive contre cette organisation ? C'est mon opinion aussi. Mais mes supérieurs estiment que, pour l'instant, elle nous est utile. La preuve : c'est grâce à elle que nous pouvons démasquer Farid el Wahad, entre autres. Bien. À présent, il faut agir. Allez-vous régler ce problème ?

— Bien entendu, assura le cheikh. De votre côté, il faut absolument que vous sachiez comment et par quelles voies le Bateleur a pu nous identifier.

— Nous allons nous y atteler. Et croyez-moi, nous ne resterons pas les bras croisés.

Là-dessus, ils rédigèrent le rapport de réunion et le signèrent tous les deux. Ensuite, ils se serrèrent la main et quittèrent la pièce dont la porte se referma sans bruit.

Le Valet de Coupe

Chicago, États-Unis

— Hello, don't you want offer me a drink ? It would give me pleasure, you know.

L'Ermite, qui était en train de lire son journal au comptoir, leva la tête, surpris. Elle était belle, très belle. Le genre de fille qu'on croit ne voir qu'à la télévision ou dans certains magazines. Des cheveux blonds, très longs, un beau visage, un corps splendide apparaissant sous un manteau entrouvert. Vraiment, une vision de rêve. Et d'ailleurs, il se demanda s'il ne rêvait pas.

Elle le regardait fixement, avec un sourire qui n'en était pas tout à fait un. L'Ermite s'était accordé une pause dans son travail et avait quitté son appartement pour venir se détendre dans ce bar, comme il le faisait souvent. Installé au comptoir, il avait commandé un café bien chaud en ouvrant le *Chicago Tribune*. La vie quotidienne, banale, mais rassurante.

Et puis, elle l'avait interpellé. Maintenant, elle était devant lui, comme une apparition irréelle. Embarrassé, il chercha à se donner une contenance.

— Heu, vous voulez boire quelque chose, mademoiselle ?

— Avec beaucoup de plaisir, monsieur.

Et ses grands yeux bleus plongeaient dans ceux de l'homme.

— Eh bien, je vous en prie…

— Whisky-soda, réclama-t-elle au barman.

Celui-ci apporta le verre avec des glaçons. La belle blonde y trempa les lèvres.

— Hmm, c'est bon. Je vous remercie. Au fait, je m'appelle Kelly. Kelly Smith. Et vous ?

De plus en plus éberlué, il répondit presque machinalement.

— Moi ? Je m'appelle Michael. Michael Berthaud.

— Vous avez un drôle d'accent, remarqua-t-elle. Allemand ?

— Non, je suis d'origine française.

— Ah, je me disais bien !

Derechef, elle prit place sur un tabouret, en face de lui, et croisa les jambes. L'Ermite fut obligé de sursauter. Dans le mouvement, elle avait fait remonter sa jupe et lui avait montré la moitié de ses cuisses. Absolument superbes. Il soupira intérieurement. Il commençait à comprendre. D'ailleurs, il s'étonna de ne pas avoir compris plus tôt.

— Vous ne buvez rien, vous ?

— Si, bien sûr, je vais prendre quelque chose.

Il se fit servir un whisky et l'entama en la regardant. L'Ermite n'avait jamais eu beaucoup de chance avec les femmes. Certes, son physique n'était pas précisément celui d'un play-boy. Mais bien des hommes laids réussissent bien dans l'art de l'amour. Non, simplement, ce n'était pas son truc.

Ce jour-là, dans la chaleur un peu excessive de ce bar de Chicago, il sentit un souffle monter le long de sa colonne vertébrale et qu'il identifia sans tarder. Le désir. Eh oui, il était un homme et il connaissait cela. Naturellement, il avait enfin compris à qui il avait affaire. Combien allait-elle lui demander ? Cent dollars ? Deux cents ? Il se surprit à penser que cela n'avait aucune importance. Un moment de plaisir. De rêve. Il pouvait bien se le payer. Lui aussi y avait droit.

Il but donc son verre avec elle. Elle le regardait toujours fixement, d'un regard enveloppant et caressant. Au bout de cinq minutes, elle finit par lui demander, directement :

— Vous habitez loin d'ici ?

— Heu, non. Dans l'immeuble voisin.

— Et vous avez quelqu'un, chez vous ?

— Non, je vis seul.

— Oh, mais c'est une chance. Nous pourrions y aller prendre un autre verre. Si cela ne vous dérange pas, évidemment.

Ce regard sur lui le faisait frémir. Il y avait longtemps qu'une femme ne l'avait pas regardé de cette manière. Il marqua une dernière hésitation. Puis il se dit que la vie était trop courte.

— Pourquoi pas, mademoiselle ? Vous n'avez qu'à me suivre.

Il régla les consommations et ils sortirent. Le froid était un peu moins vif, mais ils durent néanmoins fermer leur manteau.

Parvenus à l'immeuble, ils empruntèrent l'ascenseur qui les déposa au vingt-huitième étage. Kelly prit tout de suite ses aises dans l'appartement. Elle jeta son pardessus sur un fauteuil, avec le sac à main. Elle portait une robe très simple et assez serrée, qui dessinait fidèlement les courbes d'un corps parfait. L'Ermite frissonna encore : jamais il n'avait eu à sa disposition une femme aussi sexy. Tant pis s'il fallait payer. Une occasion pareille ne se représenterait peut-être jamais. Elle s'assit en croisant les jambes.

— C'est bien, chez vous. Mais je vois des ordinateurs, des dossiers. Vous travaillez à domicile ?

— Oui, tout à fait, répondit-il.

— Et que faites-vous ?

— Heu, c'est un peu difficile à expliquer. Disons que je fais une sorte d'enseignement par correspondance.

Il se rendit à la cuisine pour prendre une bouteille de whisky et servir deux verres. Évidemment, il attendait ce qui allait suivre. À un moment donné, elle lui dirait poliment et doucement : *Bon, monsieur, vous voulez le faire avec moi ? C'est cent dollars !* Oui, il l'attendait tranquillement, et il était déjà prêt à aligner les billets de banque sur la table basse.

Mais à sa grande surprise, la belle blonde décroisa les jambes et se leva. Elle alla pousser une porte qui donnait sur la chambre.

— Vous êtes vraiment bien installé, murmura-t-elle sur un ton insidieux. Ce que je vois me donne très envie...

Elle entra dans la chambre et y disparut. Après une hésitation, l'Ermite se leva à son tour et la suivit. Kelly s'était allongée sur le lit. Elle faisait sauter ses petites chaussures qui retombaient sur le plancher et elle s'étirait comme une chatte.

— Je suis contente d'être venue chez vous, minauda-t-elle. Je sens que je vais faire une bonne sieste...

Le cœur de l'Ermite battait. Il n'en revenait pas : elle ne lui demandait pas d'argent ! Mais la vue de cette magnifique femelle offerte balaya toutes ses interrogations. Il ne pouvait plus se retenir. Il se décida et alla la rejoindre. Elle le regarda avec un mince sourire, pendant qu'il montait sur le lit et prenait place sur elle.

— Michael, susurra-t-elle, tu me plais…

Il baissa la tête et l'embrassa. Jamais il n'avait pris autant de plaisir à embrasser une femme. Les deux bouches se mêlèrent pendant de longues secondes. Puis ils roulèrent sur la couverture, enlacés, et le tendre corps à corps commença.

Vingt minutes plus tard, tout était consommé. Ils étaient étendus, complètement nus, côte à côte. Kelly caressait la joue de l'Ermite.

— Cela t'a plu ?

— Oui, beaucoup, dit-il du fond du cœur.

Mais à présent, ses yeux se fermaient. L'acte sexuel produisait sur lui un coup de fatigue. Il avait besoin de dormir un peu pour récupérer. Ses paupières se baissèrent. Il sombra dans le sommeil en quelques secondes. Comme un mâle repu.

Il ne put donc voir ce qui arriva ensuite. La belle Kelly se redressa sur le lit. Elle écarta ses cheveux blonds pour observer le corps nu de l'homme, afin de s'assurer qu'il dormait. Puis, très doucement, elle sortit du lit. Ses beaux seins tressautèrent quand elle marcha silencieusement jusqu'au salon. Elle reprit son sac à main sur le fauteuil et l'ouvrit. Elle en sortit un revolver, massif et effrayant. Tout aussi silencieusement, elle revint dans la chambre.

Le corps nu de l'Ermite dormait toujours, à plat ventre, et immobile. Kelly agit avec le sang-froid d'une professionnelle. Elle se posta à côté du lit, tendit le revolver en le tenant à deux mains. Froidement, elle visa la tête. Quand elle fut sûre de ne pas la rater, elle appuya sur la détente. La balle fit exploser le crâne de l'homme. Le sang et les éclats de cerveau giclèrent, puis se répandirent sur l'oreiller. Le corps n'avait eu qu'un léger soubresaut avant de retomber. Désormais à l'état de cadavre.

Kelly observa la scène, s'assurant que sa victime était bien morte. Après quoi, elle retourna dans le salon, remit le revolver dans le sac à main. Elle se rhabilla rapidement, passa dans la salle de bain pour se recoiffer et se maquiller légèrement. Enfin, le plus tranquillement du monde, elle enfila son manteau et quitta l'appartement en fermant la porte.

* *

Djeddah, Arabie saoudite

Enkidu n'eut pas besoin d'un dessin pour comprendre. En fait, il vivait depuis assez longtemps en Arabie saoudite pour savoir de quoi il retournait.

En fait, il était tranquillement chez lui, en train de travailler, quand un bruit attira son attention. Il s'approcha de la fenêtre pour jeter un coup d'œil, et son cœur cessa de battre. Devant sa maison, il voyait une voiture et un camion militaire. Les uniformes apparaissaient déjà. Ils venaient chez lui. La stupéfaction et la peur l'envahirent. Que lui reprochait-on ? En tout cas, il savait déjà que l'avenir serait difficile...

Des coups sur la porte. Il ouvrit timidement. Deux officiers lui faisaient face, avec des casquettes et des revolvers. Derrière eux, il distinguait les soldats, en treillis de combat et tenant des fusils.

— C'est vous, monsieur Djilali Feraoun ? demanda un des officiers.

— Heu, oui... Que puis-je pour vous ?

Sans se donner la peine de répondre, ils le bousculèrent pour entrer. Les soldats entrèrent aussi, faisant résonner leurs rangers sur le parquet.

— Fouillez la maison ! ordonna un officier.

Puis il se tourna vers Enkidu, éberlué.

— Monsieur Djilali Feraoun, vous êtes en état d'arrestation. Vous allez nous suivre.

Il s'y attendait, bien sûr, mais la peur le fit trembler.

— Quoi ! Enfin, que me reproche-t-on ? Je suis employé à l'I.I.N.A. et j'habite en Arabie saoudite depuis des années.

Il ne tarda pas à comprendre, car les soldats remontèrent de la cave en portant des piles de livres qu'ils déposèrent sur la table. Les officiers les feuilletèrent. Enkidu fermait les yeux avec désespoir. Qui l'avait dénoncé ? Il ne le saurait jamais, et cela n'avait de toute façon pas beaucoup d'importance.

— Emmenez-le, ordonna un officier.

Il fut embarqué sur le camion et emmené vers son destin. Autrement dit, une prison, où il resta vingt-quatre heures. Après cela, on le sortit de sa cellule et on le présenta devant un juge qui l'interrogea.

— Monsieur Djilali Feraoun, vous êtes dans une situation grave. On a découvert chez vous des livres interdits. Je dirais même des livres diaboliques.

Il en possédait quelques spécimens sur son bureau. Il les prit et les feuilleta du bout des doigts sans dissimuler son dégoût et son horreur.

— C'est incroyable : des ouvrages sur la sorcellerie, sur la tradition chrétienne, et même sur la franc-maçonnerie ! Enfin, un journaliste comme vous ne peut pas ignorer que tout cela est contraire à la loi saoudienne. La franc-maçonnerie est assimilée chez nous au sionisme. Vous êtes donc un agent sioniste.

C'était si ridicule que, malgré sa frayeur, Enkidu se permit de hausser les épaules.

— Je suis un Arabe et j'ai passé ma vie à combattre le sionisme.

— Alors, pourquoi ces livres répugnants ?

— Ils ne sont pas répugnants : ils traitent de sujets intéressants.

— Mais savez-vous ce que vous risquez ?

Oui, Enkidu le savait, et comme il avait eu le temps de s'y habituer au fond de sa cellule, il l'acceptait avec fatalisme. Tout de même… Il se souvenait de ce qu'il avait lu sur cet aventurier vénitien nommé Casanova, arrêté et emprisonné pour avoir possédé des ouvrages licencieux et antireligieux. Mais c'était en 1756. À présent, on était au XXIe siècle, et il y avait encore des pays pour enfermer les gens qui lisaient ce qu'il ne fallait pas lire ! Décidément, l'humanité progressait très lentement. D'ailleurs, ce que le juge dit ensuite était d'un classicisme désespérant :

— Vous ne pouvez pas avoir rassemblé une telle collection d'horreurs tout seul. Vous avez évidemment des complices et nous allons vous faire avouer leurs noms.

Enkidu, alias Djilali Feraoun, journaliste à l'I.I.N.A., fut alors conduit dans un bâtiment discret. Pendant deux jours et deux nuits, on le tortura de la pire des manières, en lui infligeant des souffrances inconcevables. Un homme plus aguerri aurait peut-être résisté. Mais pas lui. À l'aube du troisième jour, son cœur lâcha. Il vit une dernière fois défiler devant ses yeux les rues et avenues de Bejaia, celles de son enfance. Puis il expira et trouva enfin la paix.

* *

Pour ce qui concernait Enkidu, le Bateleur ne sut jamais rien. Du reste, il ne connaissait même pas son identité. Pour ce qui concernait l'Ermite, il fut mis au courant deux semaines plus tard, par une lettre qui arriva au siège de France-Dom et que la Lune rangea consciencieusement dans son casier. En début d'après-midi, il s'en empara et l'emmena avec lui au bureau de la rue de Paradis. Là, il la posa sur la table de travail, constatant avec surprise qu'elle portait un timbre américain. Il l'ouvrit et lut :

Monsieur Christian Dalleray,

Je m'appelle Jean-Philippe Loiseau et j'habite à Chicago. Je ne vous connais absolument pas, mais j'étais un ami de Michel Berthaud. Celui-ci m'avait toujours dit que, s'il lui arrivait quelque chose, c'est vous que je devais prévenir. À cet effet, il m'avait même communiqué votre adresse. Malheureusement, c'est le cas aujourd'hui. J'ai le regret de vous annoncer que notre ami commun, Michel Berthaud, est mort. Il a été assassiné à son domicile. On l'a retrouvé sur son lit, avec une balle dans la tête. La porte n'a pas été forcée et il n'y avait aucune trace de cambriolage. Tout ce que la police a pu constater, ce sont des traces de sperme sur les draps. Apparemment, Michel a eu une activité sexuelle juste avant d'être tué. La police reste perplexe sur ce meurtre. De toute façon, cela ne nous rendra pas notre ami, qui a été enterré avant-hier. Je partage évidemment votre douleur.

Avec tous mes regrets,

Jean-Philippe Loiseau.

Le Bateleur fut si assommé qu'il garda la lettre en main pendant une bonne minute. Avant de pouvoir enfin réagir. Il se leva et se posta devant la fenêtre en desserrant sa cravate pour pouvoir respirer.

Il ne pouvait accorder foi à ce qu'il venait de lire. L'Ermite assassiné ! D'abord, cela lui procurait une immense tristesse. Même s'il voyait très rarement Michel Berthaud, il éprouvait une profonde affection pour lui. Et une grande admiration pour ce qu'il avait fait. C'était la perte d'un être cher. Ensuite... il y avait cette constatation : *assassiné*. Non, l'Ermite n'était pas mort dans un accident ni à cause d'une maladie. Il avait été *assassiné*. Quelqu'un l'avait tué froidement.

Et tout de suite, l'évidence s'imposait à l'esprit du Bateleur. Non, pas question d'un cambrioleur. Pas question d'un meurtre crapuleux. Pas question d'un problème personnel. Non. Instantanément, il le sut. L'Ermite avait été assassiné *parce qu'il était en contact avec la Société secrète*. Le motif était celui-là, et pas un autre. Des preuves ? L'évidence était la meilleure des preuves.

Le Bateleur se passa la main sur le visage en respirant. La situation devenait grave. Bien sûr, il savait déjà qu'il avait des ennemis. Il savait déjà que la Société secrète était espionnée. Mais à présent, ses mystérieux adversaires allaient jusqu'à tuer. Ils n'avaient pas hésité à exécuter froidement l'Ermite. D'ailleurs, était-ce vraiment une découverte ? Le Neuf d'Épée n'était-il pas déjà mort dans les mêmes circonstances ? Cette situation nouvelle transformait complètement sa journée. Cependant, une question le tourmentait et occultait même toutes les autres : Nous avons des ennemis, soit. Mais comment ont-ils pu connaître les relations entre l'Ermite et moi ? Il était à Chicago et moi à Paris. Et nous ne communiquions que par l'ordinateur.

À cette pensée, il sursauta brutalement. Il se retourna, comme mordu par un serpent. Une idée fulgurante venait de lui traverser l'esprit. Une idée si farfelue, si saugrenue, si grotesque qu'il s'efforça par instinct de la refouler. Mais elle revenait sans arrêt. Les yeux grands ouverts, il regardait fixement l'ordinateur. Ce gros appareil posé sur le bureau, avec cet écran et ce clavier si familiers. Depuis des années, il travaillait dessus, sans méfiance. Se pouvait-il que... non, c'était impossible ? Il était vraiment perturbé pour nourrir des idées pareilles.

Pourtant, il se dit que, dans la situation où il se trouvait, il ne coûtait rien de vérifier toutes les hypothèses, y compris les plus fantaisistes. Sans cesser de regarder l'ordinateur, il décrocha le téléphone et composa le numéro du siège de France-Dom.

— France-Dom, société de domiciliation, annonça la voix de la Lune.

— Ma petite Céline, c'est le Bateleur. Dites-moi, vous venez toujours travailler dans les bureaux de la rue de Paradis ?

— Bien sûr, puisque les locaux appartiennent à France-Dom.

— Et quand vous venez ici, il vous arrive de télécharger des logiciels sur les ordinateurs ?

— Évidemment. C'est fait pour ça, un ordinateur, non ?

— Et ces logiciels, je suppose que vous les trouvez gratuitement sur Internet ?

— Bien entendu. C'est même vous qui m'avez conseillé de procéder ainsi, pour faire des économies. Mais pourquoi me posez-vous toutes ces questions ?

Le Bateleur soupira. Décidément, la situation était encore plus grave qu'il ne l'avait pensé.

— Bien. Ma petite Céline, vous allez immédiatement appeler le Valet de Coupe. Dites-lui de venir ici toutes affaires cessantes. Nous avons besoin de lui de toute urgence...

* *

Spyware. Un logiciel espion. Le Bateleur n'était pas du tout informaticien. Mais il avait lu le mot quelque part et il lui était resté en mémoire, sans qu'il sache pourquoi.

Un logiciel espion était l'invention la plus simple et la plus diabolique qui se puisse imaginer en ce monde. Comme son nom l'indiquait, il s'agissait d'un programme pour vous espionner. Une fois installé, il avalait goulûment toutes les informations contenues dans le disque dur et les transmettait directement à un autre ordinateur, situé bien souvent à des milliers de kilomètres de là. À chaque fois que vous allumiez votre appareil, vous transmettiez donc involontairement des renseignements à quelqu'un. En quelque sorte, vous vous espionniez vous-même !

Mais comment cette chose si dangereuse pouvait-elle se retrouver sur votre ordinateur ? De la plus simple des manières : les logiciels espions circulent sur Internet, sous forme de fichiers innocents et gratuits. Vous en téléchargez un, croyant faire une bonne affaire, et vous voilà espionné. Un spyware. Eh oui, il suffisait d'y penser.

Le Valet de Coupe s'appelait Patrick Boisset et il avait vingt-huit ans. C'était un jeune homme, petit, maigre, dévoré de tics, visiblement timide et plein de complexes. En fait, il était un de ces génies de l'informatique qui se multiplient dans la nouvelle génération. Il pouvait accomplir des miracles avec un écran et une souris. Et c'est à ce titre que le Bateleur l'avait recruté dans la Société secrète.

Il arriva à la rue de Paradis, ôta sa veste et se mit immédiatement au travail. Il ouvrit littéralement le ventre de l'ordinateur et le fouilla jusqu'au fond des tripes. Pendant ce temps, le Bateleur buvait un verre au bistrot d'en face, en refrénant sa nervosité. Au bout de deux heures, il remonta. Le Valet de Coupe lui montra le résultat de ses recherches.

— Je crois que je l'ai trouvé, dit-il.

Le Bateleur se pencha sur l'écran. Un fichier appelé LINKNBK.EXE. Un de ces vulgaires machins enfouis au fond du disque dur et qu'un informaticien limité (comme lui) ne remarquait même pas. Apparemment, il s'agissait d'un logiciel destiné à créer ou faciliter les liens sur Internet. Il avait été téléchargé un an auparavant, un 16 octobre, à quinze heures vingt-trois. Et depuis, ce programme dont il ne soupçonnait pas l'existence avalait tout le travail qu'il effectuait sur l'ordinateur et le transmettait à quelqu'un.

Il se redressa en soupirant. Curieusement, cette certitude le rendait plus calme. Maintenant, il savait. Mais les questions continuaient à affluer.

— Peut-on repérer l'endroit où nos informations ont été envoyées ?

— Quasi impossible, répondit nettement le Valet de Coupe.

— Enfin, ce fichier est bien déposé quelque part !

— Nous allons mener une enquête. Mais le plus probable est que nous tomberons sur une boîte postale à Amsterdam, à Londres, ou ailleurs, sans pouvoir aller plus loin.

Le Bateleur se gratta la tête.

— Cela ne tient pas debout. Un logiciel espion ? Mais la seule chose vraiment importante sur cet ordinateur, ce sont les messages que j'échange avec mes correspondants, et ils sont cryptés. *Cryptés*. Si quelqu'un les a interceptés, il n'a pas pu les lire.

— Je ne serais pas si affirmatif, objecta le Valet de Coupe. Les lire, peut-être pas. Mais il est possible qu'ils aient pu identifier les destinataires.

— Hum, cela me semble néanmoins une curieuse manière d'espionner une organisation ! Il existe d'autres méthodes, plus classiques et plus efficaces. Tout cela n'est pas clair.

Il posa la main sur l'épaule du Valet de Coupe.

— Maintenant, que me conseillez-vous ?

— Demain, je viendrai avec des CD-Rom et j'enregistrerai les dossiers auxquels vous tenez. Ensuite, je viderai tout le contenu du disque dur, afin de ne laisser aucune trace du spyware. L'ordinateur sera comme neuf.

— Je vous remercie de votre travail. Soyez sûr que j'en tiendrai compte à l'avenir. Maintenant, il vaut mieux que vous partiez. Naturellement, je vous demande de garder le secret sur tout ce que vous venez de voir. C'est une affaire délicate.

Le jeune homme remit sa veste, reprit sa sacoche et s'en alla comme il était venu, en toute discrétion.

Resté seul, le Bateleur fit les cent pas dans son bureau. En réfléchissant de toutes ses forces. À présent, il saisissait un peu mieux les rouages du mécanisme qui avait conduit à l'assassinat de l'Ermite. Soit. Mais une question restait en suspens. Comment ce logiciel espion avait-il pu se retrouver sur son ordinateur ? La Lune l'aurait fait en toute innocence ? Mais des milliers de logiciels gratuits circulent sur Internet. Il aurait fallu une énorme coïncidence pour que la jolie Céline choisisse précisément celui-ci ! Étrange méthode d'espionnage…

Et puis, une idée lui vint. Aussi bête et aussi évidente que les précédentes. Il s'immobilisa. Mon vieux, ce n'est pourtant pas bien compliqué : cette pauvre Céline est complètement innocente. Un homme est entré dans ce bureau, s'est assis et a téléchargé directement le logiciel. Et par où est-il entré ? Par la porte, tout simplement. La clé ? Mais mon vieux, ce bureau n'est pas à toi : il appartient à la société France-Dom et c'est elle qui détient les clés. Toi, tu n'es que locataire ici.

Et cela changeait tout ! Parce que si cette hypothèse était la bonne, elle venait confirmer ce qu'il savait déjà. Oui, il y avait des traîtres à l'intérieur de la Société secrète. Des hommes (ou des femmes) qui espionnaient tout. L'évidence s'imposait. Ses ennemis, ceux qui avaient assassiné le Neuf d'Épée et l'Ermite, étaient tout près de lui, à côté de lui, et il ne parvenait pas à mettre des noms ni des visages sur leur présence désormais physique.

Mais au lieu de le décourager, cette découverte le revigora. Il remit sa veste, resserra sa cravate et se dit avec force : *Bien, puisqu'ils veulent la guerre, ils vont l'avoir.* Et remonté comme une pendule, il quitta le bureau en fermant la porte.

La Lune

Naturellement, le Bateleur réunit immédiatement les archontes pour les mettre au courant des derniers événements. Ils furent aussi effarés que lui.

— Mes amis, leur dit-il, vous allez immédiatement vérifier vos ordinateurs, vos téléphones, vos notes. Relevez tout ce qui vous semblera anormal. Cette fois, nous n'en pouvons plus douter : les traîtres sont parmi nous. Ce sont probablement des gens que nous croisons fréquemment. L'assassin du Neuf d'Épée était un homme qu'il connaissait suffisamment pour lui ouvrir la porte sans méfiance. Et celui qui a trafiqué mon ordinateur est forcément un dirigeant de la Société secrète assez important pour pouvoir se procurer les clés du bureau qui appartiennent à France-Dom. Le décor est planté, et j'avoue qu'il n'a rien de réjouissant.

— Mais, objecta le Cinq de Coupe, l'enquête de la police sur le meurtre du Neuf d'Épée n'a pas progressé d'un pouce !

Le Bateleur se caressa le menton.

— Et c'est logique, dit-il enfin. Parce que la police ignore simplement l'élément le plus important de cette affaire : l'appartenance du Neuf d'Épée à la Société secrète. Alors, nous devons faire maintenant ce que nous aurions dû faire dès la première seconde : mener nous-mêmes l'enquête.

Il se tourna vers la Reine de Deniers.

— Ma chère Sophie, tu vas nous faire une liste aussi complète que possible de tous les membres de la Société secrète avec lesquels le Neuf d'Épée a pu être en relation, suivie ou épisodique. Essaye de n'en oublier aucun. Ensuite, il faudra mener une investigation approfondie sur chacun d'eux. De mon côté, je vais essayer de savoir combien de personnes pouvaient avoir accès aux clés des bureaux de la rue de Paradis.

— Et pour le Pape et l'Empereur ? glissa le Cinq de Coupe.

— Aucune décision pour l'instant. Qu'avons-nous contre eux ? Des soupçons ? Même pas. Des doutes, voilà tout. Franchement, on n'accuse pas des hommes sur ça ! En attendant, je dois vous conseiller la plus extrême vigilance. N'ouvrez pas la porte à n'importe qui. Je sais, cela ne correspond guère à ce que nous voulions faire de la Société secrète, mais nous en sommes arrivés là.

La réunion terminée, ils se quittèrent. Le Bateleur et la Reine de Deniers se retrouvèrent sur le trottoir.

— Ma petite Sophie, je crois que ce serait une bonne idée de prendre ton fils et d'aller faire un tour à la campagne.

— Tu crois que je suis menacée ?

— Nous le sommes tous, manifestement.

— J'ai peur, avoua-t-elle. En fait, je suis inquiète depuis que nous avons découvert le cadavre du Neuf d'Épée. Et toi ?

— Moi aussi, j'ai peur, reconnut-il sans honte. Mais j'ai l'impression que c'est justement ce que nos mystérieux adversaires cherchent à provoquer chez nous. Alors, je préfère contre-attaquer : je veux les démasquer.

Elle hésita un moment avant d'exprimer ce qu'elle pensait.

— Au fond, le traître était peut-être parmi nous pendant cette réunion ? C'est peut-être un de nous ?

— Malheureusement, c'est une possibilité sérieuse, répondit-il avec franchise. Maintenant, rentrons à la maison et reprenons une vie normale.

Ils se séparèrent.

* *

Deux jours plus tard, le Bateleur retourna au bureau de la rue de Paradis. Il observa avec ennui la pile de CD-Rom qui l'attendaient sur la table. Il devait recharger son travail (des années de labeur) sur l'ordinateur rendu neuf par le Valet de Coupe. Mais il n'eut pas le temps de commencer, car le téléphone sonna.

— Oh, Bateleur, dit la voix de la Lune, pouvez-vous venir immédiatement au siège de France-Dom ?

— Que se passe-t-il ?

— Écoutez, il y a encore une Italienne qui demande à vous voir. Elle s'est installée dans un bureau et elle affirme qu'elle ne partira pas sans vous avoir rencontré.

— Mais c'est la même que la dernière fois ?

— Ah non, celle-ci est plus âgée ! Et puis, elle parle français. Elle m'a dit qu'elle était la duchesse Monica Ferri… Heu, je ne sais plus.

Un coup de massue s'abattit sur la tête du Bateleur ! C'était la pire nouvelle qu'il pouvait recevoir. Bien sûr, il s'y attendait. Il savait que cela arriverait. Mais cela arrivait effectivement. Catastrophé, il passa la main sur son visage en murmurant :

— La duchesse ? Oh, mon Dieu, mon Dieu…

À l'autre bout du fil, la voix étonnée de la Lune :

— Quoi, vous croyez en Dieu, maintenant ?

— Eh bien, si j'arrive à m'en sortir cette fois-ci, oui, je crois que je finirai par y croire !

Bien sûr, il ne pouvait pas s'échapper. Bon gré, mal gré, il devait affronter cette situation. Il soupira.

— Ma chère, dites à cette dame que j'arrive…

Il remit sa veste en réfléchissant. Aucune issue ne lui apparaissait. Mon vieux, tant pis pour toi : il va falloir assumer ce que tu as fait. Ce raisonnement, typiquement stoïcien, n'était pas de nature à le revigorer !

Il quitta l'immeuble et retourna au boulevard de Strasbourg. La Lune le reçut avec un visage très étonné.

— Elle est dans le bureau d'à côté, souffla-t-elle.

Avant d'ajouter :

— Et elle n'a pas l'air commode…

Elle aurait pu se dispenser de ce détail. Le Bateleur se présenta devant la porte. Il rajusta les rebords de sa veste, rectifia sa cravate.

Repoussant autant que possible l'échéance. *Et puis, mon vieux, puisqu'il faut y aller, allons-y. Il* poussa le battant et entra dans le bureau.

Elle était là. Assise sur une chaise, les jambes croisées, le sac à main posé sur les cuisses. Elle portait un tailleur clair avec un foulard beige noué sur l'épaule. Ses cheveux noirs descendaient sur le cou, où brillait discrètement un petit collier. Qu'elle était belle ! Le cœur du Bateleur se mit à battre. Mais hélas, le moment n'était guère propice aux déclarations ! Il se força à sourire.

— Madame la duchesse, quelle joie de vous revoir !

Elle répondit par le silence. Et le regard qu'elle lui accorda était simplement glacial. Elle n'avait pas besoin de parler : de toute évidence, elle n'était pas venue pour l'inviter au restaurant ! Le Bateleur soupira encore. Il s'assit derrière le bureau, en face d'elle, et se dit que le mieux était finalement de crever tout de suite l'abcès.

— Eh bien, madame, que me vaut votre visite ?

Un instant de pause. Puis elle parla enfin, en détachant chaque mot.

— De quel droit avez-vous couché avec ma fille ?

Vraiment, il aurait préféré se trouver à des kilomètres de là ! Mais malheureusement, il était bien à sa place. Devant une femme furieuse contre lui, et avec juste raison. Car le coupable, c'était bien lui, et il le savait.

— Heu, ne pourrions-nous pas parler d'autre chose ? risqua-t-il.

Cette réflexion la fit exploser définitivement. Sa colère, froide jusque-là, devint un volcan.

— Vous n'allez pas vous moquer de moi, en plus ! Je vous préviens que je n'ai pas fait tout ce chemin pour entendre des imbécillités !

Monsieur Dalleray, votre conduite a été répugnante. Vous avez profité d'une pauvre fille sans défense pour assouvir vos instincts. Aucun mot n'est assez fort pour qualifier votre acte.

— J'ai profité, j'ai profité... Que je sache, Antonella est majeure et vaccinée.

— Et responsable ? le défia-t-elle en se redressant. Regardez-moi dans les yeux et osez dire qu'elle est responsable ! Vous savez mieux que quiconque qu'Antonella n'a pas toute sa tête. Elle accorde ses faveurs très facilement, car elle n'est pas consciente des conséquences. Et vous, un homme adulte et expérimenté, vous avez abusé de la situation ! C'est dégoûtant. Monsieur Dalleray, si vous avez envie de vous vider les couilles, il y a des putes !

— Madame, les prostituées ont droit à un minimum de respect.

— Je vous interdis de parler de respect ! Après ce que vous avez fait, vous êtes vraiment le moins bien placé pour prononcer ce mot !

Puis elle le regarda, comme si elle le redécouvrait.

— Ah, vous avez trompé tout le monde ! J'ai bien cru que vous étiez digne de confiance, avec vos sociétés secrètes et vos principes moraux. Vous avez même trouvé une clinique pour Antonella ! Compliments : vous avez parfaitement joué votre comédie pour obtenir de moi ce que vous vouliez. D'ailleurs, vous avez même réussi à tromper Joseph Banguillot, c'est tout dire !

Le Bateleur était fasciné. La colère embellissait encore la duchesse. Elle devenait un peu plus belle de seconde en seconde. Mais elle était en colère contre lui... Malgré son sentiment de culpabilité, il décida qu'il devait se défendre.

— Madame, il est hors de question que je tolère qu'on me parle sur ce ton. En ce qui concerne Joseph Banguillot, notre ami commun, il est mort et il faut laisser les morts en paix. En ce qui concerne Antonella, ce n'est tout de même pas moi qui l'ai mise enceinte ! Je l'ai trouvée ainsi, et j'ai fait ce que n'importe quel homme normal aurait fait. En aucun cas, je n'ai essayé de vous manipuler. Enfin, Antonella est venue chez moi et… c'est vrai, j'ai eu un moment d'égarement. Que je regrette.

— Que vous regrettez ! ricana-t-elle. Parce que vous pensez vous en tirer avec des phrases toutes faites ? Et en plus, vous avez accepté de la prendre dans la Société secrète ! Vous êtes devenu fou, enfin, c'est une fille totalement irresponsable. Elle est capable de détruire à elle seule toute votre organisation. Décidément, vous n'êtes pas du tout celui que je pensais ! Maintenant, assez baratiné. Vous allez me dire où vous avez caché ma fille, que j'aille la chercher et que je la ramène à la maison. Ce n'est pas que cela m'enthousiasme, mais je dois le faire : cette créature écervelée ne peut survivre toute seule.

Le Bateleur fut horriblement gêné, se retrouvant pris entre le marteau et l'enclume.

— Madame, vous me voyez profondément navré, mais je ne peux pas vous répondre : Antonella m'a fait promettre de ne pas vous révéler où elle est. En réalité, elle ne veut plus vous voir. C'est ainsi qu'elle me l'a dit. Je ne fais que répéter ses paroles.

— Et moi, je vous répète que je ne partirai pas d'ici sans savoir où elle se trouve. Vous lui avez donné votre parole et vous voulez la tenir ? Voilà un beau principe. Mais vos beaux principes, vous auriez dû vous en souvenir avant. Avant de la coucher sur un lit, de lui baisser la culotte et de vous défouler sur elle comme une bête !

Cette fois, le Bateleur tressaillit. Certes, il était en faute. Mais ce n'était pas une raison pour se laisser faire.

— Madame, je comprends votre réaction, mais je n'accepterai pas que vous m'insultiez !

— Que je vous insulte ? Mais je ne vous ai pas dit la moitié de ce que vous mériteriez d'entendre ! Maintenant, assez. Je vais vous poser les cartes sur la table, puisque vous aimez le tarot : ou bien vous me rendez ma fille, ou bien je romps toute relation avec vous. Ce qui signifie, pour être tout à fait claire, que je ne vous transmettrai plus les messages de Papinianus. À vous de choisir.

La catastrophe ! Le Bateleur eut du mal à se retenir de trembler. C'était le pire qui pouvait lui arriver.

— Madame, je vous en prie, essayez de retrouver le calme et la raison. Papinianus n'a rien à voir avec nos petites histoires personnelles. Si vous faites cela...

— Je vais le faire, monsieur ! À partir d'aujourd'hui, je ne veux plus entendre parler de vous. Vous n'existez plus pour moi. Je vous interdis de venir chez moi, de me téléphoner ou de m'écrire. C'est bien simple : je ne m'abaisserai même pas à vous mépriser.

C'était trop. Le Bateleur serra les poings avec rage.

— Madame, je ne vous permets pas...

— Vous ne me permettez pas, mais de votre côté, vous vous permettez tout !

— Admettons. Maintenant, madame, il faut absolument vous calmer. Si j'ai eu des torts, et je reconnais que j'en ai eu, je suis prêt à faire amende honorable. Mais surtout, ne rompons pas nos relations ! Papinianus est important pour nous deux. Nous n'avons pas le droit de l'exclure pour des affaires qui ne le concernent pas.

— Vous essayez de m'endormir ! Décidément, vous vous révélez de plus en plus sous votre véritable visage.

Soudain, elle se tut et le regarda d'un œil perçant.

— Pourquoi êtes-vous toujours célibataire à votre âge ? demanda-t-elle brusquement.

— Cela vous regarde-t-il ?

La duchesse était une séductrice, une vraie. Elle connaissait les hommes par cœur et savait comment leur faire mal. Elle choisit donc avec soin les mots les plus cruels avant de les décocher comme des traits.

— Mon pauvre monsieur, je vous ai démasqué dès la première seconde où je vous ai vu. Enfin, combien de temps encore allez-vous cacher la vérité à vous-même ? Certes, vous dirigez des sociétés secrètes, vous parcourez le monde en vivant des aventures passionnantes. Certes, vous réussissez dans les affaires. Certes, votre physique, que je reconnais brillant, vous assure bien des conquêtes féminines. Mais tout cela n'est qu'une façade. En réalité, vous êtes un individu angoissé, anxieux, tourmenté. Vous vous êtes fabriqué un personnage d'aventurier pour oublier votre inquiétude et vous faites semblant d'y croire. Pourquoi êtes-vous toujours célibataire à votre âge ? Parce que, si vous viviez avec une femme, vous devriez remettre en cause vos habitudes et que cela vous effraye. Pourquoi n'avez-vous pas d'enfant ? Parce que vous seriez obligé de les élever et que vous ne vous en sentez pas capable. Voilà votre véritable personnalité.

Elle s'arrêta et l'observa, pour vérifier l'effet de ses paroles. Le Bateleur était livide. Visiblement, il venait d'accuser le choc. Satisfaite, elle se leva et se pencha par-dessus le bureau pour asséner le coup de grâce.

— La vérité, monsieur Dalleray, est que vous êtes un lâche, et que vous dissimulez votre peur derrière vos belles cravates.

Ensuite, elle reprit son sac à main et s'apprêta à repartir.

— Et maintenant, je vous quitte. Non sans vous avoir rappelé ce que je vous ai dit : tant que vous ne m'aurez pas rendu ma fille, je ne veux avoir aucune relation avec vous. Adieu, monsieur Dalleray.

La superbe Vénitienne sortit du bureau, avec cette démarche altière qui la distinguait des autres femmes. Sa silhouette harmonieuse s'encadra un instant dans la porte. Le Bateleur devait se retenir pour ne pas lui dire : *Madame, ne partez pas, je vous aime. Vous ne comprenez donc pas que je vous aime ?* Mais dans ces circonstances-là, une telle déclaration aurait été déplacée !

Stupéfaite, la Lune regarda partir la duchesse, puis entra dans la pièce. Elle sursauta. Le Bateleur était horriblement pâle. Jamais elle ne l'avait vu avec cette tête.

— Que vous a-t-elle dit ? s'étonna-t-elle.

— Je vous en prie, ma petite Céline, laissez-moi seul.

La porte refermée, il desserra sa cravate. Jamais aucune femme ne lui avait fait mal à ce point. Cette femelle diabolique avait su trouver son talon d'Achille et avait lancé sa flèche avec précision. Les paroles cruelles résonnaient encore dans sa tête : *angoissé, anxieux, tourmenté*... Elle l'avait percé à jour, sans pitié.

Et maintenant, il venait de la perdre. Comment pourrait-il lui avouer son amour après cela ? C'était une des pires journées de sa vie. Il rentra chez lui. Le cœur brisé.

* *

Il ne fallut que quelques jours au Bateleur pour prendre la mesure de l'incroyable catastrophe qui venait de s'abattre sur lui. Sans la duchesse, il ne pouvait plus contacter Papinianus. Et sans ce dernier, il se retrouvait bien dépourvu. Comme il avait aussi perdu l'Ermite, ses sources de renseignements se voyaient ramenées à pas grand-chose. En fait, il se retrouvait comme un boxeur privé de son bras droit et réduit à parer les coups de l'adversaire sans pouvoir les rendre. Tout cela à cause d'un moment d'égarement avec une jolie fille… Il se répétait sans arrêt : *Qu'est-ce qui m'a pris ? Mais qu'est-ce qui m'a pris ?* Voilà comment des mois de travail étaient anéantis !

Bien sûr, il cherchait une solution. Contacter directement Papinianus ? Impensable. Autant le dénoncer immédiatement ! Alors, trouver un autre intermédiaire ? Mais qui ? Le stratagème le plus simple serait un journaliste. Oui, il pourrait trouver un reporter. Celui-ci demanderait par la voie la plus normale une interview au cardinal Prandelli (après tout, ce dernier occupait des fonctions officielles au Vatican) et, une fois en sa présence, se dévoilerait comme l'envoyé du Bateleur. Ainsi, le fil serait renoué. Soit, mais même cette issue le faisait grimacer. Elle était risquée. Par-dessus tout, il faudrait des années pour instaurer le climat de confiance que la duchesse avait réussi à instaurer avec Papinianus. Bref, la situation était difficile, et complexe...

Zampari

Giorgio Zampari était l'homme le plus heureux du monde, et aussi le plus malheureux. Ce paradoxe ne pouvait s'expliquer qu'en connaissant à fond sa vie privée, ce qui n'était le cas de personne.

Tout d'abord, il était heureux parce qu'il réussissait fort bien. Il était député au parlement italien, élu à Venise pour le compte de la Ligue du nord. Son mandat lui assurait le prestige, des revenus et un brillant avenir. Son nom commençait d'ailleurs à s'imposer dans la presse comme un des futurs poids lourds de la politique italienne. Ensuite, il était heureux parce qu'il sortait avec la duchesse Monica Ferri di Lazzaro. Oui, depuis presque un an, il était devenu le chevalier servant de cette dame, une des plus belles et des plus désirées de Vénétie. Évidemment, cette chance extraordinaire faisait des envieux. Ses amis se moquaient de lui à ce sujet, pour masquer leur jalousie. Ils auraient tous voulu être à sa place.

Et pourtant, il était malheureux. Lui seul pouvait savoir pourquoi. Il y pensait cette nuit-là. Il venait de dîner à Venise avec la duchesse et il la ramenait à Mirano dans sa voiture. Tout en conduisant, il l'observait du coin de l'œil. Son profil s'éclairait de temps à autre. Qu'elle était belle ! Zampari avait envie, très envie de...

Or, c'était là que résidait le problème. Car il était bien le compagnon en titre de la duchesse, mais qu'il n'avait jamais pu obtenir d'elle... ce que tout homme attend d'une femme.

C'était le secret qu'il gardait pour lui, et qui aurait surpris tous ses amis. Non, elle n'avait jamais accepté de coucher avec lui. Oh, certes, il avait eu droit à beaucoup de baisers (délicieux) et de nombreuses caresses (fort agréables). Mais rien de plus. Elle refusait catégoriquement d'aller au-delà. Cela devenait insupportable. Le désir et la frustration le tenaillaient. Il tapotait nerveusement sur le volant en réfléchissant. Il ne comprenait pas son attitude, tout simplement. Elle sortait avec lui, mais n'acceptait pas de lui ouvrir son lit.

Ils arrivèrent à Mirano. Il gara la voiture et ils entrèrent dans la maison. Zampari regarda d'un œil morne ces lieux désormais familiers.

— Ta fille n'est toujours pas revenue ? demanda-t-il.

— Non. Je ne sais même pas où elle est. Bof, cette petite délurée finira bien par réapparaître. Je t'offre quelque chose ?

— Volontiers.

Elle sortit une bouteille de *grappa* et deux verres. Ils trinquèrent. Le silence se prolongeait entre eux. Ce qui, au bout d'un moment, étonna la duchesse.

— Tu as l'air pensif, dit-elle. Des problèmes ?

Il se secoua. En se disant qu'il était temps d'avoir avec elle une explication franche.

— Non, tout va bien pour moi. Mais écoute, Monica, je crois qu'il faudrait que nous parlions. Voilà déjà longtemps que dure notre liaison. Nos relations sont dorénavant très fortes. En fait, pour tout le monde, nous sommes plus que des amis.

— Où veux-tu en venir ? interrogea-t-elle.

Il respira et prit son courage à deux mains.

— Ma chérie, je t'aime vraiment beaucoup. C'est merveilleux de sortir avec toi. Mais... enfin, ne crois-tu pas qu'il serait temps pour nous d'aller un peu plus loin ?

Elle garda le silence pendant quelques secondes, avant de boire une gorgée.

— Je t'ai déjà dit ce que j'avais à dire sur ce sujet, répondit-elle d'une voix égale.

C'en était trop. Zampari ne pouvait plus se contenir.

— Monica, pourquoi refuses-tu ? Je t'aime et je te l'ai prouvé. Je ne vais pas faire la liste de tout ce que je t'ai offert, et d'ailleurs cela n'a aucune importance. Ce qui importe, c'est que nous avons une idylle, toi et moi, et qu'elle devrait normalement se terminer par... Voyons, je ne demande rien d'autre que ce que tout homme normal demande à toute femme normale !

— Ce qu'une femme normale doit donner, je te l'ai déjà donné.

— Et quoi donc ? Des promenades au clair de lune ? Tu ne m'as même jamais autorisé à entrer dans ta chambre !

— Et j'ai bien l'intention de continuer ! répliqua-t-elle.

Pour couper court à cette conversation, elle regarda sa montre.

— Bon, mon chéri, il est l'heure de rentrer. Ta femme doit attendre. Et tes enfants aussi, accessoirement.

— Des reproches ? grinça-t-il. Le fait que je sois marié ne t'a pas gênée jusqu'à présent.

— Rien ne me gêne. Mais il est tard et j'ai envie de dormir.

Il avala sa salive et se décida à dire ce qu'il avait sur le cœur.

— Après tout, c'est ton droit. Mais je constate que tu n'as pas autant de scrupules avec d'autres.

— Que veux-tu dire ? s'étonna-t-elle.

— Je veux parler de ce type, ce Français qui s'appelle Christian Dalleray. Il vient souvent chez toi, n'est-ce pas ?

— Quoi ! sursauta-t-elle. Tu m'espionnes, maintenant ?

— Oh, ce n'est pas nécessaire, sourit-il avec amertume. Tout le monde le voit quand il arrive et tout le monde le voit quand il repart ! Mais qui est cet homme, enfin ?

— Cela ne te regarde pas ! martela-t-elle. Giorgio, ce que je viens d'entendre m'a profondément choquée. Tu n'as pas le droit de m'espionner. Et moi, je peux recevoir ici qui je veux. À présent, tu peux repartir. Si tu veux me revoir, tu as mon numéro, et j'espère que tu seras dans de meilleures dispositions.

Elle se retourna et marcha vers la cuisine. Zampari n'en pouvait plus. Son instinct lui commanda d'essayer de profiter de la situation. Il rattrapa la duchesse et la prit par la taille en la serrant contre lui.

— Ma chérie, je t'en prie...

Elle se dégagea et le repoussa avec une force surprenante pour une femme. Ses yeux lancèrent des éclairs.

— Cette fois, tu es allé trop loin !

Puis son cerveau de froide séductrice se remit en marche. En fait, elle pensait depuis un moment déjà à se séparer de Zampari. Elle ne le supportait plus. Bien involontairement, cet imbécile venait de lui apporter un prétexte idéal. Elle reprit donc son souffle, le regarda dans les yeux et le fusilla :

— Mon pauvre Giorgio, tu es vraiment le roi des cons ! Alors, tu n'as pas compris que je sortais avec toi par intérêt ? J'aurais pu trouver d'autres accompagnateurs. Simplement, me montrer avec un député m'arrangeait bien pour mes affaires. Voilà pourquoi je t'ai accepté pour m'emmener dîner. Quant au reste… Tu ne croyais tout de même pas que j'avais envie de coucher avec toi ? Je me demande d'ailleurs si une femme en a jamais eu envie : tu es vaniteux, imbu de ta personne et d'une médiocrité rare ! Je crois que je mériterais une médaille pour t'avoir supporté aussi longtemps.

Le malheureux bouillonnait de rage impuissante. Après l'avoir laissé mijoter deux secondes, elle l'acheva sans pitié :

— Et maintenant, fous le camp ! Si tu essayes de revenir ici, j'appelle la police. Je crois que ce serait une publicité formidable pour ta carrière politique !

Tremblant de fureur, il dut se résigner. Mais ses yeux se chargèrent de haine.

— Bien, je m'en vais. Mais ne crois pas que tu seras débarrassée de moi pour autant. Je saurai me rappeler à ton souvenir.

D'un pas furibond, il sortit de la maison en claquant la porte. Un peu plus loin, il reprit sa voiture et démarra.

Tout en roulant, il ruminait encore sa colère. Cette femme s'était bien moquée de lui ! Car, évidemment, il s'était renseigné sur le dénommé Christian Dalleray, voulant savoir de qui il s'agissait. À sa grande surprise, il avait découvert que cet homme, loin d'être quelqu'un d'important, n'était que le modeste employé d'un machin appelé Institut français de l'industrie légère. Vraiment peu de chose à côté de lui, député de Venise. *Je ne comprends pas, se disait-il. Elle accepte de recevoir ce pouilleux chez elle ! Je suis sûr qu'elle couche avec lui. Alors qu'elle refuse avec moi. Que cela cache-t-il ? Je poursuivrai mes investigations jusqu'à ce que je l'ai découvert.* Cette résolution lui rendit des forces. Il appuya sur l'accélérateur. Car il était bien décidé à se venger.

* *

Restée seule, la duchesse finit son verre de *grappa*. Puis elle ferma la porte à double tour pour s'assurer que l'importun ne reviendrait pas. D'un pas fatigué, elle gravit l'escalier menant à l'étage et entra dans la salle de bain. Elle se lava rapidement les mains. Pendant qu'elle se séchait, l'image de Zampari défila une dernière fois dans son esprit. *Pauvre con !* se dit-elle sans miséricorde.

Après quoi, elle rangea la serviette et décida que le député de Venise allait disparaître de sa mémoire. De toute façon, elle n'aurait aucun mal à trouver un nouveau chevalier servant. Les candidats se bousculaient ! Elle n'était pas pour rien une des femmes les plus courtisées de Vénétie.

Elle gagna la chambre et commença à se déshabiller. Elle ôta la veste du tailleur, puis le chemisier. Une envie soudaine la prit de s'observer dans la glace : son torse voluptueux ne portait plus qu'un soutien-gorge blanc emprisonnant la douce poitrine. En soulevant légèrement les bretelles, elle s'admira : oui, elle était belle et pouvait se le dire sans forfanterie. À en juger par ce qu'elle voyait, elle en avait encore pour quelques années à séduire les messieurs ! Cette pensée rassurante (et coquine) fut interrompue par la sonnerie du téléphone. Elle fronça le sourcil : qui pouvait l'appeler à une heure pareille ? Elle décrocha.

— *Qui parla ?*

— Allô, madame la duchesse ?

Elle reconnut immédiatement la voix de Papinianus.

— Pardonnez-moi de vous appeler aussi tard, mais je devais absolument vous parler.

— Je vous écoute, monseigneur.

— Hum, j'irai droit au but : madame, j'ai cru comprendre que vous ne vouliez plus transmettre mes messages au Bateleur ?

La duchesse soupira intérieurement. Elle aurait dû deviner tout de suite que tel était le sujet de cet appel.

— Ce n'est pas exactement cela. J'ai décidé de rompre toutes les relations avec le Bateleur. Je suis très fâchée contre lui. Et croyez-moi, j'ai de bonnes raisons !

— Ah oui ? Et serait-il possible de les connaître ?

Elle lui raconta rapidement. À l'autre bout du fil, il y eut un silence. Puis la voix de Papinianus reprit.

— Bien, je crois avoir saisi. Écoutez, madame la duchesse, il est tard et je ne veux pas vous retenir. Alors, je serai bref. Vos affaires personnelles ne me regardent pas et je vous fais toute confiance pour les régler. Mais en ce qui me concerne, j'ai passé un accord avec le Bateleur et je tiens à respecter ma part. Je dois lui transmettre des informations et je ne peux le faire qu'à travers vous. En conséquence, que vous soyez brouillée avec lui est regrettable et je ne porterai pas de jugement sur ce différend. Mais vous devez lui transmettre mes messages. C'est un pacte entre nous.

— J'ai l'impression que vous n'avez pas bien compris : il s'est comporté comme un soudard. Et en plus, il a fait disparaître ma fille ! Je ne veux plus le voir.

— Madame, dit Papinianus avec patience, les affaires que nous traitons tous les trois sont sérieuses, et j'oserais même dire dangereuses. Nous devons laisser nos sentiments de côté. Je ne vous demande pas de rencontrer le Bateleur. Seulement de lui envoyer mes informations.

— Et moi, je vous répète que tant qu'il ne m'aura pas rendu ma fille, je ne lui transmettrai rien. Comprenez que c'est le seul moyen de pression que je possède contre lui.

À l'autre bout du fil, elle sentit le cardinal qui soupirait. Puis la voix du vieil homme résonna à nouveau. Mais cette fois, le timbre avait changé.

— Vous m'en voyez profondément navré, madame, mais vous m'obligez à employer des arguments qui me déplaisent. Écoutez, je sais quelques petites choses sur vous, même si je reste discret. Et si je venais à les révéler, votre réputation de grande dame risquerait d'en pâtir.

Elle ne put s'empêcher de sursauter.

— Quoi ! Mais, monseigneur, je croirais presque que vous me faites du chantage !

— Jamais je ne me permettrais cela avec vous ! Simplement, j'essaye de faire une mise au point. Votre attitude me déçoit beaucoup : je vous croyais plus digne de confiance.

— Enfin, que pourriez-vous révéler sur moi ? Je n'ai tué personne et mes affaires ont toujours été parfaitement légales. Quant au reste... Je n'ai jamais prétendu être une petite sainte, et les gens qui m'approchent ne m'en demandent pas tant.

— Allons, allons, madame ! Le Bateleur et quelques-uns de vos amis seraient surpris d'apprendre certains épisodes de votre vie qu'ils ne soupçonnent pas. Et qui les obligeraient à vous regarder avec des yeux différents. Je n'en dirai pas davantage. Maintenant, mettons fin à cette discussion peu agréable. Je vous le répète : laissez de côté vos sentiments. Vous devez remplir votre part du contrat. Ensuite, si vous ne voulez pas rencontrer le Bateleur... Ma foi, c'est votre vie personnelle et je ne m'en mêlerai pas.

La duchesse opta pour hausser les épaules.

— Décidément, les hommes d'Église ne font guère de sentiments. Monseigneur, je serais chagrinée de me fâcher avec une si haute personnalité. Cela étant dit, une précision : vous venez de vous livrer sur moi à une tentative de chantage. Soyez sûr que je saurai m'en souvenir.

La menace était à peine voilée. Papinianus soupira encore.

— Je sais que vous n'oubliez jamais rien, madame, et c'est un de vos charmes...

Un silence. Puis la voix du cardinal reprit :

— Eh bien, je suis heureux en tout cas que notre petit malentendu soit dissipé. Pardonnez-moi encore de vous avoir appelé à une heure aussi tardive. Bonne nuit, madame.

Un déclic indiqua qu'il venait de raccrocher. La duchesse en fit autant. Elle retourna devant la glace pour s'observer à nouveau.

Elle était furieuse, mais s'efforçait de se contrôler. D'abord le Bateleur, puis Papinianus. *Je vais me fâcher avec tout le monde si cela continue. D'autant que c'est moi qui ne sais pas ce que je veux... Pourquoi cette obstination à vouloir retrouver Antonella ? Cette écervelée a empoisonné ma vie : je devrais être contente de me voir débarrassée d'elle !* Elle fit glisser le soutien-gorge, qu'elle garda dans la main. Sous la lumière électrique, ses seins éclataient de santé et de volupté. Elle se dit enfin la simple vérité : elle était la seule responsable de ce qui lui arrivait. Quand on se lance dans des affaires comme celles qui l'occupaient, on sait à l'avance qu'on ne va pas rencontrer des enfants de chœur. Tant pis pour elle.

Elle allait donc transmettre à nouveau les messages de Papinianus au Bateleur. Ce serait une victoire en demi-teinte pour ce dernier. Toujours furieuse, elle acheva de se déshabiller, se glissa sous les draps et éteignit la lumière.

El Azim

Le Caire, Égypte

C'était jour de fête en Égypte. Le pays du Nil célébrait l'anniversaire de l'Indépendance. Tous les Égyptiens bénéficiaient d'un congé. Mais le point d'orgue des festivités était un grand défilé militaire, prévu non loin du Caire.

À cet effet, on avait neutralisé un tronçon d'autoroute et on avait dressé au bord une tribune artificielle, assez vaste pour recevoir plus de trois mille personnes. Car évidemment, tout ce qui comptait en Égypte était invité : politiciens de la majorité ou de l'opposition, vedettes du cinéma et de la télévision, et naturellement tous les ambassadeurs étrangers. Justement, l'ambassadeur de France arriva en fin de matinée. Ayant garé sa voiture de fonction, il se présenta devant un cordon policier où il montra son passeport diplomatique et son invitation. On l'autorisa à passer et il gagna la tribune. Sa surprise fut réelle, au point qu'il s'en ouvrit à son accompagnateur.

— Nous avons juste montré notre passeport et on nous laisse entrer jusqu'ici ! Les mesures de sécurité me semblent insuffisantes.

— Que voulez-vous qu'il arrive ?

— Ma foi, un attentat, par exemple.

— Mais pourquoi voulez-vous qu'il y ait un attentat ? Jamais le président Wahab n'a été aussi populaire. Bon, les méthodes qu'il a employées pour cela m'ont semblé un peu démagogiques, mais passons.

— Populaire ou pas, un tel événement devrait se dérouler dans de meilleures conditions de sécurité.

Le président Wahab arriva peu après, provoquant un brouhaha dans la foule. Les journalistes s'agitèrent comme un essaim d'abeilles et une forêt de micros et de caméras accompagna le chef d'État jusqu'à la tribune. Il portait le grand uniforme de généralissime de toutes les armées égyptiennes. Il s'installa à sa place, sur une estrade spécialement aménagée à quelques mètres du bord de l'autoroute. Là, il se retrouvait entouré de son gouvernement au complet et de ses plus proches collaborateurs. Une démonstration de force politique que la télévision égyptienne avait pour consigne de bien montrer. Wahab préparait un remaniement ministériel (en secret, bien sûr) et cette journée devait être un succès total pour le soutenir dans ses projets. Assis sur le siège luxueux qui lui était réservé, il poussa un soupir de satisfaction. Tout semblait bien réglé, le soleil rayonnait et la Fête de l'Indépendance s'annonçait brillante.

Un officier vint discrètement lui demander des ordres. Il donna le signal qu'on pouvait commencer.

Et en effet, un quart d'heure plus tard, le défilé militaire débuta. D'abord, on vit passer sur l'autoroute les troupes d'élite, celles qui s'étaient illustrées pendant les guerres contre Israël. Leur allure impeccable et leur pas millimétré démontrèrent d'ailleurs mieux que des discours leur catégorie de troupes d'élite. En passant devant la tribune, les officiers tournaient la tête vers la droite pour saluer le président. Vinrent ensuite des bataillons d'infanterie, dont le passage s'étira sur plus de dix minutes.

Les spectateurs attendaient ensuite l'arrivée des troupes motorisées. On voulait voir les chars de combat flambant neufs et les missiles, enfin tout ce qui devait prouver au peuple égyptien que son armée était moderne et qu'il pouvait dormir tranquille. Sur les travées, le murmure d'admiration démontrait que le défilé atteignait son objectif. Sur son siège, Wahab se sentait de plus en plus satisfait. Décidément, la journée s'annonçait bien.

* *

El Azim serrait nerveusement son fusil, en s'efforçant de maîtriser sa respiration. À l'intérieur du camion, ils étaient six. Six hommes en uniforme, coiffés d'un casque et assis sur les banquettes. Les visages étaient fermés, les regards ne se rencontraient pas. Pourtant, la bâche à demi relevée permettait au soleil de venir éclairer le petit espace. Mais ils savaient qu'ils allaient mourir. Et chacun d'eux se perdait dans ses pensées.

Le camion faisait partie du défilé militaire. Il s'inscrivait dans une file de véhicules qui avançaient sur l'autoroute. Dans quelques minutes, ils passeraient devant la grande tribune. Et là, ils devraient agir.

El Azim s'appelait en réalité Saïd Abdel Gamal et il était originaire d'une petite ville de la Haute-Égypte. Très jeune, il s'était engagé dans l'armée et on l'avait versé dans la police militaire où il faisait sa carrière. À présent âgé de vingt-cinq ans, il était caporal-chef. En attendant sa promotion au grade de sergent, qu'on lui promettait.

Soit. Mais sa vie ne se limitait pas aux casernes. Profondément croyant, il trouvait normal de consacrer une grande partie de son existence à la religion. Dès son arrivée au Caire, il avait été contacté par quelques camarades qui l'avaient conduit dans des endroits discrets. Un soir, il avait adhéré aux Frères musulmans et juré fidélité éternelle à l'islam. La force de cette confrérie était de se diviser en loges totalement autonomes les unes des autres. Quand une était démantelée, elle ne pouvait dénoncer les autres, puisqu'elle ne les connaissait pas. Cette structure simple et efficace avait permis aux Frères musulmans de survivre à toutes les persécutions de tous les gouvernements égyptiens.

Saïd Abdel Gamal devait recevoir un nom secret pour se faire reconnaître. On l'appela donc El Azim. C'est ainsi qu'on le désignait quand on avait besoin de lui.

Mais sa vie avait brutalement basculé quelques semaines auparavant. Dans le fond d'une mosquée, un vieil homme l'avait mis au courant, et il se souvenait de son incrédulité, de son horreur en entendant ce qu'il entendait. Pas une seconde il n'avait imaginé une telle ignominie. *Le président de l'Égypte était un athée* ! Il en avait frémi. Comme si on avait insulté sa propre famille. Car cette révélation était pour lui la pire de toutes. Si le président de son pays avait été un chrétien, cela l'aurait déjà profondément choqué. Mais un athée ! Pour El Azim, cela équivalait à apprendre que le diable était président de l'Égypte.

Évidemment, il accepta tout de suite la proposition qu'on lui faisait. Et maintenant, il était là, dans ce camion, en compagnie de cinq camarades, membres de la police militaire, comme lui, et volontaires, comme lui. Car on le leur avait dit sans détour : l'opération qu'ils allaient tenter ne pourrait se terminer que par la mort.

El Azim jeta un regard vers l'arrière. Sous le soleil aveuglant, il distinguait la rangée de camions qui suivait la sienne. Un peu plus loin brillaient déjà les blindages des chars de combat qui défileraient après eux. Il regarda sa montre.

— Encore cinq minutes, souffla-t-il à ses compagnons.

En effet, cinq minutes plus tard, les camions arrivèrent au centre névralgique du défilé. Sur la gauche, ils entendaient des applaudissements qui leur signalèrent la présence de la tribune. En même temps, la musique militaire se faisait assourdissante et presque lancinante. El Azim regarda à nouveau sa montre.

— C'est le moment, dit-il.

Un des conjurés tapa sur la paroi avec la crosse de son fusil. C'était le signal pour demander au conducteur de s'arrêter. Ce qu'il fit.

— Allons-y ! cria El Azim.

Aussitôt, ils sautèrent à terre. Ils appliquèrent scrupuleusement le plan qu'ils avaient préparé. Quatre d'entre eux se mirent à tirer dans tous les sens pour créer la confusion et détourner l'attention. Pendant ce temps, les deux autres, dont El Azim, se mirent à courir en direction de la tribune. Le stratagème réussit. Après un moment de stupéfaction, les soldats postés près de la tribune firent feu sur les quatre hommes en uniforme qui s'agitaient sous le soleil. El Azim et son camarade purent s'approcher assez rapidement de leur objectif. Il palpitait de tout son être en courant. Il avait tout laissé derrière lui. À présent, son cerveau, ses nerfs, ses muscles se concentraient entièrement sur un point qui apparaissait un peu plus haut. La silhouette du président Wahab, dont l'uniforme rutilait.

Il courait, courait. Et la silhouette grandissait, se précisait. Pas une seconde elle ne bougea. Quand il atteignit le pied de la tribune, El Azim comprit mieux. La surprise était telle qu'aucun spectateur n'avait remué un doigt. Le spectacle devait être impossible à croire. Tous ces gens étaient venus assister à un défilé et ils voyaient surgir des tueurs ! Des extra-terrestres descendant d'une soucoupe auraient provoqué à peu près la même réaction.

Mais El Azim n'avait pas le temps de se poser des questions. Il se les était posées avant. Il s'était demandé s'il parviendrait jusque-là avant d'être abattu. Or, il y était. Au contraire de son compagnon, déjà fauché par une rafale.

Rapidement, il leva le fusil, le braqua. Quelques mètres plus haut, Wahab se leva enfin de son siège. Un bref instant, leurs regards se croisèrent. Celui du président et celui du jeune fanatique religieux. Venant de mondes différents. Étrangers l'un à l'autre. Et pourtant, vibrant du même amour pour leur pays. Mais ils ne le concevaient pas de la même manière. Un centième de seconde avec les yeux dans les yeux.

Puis El Azim appuya sur la détente. Le corps de Wahab fut secoué. Une deuxième balle. Une deuxième secousse. Mais il fut touché à son tour. Les soldats venaient de réagir et faisaient feu pour l'abattre. Il résista à la douleur, pour rester debout, pour tirer encore et encore. Six balles consécutives sur l'uniforme de généralissime. Un fantassin s'approcha à quelques mètres et l'atteignit. Il vit la tribune se brouiller devant lui. Un voile rouge couvrit sa vue. Il sentit aussi le fusil qui lui échappait. Et il s'aperçut également qu'il tombait.

Une brève sensation de satisfaction le traversa néanmoins. Il avait accompli sa mission. Il avait réussi. Ses Frères seraient fiers de lui. Ensuite, il plongea dans un puits noir. Une dernière interrogation : ce paradis, tant promis, existait-il ? Il allait enfin le savoir.

* *

La confusion et la panique régnaient sur la tribune. Les agents de sécurité s'efforçaient de calmer tous ces gens qui couraient dans tous les sens. Mais ce qu'ils découvrirent ensuite leur glaça le cœur.

Au beau milieu de l'estrade principale gisait le corps du président. Son uniforme chamarré se couvrait d'un rouge affreux. On eut beau le retourner, il n'y avait plus d'espoir. En réalité, une seule balle avait atteint un organe vital. Mais elle avait été suffisante. Farid el Wahab venait de mourir.

Les gérontes

Évidemment, la nouvelle fit le tour du monde. Toutes les télévisions diffusèrent et rediffusèrent les terribles images qui venaient d'Égypte. On voyait et revoyait sans cesse ces camions qui s'arrêtaient, ces hommes en armes qui surgissaient et qui se précipitaient vers la tribune en tirant. Et tous les reportages se terminaient par le même plan. Celui du président égyptien, Farid el Wahab, étendu, l'uniforme maculé de sang. Les commentateurs qui se succédaient ne cachaient pas leur inquiétude. Ils se demandaient ce qui allait arriver et craignait de voir l'Égypte glisser vers une politique islamiste et anti-occidentale.

Ces images, le Bateleur les découvrit chez lui, alors qu'il s'apprêtait à sortir. Naturellement, le choc fut fort, très fort. Son cœur se serrait en voyant sur l'écran ce cadavre ensanglanté. Farid el Wahab. Le Chariot. Un peu plus de deux mois auparavant, il discutait avec lui. Leur conversation lui revenait en mémoire. Ainsi que l'impression favorable que lui avait laissée le chef d'État égyptien. À présent, ce malheureux était mort. Assassiné dans des circonstances affreuses.

Le Bateleur se secoua. Il éteignit son téléviseur et sortit de l'immeuble pour se rendre dans un bistrot, demander une bière qu'il ingurgita d'un trait. Son cerveau tournoyait.

Parce que cette fois, il y était. Les derniers doutes venaient d'être balayés. D'abord, Joseph Banguillot, président de la République d'Haïti, assassiné quelques semaines après lui avoir révélé l'existence de la Commission secrète. Ensuite, Farid el Wahab, président de la République d'Égypte, assassiné deux mois après avoir adhéré à la Société secrète. Non, il n'était plus l'heure de parler de hasard ou de coïncidence. Maintenant, l'évidence s'imposait. Énorme, colossale. Il s'agissait d'un complot. Mais de qui, enfin ? De la Commission secrète ? Et que nous reproche-t-elle ?

Il se ressaisit, car il devait réagir. Il remonta rapidement à son appartement, décrocha le téléphone et appela le siège de France-Dom. La voix de la Lune lui répondit.

— Ma petite Céline, vous allez immédiatement convoquer une réunion d'urgence des gérontes pour ce soir. Je sais que le Pape et l'Empereur sont à Paris. Ils pourront donc venir.

— Mais..., bafouilla la secrétaire.

— J'ai dit immédiatement. Et dites-leur bien que je compte sur leur présence.

Il passa la fin de l'après-midi à marcher dans les rues parisiennes, en regardant distraitement les vitrines et en s'arrêtant de temps à autre pour boire un verre. En réalité, il se perdait dans ses pensées. La réunion qui approchait promettait d'être tendue, et même irrespirable. Car maintenant, il le savait : l'un des gérontes était un traître. Le soupçon était devenu certitude.

Il dîna quelque part et arriva au boulevard de Strasbourg vers vingt heures. La Lune était évidemment partie, mais la porte de la salle voisine était entrouverte. Il entra. Le Pape et l'Empereur étaient déjà là, assis à cette table qui avait accompagné tant de leurs conversations. Ils tournèrent la tête en le voyant, mais ne prononcèrent pas un mot. Oui, décidément, cela s'annonçait tendu...

Le Bateleur referma la porte derrière lui. Ses chaussures claquèrent sur le carrelage, rompant seules le silence. Il s'assit à son tour et posa les bras sur la table. Ensuite, il choisit de ne pas tourner autour du pot.

— Mes amis, un de vous deux est un traître.

Un nouveau silence s'installa. Puis la voix du Pape, légèrement ironique.

— Vraiment ?

— Oui, vraiment. Mes chers amis, avec qui j'ai partagé tant de choses, je dois vous prévenir tout de suite que je ne suis pas de bonne humeur. Je viens de voir à la télévision des images qui m'ont considérablement choqué. En fait, je viens de voir le cadavre d'un homme que je connaissais et que j'appréciais. Alors, non, je ne suis pas de bonne humeur.

— Ce n'est pas une raison pour lancer des accusations à la cantonade, glissa l'Empereur.

— Je lance une accusation, une seule. Et elle est soutenue par des éléments concrets. Je rends visite à Joseph Banguillot, président de la République d'Haïti, et peu après, il est renversé et assassiné par un coup d'État. Je recrute pour la Société secrète Farid el Wahab, président de la République d'Égypte, et je lui donne le nom de code de Chariot : deux mois après, il est assassiné à son tour. Des preuves ?

Elles sont là. Il est impossible que ces deux morts violentes soient une coïncidence. Et d'ailleurs, je vais être beaucoup plus précis. Gorvenal. C'est-à-dire Banguillot. À qui en ai-je parlé ? À vous. Et à vous seuls. En dehors de cette pièce, je n'en ai soufflé mot à personne. Donc, la trahison ne pouvait venir que de l'un de vous deux. Mes amis, l'un de vous est un traître. Et naturellement, je veux savoir lequel.

Un autre silence. Depuis le début, le Bateleur ressentait une impression étrange. En effet, il s'attendait à prendre les géronte par surprise avec ce qu'il venait leur dire. Or, à son grand étonnement, ils paraissaient s'attendre à ce qu'ils entendaient, et eux-mêmes semblaient avoir un message à lui transmettre. Le Pape s'en chargea, d'une voix très calme.

— Mon cher Christian, la démonstration que tu viens de nous faire force notre admiration. Mais nous pensons que parmi toutes les possibilités envisageables, il y en a une que tu as négligée, que tu as volontairement négligée.

— Et laquelle ?

Le Pape et l'Empereur échangèrent un regard, avant que le premier ne reprenne.

— Nous avons beaucoup parlé de toi ces derniers temps. Nous avons étudié tous les événements à notre connaissance. Et nous sommes arrivés à la conclusion que ton attitude a été, et demeure, bizarre.

Il se tut un instant, avant de lancer la phrase suivante.

— En fait, nous pensons, ou plutôt nous soupçonnons que le traître, c'est *toi*...

Le cœur du Bateleur s'arrêta de battre. Ses mains se crispèrent sur la table. Il s'était attendu à tout, sauf à cela.

— Qu'est-ce que vous racontez ? articula-t-il.

— Écoute, tu dois quand même admettre que ton comportement a été étrange, pour ne pas dire incompréhensible. Tu nous as caché énormément de choses. Tu entretenais des relations secrètes avec le président d'Haïti et tu ne nous le disais pas. Tu as recruté le président de l'Égypte et tu ne nous l'as pas dit. D'autre part, il y a le meurtre du Neuf d'Épée, non élucidé. Comme par hasard, c'est toi qui as trouvé le corps. Il est possible que ce soit toi qui l'aies tué. Et ensuite, tu aurais organisé la découverte du cadavre avec la Reine de Deniers, pour te couvrir. Sans parler de tes fréquents voyages en Italie, dont personne ne connaît le but, pas même tes archontes.

— Par-dessus tout, poursuivit l'Empereur, ce qui nous a troublés, c'est l'acharnement que tu as mis à nous désigner comme coupables. D'abord, tu as montré du doigt le Pape, sous prétexte qu'il avait eu quelques petits problèmes dans son secteur. Ensuite, c'est moi que tu as désigné, en prenant pour motif ma conversion à l'islam. Cet acharnement nous a intrigués. Nous pensons aujourd'hui que tu l'as fait pour détourner les soupçons sur nous.

— Bon, arrêtons là, reprit le Pape. Nous avons relevé beaucoup d'autres choses sur toi. Oui, il semble clair qu'il y a un traître parmi nous. Quelqu'un qui s'est infiltré pour connaître nos secrets. Et avec les indices dont nous disposons, nous estimons que le suspect principal, c'est toi.

Le Bateleur se tendait de plus en plus. Il devait faire un effort pour rester immobile.

— Et alors ? demanda-t-il.

— Alors, nous avons décidé d'appliquer le règlement de notre organisation. Tu sais ce qu'il prévoit dans ce cas. À partir d'aujourd'hui, tu es mis en quarantaine, ainsi que tous les groupes qui dépendent de toi. Tu ne viendras plus aux réunions des gérontes, et toi et tes égaux ne recevrez plus aucune information, pas plus que de l'argent. Bref, tu es en quarantaine, et cela durera tant que tu ne nous auras pas donné une explication satisfaisante sur ton attitude déroutante de ces derniers mois. Pourquoi nous as-tu caché tant de choses ? Pourquoi as-tu essayé de faire porter les soupçons sur nous ? Que signifient ces voyages mystérieux que tu multiplies ? Il te suffira de nous répondre et ce fâcheux malentendu sera dissipé.

À présent, le Bateleur ne pouvait plus se contenir. Il se leva, palpitant de rage.

— Vous ne pensez pas que je vais me laisser faire ?

L'Empereur haussa les épaules avec fatalisme.

— Dis-nous ce que tu ferais à notre place. En fait, nous le savons, puisque tu l'as déjà fait : tu as appliqué le règlement et tu as mis le Pape en quarantaine. Eh bien, aujourd'hui, nous faisons la même chose avec toi.

Le Bateleur tremblait de colère, et se demandait s'il ne rêvait pas. Car le moment qu'il vivait était simplement surréaliste : il était venu pour démasquer un traître et maintenant, c'était *lui* qu'on soupçonnait d'être le traître !

— Enfin, avez-vous cru une seconde que j'allais me dégonfler ?

— Bateleur, répondit le Pape avec patience, tu imagines bien que ce n'est pas de gaieté de cœur que nous prenons une décision pareille.

Seulement… ton attitude depuis un an a été vraiment suspecte. Tu nous as caché énormément de choses et tu nous as même menti. Écoute, tout le monde peut avoir des difficultés, des petits moments de faiblesse. Nous ne sommes que des hommes. Tu peux te confier à nous. Réponds simplement à nos questions et tout s'arrangera, tout redeviendra comme avant. Comme l'a dit l'Empereur, nous ne faisons qu'appliquer le règlement.

— Le règlement de la Société secrète ? s'exclama le Bateleur. Vous n'allez pas me l'apprendre : c'est moi qui l'ai rédigé ! Il n'y est pas dit que ce sont les traîtres qui doivent faire la loi chez nous ! Écoutez, je sais, et je le sais depuis un moment déjà, que la trahison vient d'un de vous deux. Il a fort habilement manœuvré pour m'exclure et prendre probablement le contrôle de la Société secrète. Très bien joué. Quel qu'il soit, je le félicite. Mais soyez sûrs d'une chose : je ne vais pas me laisser faire. J'ai du répondant. Mes groupes ne sont ni fictifs ni surévalués, et mes moyens financiers sont intacts. S'il faut se battre, j'aurai des munitions.

— Ce que tu viens de dire, reprit l'Empereur, et le ton que tu viens d'employer ne font que renforcer les soupçons que nous avions déjà contre toi.

— C'est ce que je pense aussi, conclut le Pape. Christian, ne sois pas têtu. Ton comportement a vraiment été bizarre. Je t'en prie, donne-nous des explications et nous pourrons rétablir la normalité.

— Je n'ai pas d'explication à donner. Mais en revanche, j'ai quelque chose à vous dire. Soyez convaincus que je vais me défendre jusqu'au bout. La Société secrète était mon idée, mon rêve. Je ne laisserais personne me la prendre. À présent, je vous le répète une dernière fois :

le traître est un de vous deux et je le démasquerai. Je ne cesserai pas mon enquête avant de l'avoir découvert.

Il s'éloigna de la table. Dans l'encadrement de la porte, il se retourna.

— Mes amis, je vous dis au revoir. Et certainement pas adieu. Car soyez certains que nous nous reverrons.

Puis il s'en alla. Quelques minutes plus tard, au volant de sa voiture, il roulait sur le boulevard de Magenta. Ce qui lui arrivait était hallucinant, au point qu'il se demandait s'il n'était pas victime d'une crise de paranoïa. Mais même la Reine de Deniers, pourtant bonne psychothérapeute, n'aurait pu résoudre le problème, désormais bien concret, qui se présentait à lui.

* *

Rentré à la rue de la Convention, il lança tout de suite des messages pour convoquer une réunion d'urgence des archontes.

Celle-ci eut lieu le lendemain, à la rue de Vouillé, dans le cabinet de la Reine de Deniers. Autour de la table, le Bateleur expliqua rapidement les événements de la veille. Bien entendu, ses amis furent aussi catastrophés que lui.

— Quoi ! s'écria le Dix de Coupe. Mais tu te rends compte de ce que tu nous dis ? C'est la fin de la Société secrète !

— N'exagérons rien. Nous sommes simplement coupés des groupes du Pape et de l'Empereur. Mais nous sommes assez nombreux et assez organisés pour continuer à exister de notre côté.

— Alors, c'est une scission !

— Pas encore. Tout peut s'arranger. Ils me l'ont d'ailleurs clairement exposé : si j'accepte leurs conditions, nous serons immédiatement réintégrés. L'embêtant est que je ne peux pas les accepter. Donner des explications ? Je n'ai aucune explication à leur fournir. Le traître, ce n'est pas moi. C'est un des deux. Le Pape ou l'Empereur. L'Empereur ou le Pape. Eux seuls connaissaient le secret de Gorvenal. C'est donc forcément un des deux qui a trahi.

— Que comptes-tu faire ?

Le Bateleur se caressa le menton. Il hésitait manifestement à dire ce qu'il pensait.

— Écoutez, mes amis, il paraît que la nuit porte conseil. En tout cas, je n'ai pas dormi et cela se voit peut-être sur mon visage. J'ai passé des heures à réfléchir et je crois avoir compris pas mal de choses. Mon tort est de n'avoir pas saisi tout de suite l'enchaînement des événements. Simplement parce que je n'ai pas compris qu'il y avait des événements. Des faits qui se succédaient sous mes yeux, mais dont je ne voyais pas qu'ils étaient liés les uns aux autres. Tout a commencé voici un an, presque jour pour jour. Quand j'ai reçu un message de Gorvenal, disant qu'il voulait me parler. Je me suis rendu à Haïti et il m'a révélé l'existence de la Commission secrète. Oui, c'est là que tout a commencé. Ensuite… il y a eu des assassinats, des coups d'État, ma rencontre avec Samantha, la certitude que j'ai acquise est que nous étions infiltrés par des agents d'une autre organisation. Et à l'arrivée, le dernier maillon : le meurtre du président Wahab, que j'avais recruté. Oui, tout cela était une chaîne d'événements, et je ne l'ai pas compris. Peut-être étais-je aveugle ou sourd. Peut-être, plus sûrement, m'étais-je installé dans une sorte de routine. Mais le fait est là : je ne l'ai pas compris.

— Et maintenant que tu le comprends ?

Le Bateleur se redressa sur la chaise et releva les épaules.

— Et maintenant, je crois qu'il faut passer à la contre-offensive. Depuis le début, nous sommes sur la défensive. Nous constatons ce qui arrive sans réagir. Nous savons que nos ennemis nous espionnent et nous cherchons simplement à démasquer les espions. Je crois qu'il serait temps de changer de tactique et de porter le combat chez nos adversaires. Oui, il faut aller chez eux, de la même manière qu'ils sont venus chez nous.

— Mais comment vas-tu faire ?

— Je ne peux pas vous le dire. Cette nuit, j'ai échafaudé un plan et je compte le mettre à exécution. Mais j'ai besoin pour cela du secret le plus absolu. Dès demain, je pars pour l'Italie. Je ne vous cacherai pas que mon plan est très risqué. Mais je vous le répète : il faut porter le combat chez nos ennemis. Leur faire comprendre que nous sommes, nous aussi, capables de frapper. En mon absence, comme d'habitude, c'est la Reine de Deniers qui occupera mon poste. Et si je ne reviens pas...

Il se leva. Puis il fit le tour de la table, en leur serrant la main. Sauf à la Reine de Deniers, à qui il accorda une bise. Il soulignait volontairement le côté solennel de son attitude. En fait, ce fut un moment assez émouvant, car tous comprenaient qu'il marquait un tournant, pour eux, et pour la Société secrète.

— Mes amis, je tiens à vous dire tout le bonheur et toute la fierté que j'ai éprouvés à travailler avec vous pendant toutes ces années.

Nous avons fait beaucoup de choses, nous avons parfois connu des passages difficiles. Mais toujours, j'ai apprécié votre courage et votre dévouement. Ensemble, nous avons bâti la Société secrète, et cela aura été la grande aventure de ma vie. Alors, soyez assurés que je vous fais entièrement confiance.

— Mais Bateleur, nous ne pouvons pas accepter que tu partes ainsi !

— Il le faudra, cependant. Car je n'ai plus le choix. Ou bien je réussis l'opération que j'ai en tête, ou bien la Société secrète glissera vers sa disparition. Gardez votre calme. Continuez votre travail, et attendez mon retour. Je sais que je peux compter sur vous.

Là-dessus, il poussa la porte et quitta la pièce. Quand il descendait l'escalier, des pas le firent se retourner. La Reine de Deniers le rattrapa. Elle se jeta presque contre lui.

— Christian, reste ici ! Tu vas prendre des risques inconsidérés et nous allons te perdre. Je ne le supporterai pas.

Il la prit dans ses bras, souleva avec tendresse le menton féminin.

— Ma petite Sophie, je te confie la boutique. Je sais que je n'ai pas à m'inquiéter : tu as toutes les qualités pour me succéder un jour.

— Mais je ne veux pas te succéder ! Je veux que tu reviennes, que tu restes notre chef pour toujours.

— Heu, pour toujours, ce sera difficile ! À moins que tu ne découvres le secret de l'immortalité ! En tout cas, je te promets de tout faire pour revenir, et en bonne santé, de préférence.

Très émue, elle comprit qu'il partirait malgré tout. Il lui accorda une dernière bise.

— Occupe-toi bien de ton fils. Il est adorable et il a bien de la chance de posséder une maman comme toi. À bientôt, ma chère Sophie.

Il se dégagea et disparut. Elle sortit à son tour. Sur le trottoir, elle vit la silhouette qui s'éloignait. Il s'en allait. Et le cœur serré, elle se demandait si elle le reverrait.

Le Bateleur et la duchesse

Le lendemain, le Bateleur prenait son Alfa Roméo et partait en voyage. Il descendit vers le sud, s'engagea dans la vallée du Rhône. Sa première intention était d'escalader les Alpes pour emprunter le tunnel du Mont-Blanc. Puis il haussa les épaules. Pourquoi ne pas s'offrir un petit détour ? Juste pour le plaisir de revoir les paysages de Provence. Il poursuivit donc, passa par Marseille, remonta toute la Côte. En retrouvant ces virages serrés surmontant la Méditerranée, des images spectaculaires lui revinrent en mémoire. Celles du film *Le Deuxième Souffle*, grand classique du cinéma français des années soixante. Exactement la scène où Lino Ventura et ses complices attaquent un fourgon blindé avant de le jeter du haut d'une corniche. Mais ce souvenir, au lieu de l'agréer, le gêna. En effet, le film finissait mal, très mal. Et ce qu'il projetait de faire risquait de finir mal aussi.

Il passa la frontière à Menton, dépassa Gênes et remonta vers le nord. Ayant traversé l'Italie, il atteignit enfin la Vénétie. Bien sûr, il n'avait pas parcouru ce trajet d'une seule traite. Il s'était arrêté plusieurs fois. Mais en réalité, pendant tout le voyage, une pensée avait occupé son cerveau : comment la duchesse allait-elle le recevoir ? Cette question le tourmentait davantage que toutes les autres. Qui étaient pourtant nombreuses et graves. Malgré ses efforts, l'appréhension le dominait.

En passant par Padoue, il s'arrêta pour acheter un beau bouquet de fleurs qu'il plaça sur la banquette arrière. Une heure après, il arrivait à Mirano. Il retrouva avec émotion la *Via della Fontana*, qu'il avait bien cru ne jamais revoir. Les fleurs sous le bras, il la remonta, jusqu'au numéro 13. Là, il hésita, comme lors de sa première visite. Et ce fut très timidement qu'il frappa à la porte.

— Entrez, dit une voix en français.

Elle l'attendait ! Cette découverte, au lieu de le rassurer, l'inquiéta encore davantage. Il n'avait pas annoncé sa visite, mais elle savait qu'il allait venir. Il poussa la porte, entra et fit quelques pas jusqu'à la salle principale. À l'entrée, il s'immobilisa, complètement ébloui.

La duchesse était là. Belle, superbe, sublime. Aucune femme au monde ne pouvait se comparer à elle. D'ailleurs, ce jour-là, elle avait fait très fort, puisqu'elle était habillée intégralement de rouge. Veste rouge, jupe rouge, chemisier rouge, foulard rouge. Cette tenue flamboyante, ajoutée à son visage harmonieux et ses cheveux noirs, offrait un tableau à faire tomber à la renverse n'importe quel homme. Le cœur du Bateleur battait à lui rompre la poitrine. Il devait faire un effort surhumain pour ne pas crier : *Madame, je vous aime !* Mais le moment ne serait peut-être pas le mieux choisi...

Il s'approcha lentement et déposa doucement le bouquet sur la petite table basse, devant la chaise où était assise la duchesse. Puis il lui prit la main et la baisa du bout des lèvres.

— Madame, c'est un plaisir de vous revoir.

Il se redressa, en se demandant comment elle allait réagir. La réponse lui fut vite apportée. Elle s'empara des fleurs. Froidement, sans un mot, elle déchira l'enveloppe de plastique et cassa sèchement les tiges, une à une, en les jetant au fur et à mesure derrière elle. Le beau bouquet finit sur le parquet, déchiqueté en dizaines de morceaux. Le tout avait été accompli avec un incroyable mépris.

— Je vous remercie pour ces belles fleurs, dit-elle sur un ton glacial.

Maintenant, au moins, le Bateleur savait à quoi s'en tenir ! Il soupira, avec un peu de découragement.

— Madame, cet accueil chaleureux me va droit au cœur...

Il s'assit en face d'elle. En se demandant, bien entendu, ce qu'il allait pouvoir dire. Alors, il opta pour le plus simple. Il sortit une petite carte de sa poche et la jeta sur la table basse.

— De quoi s'agit-il ? demanda-t-elle sur le même ton glacial.

— De l'adresse d'une entreprise d'informatique, qui se trouve près de Nice, dans le sud de la France. C'est là que loge Antonella. On lui a donné un emploi, dont elle s'acquitte fort bien, ainsi qu'un studio. Si vous la voulez, vous n'avez qu'à y aller.

— Vous la trahissez, après m'avoir trahie, moi ? ricana-t-elle.

— Je ne trahis personne. Vous avez accepté de reprendre les contacts avec moi. J'estime donc normal de faire quelque chose en retour. Antonella ne m'en voudra pas. Vous savez, elle vaut beaucoup mieux que vous ne semblez le croire.

— Ah, comme les hommes deviennent bienveillants quand on leur a offert un petit plaisir sexuel ! Au fait, j'espère que vous n'avez pas profité de la situation pour coucher une deuxième fois avec elle.

— Madame, je me suis promis en venant ici de rester calme. Je ne répondrai donc pas à ce que vous venez de dire.

Sans montrer la moindre émotion, elle s'empara de la carte et la fit disparaître dans la veste du tailleur. C'est à ce moment seulement que le Bateleur s'aperçut qu'il y avait sur la table une bouteille de *grappa* et deux verres. La duchesse les remplit.

— Cher monsieur, je tiens à vous dire que si j'ai repris contact avec vous, c'est uniquement…

— … parce que Papinianus vous y a forcée. Oui, je le sais. Eh bien, c'est logique, non ? Nos histoires personnelles ne le regardent pas et il n'avait pas à en payer les conséquences. D'ailleurs, c'est pour lui que je viens. J'ai absolument besoin de le voir.

— Eh bien, je vais l'appeler et nous allons fixer un rendez-vous, selon les modalités habituelles.

— Je vous en remercie. Je précise que le plus tôt sera le mieux. En fait, cette rencontre sera peut-être la dernière. Mais elle est de loin la plus importante.

— Je vais m'en occuper. Je vous préviendrai quand j'aurai des nouvelles.

Tout de suite après, elle eut un geste très naturel. Elle croisa les jambes. Pendant une fraction de seconde, il put apercevoir l'intérieur de la cuisse, gainée dans un collant transparent.

Bien sûr, cela aurait pu être croustillant. Mais il garda une tout autre impression : si elle avait voulu le narguer, elle ne s'y serait pas prise autrement ! Il serra les poings avec une rage contenue, et décida que cette conversation avait assez duré.

— Eh bien, madame, je vais chercher un hôtel pour me loger, et j'attendrai votre appel.

— Vous savez où me trouver, répondit-elle d'une voix neutre.

Il se leva et tourna les talons. Ce fut presque avec soulagement qu'il resurgit dans la rue. Il soupira. Il avait tant espéré… oui, que leur rencontre se passerait autrement. Mais elle s'était déroulée exactement comme il l'avait prévu. Malheureusement.

Il reprit sa voiture et démarra. En réalité, il ne roula qu'une cinquantaine de mètres. Avant d'arrêter brusquement le véhicule. Il resta à l'arrêt pendant plusieurs minutes, réfléchissant derrière le volant. En effet, quelque chose venait de se produire en lui. Comme une corde qui cassait. Cela durait depuis trop longtemps. Il en avait assez de se faire rembarrer par cette… La galanterie et ses sentiments amoureux l'empêchaient d'aller plus loin ! Par-dessus tout, il en avait assez de refouler ce qu'il brûlait de dire. Tant pis pour les conséquences. Il devait déverser enfin ce qu'il avait sur le cœur. Mieux encore, il en avait besoin.

Il fit marche arrière. Comme dans un film à l'envers, il revint garer l'Alfa Roméo exactement où il l'avait prise. Très calmement, très lentement, il remit pied à terre, ferma la portière et traversa la rue. Il poussa la porte et rentra tranquillement dans la maison qu'il venait de quitter. Remonté comme une pendule. Il se sentait bien, car il allait enfin se débarrasser d'un poids qui l'encombrait depuis trop longtemps.

Ce fut le tour de la duchesse d'être étonnée en le voyant réapparaître. Elle ouvrit de grands yeux interrogateurs.

— Vous avez oublié quelque chose ? demanda-t-elle.

— Oui, madame, j'ai oublié quelque chose.

Puis, comme s'il était chez lui, il se laissa tomber sur la chaise, en face d'elle, happa la bouteille de *grappa* et remplit les deux verres.

— Madame, j'ai en effet oublié tout à l'heure un petit détail, qui vous intéressera peut-être, quoique ce ne soit pas sûr. Je suis amoureux de vous.

Après quoi, il but une gorgée d'alcool en savourant le goût de la liqueur. La duchesse resta silencieuse quelques secondes, avant de répondre.

— Vraiment ? laissa-t-elle tomber.

Il y avait dans sa voix assez d'ironie pour décourager le galant le plus empressé.

— Oui, vraiment. Pour employer une formulation plus conventionnelle, disons que je vous aime. Une dame en tailleur appréciera peut-être davantage cette expression.

Un nouveau silence. À présent, le regard de la duchesse se faisait franchement moqueur.

— Vous ne répondez rien, madame ?

Elle haussa les épaules, avec ce qu'il fallait bien appeler du mépris.

— Ma foi, si je répondais ce que j'ai réellement envie de répondre, je craindrais de vous vexer beaucoup.

— Si vous voulez dire que vous vous en foutez, vous pouvez. Ne vous gênez pas.

— Eh bien… heu, oui. C'est à peu près ce que j'avais envie de dire.

— Pas moi, répliqua-t-il avec force. Je vous aime. Je viens de vous le dire en face et j'en assume toutes les conséquences.

— Des conséquences ? Vous vous avancez beaucoup ! De mon côté, il n'y en aura aucune.

À présent, elle le regardait non plus avec ironie ou mépris, mais avec franchement de l'ennui.

— Écoutez, ce n'est pas que cette conversation me passionne, mais je ferai un effort. Depuis quand êtes-vous... heu, amoureux de moi ?

— Depuis notre première rencontre.

— Vous m'en direz tant !

— Oh, je tiens à être clair : je ne crois pas du tout au coup de foudre. Ce genre de fadaise n'existe que dans les romans roses. Non, en fait, je suis tombé amoureux de vous... disons, un quart d'heure après vous avoir vue.

— Vous avez raison : ce n'est pas du tout un coup de foudre !

Elle s'empara de son propre verre et but à son tour une gorgée.

— Et maintenant, cher monsieur, je dois vous poser une question un peu délicate. Qu'entendez par *amoureux* de moi ? Après tout, c'est un mot facile à prononcer.

— Pour ce qui concerne les autres, je ne sais pas. Mais pour moi, il a une signification précise. Il indique que vous êtes *la* femme que j'ai cherchée toute ma vie. Celle à qui je veux apporter le bonheur. Même en y sacrifiant toute mon existence.

Elle se permit un autre sourire, à nouveau moqueur.

— Oui, je vois. Autrement dit, cher monsieur, vous avez envie de coucher avec moi.

— Eh bien, cela fait partie de mes projets, en effet. Mais pour moi, le mot *amour* va beaucoup plus loin.

Elle reposa son verre, avant de laisser tomber d'une voix égale :

— Monsieur Dalleray, vous êtes un individu répugnant. Croyez-vous que je n'aie pas remarqué les regards que vous me lancez ? Depuis que vous me connaissez, vous ne pensez qu'à soulever ma jupe.

Elle cherchait visiblement à le déstabiliser. Mais il ne se laissa pas démonter.

— C'est de votre faute, répondit-il avec aplomb. Vous n'aviez qu'à être moche, boiteuse, mal élevée et idiote. Vous avez voulu être belle, séduisante, raffinée et intelligente. Le résultat est que tous les hommes qui vous croisent ont envie de vous mettre la main aux fesses. Tant pis pour vous !

Puis il se pencha en avant et s'efforça de se faire aussi convaincant que possible. En réalité, sa voix se fit presque suppliante.

— Maintenant, soyons sérieux. Madame, c'est vrai : je ressens pour vous une forte, une très forte, et je dirais même une très, très, très forte attirance sexuelle. Comment pourrait-il en être autrement ? Comment n'importe quel mâle normalement constitué pourrait-il rester de marbre devant vous ? Mais, madame, je vous *aime*. Cela signifie *qu'en plus* de coucher avec vous, j'ai envie de vous apporter tout ce qu'un homme peut apporter à une femme.

Il avait parlé avec toute la force de persuasion possible. Mais apparemment, cela était insuffisant. Car elle se fit encore plus sarcastique.

— Eh bien, monsieur Dalleray, je ne vois rien là qui ne puisse s'arranger très facilement. Voilà ce que je vous conseille : une bonne douche, bien froide. Je vous suggère même d'y rajouter quelques glaçons. Vous verrez, cela ira mieux ensuite.

Avec patience, il se recula sur la chaise. Il devait faire un effort : la duchesse était juste devant lui. Attirante, ensorcelante. Le tailleur rouge rehaussait encore son éclat. Il la voulait, il la désirait. Et il était prêt à tout pour cela.

— Madame, si vous croyez me décourager, vous vous trompez lourdement. Je vous aime. Cela signifie que vous ne pourrez plus vous débarrasser de moi. Où que vous alliez, je serai là. Rassurez-vous, je ne m'imposerai jamais. Mais je me battrai jusqu'à ce que vous m'acceptiez.

— Jusqu'à ce que j'accepte de coucher avec vous ? se moqua-t-elle. On dirait des menaces !

— En aucune manière. Je vous propose mon amour.

— Je n'en ai pas besoin. Monsieur Dalleray, je n'ai aucune intention de venir enrichir votre tableau de chasse, que je sais bien fourni.

— Il n'y a pas de tableau de chasse chez moi. C'est vrai, j'ai rencontré beaucoup de femmes dans ma vie, et certaines m'ont fait l'honneur de devenir des aventures. Oui, c'est une chance que je revendique. Mais vous êtes la première à qui je fais la déclaration que je viens de faire. Parce que vous êtes la première que j'aime à ce point.

— Je me demande si je dois me sentir flattée ou offensée ! Quant à celles qui vous ont cédé, entre nous, elles n'étaient pas bien difficiles !

— Oh, reconnaissez que j'ai quelques qualités.

— Ma foi, à part que vous mettez votre queue là où il ne faut pas, je dirais que vous êtes presque un gentleman !

— Je suis décidé à vous prouver que je vaux mieux que ce que vous croyez.

— Certaines dames l'ont cru, en tout cas. Quant à moi… Écoutez, je ne rejette pas le plaisir, loin de là. Depuis ma séparation avec mon mari, j'ai eu plusieurs amants. Mais je les choisis toujours avec beaucoup de soin. Et pour ce qui vous concerne… non, vous n'avez pas le profil que je recherche.

Décidément, c'était une rude combattante ! Seulement, le Bateleur se sentait déterminé. De toute façon, ayant franchi le pas, il ne pouvait plus faire marche arrière.

— C'est votre conclusion, madame ?

— Oui, c'est ma conclusion.

— Dans ce cas, je vous donnerai la mienne : je ne me découragerai jamais.

Elle haussa les épaules, puis se leva et marcha jusqu'à la fenêtre, dont elle souleva la persienne.

— La nuit est tombée, dit-elle.

Surpris, il tourna la tête. En effet, le jour venait de disparaître. Pris par la conversation, il ne l'avait pas remarqué. Elle se retourna.

— Bon, cher monsieur, je suis malgré tout une dame bien élevée et je veux toujours honorer la mémoire de Joseph Banguillot. Je vous offrirai donc encore une fois l'hospitalité. Vous commencez à bien connaître la chambre d'ami. Je n'aurai donc pas besoin de vous y conduire. Je sais que vous y dormez toujours très bien. Je vous promets que, dès demain, je contacterai Papinianus pour fixer un rendez-vous.

Ses talons claquèrent pendant qu'elle traversait la pièce. Elle s'arrêta au pied de l'escalier, où elle se retourna.

— Et pour terminer, une conclusion définitive. Vous avez eu beaucoup de femmes et je m'en réjouis pour vous. Mais moi, vous ne m'aurez jamais. Bonne nuit, monsieur Dalleray.

Sans un mot de plus, elle monta les marches. La silhouette rouge, absolument envoûtante, disparut à l'étage. Elle se rendait manifestement dans sa chambre.

Resté seul, le Bateleur soupira, avant d'ôter sa veste. Il alla dans la cuisine, ouvrit le frigo pour se préparer un sandwich. Il passa la soirée à regarder la télévision en buvant de la *grappa*. Étrange destin que le sien…

Il était presque minuit quand il monta l'escalier à son tour. Il s'engagea dans le couloir, avec la veste sur son épaule. Devant la porte de la chambre de la duchesse, il s'arrêta. Derrière ce battant, il y avait la femme qu'il désirait le plus au monde, et qui devait reposer sous le drap. Il haussa les épaules avec dépit et poursuivit jusqu'au bout du couloir. Jusqu'à la chambre d'ami. Il ouvrit et entra.

Il s'immobilisa. Stupéfait. Croyant rêver. Sur le lit, il apercevait la duchesse. Étendue. Elle avait simplement ôté ses chaussures. Les bras croisés, elle attendait. Elle tourna la tête à son entrée.

La scène était si inattendue qu'il mit plusieurs secondes à réagir. Quand il le put, sa première idée fut évidemment qu'il avait commis une erreur.

— Heu, pardonnez-moi, madame, je crois que je me suis trompé de porte…

— Non, pas du tout, répondit-elle calmement. Vous êtes bien dans la chambre d'ami.

— Mais… heu, alors, c'est vous qui vous êtes trompée ?

— Non plus. Je suis venue ici en toute connaissance de cause.

Il restait debout, les bras ballants. Et l'air probablement ridicule.

— Mais… heu, madame, je ne comprends pas…

— C'est bien l'impression que vous donnez ! dit-elle sur un ton caustique.

Comme il ne bougeait pas, elle finit par se lever et s'approcher de lui. Elle avait ôté la veste du tailleur, mais le chemisier rouge mettait parfaitement en valeur le torse voluptueux.

— Voilà un moment que je vous attends. Je commençais même à me demander si vous alliez monter. Allons, entrez. Voilà longtemps que je n'ai pas essayé le lit de cette chambre : c'est l'occasion ou jamais.

Éberlué, il n'en croyait pas ses oreilles.

— Quoi ! Mais madame… Tout à l'heure, en bas, vous avez dit que…

— J'ai changé d'avis, répondit-elle tranquillement.

Et elle fit elle-même claquer la porte.

* *

Sans savoir comment, le Bateleur se retrouva avec la duchesse dans ses bras. Leurs corps se collèrent, leurs bouches se joignirent.

Elle embrassait avec peu de fougue, mais avec une technique sans faille. Elle enfonçait la langue et, d'un mouvement ample et sans à-coups, balayait tout le palais de l'homme, sans omettre un recoin. Vraiment, la séductrice complète. Si le Bateleur n'avait pas déjà été amoureux, il le serait devenu sur-le-champ ! Mais il n'avait guère le loisir de se poser des questions. Fiévreusement, il fit ce qu'il brûlait de faire depuis un an. Il souleva rageusement la jupe. Les trésors cachés de la duchesse apparurent sous la lumière électrique. Deux cuisses bien fermes, deux fesses magnifiques avec un mini-slip de nylon collé sur les hanches. Enfin… enfin, il pouvait voir et toucher ces richesses si longtemps interdites.

Leur étreinte devenait passionnée. Il posa la bouche sur le cou féminin, fit descendre ses lèvres dans l'échancrure du chemisier. Un soutien-gorge blanc lui apparut, couvrant d'autres trésors, qu'il désirait aussi. Pendant ce temps, il ne cessait de caresser les parties les plus intimes de la belle Vénitienne.

— Monica, mon amour… J'ai attendu ce moment… Je t'aime !

Tout en l'embrassant, il la souleva dans ses bras et alla la jeter littéralement sur le lit. Elle resta étendue, les bras en croix. Totalement abandonnée. D'un geste autoritaire, il fit glisser le petit slip sur les chevilles, l'obligea presque à écarter les jambes.

Alors, il s'arrêta, marqua une hésitation. Il observa ce beau visage, ces grands yeux, cette bouche attirante. La séductrice la plus ensorcelante du monde.

— Aucune femme ne m'a fait souffrir autant que toi…, dit-il.

— Et je ne le regrette pas, le défia-t-elle.

Un sentiment de revanche parcourut le Bateleur. Il ouvrit son pantalon, s'apercevant à peine qu'il portait toujours sa veste et sa cravate. Le désir lui faisait tout oublier !

Quand il s'abattit sur elle, ce fut avec un gémissement qui soulignait son soulagement. Des mois et des mois de frustration qu'il défoulait en une seconde. Loin de se dégonfler, elle enroula les jambes autour de son torse et répondit à l'étreinte. Leur corps à corps amoureux les amena ainsi, lentement mais sûrement, vers une extase qu'ils partagèrent...

Le lendemain, le jour se leva et le soleil vint effleurer les toits de Mirano, qui s'éveillait. Dans la chambre, le Bateleur et la duchesse étaient assis au fond du lit. Sous le drap, ils étaient cuisse contre cuisse, hanche contre hanche. Au-dessus, leurs torses se collaient. Le bras de l'homme enserrait les épaules de la femme. Ils se caressaient, tout en échangeant des baisers. Sans un mot. La volupté du moment leur suffisait.

— Alors ? dit-elle enfin.

— Alors, quoi ?

— Je connais assez les hommes pour savoir ce qui se passe dans leur tête. Alors, par rapport aux autres ?

Il n'hésita même pas.

— C'est dix fois mieux avec toi. J'ai eu la chance de connaître des femmes très douées. Mais toi, tu es unique. Je t'aime.

Il l'embrassa pour lui en apporter une preuve. Puis lui posa la question qui le turlupinait néanmoins.

— Quand as-tu décidé de coucher avec moi ?

— Il n'y a pas eu de moment précis. Mais c'est vrai que j'ai basculé dans ton bureau, à Paris, quand je t'ai insulté. Jamais je n'ai vu un homme aussi malheureux que toi ce jour-là. J'ai alors compris que, malgré tout, tu étais quelqu'un de sincère. Et j'ai bien dit *malgré tout*...

— Merci de ta franchise.

Il l'embrassa encore, en caressant la tendre poitrine dénudée. Elle sourit.

— Pardonne-moi de ne pas t'offrir des charmes plus opulents !

Cette remarque le fit sourire à son tour.

— Tu as plus de charme que n'importe qui. Et maintenant, ma chérie, puisque nous avons commencé, et bien commencé, ne pourrions-nous pas aller un peu plus loin ?

Surprise, elle le regarda, ne comprenant visiblement pas ce qu'il voulait dire.

— Plus loin ? Tu as obtenu de moi ce qu'une femme a le plus de mal à accorder : une pénétration. Très peu de messieurs peuvent se vanter d'avoir reçu cela de la duchesse Ferri di Lazzaro. Que peux-tu désirer de plus ?

— Je veux ton cœur, répondit-il tranquillement.

— Quoi, tu veux que je sois amoureuse de toi ?

— Tout à fait, dit-il sans se troubler. Je t'aime. Donc, je veux que tu m'aimes aussi. Je veux être l'amour de ta vie, ton compagnon, ton homme, ton mâle. Enfin, je veux être tout pour toi.

Suffoquée, elle devait se retenir pour ne pas pouffer de rire.

— Eh bien, on ne pourra pas te reprocher de manquer de confiance ! Écoute, mon chéri, si un matin je me réveille en étant amoureuse de toi, je te promets que tu seras le premier informé. Mais ce genre de chose ne vient pas sur commande.

— On pourrait peut-être accélérer le mouvement, suggéra-t-il.

— De quelle manière ?

— Je rêve de nous voir tous deux en train de nous promener sur la place Saint-Marc, et les gens qui nous croisent t'appellent Mme Dalleray. Bien sûr, au début, tu ne seras pas obligée d'être amoureuse de moi. Mais à la longue, cela devrait venir.

— Quoi, tu veux m'épouser ? s'exclama-t-elle, incrédule.

— Oh, l'idée de me marier à l'église ne m'enthousiasme pas franchement. Mais si tu insistes... Évidemment, tu pourras t'habiller en blanc si tu le désires.

Cette proposition la laissa silencieuse. Pour la première fois, elle parut gênée.

— Christian, nous sommes nus dans un lit. Alors, c'est peut-être embarrassant, mais... heu, tu te souviens, je suppose, que je suis déjà mariée ?

— Je ne l'avais pas oublié, rassure-toi. Mais cela peut s'arranger. La Société secrète me permet de connaître pas mal de monde. Sur un mot de toi, je trouverai un très bon avocat, le meilleur. Il t'obtiendra le divorce dans des conditions optimales. Ensuite, nous n'aurons plus qu'à fixer une date.

Elle était de plus en plus éberluée. Avant de répondre, elle pencha la tête et l'embrassa. Longuement, délicieusement, elle lui lécha la langue, en y mettant toute sa sensualité, tout son art. Ce qui rendit encore plus cruelle la réponse qui suivit.

— Je ne divorcerai pas, mon chéri.

— Mais...

— Je ne divorcerai pas. Écoute, mon mari et moi avons passé des années à nous battre. Pour Antonella, pour l'argent, pour la maison, pour la voiture, et même pour les vieux bibelots de ma maman. Un jour, nous avons fini par trouver un accord, ou quelque chose qui y ressemblait, et qui nous permet au moins de vivre chacun de notre côté sans embêter l'autre. Je ne te cacherai pas que ce furent des années très pénibles pour moi. En ce qui me concerne, ce dossier est clos. Il est hors de question de le rouvrir. Les avocats et les tribunaux, j'en ai soupé !

— Mais si tu ne divorces pas…

— Cela ne nous empêchera pas de nous voir. Mon mari et moi sommes séparés.

— Ah, non ! se révolta-t-il. Tu me proposes de devenir un vulgaire amant, qui viendra de temps en temps réchauffer ce lit. Pardonne-moi, mais j'ai mon orgueil. Monica, tu n'es pas pour moi une conquête : tu es la femme que j'aime. Je te veux entièrement.

— Christian, tu peux tout me demander, sauf cela. C'est la seule chose que je dois te refuser.

Pour couper court à la discussion, elle sortit du lit et s'en alla vers la salle de bain. Même en étant complètement nue, elle conservait cette démarche unique qui la rendait envoûtante.

Fou de rage et de jalousie, il soupira plusieurs fois. Ensuite, il se leva à son tour et souleva la persienne pour regarder par la fenêtre. Bien sûr, il analysait la situation avec lucidité. Ce qui lui arrivait était une punition. Une juste punition. Eh oui, lui, Christian Dalleray, le tombeur. Il avait laissé bien des femmes sur son chemin. Des dames et des demoiselles qu'il avait séduites pendant ses voyages, avant de les abandonner, sous prétexte qu'il ne voulait pas sacrifier sa liberté. Et maintenant… Maintenant, c'était *lui* qui suppliait presque une femme de lui accorder le mariage, et qui se le voyait refuser. Oui, une juste punition. Il avait ce qu'il méritait.

La duchesse revint. Ses beaux seins tressautaient sous ses pas. Dès qu'il la vit, il l'enlaça à nouveau en se faisant aussi tendre et caressant que possible. Sa main se colla sur les fesses tant de fois rêvées.

— Monica, il n'y a rien d'impossible dans la vie et…

— N'insiste plus, Christian, ou bien notre relation pourrait tourner court à peine commencée.

La déception le tenaillait. Mais cela ne l'empêchait pas de réfléchir. Il crut comprendre l'attitude de la belle Vénitienne.

— Je ne suis pas le seul, c'est cela ?

Elle haussa les épaules, montrant clairement qu'elle aurait préféré éviter le sujet.

— Tu m'as fait l'honneur de tenir des propos très flatteurs à mon égard. Tu ne seras donc pas surpris d'apprendre que mes soupirants sont nombreux. C'est vrai, je suis à la recherche d'un chevalier servant. Pas d'un mari, puisque c'est impossible. Disons d'un homme pour m'accompagner. Tu es un candidat. De qualité, je le reconnais. Mais il y en a d'autres, qui ont aussi le droit de tenter leur chance.

Le Bateleur comprenait parfaitement la situation. Mais au lieu de le décourager, cette révélation lui rendit espoir. Il se sentait assez revigoré pour relever le défi. Il baisa la main de la duchesse. Étant nus tous les deux, ce geste, banal en d'autres circonstances, prit des allures irréalistes.

— Ma chérie, je te remercie de m'avoir dit cela. Je suis prêt à me battre. Tes soupirants, je vais les manger un à un. Donne-moi quelques jours et je te prouverai que ton chevalier servant, c'est moi et personne d'autre. Tiens, nous pouvons bien compter une semaine avant de recevoir la réponse de Papinianus. Tu es prête pour une semaine de bonheur ?

Elle répondit par un sourire envoûtant.

— Je suis toujours prête pour le bonheur…

* *

Et en effet, ils passèrent une semaine de bonheur. Ils vivaient ensemble, dans la maison de la *Via della Fontana*, et partageaient tout.

Ils allaient au magasin, comme n'importe quel couple. C'était lui qui poussait le caddie et elle s'occupait de le remplir. Ils discutaient sur le prix de telle ou telle boîte de conserve, se disputaient sur le choix de tel ou tel poisson, comparaient leurs goûts en matière de spécialités culinaires. Puis ils amenaient le caddie débordant près de la voiture et chargeaient leur butin dans le coffre. Ils s'offraient un petit *espresso* dans un bar voisin avant de rentrer chez eux. Tous ceux qui les voyaient les considéraient comme un couple marié, semblable à tous les couples mariés d'Italie.

Seulement... ils n'étaient pas mariés. Ni fiancés. Ni compagnons. Ni concubins. Et ils ne se livraient pas non plus à une simple partie de drague. En fait, aucun mot ne convenait pour désigner la situation qu'ils vivaient.

Ils se promenaient bras-dessus, bras-dessous, s'offraient mutuellement des petits cadeaux et poussèrent plusieurs fois jusqu'à Venise pour profiter des charmes de la prestigieuse cité. Un jour, ils allèrent même jusqu'à l'île Sant'Elena, où se trouvait le stade, pour assister à un match de football. La duchesse se révéla une authentique supportrice : elle encouragea son équipe avec passion. Au point d'amuser le Bateleur :

— Tu vas te casser la voix, ma chérie.

— Oh, toi et ton rugby ! s'écria-t-elle, vexée. Je me demande comment tu peux t'intéresser à ce jeu de sauvages avec un ballon ovale !

Bref, ils vivaient ensemble. En général, ils dînaient à la maison et le Bateleur faisait admirer ses talents de cordon bleu. Elle appréciait. D'ailleurs, elle paraissait de plus en plus heureuse avec lui. Ils passaient la soirée près de la cheminée, enlacés, à discuter de choses et d'autres. Puis, vers minuit, ils montaient se coucher. En réalité, ils n'accomplirent réellement l'acte sexuel qu'une ou deux fois. Mais ils s'endormaient l'un contre l'autre, voluptueusement réfugiés sous le drap.

Seulement, les jours passaient. Le Bateleur voyait approcher le moment où il devrait repartir. Il était décidé à ne le faire qu'en emportant avec lui le cœur de la duchesse. Et il se battrait jusqu'à la dernière seconde pour cela.

* *

Un soir, ils partirent pour le rendez-vous. La Lancia de la duchesse les amena jusqu'à Venise, où ils prirent le bateau.

La petite île sur la Lagune était toujours là, ainsi que la maison d'Eva Balbi. Ils arrivèrent vers vingt-deux heures. Papinianus était déjà sur place et attendait. Il se leva en voyant apparaître le Bateleur.

— Bonsoir, mon cher, c'est un plaisir de vous revoir.

— Pour moi aussi. Maintenant, ne perdons pas notre temps, car il est compté. Monseigneur, les choses vont mal, et très mal.

— Oui, je sais. Quand j'ai reçu votre appel, j'ai tout de suite compris pourquoi vous vouliez me parler. Il s'agit du président égyptien, n'est-ce pas ? Ce pauvre Wahab. J'ai vu les images à la télévision. C'est horrible.

— Vous avez trouvé le mot juste. À présent, assez larmoyé. Il faut agir.

Ils s'assirent et, devant un verre de *chianti*, poursuivirent leur conversation.

— Monseigneur, je n'ai pas besoin de vous poser la question. Puisque vous n'êtes pas un imbécile, je sais que vous avez réfléchi, comme moi, et que vous êtes arrivé à la même conclusion que moi.

— Oui, reconnut Papinianus. En effet, je ne crois pas que la mort du président égyptien soit un simple attentat islamiste. Il y a d'abord eu Banguillot, et maintenant Wahab. Non, cela ne peut pas être une coïncidence. La Commission secrète ? Oui, c'est ce que je pense aussi. Mais pourquoi ? Banguillot et Wahab ne faisaient rien contre elle. Et nous non plus d'ailleurs.

— C'est une façon de voir les choses. Mais on peut les voir autrement. Banguillot était au courant, et nous sommes au courant. Or, pour eux, le fait que nous sachions représente déjà une agression. Quant à Wahab... En adhérant à la Société secrète, il se mettait en dehors de la religion, et ces messieurs ne peuvent pas l'admettre.

— Et maintenant, que comptez-vous faire ?

— Je vous ai demandé de venir pour vous l'expliquer. Écoutez, Papinianus, j'ai tourné et retourné le problème dans ma tête. Depuis le début, nous sommes sur la défensive. En fait, depuis que je connais l'existence de la Commission secrète, je me contente de constater sans agir. Ils nous espionnent, ils nous attaquent et nous ne faisons que parer les coups. J'estime que nous ne pouvons plus continuer ainsi. Nous devons passer à la contre-attaque. Ils viennent chez nous, nous devons aller chez eux.

— Quels sont vos projets ?

Le Bateleur se pencha par-dessus la table et parla à voix basse. Le visage de Papinianus se décomposait au fur et à mesure. Il paraissait ahuri, et même inquiet.

— Quoi ? Mais Bateleur, vous n'y pensez pas !

— Bien sûr que j'y pense, puisque je vous ai fait venir pour cela.

— Mais... voyons, *vous voulez vous introduire à l'intérieur du Vatican et voler le traité d'alliance* !

— Exactement. Je veux frapper un grand coup contre la Commission secrète et je sais que celui-ci leur fera mal. C'est d'ailleurs celui qui leur fera le plus de mal.

— Allons, vous n'êtes pas sérieux : c'est beaucoup trop risqué. Pour vous et pour moi.

— En ce qui *vous* concerne, j'y ai pensé. Je ne ferai rien qui vous mette en péril. Monseigneur, vous allez prendre des vacances. Trois semaines de repos à la campagne. Vous avez bien un frère, ou des cousins, dans une province quelconque ? Allez les rejoindre et respirez l'air pur. Vous l'avez bien mérité. Ainsi, personne ne pourra porter la moindre accusation contre vous.

— Je veux bien. Mais vous, comment comptez-vous faire ?

— Je crois me souvenir d'un détail que vous m'aviez dit : le bureau du cardinal Kreisner se trouve tout près du vôtre.

— Heu, pas très loin, en tout cas. Quatre portes plus loin, exactement.

— C'est bien ce que j'avais cru entendre. Écoutez, mon idée est simple : je vais me cacher dans votre bureau. Puisque vous serez en vacances, personne n'y viendra. J'attendrai qu'il soit minuit, ou un peu plus, et puis je sortirai, et j'irai discrètement jusqu'au bureau du cardinal Kreisner. Pour forcer la porte et le fouiller de fond en comble, pour découvrir le texte du traité d'alliance.

— Mais mesurez-vous la difficulté de la tâche ? D'abord, il faudra ouvrir la porte.

— Ne me dites pas que vous n'avez jamais été cambriolé dans votre vie ! Cela doit se faire assez facilement : je ne pense pas qu'elle soit blindée. Et je ne crois pas qu'il y ait un système d'alarme : avec les précautions prises à l'extérieur du Vatican, ce genre de protection doit sembler inutile à l'intérieur.

— Et une fois que vous serez dans le bureau ? Comment ferez-vous pour trouver le traité ? Vous ne savez même pas à quoi il ressemble. Et il doit y avoir des dizaines de tiroirs et de placards.

— À quoi il ressemble, j'en ai une vague idée : s'il s'agit d'un traité entre le Vatican et les Saoudiens, il doit être logiquement traduit en arabe. Des textes traduits en arabe au Vatican, il ne doit pas y en avoir des milliers ! Si j'en trouve un, ce sera donc forcément celui-là. Quant au reste, la quantité de tiroirs... Ma foi, j'aurai toute la nuit pour chercher et je les ferai un à un. Et puis, je suppose que ce serviteur de Dieu doit avoir un ordinateur : il ne peut pas être archaïque au point de travailler encore avec un boulier ! Je l'allumerai et j'y découvrirai peut-être des informations.

— Le cardinal Kreisner travaille parfois pendant la nuit, objecta Papinianus.

— Là aussi, j'ai besoin de votre aide. Vous devez me signaler une période durant laquelle il sera absent. Je préparerai soigneusement l'opération.

Papinianus se caressait le menton. Visiblement, il n'était guère enthousiaste !

— Et maintenant, cher Bateleur, arrivons à la question fondamentale : qu'est-ce qui vous fait penser que le traité d'alliance se trouve dans le bureau du cardinal Kreisner ? Personne ne sait où il le cache.

Dalleray se pencha par-dessus la table.

— Écoutez, Monseigneur, ne vous faites pas plus bête que vous ne l'êtes. Je sais que vous vous êtes posé la question. Et que vous êtes arrivé à la même réponse que moi.

Papinianus abandonna en soupirant.

— Oui, c'est vrai, admit-il. Je me suis demandé moi aussi où pouvait être caché ce document. Et j'ai raisonné comme vous, car cela semble logique. Tout ce qui touche à la Commission secrète est tellement secret que ni le pape ni ses plus proches collaborateurs n'oseraient conserver le moindre papier en relation avec elle. Ce serait trop compromettant. Et ce que je dis pour le pape est aussi valable pour le mufti de la Mecque. Non, tout ce qui concerne la Commission secrète est forcément gardé par les chefs des deux délégations. C'est-à-dire le cardinal Kreisner, pour les catholiques…

— … et le cheikh Al-Talyani pour les musulmans, acheva le Bateleur. Ce dernier habite en Arabie saoudite, et il est donc inaccessible pour moi. En revanche, le bureau du cardinal Kreisner est à ma portée. Parce que c'est là qu'il garde le traité. À l'abri des murs du Vatican, derrière la puissance pontificale. Il y est même plus en sûreté que dans le coffre d'une banque.

— C'est ce que je pense aussi, avoua Papinianus.

— Les grands esprits se rencontrent !

— Soit, mais je maintiens que cette opération est trop risquée.

— Et moi, je répète que si vous prenez trois semaines de vacances, personne ne pourra vous soupçonner. Quant à moi… Écoutez, nous sommes assez intimes pour nous faire des confidences. Ce que j'ai découvert depuis un an a remis en cause une grande partie de ma vie. Je ne peux plus m'arrêter en route. Je dois aller jusqu'au bout, et tant pis pour les risques.

Comprenant que le Bateleur était déterminé, Papinianus soupira avec résignation.

— Eh bien, vous avez peut-être raison, après tout. Au lieu de nous cacher, de nous calfeutrer, pourquoi ne pas leur faire à eux ce qu'ils nous font à nous ? De quoi avez-vous besoin ?

— D'une personne pour m'introduire dans votre bureau. Vous avez bien des collaborateurs ?

— Oui, je comprends. Je vous enverrai ma secrétaire particulière.

— On peut lui faire confiance ? s'inquiéta le Bateleur.

— Oh oui ! Je lui confie tous mes secrets et elle ne les trahit jamais. Tout ce que je vous demande, c'est de ne pas la mettre en danger.

— Personne d'autre que moi ne sera en danger, je vous en donne l'assurance.

— Soit. Alors, je vais retourner à Rome et tout préparer. Quand ce sera fait, je vous appellerai.

— Je savais que je pouvais compter sur vous.

Ils se levèrent. Le Bateleur prit Papinianus par les épaules.

— Monseigneur, c'est peut-être la dernière fois que nous nous voyons. Alors, je dois vous remercier pour tout ce que vous avez fait et vous souhaiter bonne chance.

— Bonne chance ? C'est à vous qu'il faudrait la souhaiter ! Quant à moi, à mon âge, je ne peux plus espérer qu'une chose : que Dieu me rappelle bientôt à lui. Oh, pardon, c'est vrai que vous n'y croyez pas !

— Mais si vous y croyez, vous, c'est ce qui compte ! En tout cas, je vous remercie encore.

Ils se serrèrent la main, très émus. En effet, ils n'étaient pas du tout sûrs de se revoir un jour.

Papinianus disparut aussitôt. Le petit bateau l'emporta dans la nuit. Une heure et demie après, le Bateleur et la duchesse repartaient à leur tour. À Venise, ils reprirent la Lancia et retournèrent à Mirano. Il était presque cinq heures du matin quand ils y arrivèrent. Ils montèrent aussitôt dans la chambre et se couchèrent, tendrement enlacés.

* *

Une semaine plus tard, la duchesse rentrait chez elle. Elle poussa la porte et s'immobilisa. Un sourire lui échappa.

Les fauteuils et la table de la pièce principale étaient couverts, inondés d'énormes bouquets de fleurs qui formaient un arc de cercle. Une véritable décoration florale ! Et la petite table basse supportait une pyramide de paquets enveloppés dans du papier bleu et fermés par des rubans dorés. Elle se serait crue au matin du jour de Noël.

Amusée, elle décida de prendre son temps. Elle referma lentement la porte, ôta son manteau et avança dans le salon, caressant au passage quelques bouquets. Vraiment magnifiques. Elle tourna autour de la table, tapota dessus avec les doigts. Cette scène aurait pu se prolonger, mais elle préféra abréger.

Elle prit un premier paquet bleu, déchira le papier et l'ouvrit. Un flacon d'eau de toilette. Elle fit fonctionner le vaporisateur sur sa main, respira l'arôme du parfum. Elle ouvrit un deuxième paquet. Un écrin, abritant un superbe collier qui scintillait de mille feux. Le troisième paquet révéla un bracelet, avec son prénom, Monica, gravé en lettres argentées. Le quatrième, un assortiment de foulards absolument charmants. Elle se dit que cela suffisait.

— Mon chéri, tu as réussi ton coup. Tu peux te montrer, maintenant.

Le Bateleur apparut à l'étage. Où il guettait, en effet, la réaction de la duchesse. Il descendit lentement les marches de l'escalier et s'approcha.

— J'ai fait de mon mieux, dit-il.

— Je te remercie infiniment. Que de fleurs ! Je n'en ai jamais vu autant. Et le reste est splendide aussi.

Soudain, il la prit dans ses bras, en la serrant très fort.

— Assez tergiversé ! s'écria-t-il. Tu as parfaitement compris le pourquoi de tous ces cadeaux.

— Oui, confirma-t-elle. Et ma réponse est toujours la même.

Il déposa un baiser sur la joue de la belle Vénitienne.

— Chaque jour qui passera, je t'offrirai des cadeaux. Je te couvrirai de fleurs, de tendresse. Ta vie sera une succession de plaisirs. Je m'en occuperai et je tiendrai ma promesse. Tout ce que je demande en échange, c'est que tu t'appelles Mme Dalleray. Cela me suffira.

— Tu as le droit de tenter ta chance, répondit-elle sur un ton neutre.

Il déposa un autre baiser sur la joue.

— Je ne me décourage pas, Monica. Je ne me découragerai jamais. Je me battrai jusqu'au bout de mes forces pour te convaincre. Je sais que tu accepteras un jour.

Il ouvrit la boîte contenant le collier, s'en empara. Il l'attacha autour du cou de la duchesse. Elle avait relevé ses cheveux pour l'aider et elle les laissa retomber.

— C'est ravissant, dit-elle sur le même ton neutre. Je te remercie du fond du cœur.

— Alors, je pourrai revenir ?

— Tant que tu ne parleras pas de mariage, tu seras le bienvenu dans ma maison.

— Et dans ton lit ?

— Tout dépendra de toi. Si tu es bien sage…

— Sexuellement, t'ai-je donné satisfaction depuis quinze jours ?

— Tu ne m'as pas déçue. J'ai beaucoup apprécié tes prestations physiques. Mais tu sais, ce n'est pas le plus important pour moi à l'heure de juger un homme. Enfin… disons que j'en tiendrai compte.

Puis elle s'éloigna en ôtant la veste de son tailleur qu'elle jeta sur un fauteuil. Elle portait un chemisier blanc à travers lequel transparaissait le tracé sensuel du soutien-gorge. On pouvait même distinguer les arabesques de dentelle sur les bonnets. Elle réussissait ainsi l'exploit d'être hyperclasse comme une présentatrice de journal télévisé et hypersexy comme une hôtesse de bar. Seule une vraie séductrice pouvait le faire. Mais de toute façon, le Bateleur n'avait plus besoin de preuve depuis longtemps : cette femme était la plus belle, la plus séduisante, la plus captivante, la plus désirable, la plus gracieuse, la plus élégante, la plus intelligente, et cetera ! La marquise de Merteuil des temps modernes. Il la rattrapa et la reprit dans ses bras.

— Maintenant, je dois partir. Je vais à Rome. Je ne te cacherai pas que je vais prendre quelques risques. Sache une chose : où que j'aille, quoi qu'il arrive, je t'aime et je t'aimerai. À chaque seconde de ma vie, je penserai à toi. Monica, je ne renoncerai jamais à toi, sache-le.

Il l'attira contre lui et... il lui offrit le baiser le plus fabuleux qu'un homme ait jamais offert à une femme ! Un temps interminable bouche contre bouche. Quand elle parvint à se reculer, elle avait le souffle coupé.

— Eh bien, parvint-elle à dire, je crois que tu viens de marquer quelques points !

Il ne se gêna pas pour pousser son avantage. Sa main gauche releva la jupe jusqu'à la hanche. Il trouva un mini-slip de coton qui enveloppait les fesses attirantes. La tentation le prit de le baisser, de posséder une dernière fois la duchesse avant de partir. Il savait qu'elle n'aurait pas refusé. Mais il ne le fit pas. Debout, face à elle, il caressa les rondeurs si douces et si fermes sous la jupe, tout en dévorant des yeux cette fabuleuse séductrice. Un moment d'une grande intensité érotique.

— Au revoir, Monica. Je te promets de revenir. En tout cas, je ferai tout pour cela.

Il ouvrit la porte. Elle le rattrapa par le bras.

— Christian, fais attention à toi...

Il se retourna.

— Après ce que tu viens de dire, j'ai une raison supplémentaire pour revenir.

Il passa la main dans les cheveux noirs et soyeux. Une hésitation, puis il parla.

— Écoute, pour ce qui concerne Antonella, tu avais raison : ma conduite a été inqualifiable. Je me demande comment tu as pu me pardonner.

Il sortit et regagna la voiture.

* *

Une heure plus tard, au volant de son Alfa Roméo, il roulait sur la route, en direction de Bologne, en direction du sud. Il repartait comme il était venu.

Mais quelque chose avait changé. À présent, il avait dans le portefeuille, contre son cœur, un petit carré de carton glacé. Une photo de la duchesse. Une photo de la femme qu'il aimait. Elle lui apportait un peu plus de courage, un peu plus de force.

Luisa Mattola

Il arriva à Rome. Depuis Mirano, il avait contacté une agence immobilière afin de louer un appartement pour quinze jours. Il se rendit donc à l'agence en question, où une charmante secrétaire lui prit un chèque de sept cent soixante-cinq euros, plus une caution de mille euros. Pour deux semaines, c'était exorbitant ! Mais l'immobilier à Rome était ainsi.

Ayant pris possession de ses clés, il se rendit donc dans le quartier du Tiburtino. L'appartement était un modeste deux-pièces. Il ouvrit les fenêtres et découvrit une table, deux chaises, un petit lit, un frigo (qu'il dut mettre en marche). Enfin, pour ce qu'il venait faire, cela suffirait. Il dîna et s'endormit.

Le lendemain, il devait aller au rendez-vous qu'on lui avait fixé. Avec son Alfa Roméo, il roula jusqu'à la *Piazza del Risorgimento*, à deux pas du Vatican. En descendant de la voiture, un sourire lui échappa. *Piazza del Risorgimento*. Eh oui, une place qui s'appelait ainsi, à portée de fusil des murs imposants du Vatican. Comme un défi de la République italienne à la toute-puissante Église catholique. Mais son sourire disparut vite : cette vision des choses était un peu idéaliste. En vérité, l'Italie s'éloignait de plus en plus de Garibaldi et des Chemises rouges. Les thèses néo-fascistes et ultra-catholiques se répandaient chaque jour davantage dans la société. Oui, la réalité était celle-là. Il haussa les épaules avec fatalisme : de toute façon, c'était un combat qui ne finirait jamais.

Il entra dans un bar, s'installa au comptoir, sur un tabouret, et commanda un Martini. Puis il attendit en lisant *La Repubblica.*

Au bout d'une demi-heure, il vit entrer une femme. De vingt-cinq ans environ, brune, vêtue d'un tailleur très strict. Très jolie. Bien sûr, il n'y prit pas garde et poursuivit sa lecture. Mais la jeune femme s'approcha lentement de lui, en le regardant avec insistance. Intrigué, il releva la tête.

— *Si, signora...* ?

Elle le dévisageait, comme si elle cherchait à le reconnaître.

— Heu, pardonnez-moi, monsieur, mais... Ne seriez-vous pas M. Christian Dalleray ?

La surprise le fit s'immobiliser sur le tabouret. Il ne comprenait pas qui pouvait être cette demoiselle.

— Oui. À qui ai-je l'honneur ?

Ce fut le tour de l'inconnue d'être surprise, et beaucoup.

— Comment, vous ne m'attendiez pas ? Je suis Luisa Mattola, secrétaire du cardinal Prandelli.

Il resta stupéfait et ébahi. Elle manifesta un bref affolement.

— Oh, pardon, monsieur. Je suppose que j'ai dû me tromper de personne.

Il se secoua et la retint.

— Non, non, mademoiselle, je suis bien Christian Dalleray. C'est bien avec moi que vous avez rendez-vous. Mais… heu, comment vous dire ? Enfin, quand le cardinal Prandelli m'a dit qu'il allait m'envoyer sa secrétaire particulière, je m'attendais à voir débarquer… Heu…

Comprenant le quiproquo, elle réagit avec un sourire.

— Une vieille dame ? Aux cheveux gris, avec un chignon et des lunettes ?

— Eh bien, heu… Oui, à peu près !

Elle rit franchement. À présent, le malentendu était dissipé. Elle commanda un jus d'orange et elle lui expliqua :

— Je m'appelle Luisa Mattola et je viens de Sienne. J'ai fait de bonnes études, à Milan et à Genève. Le cardinal Prandelli connaît ma famille depuis longtemps. Il m'a proposé ce poste. Pour moi, c'est merveilleux : avoir travaillé au Vatican est une référence extraordinaire. Je compte le faire encore deux ou trois ans. Ensuite, cela me permettra de trouver une place prestigieuse quelque part.

— Mademoiselle, je vois que vous avez la tête sur les épaules. Mais une jeune fille comme vous, dans un endroit pareil… J'ai du mal à le concevoir !

— C'est ce que je pensais au début, moi aussi. Mais vous savez, les curés et les cardinaux ne sont pas si méchants qu'on le dit. Finalement, on est plutôt bien là-dedans. Bon, je ne vous cacherai pas que quand j'ai envie de m'amuser un peu, je dois aller ailleurs.

— Ma foi, j'espère que vous vous *amusez* beaucoup. Vous avez un fiancé ?

Elle répondit par une moue.

— Oui, mais il m'embête. Il veut faire de moi une épouse au foyer pendant qu'il explorera le monde en faisant de l'archéologie. Je cherche un prétexte pour me débarrasser de lui. Tiens, vous qui êtes un homme, que peut-on dire à un homme pour qu'il s'en aille ?

— Oh, je vous fais confiance pour trouver quelque chose !

Il finit son Martini et changea de sujet.

— Maintenant, mademoiselle, le cardinal vous a-t-il mise au courant de ce que je veux faire ?

— Pas vraiment. Il m'a conseillé de poser le moins de questions possible. Pour ma sécurité, a-t-il dit.

— Il avait raison. Et je vous renouvelle ce conseil. Écoutez, ce que j'attends de vous, c'est que vous m'aidiez à m'introduire dans le bureau du cardinal. Que je puisse m'y rendre sans encombre, sans éveiller les soupçons, et que je puisse m'y cacher un soir, jusqu'à l'aube. Voilà tout. Ne cherchez pas à en savoir davantage, car ce ne serait pas votre intérêt.

Le sourire de la jeune Toscane démontra qu'elle n'était pas si naïve qu'elle en donnait l'impression.

— Ne vous inquiétez pas, monsieur Dalleray. Depuis le temps que je travaille avec le cardinal Prandelli, j'ai l'habitude : c'est un homme qui garde beaucoup de secrets. Avec lui, j'ai appris à travailler dans la discrétion. Vous voyez, j'avance en pays de connaissance.

Il se sentit rassuré. En découvrant cette frêle jeune fille, il avait éprouvé une brusque inquiétude. Mais à présent, il savait qu'elle serait à la hauteur de la situation. Et surtout qu'elle garderait le silence.

— Et s'il vous arrive quelque chose ? demanda-t-elle.

Il leva les bras en signe de fatalisme.

— Tout reposera sur moi. En aucun cas, je ne vous mettrai en cause, pas plus que votre patron.

Il la regarda dans les yeux avant d'ajouter :

— Et maintenant, un dernier conseil. Ne cherchez surtout pas, et je dis bien *surtout pas*, à savoir ce que je ferai dans le bureau du cardinal une fois que j'y serai enfermé. Il le faut absolument.

— J'ai compris, conclut-elle en achevant son jus d'orange. Bon, voulez-vous y aller, ou attendons-nous encore un peu ?

— Écoutez, ce serait un plaisir de profiter un peu plus de la compagnie d'une fille ravissante comme vous, mais je crois bien qu'il faudra finir par y aller.

Il paya les consommations et ils s'en allèrent. Ils traversèrent la place Saint-Pierre. Des touristes venus du monde entier prenaient des photos. À l'entrée du Vatican, les gardes se dressèrent devant eux. Non pas les Gardes suisses, qui sont surtout là pour être pris en photo, mais des hommes du corps de vigilance du Vatican, la police locale, la vraie. Luisa leur expliqua :

— Ce monsieur est un journaliste français qui prépare une série de reportages sur le cardinal Prandelli. Pour cela, il doit se rendre dans son bureau afin de procéder à des repérages. Il risque de revenir encore dans les prochains jours. Rassurez-vous, le service de presse du Vatican a déjà donné son accord.

On lui demanda ses papiers et il sortit une carte de presse. Car il en avait bien une, établie quelques années auparavant pour une autre affaire. Là aussi, les relations de la Société secrète l'avaient beaucoup aidé.

Finalement, on les laissa passer. Le Bateleur dut réprimer un sourire : il savait que l'essentiel du travail du corps de vigilance du Vatican était de faire la chasse aux mendiants et aux pickpockets qui s'introduisaient dans les lieux pour détrousser les innombrables touristes ! Comme quoi, la protection divine ne suffisait pas toujours…

Ils s'engagèrent dans ces couloirs où les pas étaient feutrés et les voix basses. Il ne put s'empêcher de prendre Luisa par le bras.

— On entre facilement ici ! D'habitude, les journalistes font l'objet de plus de curiosité.

Elle lui offrit un sourire espiègle.

— Ce n'est pas pour me vanter, mais c'est parce que vous étiez avec moi. Si vous aviez été avec quelqu'un d'autre, on vous aurait posé beaucoup plus de questions. Mais je suis la secrétaire du cardinal Prandelli. Et… vous voyez, cela impressionne.

Il fut obligé de l'admirer. Cette jeune fille avait acquis une place de choix dans ce micro-État qu'était le Vatican. De toute évidence, une demoiselle avec de la personnalité et qui irait loin ! D'ailleurs, on les arrêta encore deux fois et elle resservit le même refrain. Ils purent poursuivre.

Le Bateleur commença à se poser des questions. Apparemment, le nom de Prandelli avait plus de poids au Saint-Siège que le cardinal ne l'avait prétendu lors de leurs rencontres…

Ils laissèrent sur leur gauche la chapelle Sixtine et la basilique Saint-Pierre, tournant vers la droite, vers le véritable palais, là où se trouvaient les services qui faisaient fonctionner l'État pontifical. Soudain, un homme se dressa devant eux. Sans ostentation, mais en leur barrant fermement le passage. Brun, avec un petit costume sombre aux manches légèrement trop courtes.

— *Signorina* Mattola, qui est ce monsieur qui vous accompagne ?

Pour la première fois, Luisa marqua ce qui ressemblait à de l'affolement. Cela ne dura qu'un quart de seconde, mais le Bateleur le remarqua. Elle répéta sa leçon. L'homme ne sembla guère impressionné.

— Vraiment ? Et puis-je voir sa carte de presse ?

Il s'en empara et l'examina comme s'il voulait la transpercer. Avant de la rendre, visiblement à regret.

— *Signorina*, j'aimerais être prévenu quand un journaliste va travailler dans cette zone. Pourquoi le cardinal Prandelli ne l'a-t-il pas fait ?

— Il le fera à son retour.

— En tout cas, j'ai l'intention de lui demander une audience quand il reviendra. Je vous remercie, *Signorina*.

Il les laissa enfin passer. Un peu plus loin, le Bateleur demanda discrètement :

— Qui était-ce ?

— C'est Falchi, répondit-elle à voix basse. L'officier du corps de vigilance qui s'occupe de cette aile du palais. Méfiez-vous de lui : il est malin et sournois. Rien de ce qui bouge dans ces couloirs ne lui échappe. Vous pouvez être sûr qu'il a déjà mémorisé votre visage. S'il vous revoit dans dix ans, il vous reconnaîtra sans hésiter.

Elle termina en chuchotant :

— En plus, il n'aime pas les journalistes. Vous n'avez pas de chance !

Enfin, ils arrivèrent dans un corridor. Les riches boiseries scintillaient. Ils virent passer deux hommes en soutane qui devisaient dans une langue que le Bateleur ne comprit pas. Luisa sortit une clé en s'arrêtant devant une porte.

— C'est ici.

Elle ouvrit et ils entrèrent. Le bureau était plus petit que le Bateleur ne l'avait imaginé, mais luxueusement meublé. Il parcourut l'endroit d'un regard perçant. Il ouvrit une armoire : elle était pleine de livres et de papiers. Une autre : il vit un espace en bas. Hélas, trop étroit ! Luisa vint à son secours.

— Je crois que j'ai compris ce que vous cherchez, dit-elle.

Elle ouvrit un placard, qu'il n'avait pas remarqué, et qui était intégré dans le mur. Il s'approcha pour regarder : oui, en dessous des étagères, il y avait une place vide.

— Je crois que cela ira, dit-il.

Il tenta l'expérience et s'y glissa. Il pouvait s'y tenir assis, les genoux repliés, et sa tête ne cognait pas contre la première étagère.

— Il suffira de refermer le placard et je serai parfaitement caché, constata-t-il. Voilà ce qu'il me fallait. Merci, mademoiselle.

Il se redressa, en rectifiant sa veste et sa cravate. Puis regagna l'entrée.

— Mademoiselle, ne bougez surtout pas. Je reviens tout de suite.

Il sortit dans le couloir. Papinianus lui avait bien dit : à quatre portes de son propre bureau. Il remonta donc le corridor, en s'efforçant d'adopter une démarche naturelle. Une première porte, une deuxième, une troisième... Il s'arrêta devant une quatrième. Elle était en bois luisant. Dessus, une petite plaque dorée et très sobre, qui indiquait simplement : *Cardinale E. KREISNER*. Oui, c'était bien là. Il était tout près du but. Un simple battant l'en séparait.

Il regarda autour de lui et… une grimace lui échappa. Un peu plus loin, le couloir faisait un coude vers la droite. Mauvais, très mauvais. Pendant qu'il serait occupé à forcer la porte, quelqu'un pourrait surgir sans qu'il l'ait vu approcher. Le problème n'était pas inattendu (il l'avait envisagé dans ses pensées), mais il était réel. Il retourna dans le bureau de Prandelli.

— Bien, mademoiselle, je crois que j'ai vu ce que je voulais voir.

— Cela se présente bien ? demanda-t-elle.

— Je ne vous répondrai pas. Maintenant, il faut agir avec prudence et persévérance. Chaque jour, vous m'amènerez ici, en donnant toujours la même explication aux gardes, et nous ferons cela pendant une semaine. Il faut qu'ils s'habituent à moi et qu'ils ne se méfient plus. Quand nous aurons atteint ce but, je passerai à l'action. Allons-y.

Ils repartirent et quittèrent le Vatican. Le Bateleur retrouva avec plaisir le grouillement des rues romaines et le soleil.

Il invita Luisa à déjeuner. Elle se révéla une jeune fille pleine de vie et d'enthousiasme, s'intéressant à des tas de choses et nourrissant une foule de projets. Malgré lui, sa curiosité fut piquée. Il voulait savoir.

— Mais mademoiselle, en vous écoutant parler, je me demande de plus en plus comment vous avez pu atterrir au Vatican. Quel a été votre parcours ?

— Oh, j'ai participé aux J.M.J., les Journées mondiales de la Jeunesse, organisées par le pape. Cela se passait en Allemagne. Pendant plusieurs jours, nous avons porté des pots de peinture et nous avons cloué des planches. Il fallait préparer les lieux pour l'arrivée du pape.

Elle pouffa de rire, avant de poursuivre.

— Bon, soyons francs, en réalité, nous nous faisions allègrement draguer par les garçons ! Je peux vous assurer que plusieurs de mes copines ne se sont pas embêtées…

— Et vous ? demanda-t-il par instinct.

— Oh, moi… Disons qu'un petit flirt m'a suffi. Ensuite, le pape est venu et il nous a fait un beau discours dans lequel il disait, en gros, que les relations sexuelles en dehors du mariage étaient une œuvre diabolique. Le pauvre, s'il savait ce qui était arrivé dans les jours précédents !

Elle conclut par un petit clin d'œil.

— Je vais vous donner un conseil d'amie. Si vous avez envie de draguer, allez aux J.M.J. Croyez-moi, il n'y a pas mieux !

Il se vit forcé de sourire. En fait, il était conquis et séduit. Décidément, si toutes les filles catholiques étaient comme celle-ci, il finirait presque par devenir croyant !

— Eh bien, mademoiselle, ce n'est pas le genre d'événements que je fréquente spontanément, mais après ce que vous venez de dire, cela mérite que j'y réfléchisse.

Le déjeuner terminé, ils se promenèrent un peu dans Rome. Le Bateleur connaissait déjà la Ville Éternelle, mais il la redécouvrait à chaque fois. C'était une métropole unique au monde. Chaque pas soulevait des siècles d'histoire.

Luisa dut prendre congé. Ils se fixèrent un rendez-vous pour le lendemain, dans le même bar. Elle lui dit au revoir et s'éloigna. Il soupira. En tout cas, il n'aurait pas fait le voyage pour rien : cette jeune fille était vraiment délicieuse. Finalement, il se dit que Papinianus était peut-être plus attaché aux plaisirs terrestres qu'il n'y paraissait...

Il rentra dans son petit appartement et passa la soirée étendu sur le lit, à lire la presse. Vers minuit, il reprit son portefeuille et en extirpa la photo de la duchesse. Il la regarda longuement. Le visage de la duchesse, les cheveux de la duchesse, les yeux de la duchesse. Son cœur battait. Il déposa un baiser sur la photo avant de la ranger. Puis il se déshabilla et s'endormit.

* *

À partir de là, ils mirent méticuleusement à exécution leur plan. Ils se retrouvaient chaque jour sur la *Piazza del Risorgimento*. Elle le conduisait ensuite au Vatican, où elle le faisait entrer en donnant toujours la même explication. Une fois dans le bureau de Papinianus, il repérait les lieux, s'efforçant de graver le moindre détail au fond de son esprit. Et ainsi pendant huit jours de suite.

Cela devint presque une routine, et les gardiens commençaient à le connaître. Mais le plus important pour lui était de s'assurer que le cardinal Kreisner ne serait pas là. Luisa s'informait et lui assurait que le prêtre américain serait absent. Le huitième jour, ils se rencontrèrent encore une fois, au même endroit que d'habitude. Après les salutations, il entra dans le vif du sujet.

— Mademoiselle, aujourd'hui, il faut se lancer. Je vais passer à l'action. Avant tout, je dois en être sûr et certain : le cardinal Kreisner ne sera pas dans son bureau ce soir, n'est-ce pas ?

— Non, assura-t-elle. Il est en voyage en Angleterre pour une semaine. Je l'ai vu partir et j'ai posé la question à plusieurs reprises pour en être bien sûre.

Il soupira intérieurement. Cela n'assurait pas le succès de son opération, mais dégageait bien le chemin. Il tendit à la jeune fille un cartable, semblable à celui des écoliers.

— Et maintenant, je vais vous demander d'introduire ceci dans le bureau du cardinal Prandelli. Je pense qu'on vous laissera passer. Moi, on me fouillerait et ce serait dangereux. Ne demandez pas ce qu'il y a dedans, je vous en supplie.

Elle ne le demanda pas. Elle s'empara du cartable et disparut. Une heure plus tard, elle revint.

— C'est fait, dit-elle. Je l'ai dissimulé dans une armoire.

Il soupira. Le moment était arrivé.

— Bien joué. À présent, c'est moi que vous devez introduire.

Comme chaque jour, ils traversèrent la place Saint-Pierre et entrèrent dans l'immense bâtiment. Le Bateleur connaissait désormais le chemin par cœur et c'est lui qui poussa la porte du bureau de Papinianus. Il récupéra son cartable. Puis il prit Luisa par les épaules.

— Mademoiselle, je dois sincèrement et profondément vous remercier. Vous avez été digne de la confiance qu'on vous accorde. Vous êtes une fille extraordinaire.

— Mais vous...

— Maintenant, allez-vous-en, et ne cherchez surtout pas à en savoir davantage, dans votre intérêt. La suite ne concerne que moi. Encore merci.

Le regard de Luisa était angoissé quand elle sortit. Il referma la porte derrière elle. Resté seul, il respira. Cette fois, il était au pied du mur. Mais il allait bel et bien tenter son pari insensé.

Il ouvrit le placard et se glissa dans la partie inférieure en le refermant. Il était bien caché à cet endroit. Quelqu'un pouvait entrer sans remarquer sa présence. Il y demeura pendant des heures et des heures. Une éternité. Cette position devenait insupportable, et même insoutenable. À l'extérieur, le Vatican s'enfonçait peu à peu dans la nuit et le silence. Heureusement, il avait emporté dans le cartable un sandwich et une petite bouteille d'eau minérale. Il les sortit pour se restaurer, en prévision des efforts qui l'attendaient.

Quand sa montre indiqua minuit, il rouvrit le placard et s'en extirpa avec soulagement. Il fit quelques mouvements pour dégourdir son corps. Ensuite, il se prépara. Il portait de petits mocassins souples, un pantalon noir, un pull-over noir et très serré contre le torse, et il enfila une paire de gants. Il se faisait l'effet de jouer dans un vieux film de gangsters des années soixante !

Il reprit le cartable et, ayant éteint la lumière, ouvrit la porte avec précaution. Le couloir se présentait désert. Une fois de plus, il constata que l'endroit n'était guère favorable à l'opération qu'il envisageait. Ce corridor qui tournait ne lui offrait aucune sécurité. *Mon vieux, il faut t'y faire. Au cinéma, tout est conçu pour que le héros réussisse les coups les plus spectaculaires, en attendant d'aller retrouver la belle blonde qui l'attend dans une villa avec piscine. Mais tu n'es pas au cinéma…*

Il sortit du bureau de Papinianus, marcha aussi doucement que possible. Ses mocassins ne faisaient presque aucun bruit sur le plancher. Une porte, deux portes, trois portes. Il s'arrêta à la quatrième.

Sur le bois, la même petite plaque : *Cardinale E. KREISNER*. Il regarda encore autour de lui, en ouvrant ses oreilles. Pas un bruit. Apparemment, le Vatican dormait.

Il s'accroupit, ouvrit le cartable avec précaution, en sortit un levier mécanique. Un de ces engins diaboliques qu'emploient souvent les cambrioleurs. Il se composait de deux pattes, d'un embout et d'une manette. Le Bateleur appliqua les deux pattes sur la porte en appuyant très fort. Puis il fit avancer l'embout, jusqu'à ce qu'il ait bien pris la serrure. Il approcha son visage pour vérifier. Cela semblait bon. Un soupir lui échappa : si on lui avait dit qu'il finirait cambrioleur ! Diriger des sociétés secrètes menait à tout !

Il fit alors tourner la manette et l'embout recula, faisant grincer affreusement la serrure. Un craquement qui résonna à ses oreilles. Inquiet, il s'interrompit pour se retourner. Aucune présence ne se manifesta. Ce secteur paraissait désert.

L'engin s'abaissa et il dut faire l'effort de le replacer. À nouveau, il actionna la manette. À nouveau, la plainte de la serrure qui résistait. Elle se révélait plus dure qu'il ne l'avait prévu. Il dut s'y reprendre à plusieurs fois. Les minutes passaient et la porte ne s'ouvrait pas.

Soudain, il s'interrompit et s'aperçut que son front était mouillé. La position inconfortable, le poids du levier mécanique, tout cela le fatiguait. Par-dessus tout, le doute s'emparait de lui : n'avait-il pas été trop optimiste ? Le découragement et l'inquiétude l'envahirent. Il se fit l'effet d'être Jack London, l'écrivain qui se retrouva immergé dans les eaux de la baie de San Francisco. Et qui fut tenté d'arrêter de nager, pour en finir, pour goûter le repos du néant. Pourquoi faisait-il cela ? Pourquoi s'obstiner dans cette position proche du ridicule ?

Il ôta le gant de la main droite : la paume était rougie. Preuve de l'effort qu'il faisait. Ensuite, il se secoua pour chasser ces pensées existentialistes. *Christian, il faut continuer. Tu ne sais pas toi-même pourquoi tu fais ça. Mais tu dois continuer.* Il remit le gant.

Encore une fois, il plaça l'engin en grimaçant et tourna la manette. Un craquement. Enfin, la serrure fut littéralement arrachée et retomba sur le plancher. Anxieux, il regarda autour de lui. Toujours personne. Cette zone n'abritait que des bureaux, désertés pendant la nuit. Soulagé, il se redressa avec joie, sentit le sang qui coulait à nouveau dans ses jambes.

Il rangea le matériel dans le cartable et ouvrit la porte. Il relogea la serrure dans son emplacement et fut satisfait du résultat : à moins de s'approcher tout près, personne ne verrait qu'elle avait été forcée. Il entra ensuite en refermant.

L'obscurité l'accueillit. Après avoir repris son souffle, il chercha le commutateur. La lumière jaillit. Le bureau du cardinal Kreisner était plus grand que celui de Papinianus et son mobilier un peu plus design. Le Bateleur posa le cartable et fit lentement le tour de la pièce. Exactement ce qu'il craignait : une incroyable quantité d'étagères, de clapets, d'armoires, avec un océan de papiers, de livres et de disquettes informatiques. Il s'y attendait, mais cela le découragea néanmoins. Comment trouver un document parmi cette masse ? Il envisagea plusieurs méthodes de recherche. Par exemple, procéder clapet par clapet. Puis son regard tomba sur l'ordinateur : oui, il serait préférable de commencer par là.

Il prit d'abord une précaution élémentaire : éteindre la lumière de la pièce (que quelqu'un aurait pu voir depuis le couloir) et la remplacer par la lampe du bureau, plus discrète. Il s'assit et brancha l'appareil. L'écran s'illumina et il resta les bras ballants. Oui, c'était bien beau d'allumer un ordinateur, mais pour chercher quoi ? Il ne possédait aucun élément précis. Il se caressa le menton avec embarras. Avant de sursauter. Décidément, il était bête ! Bien sûr qu'il possédait un élément, et d'une précision extraordinaire.

Il ouvrit le menu de base et lança la fonction *Rechercher*. Ses doigts grossis par les gants devenaient maladroits. Quand il eut le tableau sous les yeux, il repéra la ligne prévue à cet effet. Il tapa un nom : *Cheikh Hussein ben Khaled Al-Talyani*. Avant de cliquer sur *OK*. Deux secondes après, il vit apparaître dans la colonne de droite un fichier, portant le nom mystérieux de *Al-Talyani working.doc*. Il palpita. Évidemment, le cardinal Kreisner ne pouvait posséder qu'un seul document en rapport avec Al-Talyani. Celui qu'il cherchait.

Il lança le fichier, qui se décomposait en fait en plusieurs fichiers. Malheureusement, ils étaient tous rédigés en anglais, langue qu'il maîtrisait fort mal. De toute façon, les longs textes qu'il vit défiler ne l'avançaient à rien. Tant pis, il fallait faire quelque chose. Il sortit du cartable une pile de disquettes. Une à une, il les introduisit dans le lecteur et enregistra tous les fichiers qu'il trouvait. Cela constituait déjà un trésor d'informations précieuses. Au moins, son entreprise n'aurait pas été infructueuse.

Soit. Mais ensuite, il resta pantois et un peu ridicule. Le traité d'alliance, le traité d'alliance... Où pouvait-il être ? Il n'envisageait pas de repartir sans lui.

Alors, il employa le moyen le plus simple, le plus primitif. Il se posa la question : *Voyons, si je possédais un document aussi important, où le placerais-je ?* Aussitôt formulée l'interrogation, la réponse lui apparut, évidente. Il baissa les yeux sur le bureau. Voyons, c'était flagrant. Cette pièce, au cœur du Vatican, était une forteresse. Pas besoin de coffre-fort dissimulé dans un mur. Lui, Christian Dalleray, il aurait tout bonnement mis son traité dans un des tiroirs de ce bureau, afin de l'avoir à portée de main. Et le cardinal Kreisner avait probablement suivi le même raisonnement.

Il se pencha. À droite, trois tiroirs superposés. Et trois autres à gauche. Il tira dessus : ils étaient tous fermés à clé. Ou bien il avait une inspiration géniale, ou bien il faisait n'importe quoi.

Il décida de commencer par la droite. Il ressortit du cartable le levier mécanique, le fixa sur le premier tiroir et le refit fonctionner. Un nouveau craquement. Il leva encore la tête, guettant le bruit de quelqu'un qui aurait approché. Toujours rien, heureusement. Il ouvrit alors le tiroir cassé : des papiers, des stylos, une agrafeuse. Manifestement, ce n'était pas là.

Il força alors le second. Où il trouva des choses plus intéressantes : des échanges avec des personnes dispersées dans le monde, et qui auraient mérité un examen plus approfondi. Mais ce n'était pas ce qu'il cherchait.

Le levier fit craquer le troisième tiroir. Il pencha la tête. Son cœur se mit à battre. Il contenait un dossier, un seul. Une liasse de papiers reliés et protégés par une couverture bleue. Il s'en empara et l'ouvrit. Avec patience, il tourna les pages. De l'anglais, encore de l'anglais. Puis il frissonna. Il découvrait des feuillets couverts de lettres arabes. Et en continuant, il trouva même des pages écrites en latin. L'excitation le faisait trembler. C'était cela. Ce ne pouvait être que cela. Quel autre document, en ces lieux, aurait-il pu être traduit dans ces trois langues que rien ne rapprochait ?

Il comprenait mal l'anglais, et pas du tout l'arabe. Mais ses souvenirs de latin lui permirent de lire les premiers articles qui confirmèrent sa supposition. Oui, c'était bien ce qu'il cherchait. Le texte le plus secret du monde. Celui qui aurait provoqué un séisme planétaire si on l'avait révélé.

Avec des gestes fébriles, il le rangea aussitôt dans le cartable, avec son matériel de cambrioleur et les disquettes enregistrées. Un butin fabuleux. Maintenant, il devait ressortir du Vatican avec lui.

Il éteignit l'ordinateur, puis la lampe du bureau et retourna à l'entrée. Doucement, il rouvrit la porte. Un coup d'œil à gauche et à droite. Personne. Il ressortit donc en silence, referma derrière lui. Aussi discrètement que possible, il remonta le couloir, jusqu'au bureau de Papinianus. Et il s'y réfugia. En poussant un énorme soupir de soulagement.

Alors seulement, il s'aperçut qu'il transpirait. Pris par l'action, il ne s'était pas rendu compte qu'il tremblait de peur. Sans tarder, il regagna sa cachette, dans le placard, s'y enferma et y demeura calfeutré pendant des heures, en piaffant d'impatience.

Au petit matin, il surgit de sa tanière. Le cartable à la main droite, il refit le chemin qu'il connaissait bien désormais. Les gardiens l'observèrent avec surprise. Mais si on posait des questions à ceux qui entraient, on n'en posait aucune à ceux qui sortaient.

Cependant, au détour d'un couloir, il s'arrêta en sursautant. Rapidement, il recula d'un pas en se collant contre le mur. Falchi ! L'officier du corps de vigilance était là, en compagnie de deux hommes.

Apparemment, il leur donnait des ordres. Le cœur du Bateleur battait très fort. S'il le voyait, Falchi ne manquerait pas de lui demander pourquoi il avait passé la nuit au Vatican et avec la permission de qui ! Que faire ? Il pensa à retourner au bureau de Prandelli et s'y cacher à nouveau. En étant conscient des risques que cela impliquait, car cette fois Luisa ne viendrait pas le chercher.

Cinq bonnes minutes s'écoulèrent. Le Bateleur était au bord de la panique. Il n'en pouvait plus de se dissimuler. Enfin, Falchi et les deux hommes se déplacèrent. Sans cesser de parler, ils se dirigèrent vers la gauche. Un moment d'hésitation. Puis Dalleray se lança. Il se décolla du mur et, sur la pointe des pieds, repartit vers la sortie sans quitter des yeux le dos de l'officier. Si ce dernier se retournait...

Presque en courant, il atteignit son but. Un garde suisse, mal réveillé, lui jeta un regard étonné, mais ne fit aucun commentaire. Il retrouva l'air de l'extérieur avec soulagement. Après quoi, il traversa la place Saint-Pierre d'un pas lourd.

Sa montre indiquait huit heures du matin quand il entra dans un bar. Hagard, les traits tirés, mal rasé. Absolument épuisé. Il posa le cartable sur le comptoir.

— *Un espresso, per favore...*

* *

Deux jours plus tard, il garait son Alfa Roméo sur la *Piazza del Risorgimento*. Luisa Mattola l'attendait dans le bar. Il lui offrit un jus d'orange, puis ils ressortirent.

— Eh bien, *signorina*, je dois partir. Je vous remercie encore pour tout ce que vous avez fait.

— Je me suis limitée à exécuter les ordres du cardinal Prandelli. Je l'ai eu au téléphone hier soir, et il avait l'air soulagé.

— Vous n'imaginez pas à quel point je l'étais moi-même en sortant du Vatican ! Merci, et bonne chance pour la suite.

En ce qui le concernait, c'était terminé. Mais à sa grande surprise, elle le rappela.

— Monsieur Dalleray, vous n'allez pas partir comme ça !

Étonné, il la regarda sans comprendre.

— Heu, je vous demande pardon, j'ai oublié quelque chose ?

— Bien sûr. Voilà huit jours que nous nous connaissons et vous ne m'avez pas encore embrassée !

Il se pétrifia sur place. Éberlué. Quelques secondes lui furent nécessaires pour réaliser ce qu'il venait d'entendre. Et pour réagir.

— Heu, mademoiselle, maintenant que j'y pense, vous avez raison. C'est une lacune impardonnable pour un galant homme. Je vais essayer de me rattraper.

Il la prit dans ses bras. Comme elle était plus petite que lui, elle dut se dresser sur la pointe des pieds. Leurs bouches s'unirent et ils s'embrassèrent, pendant que les passants déambulaient autour d'eux. Au bout d'un moment, ils se séparèrent en soupirant d'aise.

— Satisfaite, mademoiselle ? demanda-t-il.

— Bien entendu. On voyait tout de suite que vous étiez un homme qui aime les femmes, mais vous embrassez encore mieux que je ne pensais.

— Heu, pardonnez ma franchise, mais vous êtes une fille gonflée !

— Et vous, répliqua-t-elle, que devrais-je dire à votre sujet ? Pendant huit jours, j'ai attendu avec impatience que vous vous décidiez et vous ne le faisiez pas. Vous étiez tellement absorbé par votre mystérieuse opération. Je commençais à me demander si je vous plaisais !

— Ah, vous me plaisez énormément. Je regrette maintenant de m'être réveillé si tard. Mais tant pis, je dois vraiment partir.

— Oh, vous reviendrez bien à Rome, non ?

— C'est une proposition que vous me faites ?

Elle répondit par un sourire, et sortit une petite carte qu'elle glissa dans la poche de la veste du Bateleur.

— Vous aurez tout ce qu'il faut là-dessus : mon adresse, mon téléphone, mon e-mail. Si vous revenez, vous n'aurez qu'à m'appeler et nous pourrons reprendre cette conversation où nous la laissons. Et inutile pour vous de louer encore un appartement : le mien est modeste, mais pour deux personnes, cela devrait aller. Je vous promets que vous passerez une semaine beaucoup plus agréable que celle que vous venez de vivre.

— Ce ne sera pas très difficile ! Mais le cardinal Prandelli ?

— Je suis sa secrétaire, pas sa fille. Bof, il sait à quoi s'en tenir sur moi. Il a compris depuis longtemps que je ne serai jamais une grenouille de bénitier.

— Eh bien, mademoiselle, j'ai pris bonne note de votre proposition.

— Enfin, à notre prochaine rencontre, j'espère quand même que vous n'attendrez pas huit jours pour m'embrasser.

— Heu, je vous promets d'être un peu plus rapide !

Un dernier sourire, puis il se glissa dans l'Alfa Roméo et démarra. La jeune Toscane resta debout sur le trottoir, visiblement déçue de le voir partir.

* *

Un peu plus tard, le Bateleur roulait vers le nord. Personne ne remarquait sa voiture, perdue parmi tant d'autres. Pourtant, sur le siège du passager, il transportait un cartable, et à l'intérieur, un dossier. Quelques feuillets dactylographiés. Le document le plus secret du monde dont il était désormais le détenteur.

Le cheikh

Aussitôt rentré à Paris, le Bateleur commença par cacher le traité dans un endroit qu'il était seul à connaître. Auparavant, il en avait fait une copie.

Il convoqua sans tarder une réunion des archontes qui eut lieu dans le XVIe, au domicile du Cinq de Coupe. Quand ils furent assis autour de la table, éclairés par la bougie rituelle, le Bateleur présenta à ses amis la copie du document. Ils le lurent avec étonnement et attention. Mais le Dix de Coupe hocha la tête d'un air très sceptique.

— Mon cher, navré de te le faire remarquer, mais cela ne nous mènera pas bien loin : ce texte ne porte aucune signature. Il ne prouve donc rien. N'importe qui aurait pu l'écrire.

— N'importe qui ? Certains articles sont d'une telle précision qu'ils ne peuvent avoir été rédigés que par des gens occupant de très hautes fonctions. De toute façon, cela n'a pas d'importance. Ce qui importe, c'est que ce document se trouve entre nos mains. Et signature ou pas, nos ennemis ne pourront pas le tolérer.

— Comment crois-tu qu'ils vont réagir ?

— Hum, à mon avis, de manière très… vigoureuse, pour employer un euphémisme. À partir d'aujourd'hui, je vous recommande à tous de faire très attention. Prenez toutes les précautions possibles, chez vous et à votre travail. Quant à moi…

Il sortit de sa poche deux cartes du tarot qu'il déposa sur la table. Le Pape et l'Empereur. Il les observa longuement.

— Je vais maintenant m'attaquer à ces deux personnes. Un de ces hommes est un traître. Le Pape ou l'Empereur. L'Empereur ou le Pape. Je dois savoir lequel. Et je vais m'y atteler. Voilà pourquoi j'ai tenu à dérober le traité d'alliance. Grâce à lui, je suis à présent en position de force. Séparons-nous, et n'oubliez pas : faites très attention à vous.

Ils se levèrent, se saluèrent et chacun repartit de son côté.

* *

Deux jours plus tard, au Vatican

Quand le cardinal ouvrit la porte de son bureau, il sursauta. La serrure venait de tomber par terre avec fracas. Tout de suite, un étrange instinct, développé par ses longues années d'activités secrètes, l'informa. La porte avait été forcée. Ce qui se confirma quand il l'observa de plus près. Très inquiet, il entra dans la pièce et regarda dans tous les coins. Les choses étaient à leur place. Apparemment, il n'y avait eu aucun vol. Pourtant, quelqu'un s'était introduit en ce lieu.

Ces yeux passèrent sur le bureau, l'ordinateur. Puis ils accrochèrent quelque chose. Les tiroirs situés sur la droite. Cette fois, son cœur battit très fort. La menace se précisait. Pas cela…

Il s'accroupit. Oui, c'était bien ce qu'il pensait. Les tiroirs avaient été forcés, comme la porte, et probablement avec le même instrument. Tout de suite, il ouvrit le troisième, le plus près du sol. Vide. Quelqu'un s'était introduit et avait volé le traité d'alliance ! Le précieux document qu'il avait rédigé avec la Commission secrète.

Heureusement, le cardinal n'était pas un faible et il ne céda pas à la panique. Il s'assit et se frotta le front en réfléchissant. De toute façon, il n'y avait aucune raison de s'affoler : le traité n'était pas encore signé. Ni le pape ni le mufti de La Mecque ne s'étaient décidés à le faire. Tel quel, il ne prouvait donc rien. Mais qui ? Qui a pu faire cela ?

En fait, il ne se posait pas vraiment la question. Qui ? Forcément quelqu'un qui connaissait l'existence de ce traité. Dès lors, une seule personne apparaissait comme coupable possible. Christian Dalleray. Le Bateleur.

Le cardinal soupira. Il décrocha son téléphone et appela le prélat. Il fallait évidemment prendre des dispositions. Et agir vite.

* *

Deux semaines plus tard, quelque part sur la terre

Les six hommes composant la Commission secrète entrèrent dans la pièce et s'assirent autour de la table, comme d'habitude. Les musulmans ouvrirent leurs sacoches et sortirent papier et stylos. Mais les chrétiens gardèrent les mains à plat. Le cardinal se décida enfin à parler.

— Mon cher, inutile de vous fatiguer. Ce que j'ai à vous dire se passera de notes. Le Bateleur s'est emparé du traité d'alliance. Il s'est introduit dans mon bureau, au Vatican, il a forcé le tiroir et il a pris le document.

Il se tut. Comme il s'y attendait, les musulmans, en face de lui, demeurèrent pétrifiés. Le cheikh ressemblait à une statue sur sa chaise. Un coup de tonnerre ne l'aurait pas davantage assommé. Le silence s'éternisait dans la pièce. Finalement, le Saoudien laissa tomber le masque et montra son véritable visage. Il regarda son interlocuteur avec un mélange de colère et de mépris. Sans doute les sentiments profonds qu'il éprouvait envers la religion chrétienne et qu'il avait trop longtemps refoulés.

— Que me racontez-vous là ? Vous vous êtes laissé dérober le traité ? Et vous le conserviez dans un tiroir de votre bureau, comme un vulgaire journal !

Bien sûr, le cardinal avait prévu cette réaction. Et il était disposé à se battre. Ce qu'il fit aussitôt, en serrant les poings.

— Cheikh, je vais vous dire une chose. Où se trouve *votre* exemplaire du traité ? Où l'avez-vous placé ? Eh bien, je le sais : dans votre bureau. Exactement comme j'avais placé mon propre exemplaire dans le mien. Où donc aurait-il été en meilleure sécurité que là ? Ainsi donc, vous avez fait rigoureusement comme moi. Regardez-moi dans les yeux et osez dire le contraire.

Le cheikh tremblait de rage. Mais en effet, il ne pouvait pas dire le contraire, car c'était bien ce qu'il avait fait. Tous les papiers concernant la Commission secrète étaient dissimulés dans son bureau, à La Mecque.

— Et si le Bateleur est entré chez moi, poursuivit le cardinal, c'est parce qu'il se trouve en Europe. S'il avait été en Arabie saoudite, il se serait introduit dans *votre* bureau. Aussi facilement qu'il l'a fait dans le mien. Alors, je vous en prie, je ne veux pas entendre de reproches.

Le silence retomba. Le cheikh reprit peu à peu le contrôle de lui-même.

— Bon, laissons cette discussion stérile. Maintenant, il faut aviser. Écoutez, ce n'est peut-être pas si grave que cela : le traité n'était pas encore signé. Dès lors, ce Bateleur pourra bien le publier s'il le désire, il ne prouvera rien.

Le cardinal répondit par un haussement d'épaules.

— Vous ne pensiez pas qu'il allait le publier ? Il va le garder pour lui, au contraire. Peu importe qu'il y ait ou non une signature. Ce texte est en sa possession. Cela signifie qu'à partir d'aujourd'hui, il aura une arme contre nous. Plus ou moins efficace, mais une arme. Mon cher, je ne suis pas du genre à vivre avec un revolver braqué sur ma nuque.

— Moi non plus. Alors, que comptez-vous faire ?

— Que comptons-*nous* faire ? répliqua le cardinal. Je vous rappelle que ce traité est notre propriété commune et qu'il n'a été volé chez moi que parce que les circonstances y étaient plus favorables que chez vous. Eh bien, nous allons agir.

Il sortit trois cartes, qu'il disposa sur la table. Le Bateleur, le Pape et l'Empereur.

— Maintenant, nous n'avons plus le choix. La Société secrète doit être détruite. Complètement et physiquement.

— N'aurions-nous pas dû le faire plus tôt ? souffla le cheikh.

— C'est vous qui me dites ça ? Vous affirmiez qu'elle ne présentait aucun intérêt et que nous perdions notre temps en la surveillant. Enfin, oui, c'est une décision que nous aurions dû prendre plus tôt.

Mais ces gens nous étaient utiles. À présent, ils sont une menace. Nous allons donc les anéantir. Naturellement, cela sera mis par écrit.

C'était un moyen pour le cardinal d'impliquer le cheikh dans les projets. Pas question que les Saoudiens restent dans leur coin en leur laissant la responsabilité et les risques de l'opération. Le cheikh leva les bras en soupirant.

— Eh bien, puisque nous en sommes arrivés là... Vous avez raison, mettons cela par écrit.

Les collaborateurs rédigèrent un rapport de réunion. La conclusion en était la suivante :

— *Après une longue et mûre discussion, la Commission secrète considère que l'organisation désignée sous le nom de Société secrète doit disparaître, complètement et physiquement, et ce dans l'intérêt des deux religions représentées dans cette commission.*

Au bas du rapport, le cardinal et le cheikh apposèrent leur signature. Ensuite, ils se levèrent et se dirigèrent vers la sortie.

— Et pour la suite ? demanda le cardinal.

— Eh bien... Ce que je viens d'apprendre aujourd'hui modifie totalement les données de la situation. En rentrant à La Mecque, j'informerai précisément mes supérieurs. J'ignore la conduite qu'ils adopteront.

Autrement dit, rien n'assurait que la Commission secrète continuerait à se réunir. L'ambiance était tendue quand ils sortirent et se séparèrent.

Le Huit de Bâton

Le Bateleur attendait la contre-attaque de ses ennemis. Il se demandait quand elle viendrait, d'où elle viendrait et quelle forme elle prendrait. Mais en tout cas, elle viendrait, il le savait.

En attendant, il poursuivait son enquête. Il prenait le maximum d'informations sur le Pape et l'Empereur. Leurs déplacements, leurs rencontres, et cetera. Il était à l'affût du moindre détail. Et dans sa tête, la même question qui tournoyait : lequel était le traître ? Le Pape ou l'Empereur. L'Empereur ou le Pape.

Ce jour-là, précisément, toujours à la recherche de renseignements, il se rendit dans le XIIIe, au salon de massage de Samantha. Il ne lui avait plus rendu visite depuis longtemps. Elle le reçut avec un sourire et il décida de ne pas perdre de temps. Quelques minutes plus tard, il était étendu sur la table de massage, complètement nu, et la superbe brune s'occupait de lui, avec le savoir-faire qu'elle lui avait déjà démontré à plusieurs reprises.

— Vous venez pour savoir si j'ai vu le Pape dernièrement ? demanda-t-elle.

— Votre perspicacité m'étonnera toujours.

— Eh bien, non, je ne l'ai pas vu. En fait, il a espacé ses visites au point de ne presque plus venir. Et la dernière fois que je l'ai massé, j'ai senti qu'il avait des problèmes.

— En effet, confirma-t-il. En tout cas, lui et l'Empereur ont un problème : moi. Ma chère Samantha, ils ont rompu avec moi. La Société secrète est désormais coupée en deux. Vous avez le droit de le savoir. Alors, je vous le dis.

— Je m'en doutais un peu, dit-elle sans marquer de déception. Kowalski avait vraiment l'air préoccupé. Vous pensez que cela peut mal finir pour notre organisation ?

— Non seulement je le pense, mais je le crains. Le Pape et l'Empereur sont en conflit ouvert avec moi et je n'ai pas l'intention de me laisser faire. Enfin, je crois pouvoir dire que le dénouement approche.

— Et moi ?

— Vous avez adhéré à la Société secrète, et de façon très courageuse. Soyez sûre que je ne vous laisserai pas tomber. En attendant, si le Pape revient, téléphonez-moi immédiatement pour me dire ce que vous aurez pu apprendre.

Il s'interrompit en réprimant un gémissement. Les seins généreux de Samantha s'écrasaient sur son dos en glissant voluptueusement. C'était le moment qu'il préférait. Il ferma les yeux et s'abandonna à la caresse de cette masseuse si douée.

Un peu plus tard, ils étaient tous deux dans le vestibule, l'un et l'autre rhabillés.

— Samantha, j'ai beaucoup réfléchi en venant ici et je crois que vous devriez quitter Paris.

— C'est si grave que ça ? demanda-t-elle sans s'affoler.

— Malheureusement. Vous venez de le dire vous-même : le Pape ne vient presque plus chez vous. Vous ne pouvez donc plus guère me fournir d'informations. Dans ces conditions, il faut surtout penser à votre sécurité. Il y a des choses dont je ne peux pas vous parler, mais la rupture avec le Pape et l'Empereur est profonde. Nous sentons le danger autour de nous. Écoutez, voilà mon conseil : allez vous installer sur la Côte d'Azur. Il fait beau, il fait chaud et les messieurs ont besoin de se *relaxer*. Je crois que vous gagnerez beaucoup d'argent là-bas.

— Je veux bien. Mais un salon de massage est une entreprise : il y a un loyer, des taxes...

— Ne vous inquiétez pas pour cela : je connais des gens dans ce secteur. Je vous donnerai leur adresse. Ils vous recevront et vous apporteront leur aide.

Il la regarda avec un sourire.

— D'ailleurs... hum, quand ils vous verront, ils auront encore plus envie de vous aider !

— Alors, je suivrai votre conseil. Mais je devrai attendre un peu, à cause de mon enfant : on ne change pas d'école comme ça.

Il sortit de sa poche un billet de vingt euros et le glissa dans le corsage de la belle brune. Puis il prit congé et repartit dans son Alfa Roméo.

Sa première intention était de rentrer chez lui. Mais il bifurqua. Même si l'après-midi touchait à sa fin, il voulait retourner à la rue de Paradis pour voir s'il y avait du nouveau. Depuis des semaines, il était en contact avec des gens dans le monde entier, se tenant au courant du moindre fait sortant de l'ordinaire. En réalité, il guettait l'attaque des ennemis.

Seulement, en arrivant, une surprise l'attendait. La Reine de Deniers lui avait tendu une embuscade. Et elle ne lui laissa aucune chance de s'échapper. Plantée devant le portail, le sac à main en bandoulière, elle lui mit le marché en main.

— J'en ai assez : voilà des mois que tu promets de m'emmener au restaurant et je ne vois rien venir. Ce soir, il faut te décider. Ou bien tu m'invites à dîner, ou bien je te fais la gueule pendant six mois !

Cette deuxième perspective étant insupportable, il n'eut d'autre issue que d'opter pour la première.

Il prit donc son amie dans la voiture et la conduisit à Boulogne. Là, protégée par la frondaison, une péniche amarrée flottait mollement sur la Seine. Un vieux Normand barbu l'avait transformée en restaurant. Il recevait les chanceux qui connaissaient son adresse et déposait devant leur nez des truites, des tanches, des goujons délicatement grillés au feu de bois et enveloppés dans une sauce, une sauce… Mes amis, je ne vous dis que cela ! La Reine de Deniers fit honneur au poisson avec appétit.

Mais le Bateleur, en homme de goût, avait choisi pour accompagner le repas une bouteille de vin blanc de la Loire, et le problème vint de là. Car son invitée en usa et abusa. Au point qu'après une heure, elle présentait des yeux opaques, témoignant de l'effet du breuvage sur elle. Visiblement ravageur.

— Alors, dit-elle d'une voix éraillée, tu as fait de nouvelles conquêtes, ces temps derniers ?

Il s'immobilisa, sincèrement surpris.

— Heu, je te demande pardon ?

Le vin blanc produisait de plus en plus d'effet et la voix de la Reine de Deniers devenait de plus en plus rauque.

— Christian, arrête de mentir. Je sais que tu es un coureur de jupons !

— Et comment le sais-tu ?

— Je ne suis ni aveugle ni sourde. Crois-tu que tu passes inaperçu quand tu te promènes au carrefour de la Convention en compagnie d'une demoiselle avec une jupe fendue jusqu'aux fesses ?

Cette fois, il sursauta, car il voyait parfaitement de qui elle parlait.

— Sophie, ce n'est pas bien de m'espionner.

— Vous espionner ? Mais vous ne vous cachiez pas !

— La fille dont tu parles s'appelait Hélène Trébac et elle faisait un stage à l'I.F.I.L. Elle était licenciée en sciences sociales et diplômée de HEC, sans compter qu'elle parlait trois langues couramment.

Elle ne se gêna pas pour glousser.

— Ce n'étaient pas ses diplômes qu'on remarquait au premier abord ! Elle montrait tout ce qu'elle pouvait.

— Elle portait une jupe fendue et cela lui allait très bien, rectifia-t-il. Elle était toujours parfaitement décente. Sache qu'elle est aujourd'hui au cabinet du directeur d'un des plus grands groupes pétrochimiques d'Europe. Tu vois que tu te trompes sur elle. Pour le reste, c'est vrai, je l'ai plusieurs fois invitée à dîner.

— Oui, grimaça-t-elle, incrédule. Et la petite Martine, alors ?

— Quoi, Martine Benamou ? Elle a été une des premières à rejoindre la Société secrète. Une fille extraordinaire. Elle a fait un grand travail pour nous.

— Et tu sortais avec elle ! insista la Reine de Deniers.

— Pour ta gouverne, je la raccompagnais chez elle, je lui faisais une bise sur le pas de la porte et je repartais.

Le ricanement qui lui échappa démontra qu'elle ne croyait pas un mot de cette version des faits.

— Et puis, il y a les autres. Toutes celles que tu entasses dans tes voyages. À chaque fois que je vais chez toi, je vois la boîte aux lettres pleine à craquer, et pas seulement de dépliants publicitaires !

— Dans mes voyages, comme tu dis, en dehors des avions et des hôtels, je n'ai guère le temps de découvrir autre chose.

Puis il décida que cela suffisait pour ce soir et regarda sa montre.

— Bon, je crois qu'il est temps de rentrer.

— Ah, non ! s'insurgea-t-elle. Christian, je ne partirai pas d'ici tant que tu n'auras pas reconnu que tu es un dragueur !

— Si tu continues, je t'abandonne et tu devras rentrer chez toi à pied. Allons, ma petite Sophie, on se lève.

Elle était dans un état d'ébriété avancé, mais il parvint à l'entraîner jusqu'à la voiture et démarra.

L'Alfa Roméo les ramena à la rue de Vouillé. Il aida son amie à monter l'escalier. La malheureuse tenait à peine debout. Le vin blanc lui avait réellement scié les jambes. Il la conduisit à sa chambre et l'étendit tout habillée sur le lit. Elle murmurait encore.

— Oh, Christian, avoue que tu es un coureur de jupons… Avoue-le…

Puis sa tête roula sur l'oreiller et elle sombra dans le sommeil. Le Bateleur rectifia sa cravate en regardant le corps assoupi. Décidément, Sophie Charbonnière était merveilleuse. Il l'adorait. En fait, il s'aperçut avec surprise qu'il l'adorait peut-être davantage que les autres. Pourtant, il n'y avait jamais rien eu entre eux. Pas de relations sentimentales ni sexuelles. Rien de plus qu'une grande et franche amitié. Mais que signifiait *amitié* entre un homme et une femme ? Il s'en alla tout doucement pour la laisser dormir.

Sa voiture le ramena à la rue de la Convention. Il remonta chez lui d'un pas fatigué. À peine rentré, il brancha l'ordinateur, car il était toujours attentif. Son cœur se mit à battre en découvrant le message qui s'affichait : il provenait de la duchesse.

Mon chéri,

Je t'annonce que je vais quitter Venise. Je dois me rendre à Rome pour mes affaires et j'en ai pour une semaine au moins. Inutile donc de chercher à me joindre dans les prochains jours.

Amicalement,

Monica.

P.S. S'il te plaît, arrête de m'envoyer des bouquets de fleurs, car je ne sais plus où les mettre !

Malgré sa fatigue, un sourire lui échappa. En effet, depuis son retour à Paris, il téléphonait chaque jour à un fleuriste de Mirano pour demander que soit livré un bouquet chez la duchesse. Jamais il n'avait oublié. Parallèlement, il lui écrivait aussi des courriers enflammés (et assez osés), dans lesquels il lui promettait tout ce qu'un homme promet à une femme. Matériellement, professionnellement, socialement, financièrement, sentimentalement, affectivement et sexuellement. Bref, il lui disait qu'il l'aimait et c'était vrai.

Il ne découvrit aucun autre message. Ayant ôté sa veste, il s'allongea sur le lit en desserrant sa cravate. Quand donc ses ennemis allaient-ils attaquer ? Il se rendit compte qu'il avait hâte de les voir arriver. Cela permettrait de crever l'abcès. Mais rien ne semblait se passer. Pourtant, il s'était emparé du traité d'alliance et il savait que les adversaires viendraient tôt ou tard pour le reprendre.

Il soupira pendant que le sommeil l'envahissait. Avant de s'endormir, il se posa une dernière fois la question. Ils allaient attaquer, mais quand aurait lieu l'attaque, et où ?

* *

Une semaine plus tard, Montevideo, Uruguay

Le Monde sortit de chez lui. Il s'arrêta devant une vitrine pour rectifier une dernière fois les rebords de sa veste, le nœud de sa cravate et s'assurer que ses cheveux grisonnants étaient bien peignés en arrière.

Ce jour-là, Carlos Oscar Pietri se rendait à une importante réunion de son parti. On allait y désigner ceux qui seraient responsables de diriger la campagne pour les prochaines élections. Bien entendu, il comptait bien en faire partie. Un coup d'œil à sa montre pour s'assurer qu'il n'était pas en retard, puis il traversa le trottoir et s'approcha de sa voiture. Une superbe Mercedes. Il ouvrit la portière, se glissa derrière le volant. Un regard dans le rétroviseur intérieur pour observer à nouveau sa coiffure. Le passage des années ne se faisait pas encore trop sentir. Il paraissait jeune et en jouait pour séduire la presse et les électeurs.

Il fallait y aller. Il introduisit la clé et mit le contact. La bombe explosa à ce moment. Il s'en aperçut à peine. Une grande déflagration, des éclats rouges qui montaient. Une douleur fulgurante. Il mourut sans s'en rendre compte.

La Mercedes avait été soulevée par l'explosion. Elle retomba lourdement avec fracas. Puis les flammes crépitèrent pour commencer leur travail. Dans la rue, c'était évidemment l'affolement. Quelques courageux tentèrent d'approcher pour extirper le conducteur du foyer. Mais cela s'avérait impossible.

Les pompiers et la police arrivèrent peu après. Ayant éteint l'incendie, ils purent sortir du véhicule ce qui restait de Carlos Oscar Pietri, dont la carrière politique et la vie venaient de s'achever brutalement.

* *

Évidemment, la nouvelle fit grand bruit en Uruguay, car Pietri était un politicien connu. La presse et le gouvernement ne cachèrent pas leur stupéfaction et leur inquiétude : les assassinats politiques ne faisaient plus partie du paysage uruguayen depuis bien longtemps. Personne ne souhaitait voir revenir ces pratiques d'un passé mouvementé.

En même temps, l'enquête de la police se mit très vite à piétiner. Aucun indice, aucune trace, aucun témoignage. La voiture de Pietri avait été désintégrée par une bombe placée dans le moteur et mise en action au moment où il avait tourné la clé de contact. Point. Quant à savoir qui et pourquoi, c'était le brouillard.

Un homme pourtant en savait un peu plus. Depuis sa maison d'*Atlántida*, le Jugement envoya un message crypté à Paris, pour le Bateleur.

En fait, l'information passa totalement inaperçue en France. L'Uruguay, c'était loin, c'était petit, et un politicien de là-bas qui se faisait tuer, cela n'intéressait pas grand monde. Mais le Bateleur reçut le message de son ami. Le vieil Irrouléguy ne tournait pas autour du pot : oui, le Monde avait bel et bien été assassiné. Dalleray ne fut pas excessivement surpris, mais il dut s'avouer qu'il ne s'attendait pas à voir ses ennemis frapper à cet endroit. En tout cas, cela confirmait amplement ce dont il se doutait : le vol du traité d'alliance avait fait très mal à la Commission secrète. Il aurait dû se sentir satisfait. Mais il se demandait surtout de quoi demain serait fait.

Il convoqua aussitôt une réunion des archontes. Celle-ci eut lieu le lendemain soir, et à nouveau au domicile du Cinq de Coupe. Ce dernier était présent, bien sûr, ainsi que le Bateleur, le Dix de Coupe et la Reine de Deniers. En revanche, le Huit de Bâton était absent. Ce qui les gêna un peu, vue l'importance de la rencontre. Mais il faudrait faire avec. Ils furent rapidement mis au courant de l'assassinat du Monde, alias Carlos Oscar Pietri. Ainsi que de son appartenance à la Société secrète.

— Ne crois-tu pas… ? commença le Dix de Coupe.

— Non, coupa le Bateleur. Il ne s'agit pas d'un attentat politique ni d'un vulgaire meurtre. Pietri a été tué parce qu'il appartenait à notre organisation. C'est la première réponse de la Commission secrète à ce que j'ai fait au Vatican.

— La première ? Parce que tu penses qu'il y en aura d'autres ?

— J'en ai la conviction totale et absolue. Mes amis, soyons clairs et directs : à partir de maintenant, nous sommes tous menacés. Tous. Depuis les gérontes jusqu'au dernier de nos membres. Manifestement, nos adversaires ont décidé de nous anéantir. Et ce, par tous les moyens.

— Qu'allons-nous faire ?

— Nous défendre, répondit-il calmement. Nous avons des armes, à commencer par ce fameux traité. Là où je l'ai caché, ils ne le trouveront jamais. Mais en attendant, nous devons nous protéger. Rentrez chez vous, contactez les membres placés sous votre autorité et prévenez-les de ce qu'ils risquent. Nous ne resterons pas les bras croisés, je peux vous le garantir. Seulement, il y a parmi nous des hommes et des femmes mariés, avec des enfants. Nous devons d'abord penser à leur sécurité.

Le Cinq de Coupe demanda alors :

— Et le Pape et l'Empereur ? Les as-tu informés de cet assassinat ?

Le Bateleur ne put s'empêcher de sourire.

— Ma foi, un des deux au moins doit être déjà au courant ! Mais tu as raison : à compter de cette minute, c'est à ce niveau que va se dérouler le combat. Je dois absolument découvrir lequel des deux est le traître qui nous a espionnés si longtemps. Dans le cas contraire... Eh bien, il faudra couper les ponts avec eux. Ce sera la scission et nous aurons notre propre organisation, distincte de la leur. Après tout, pourquoi pas ? L'histoire est pleine de ce genre d'accidents de parcours.

— Franchement, où allons-nous ?

— Mon cher, nous avons au moins la chance de savoir d'où nous venons. Et dans le monde où nous vivons, c'est déjà un privilège. Je vous le répète : prenez toutes vos précautions.

Ils se quittèrent. La Reine de Deniers s'en alla, le Dix de Coupe aussi. Mais le Bateleur resta et prit le Cinq de Coupe par le bras.

— Hum, je ne sais pas ce que tu en penses, mais l'absence du Huit de Bâton ne me dit rien qui vaille.

— Il a eu sûrement un empêchement. Tu sais que c'est un homme très occupé. Moi-même, il m'est arrivé de rater des réunions.

— D'accord. Mais dans les circonstances présentes, on a le droit de se poser des questions.

— Il n'y a qu'à lui téléphoner.

— Justement, j'ai essayé : son portable ne répond pas, son téléphone personnel non plus et celui de sa librairie pas davantage. J'ai bien envie d'aller faire un tour chez lui. Tu ne veux pas venir ?

Ils prirent l'Alfa Roméo et se rendirent dans le XXe, rue de la Chine. La librairie du Huit de Bâton était bien là, fermée, comme il semblait logique à cette heure. Ils se retrouvèrent les bras ballants, un peu embarrassés. Jusqu'au moment où le Cinq de Coupe eut l'idée toute bête de pousser la porte. Et celle-ci s'écarta en silence. Tous deux se regardèrent avec inquiétude. Cette fois, plus de doute : il s'était passé quelque chose. Le Huit de Bâton n'avait quand même pas oublié de fermer sa porte.

Ils montèrent rapidement l'escalier, allumèrent. Ils virent deux pièces vides. Dans la troisième, ils s'arrêtèrent en sursautant d'horreur. Le corps de François Lefeuvre, alias le Huit de Bâton, jonchait le plancher, baignant dans une mare de sang. Inutile de s'approcher pour s'apercevoir qu'il était mort.

— Oh, c'est affreux ! murmura le Cinq de Coupe.

Ils s'accroupirent, en veillant à ne pas toucher le cadavre.

— Tué, dit le Bateleur. Exactement comme le Neuf d'Épée. Il a ouvert la porte sans se méfier à quelqu'un qu'il connaissait bien. Et pendant qu'il avait le dos tourné, l'autre lui a tiré froidement une balle dans la nuque. Imparable.

— Quelqu'un qu'il connaissait bien ? Mais alors, l'assassin...

— ... est un membre de la Société secrète. Comme l'était le meurtrier du Neuf d'Épée.

— Et maintenant ?

— Et maintenant, les choses sont claires : nos ennemis veulent nous liquider. Tous. Et ils ont commencé à le faire.

Ils se redressèrent. Cela leur faisait mal de laisser leur ami trempant dans son sang, mais il fallait agir vite.

— Rentre vite chez toi, dit le Bateleur. Contacte tous tes hommes et prenez vos dispositions. Il y aura sûrement d'autres tentatives de meurtre dans les jours qui viennent. Quant à moi, je vais passer chez la Reine de Deniers : pas question qu'elle reste à Paris dans ces conditions.

— D'accord, répondit le Cinq de Coupe. Et Bateleur, fais attention à toi. C'est surtout toi qui es menacé.

— Je l'avais compris, rassure-toi.

Ils se séparèrent. Au volant de sa voiture, le Bateleur fit le tour du périphérique pour rejoindre le XVe et la rue de Vouillé. Il était presque minuit quand il y arriva. Il tambourina sur la porte du cabinet de la

Reine de Deniers. Celle-ci vint ouvrir, très surprise, avec le chemisier déboutonné, preuve qu'elle s'apprêtait à se coucher.

— Eh bien, que t'arrive-t-il ?

— Ma petite, l'heure est grave, gravissime. Notre ami François Lefeuvre vient d'être assassiné.

Elle sursauta.

— Quoi ?

— Nous venons de trouver son cadavre chez lui. Il a été tué exactement comme le Neuf d'Épée. Autrement dit, l'assassin est quelqu'un de chez nous. Sophie, je sais que tu es une femme courageuse. Mais tant pis, je ne peux pas supporter l'idée de te voir en danger. Tu vas prendre immédiatement ton fils et vous allez partir. Va à la campagne, chez tes parents, où tu voudras. Enfin, cache-toi quelque part. Jusqu'à ce que cette triste affaire soit réglée. Ne discute pas : c'est un ordre que je te donne.

Encore abasourdie, elle mit quelques secondes à réagir.

— Tu as raison, Christian. En réalité, je l'aurais fait quand même. Pour mon fils. Mais toi ?

— Il s'agit surtout de toi pour l'instant. Quant à moi, où que j'aille, je serai poursuivi : c'est moi qui possède le traité. Donc, je dois rester ici et faire face. À présent, ne perds plus de temps.

— Bien, soupira-t-elle. Dès demain matin, je fermerai mon cabinet et je quitterai Paris. Mais toi... je t'en supplie, Christian, ne prends pas trop de risques.

Elle semblait inquiète. Autant qu'en le voyant partir pour l'Italie. Il déposa une petite bise sur sa joue, pour la rassurer.

— À bientôt, Sophie.

Il reprit sa voiture et repartit.

Zénon, Chrysippe et Cléanthe

Il était minuit trente quand il rentra chez lui. Il ferma la porte et ôta sa veste, qu'il accrocha au dossier d'une chaise. Il desserra sa cravate en regardant par la fenêtre la rue de la Convention, éclairée par les lampadaires, avant de baisser les stores.

Naturellement, les événements de ces derniers jours lui trottaient dans la tête. Mais il ne cédait pas à la panique. Le fait de savoir que le traité se trouvait en sa possession le mettait en position de force. Momentanément, du moins. Soit, mais... ce mystère l'irritait.

Il approcha de l'étagère, s'empara du livre : *Les Stoïciens*, de la Bibliothèque de la Pléiade. Il l'ouvrit. La page treize. À la quatrième ligne, les noms de Zénon et Chrysippe soulignés. Et à la vingt et unième, celui de Cléanthe, souligné aussi. L'énervement le reprit. Enfin, ce malheureux Neuf d'Épée lisait ce livre au moment où on l'a tué. *Ce bouquin contient l'explication de tout ce qui est arrivé ces derniers mois. Mais quelle est-elle ? Quelle est-elle, à la fin ?* Il feuilleta et feuilleta encore l'ouvrage avec obstination : rien n'en sortait. Déçu, il le remit à sa place.

Tant pis. De toute façon, pour l'instant, il ne s'agissait pas d'élucider le meurtre du Neuf d'Épée, mais d'en prévenir d'autres. Avec des gestes lents, il se déshabilla, puis se glissa dans le lit et éteignit la lumière. Naturellement, il ne dormit pas. Comment aurait-il pu trouver le sommeil avec ce qu'il vivait ?

Le Bateleur aimait l'obscurité des chambres à coucher. Depuis sa plus tendre enfance, il s'y réfugiait, pour y chercher le silence, la quiétude, la paix. Loin du fracas des hommes et du monde. Recouvert par le drap, il pouvait laisser errer son esprit. Et celui-ci repassait comme un film les événements de ces douze derniers mois. Son ultime rencontre avec Banguillot, cette soirée où il avait malheureusement révélé le secret de Gorvenal au Pape et à l'Empereur, ses rencontres avec la duchesse et Papinianus et… le reste. Chaque journée, ou presque, lui revenait en mémoire. L'Ermite, le Jugement, le Monde, le Chariot… Autant de personnages qui paraissaient plus ou moins fantasmagoriques, mais qui avaient bel et bien existé.

Ensuite, il y avait Antonella, si jolie et si tourmentée. Et la duchesse, la plus extraordinaire séductrice qu'il ait vue dans sa vie. Sa vie, précisément, défilait aussi. Pourquoi ? Pourquoi avait-il eu cette étrange idée de faire des sociétés secrètes ? Alors qu'il aurait pu s'inscrire dans un club de loisirs, comme tant d'autres. Mais il ne regrettait pas. Il ne regrettait rien. Il assumait chaque seconde de son existence. Avec un bâillement, il ferma les yeux, en sachant pertinemment qu'il n'arriverait pas à s'endormir. Au moins somnoler. Se reposer un peu.

Il resta immobile pendant quelques minutes. Soudain, il se redressa sur le lit en poussant un cri. Son visage était défiguré, livide. Il respirait difficilement.

— Qu'est-ce que… ? bafouilla-t-il dans le noir.

Il venait de comprendre ! Il bondit littéralement sur ses pieds, ralluma. Complètement nu, il se précipita vers l'étagère. Ses mains fébriles reprirent le livre. Il le posa sur la table, l'ouvrit. Une page, deux pages, trois pages…

À la treizième, il s'arrêta, pointa le doigt. Son cœur battait, son cerveau tournoyait. À la quatrième ligne, les noms de Zénon et Chrysippe, soulignés. Et un peu plus bas, à la vingt et unième, celui de Cléanthe, souligné aussi. Ses yeux s'écarquillèrent. Oui, cela, il l'avait déjà remarqué. Mais ce qui lui venait à présent aux orbites, ce qui frappait son esprit comme un marteau cruel, c'était autre chose. Les noms de Zénon et Chrysippe étaient soulignés en *bleu*. Et celui de Cléanthe était souligné en *rouge*.

C'était celle-là, la découverte qu'il venait de faire, et qui l'assommait. Il s'éloigna de la table, en portant les mains à sa tête.

— Ce n'est pas possible, ce n'est pas possible…

L'idée qui lui venait était la plus affreuse, la plus horrible. En fait, l'éventualité qui se dessinait était pire que ce qui aurait pu se présenter dans ses cauchemars. S'il avait raison, c'était la fin de sa vie, tout simplement. S'il avait raison… Mais peut-être se trompait-il ?

Pendant vingt minutes, il tourna en rond dans la pièce comme un animal en cage. Son corps nu allait et venait sous la lumière électrique. Avait-il trouvé la solution ? Devenait-il fou ? Son idée était-elle juste ou n'était-elle qu'un fantasme produit par la fièvre ? Malheureusement, plus il y pensait, plus l'évidence s'imposait. Il venait bel et bien de découvrir la vérité. Et cette dernière se révélait atroce.

Il reprit le livre, transperça presque les pages avec ses yeux. Oui, inutile de se mentir à lui-même. Il venait de trouver la clé de l'énigme.

— Ce n'est pas possible, ce n'est pas possible…

Il regarda sa montre. Trois heures et demie du matin. Que faire ? Il hésita. Puis se dit qu'il fallait agir sans tarder. Il décrocha le téléphone, composa le numéro de Céline Ravaux. La sonnerie s'éternisa. Il insista. Enfin, un déclic, et une voix ensommeillée.

— Allô, oui…

— Ma petite Céline, c'est le Bateleur, Christian Dalleray. Je sais ce que vous allez me dire : ce n'est pas poli de réveiller les gens. Je suis d'accord avec vous. Mais écoutez, la situation est grave, très grave. Alors, je vais vous demander quelque chose. Vous allez immédiatement, et je dis bien *immédiatement*, contacter le Pape et l'Empereur, et leur dire que je convoque une réunion d'urgence des gérontes, pour demain soir, au boulevard de Strasbourg. Dites-leur bien qu'ils doivent absolument venir. Et précisez que c'est *moi* qui leur demande de venir. Cette réunion doit impérativement avoir lieu.

— Mais…

— Ne cherchez pas à comprendre. Je vous adore. Vous êtes une fille formidable et vous avez fait un travail sensationnel à France-Dom. Je tiens à vous remercier. Malheureusement, l'avenir proche s'annonce difficile. Faites ce que je vous dis, et bonne nuit quand même.

Il raccrocha. Après avoir fait les cent pas pendant quelques minutes, il alla sortir une bouteille de brandy dont il se servit un verre. Du brandy. C'était ce que lui avait offert Banguillot. Eh oui, la boucle commençait à se boucler.

Quatre heures du matin. Cette fois, il le savait : il ne dormirait pas. Il se rhabilla, avec des gestes d'automate. Le string, qu'il fixa sur ses hanches. Le pantalon, qu'il enfila avant de relever la fermeture. La chemise, qu'il boutonna lentement. Les chaussettes et les chaussures, puis la cravate qu'il noua. Il se souvint qu'il n'avait commencé à en porter une que vers vingt-trois ans, et cet accessoire faisait désormais partie de sa personnalité, au point qu'il en portait une même en vacances. Un passage par la salle de bain pour arranger ses cheveux, et il mit la veste. Il soupira. Il était redevenu le Bateleur. Le Bateleur... Pour combien de temps encore l'était-il ?

Il prit le livre, *Les Stoïciens*, et ouvrit la porte. Mais il ne sortit pas tout de suite. Il se retourna. Il avait besoin de se retourner. Un modeste deux-pièces. Un plancher, quatre murs et un toit qui avaient abrité quinze ans de sa vie. Quinze ans. Pour la première fois, il eut envie de revenir en arrière. Vraiment envie. Lui qui détestait la nostalgie. Fuyant le sentimentalisme, il referma et descendit l'escalier.

* *

Il passa la journée entière à errer dans Paris, au volant de son Alfa Roméo. Le jour se levait quand il prit son petit déjeuner dans un bistrot de la place d'Italie. Un café-crème et un pain au chocolat. Cela lui sembla dérisoire. Tout lui semblait dérisoire à présent.

Ensuite, il reprit la voiture et repartit n'importe où. Il suivit le périphérique. La porte de Vincennes, la porte de Montreuil. En fait, il n'allait nulle part. Il attendait simplement la soirée pour se rendre au rendez-vous. Mais vers midi, une brusque inspiration le saisit. Il roula jusqu'à la porte des Lilas, tourna à gauche, arriva vite à Belleville. L'église Saint-Jean-Baptiste. Il descendit de voiture et chercha. Sous les hauts murs, il trouva. *La Perdrix rouge*. Oui, le restaurant où tout avait commencé.

Son cœur se serra. Dix ans. Dix ans déjà. Malgré lui, il se revit, un peu plus jeune, plein de fougue et d'enthousiasme, débarquant dans ce lieu avec ses deux amis. Ce fut plus fort que lui : il y entra. On l'installa à une table et on lui présenta le menu. Son regard se posa sur une autre table, tout près de la sortie. L'endroit où, dix ans plus tôt, Michel Kowalski, Éric Schneider et lui-même avaient créé la Société secrète. Il se souvenait presque des vêtements que chacun d'eux portait ce soir-là. Puis il se secoua. *On ne peut pas revenir en arrière, Christian, on ne peut pas. Et c'est très bien comme ça...*

Il mangea de bon appétit et s'en alla. Sa voiture lui permit de s'éloigner et il s'aperçut que toute nostalgie avait disparu chez lui. Le passage à ce restaurant l'avait aidé à surmonter ce moment de déprime.

L'après-midi s'écoula lentement, pendant qu'il errait à droite et à gauche. Peu à peu, le jour baissa, la nuit approcha. Il dîna près du Châtelet et, quand il ressortit, la nuit était bien tombée. Il serra les dents. Le moment fatidique approchait.

Il se promena encore un peu, but une bière. Puis un coup d'œil à sa montre. Vingt et une heures. Il fallait y aller. Déterminé, il roula jusqu'au boulevard de Strasbourg où il trouva une place pour se garer (ce qui aurait été bien plus problématique pendant la journée). Il passa sous le porche du 38. Les marches en bois de l'escalier grincèrent pendant qu'il montait. La porte de la société France-Dom. Il fit tourner la clé pour ouvrir, appuya sur le commutateur.

Le décor si familier. Les étagères supportant du courrier. Le bureau de la Lune, parfaitement rangé. Il se rendit dans la pièce voisine, celle des réunions. Ses chaussures crissèrent sur le parquet pendant qu'il marchait. Il se laissa tomber derrière la table, déboutonna sa veste. Le silence l'entourait. Le temps semblait suspendu. En fait, il était suspendu. *Et maintenant, Christian, il n'y a plus qu'à attendre. Attendons...*

Vers vingt-deux heures, le claquement d'une porte. Puis des bruits de pas qui approchaient. Il se sentit soudain très calme. L'instant irrévocable était arrivé.

En effet, le Pape et l'Empereur entrèrent tout de suite après. Ils le regardèrent, sans exprimer aucun sentiment particulier.

— Tu nous as demandé de venir, dit enfin le Pape. Nous sommes venus.

— Je vois, je vois. Pardonnez-moi de n'avoir rien à vous offrir. Mais tel n'est pas le but de notre réunion. Vous pouvez vous asseoir, cela ne coûtera pas plus cher.

Les deux hommes s'installèrent. Ils se retrouvaient ensemble, comme tant et tant de fois. Le Pape reprit la parole.

— Bon, Christian, allons droit au but. En ce qui nous concerne, nous n'avons rien à ajouter à ce que nous t'avons dit la dernière fois. Tout ce que nous te demandons, c'est de nous donner une explication sur ton comportement déroutant de ces derniers mois. Si tu le fais, tout sera oublié et la Société secrète rentrera dans la normalité.

— Eh bien, moi, j'ai quelque chose à ajouter. Parce que les faits m'apparaissent aujourd'hui très différents de ce qu'ils étaient voici peu.

Il posa les mains sur la table et constata avec plaisir qu'elles ne tremblaient pas.

— Bon, mes amis, j'ai horreur de raconter ma vie. D'autant que vous la connaissez. D'accord. Mais je vais néanmoins être obligé de revenir en arrière. Voilà un an, presque jour pour jour, je rencontrais pour l'ultime fois Joseph Banguillot, président de la République d'Haïti. Il me communiquait une information capitale, dont je n'ai pas saisi l'importance sur le moment : l'existence de la Commission secrète. Par honnêteté, et par logique, je me suis décidé à vous la dire. Alors que je lui avais promis de n'en parler à personne. Quelque temps après, ce pauvre homme était renversé et assassiné par un coup d'État. Une coïncidence ? Oui, c'est ce que j'ai pensé. Seulement, les événements se sont poursuivis et j'ai commencé à me poser des questions, ou plutôt une : et si ce n'était pas une coïncidence ? Si Banguillot avait été tué justement parce qu'il m'avait révélé ce secret ? Mais dans ce cas, le traître ne pouvait être qu'un de vous deux. Parce que je n'en avais parlé à personne d'autre.

L'Empereur se permit de hausser les épaules.

— Arrête de nous embobiner. Le traître, c'est toi. Et c'est même une évidence. Tu nous as caché tes liens avec le président Banguillot, comme tu nous as caché plus tard le recrutement du président Wahab, et comme tu nous as caché beaucoup de choses. Et puis, il y a les morts. Banguillot, Wahab, le Neuf d'Épée... Partout où tu es passé, il y a eu des morts. Te faut-il une autre preuve ?

— Moi, je n'en ai pas besoin. Mais vous, vous en aurez sûrement besoin. Écoutez, vous imaginez que cela fut un choc pour moi. Vous êtes mes meilleurs amis, et pourtant je devais l'admettre : un de vous était un traître. Mais lequel ? J'ai d'abord soupçonné le Pape en découvrant qu'il nous avait menti, que ses groupes se portaient très mal, ainsi que ses finances, alors que ses rapports n'en faisaient pas mention. Oui, je l'ai vraiment soupçonné. Et puis, mes doutes se sont portés sur l'Empereur, quand j'ai appris qu'il s'était converti à l'islam sans rien nous dire. Bien sûr, mon cher Éric, cela ne regarde que toi. Mais dans les circonstances que je vivais, je devais trouver cela suspect. Alors, je dois vous avouer que j'étais dérouté, car j'avais autant de raisons de soupçonner l'un que l'autre. Le Pape ou l'Empereur. L'Empereur ou le Pape. L'un de vous était un espion, mais lequel ?

— Christian, arrête ton cinéma, intervint à nouveau l'Empereur. Tu as volontairement cherché à faire porter les soupçons sur nous, pour te mettre à l'abri. Mais nous avons éventé ta manœuvre. Le traître, c'est toi, nous le savons. À moins que tu ne te décides à répondre à nos questions.

Le Bateleur poursuivit sans se troubler.

— Et mon cheminement intellectuel, si je peux l'appeler ainsi, a trouvé son aboutissement lors de l'assassinat du président Wahab. Cette fois, il n'y avait plus de doute.

— Tu essayes de noyer le poisson ! coupa l'Empereur. Maintenant, assez baratiné. Donne-nous une explication convaincante sur ton attitude incompréhensible et nous oublierons tout. Dans le cas contraire, tu devras dire adieu à la Société secrète.

— La Société secrète... Mais c'est justement d'elle qu'il s'agit. Parce que, dans ma tête, je me disais, logiquement, que celui qui nous espionnait était un traître. Seulement, un traître... tout dépend du sens qu'on donne à ce mot. C'est là que j'ai commencé à voir les choses sous un autre angle. Et j'ai cherché, cherché, cherché… Je peux vous assurer, et cela vous fera peut-être plaisir, que je me suis vraiment cassé la tête. Pourtant…

Il sortit de nulle part un livre, qu'il posa sur la table.

— Qu'est-ce que c'est que ça ? s'étonna le Pape.

— *Les Stoïciens*, publié à la Bibliothèque de la Pléiade. Un excellent bouquin sur la philosophie antique.

— Parce que tu crois que c'est le moment ? Tu philosopheras plus tard. Nous sommes venus pour obtenir une réponse. Ou bien tu nous la donnes, ou bien nous repartons.

Sans se troubler, le Bateleur ouvrit le volume à la page treize.

— Mes amis, la réponse que vous souhaitez se trouve là-dedans. Sur ce papier. Voyez-vous, je parle du meurtre du Neuf d'Épée, ce malheureux Jean-Claude Delouvain, qui a été assassiné chez lui, à Viry-Châtillon. La Reine de Deniers et moi avons découvert son cadavre. Il avait ouvert la porte à son assassin, sans se méfier. C'était donc quelqu'un qu'il connaissait. Et puis, il y avait ce livre sur la table. Manifestement, il était en train de le lire quand il a reçu la balle dans la nuque. Je ne sais pas pourquoi… Non, je ne sais vraiment pas pourquoi, mais je m'en suis aussitôt emparé et je l'ai rapporté chez moi. Ce n'est pas par hasard que le Neuf d'Épée lisait précisément ce livre au moment où on l'a tué. En fait, il avait un rapport direct avec notre affaire. Il contenait la réponse à nos questions. Et depuis des mois et des mois, j'ai parcouru le monde, j'ai sillonné le ciel et la terre, je me suis creusé la cervelle… Alors que la solution à mon problème était là, tout près de moi, dans ce livre.

— C'est du n'importe quoi ! laissa tomber l'Empereur.

— Dis-nous au moins ce que ce bouquin a de particulier, daigna demander le Pape.

— À la page treize, le Neuf d'Épée a souligné trois noms : ceux de Zénon, Chrysippe et Cléanthe. Vous vous souvenez, n'est-ce pas, que c'était justement les noms secrets que nous portions auparavant ? Toi, Michel, tu étais Zénon. Toi, Éric, tu étais Chrysippe. Et moi, j'étais Cléanthe. C'était avant que nous ne devenions le Pape, l'Empereur et le Bateleur.

— Cette plaisanterie commence à se prolonger un peu trop, s'énerva le Pape.

— Cette plaisanterie est terminée depuis bien longtemps. Bien sûr, j'ai remarqué tout de suite que le Neuf d'Épée avait souligné ces trois noms. Mais je n'ai pas compris pourquoi. Et j'ai cherché, cherché, cherché... jusqu'à hier soir. Oui, hier soir, chez moi, j'ai enfin compris.

— Et compris quoi ? ironisa l'Empereur.

— Voyez-vous, le Neuf d'Épée a souligné les noms de Zénon et Chrysippe en *bleu*, et celui de Cléanthe en *rouge*. C'était pourtant simple. Je suppose qu'il l'a fait pour lui, machinalement.

— Mais qu'est-ce que cela signifie ? interrogea le Pape.

Le Bateleur respira profondément. Il aurait préféré mourir que prononcer la phrase qui allait suivre. Mais il devait la prononcer.

— Cela signifie... Eh bien, cela signifie que *vous êtes des traîtres tous les deux* !

Le silence tomba sur la table. Comme une cloche de bronze qui s'abattait. Pendant de longues secondes, les trois hommes se regardèrent fixement.

Puis un mouvement. Sans que l'on sache lequel, ni qui l'avait esquissé. Le Bateleur réagit tout de suite. Il tendit le bras droit. Par enchantement, un revolver apparut dans sa main, solidement empoigné. Un 357.

— Eh, il est chargé, ton machin ? s'écria le Pape.

— Oui, il contient six balles. Neuves et brillantes. Comme celles qui ont fait sauter la tête du Neuf d'Épée et du Huit de Bâton. Elles sont prêtes à partir si vous bougez un doigt.

Il reprit son souffle, l'arme toujours braquée.

— Oui, ce malheureux Neuf d'Épée avait découvert la vérité à votre sujet. Comment, je ne sais pas. C'est pourquoi vous avez envoyé quelqu'un pour l'assassiner. Et au moment où on l'a tué, il griffonnait des notes sur ce livre. Zénon et Chrysippe soulignés en bleu, Cléanthe souligné en rouge. Eh oui, c'était si simple que je n'ai pas compris tout de suite. Cela signifiait que vous deux étiez ligués contre moi. Que vous n'étiez pas ce que vous prétendiez être. Et que moi, Cléanthe, j'étais la pauvre andouille, et que je risquais fort de devenir un jour la cible. Oui, j'ai enfin compris cela hier soir. De même que j'ai compris beaucoup d'autres choses.

Avec la main gauche, il sortit de sa poche une carte. Celle du Bateleur, qu'il jeta devant lui.

— Un jour, vous avez décidé de changer nos noms secrets. En prétextant que les précédents n'assuraient plus notre sécurité. Et vous avez choisi cette méthode : les cartes du tarot. Vous en avez pris trois et vous avez fait un tirage au sort. Tu es devenu le Pape, tu es devenu l'Empereur et je suis devenu le Bateleur. Je me souviens encore de cet après-midi où toi, Michel, tu as distribué les cartes. Comme j'ai été idiot ! Comme je m'en veux ! Aveuglé par la confiance que je vous faisais, je n'ai pas compris. Mais je comprends aujourd'hui. Vous avez triché. Vous avez falsifié le tirage des cartes et vous m'avez volontairement donné celle-ci, celle du Bateleur. Parce que c'était celle qui devait signaler ma présence. À partir de là, à chaque fois que je la montrais quelque part, je laissais une trace de mon passage. C'est ainsi que vous avez pu me suivre et connaître mes faits et gestes. Partout. Sauf en Italie, où je ne la montrais jamais. Pas de chance pour vous : c'est justement là-bas que j'ai accompli mes actes les plus importants. Ah oui, j'ai été imbécile à un point...

Pendant qu'il parlait, le Pape et l'Empereur demeuraient immobiles et silencieux. La scène prenait des allures surréalistes.

— Pas mal, le coup du logiciel espion. Celui que vous avez introduit dans mon ordinateur. C'est cela qui vous a permis de localiser l'Ermite à Chicago et d'intercepter ma correspondance avec lui. Accessoirement, cela vous permettait de détourner mes soupçons. Or, il n'a fait que les renforcer : je ne suis pas un expert en informatique, mais je me suis dit que le Valet de Coupe avait trouvé ce logiciel avec beaucoup de facilité. J'ai compris qu'on voulait m'attirer sur une fausse piste et que le véritable espion était ailleurs.

Sa voix se durcit à peine quand il continua.

— Et pour terminer, le coup de génie : en vous apercevant que j'approchais dangereusement du but, vous vous êtes réunis et vous avez décidé d'employer la méthode la plus classique et la plus efficace. Vous m'avez désigné comme le traître. Ainsi, j'étais exclu de l'organisation et la Société secrète devenait votre propriété. Je vous le dis en toute franchise : génial, simplement génial. Malheureusement pour vous, il y avait ce livre. Sans lui, j'étais probablement perdu.

Le Bateleur braquait toujours le revolver. Mais à présent, il observait ses deux interlocuteurs.

— Enfin, je n'en reviens pas. Vous étiez mes amis, les hommes à qui je faisais le plus confiance sur la terre. Ensemble, nous avons bâti la Société secrète. Nous avons vécu des moments extraordinaires. Oui, vous étiez mes amis. Mais en réalité, je ne vous connaissais pas. Je travaillais avec vous, je mangeais avec vous, je vivais avec vous, et je ne savais pas qui vous étiez. Depuis dix ans !

Il serra les mâchoires et plissa les yeux, pendant que sa voix se durcissait.

— Maintenant, je veux savoir. *Qui êtes-vous* ?

Le Pape et l'Empereur échangèrent un regard. Ils ne semblaient absolument pas affolés par la situation. Finalement, le Pape se chargea de répondre. D'une voix ferme. Manifestement, il déversait ce qu'il avait trop longtemps refoulé.

— Eh bien, je m'appelle Michel Kowalski et lui Éric Schneider. Voilà bien longtemps, nous avons adhéré à une organisation, dont le but est de défendre la religion partout dans le monde. Un jour, on nous a confié une mission : nous infiltrer dans les groupes athées, pour les espionner et éventuellement les détruire. C'est ainsi que nous nous sommes retrouvés dans la franc-maçonnerie et que nous t'avons rencontré.

— Et quel rapport y avait-il entre votre mission et moi ? Je ne me sens pas vraiment concerné par ce que j'entends.

Cette fois, ce fut l'Empereur qui répondit.

— Quand tu nous as réunis dans ce restaurant et que tu nous as proposé de fonder une société secrète, cela a été pour nous une illumination. En fait, c'était même inespéré. Au lieu de nous infiltrer dans les organisations athées, nous allions nous-mêmes en bâtir une. Sans le savoir, tu nous apportais une arme incroyable. Grâce à toi, nous allions pouvoir combattre l'athéisme de l'intérieur.

— Combattre l'athéisme, cela veut dire quoi ? Assassiner Banguillot et Wahab, par exemple ?

— Oui, par exemple. Ces deux présidents étaient dangereux pour la religion. À présent, ils sont hors d'état de nuire.

— Et remplacés par des hommes plus dociles ! grinça le Bateleur. Bien joué, les amis. Et cette organisation dont vous parlez, c'est laquelle ?

Ils ne répondirent pas. Preuve qu'ils ne lui diraient que ce qu'ils voudraient bien. Ce n'était pas le revolver qui allait les impressionner.

Il aurait pu pousser des cris, mais il avait assez de connaissances et d'expérience pour s'apercevoir que, malheureusement, ce qu'il découvrait était d'une banalité affligeante. Eh oui, c'était la stratégie classique. Celle des services secrets qui vont aider les services secrets des ennemis pour mieux les espionner. Ou des gouvernements totalitaires qui fabriquent eux-mêmes une opposition pour mieux contrôler l'opposition. Oui, horriblement banal. Mais, dans ce cas précis, la victime, c'était *lui*.

— Dix ans, murmura-t-il. Dix ans que vous jouez cette comédie…

Il n'en revenait pas. Il avait bâti la Société secrète, une merveilleuse création dont il était fier. Et il découvrait, là, devant cette table, qu'il ne s'agissait que d'un gigantesque mensonge ! Il avait été trompé dès la première seconde.

— Mais comment avez-vous pu faire cela ? parvint-il à dire.

— Oh, rien que de très facile, articula tranquillement le Pape. Éric et moi avons un but dans notre vie, un idéal : nous voulons que le monde soit meilleur, et il ne peut l'être que par l'amour de Dieu. Voilà pourquoi nous nous battons.

— L'amour de Dieu ! Je n'y crois pas beaucoup, à celui-là, mais... vous avez fait assassiner des hommes et vous parlez d'amour de Dieu ! Enfin, je suppose que vous allez me répondre qu'on ne fait pas d'omelette sans casser des œufs.

— Oui, c'est exactement ce que nous allions te répondre. D'ailleurs, je me souviens de t'avoir entendu employer toi-même ce raisonnement en d'autres circonstances. Tu l'as peut-être oublié.

— N'inversez pas les rôles ! C'est vous qui avez menti pendant dix ans, pas moi. Vous êtes fiers de vous ?

— Mon cher Christian, au risque de te choquer, oui. Parce que... tu nous as appelés *traîtres* tout à l'heure, mais c'est un mot qui ne convient pas. Nous sommes des combattants et nous défendons notre idéal. Tu verras, quand le monde vivra dans l'amour de Dieu, il sera bien meilleur, et nous y aurons modestement contribué.

— Dieu, Dieu... En attendant, quand Éric s'est converti à l'islam, cela a dû provoquer quelque chose chez vous. Parce que je ne pense pas que c'était prévu au programme !

Pour la première fois, les deux hommes eurent l'air gênés. Preuve que, en effet, cet épisode avait causé une tension entre eux. Mais le Pape se ressaisit.

— Oui, cela m'a surpris, je le reconnais. Mais nous nous sommes expliqués. Après tout, c'était la voie qu'il avait choisie et je devais la respecter. Cela ne changeait rien à notre combat. Dieu ou Allah, c'est lui que nous défendons. Et que nous ferons triompher un jour. Bien sûr, je le regrette sincèrement pour toi. Tu es quelqu'un de sympathique.

— Et cela t'emmerde ? grinça le Bateleur.

— Oui, beaucoup, avoua le Pape. J'aurais préféré que tu sois antipathique, fanatique, méchant et corrompu. Malheureusement, tu es droit, intègre, tu as des valeurs morales que j'admire et une haute idée de la parole donnée. Oui, cela me fait mal de te voir dans le camp d'en face. Je me sentirais mieux si tu étais de notre côté.

— C'est une proposition ?

— Non. Je te connais assez pour savoir que tu ne trahiras jamais tes idées. C'est triste, mais nous serons toujours des ennemis.

— Moyennant quoi, après le Neuf d'Épée, après le Huit de Bâton, j'étais le suivant sur la liste ?

— Pas tout à fait, rectifia l'Empereur. On nous a dit que tu avais réussi à dérober le traité d'alliance. Compliments : c'est un bel exploit ! Notre tâche était de le récupérer.

— En somme, vous m'accordiez une grâce provisoire. Merci pour ce sursis inespéré ! Et dire que je vous faisais confiance... J'ai partagé avec vous des secrets que je n'aurais révélés à personne d'autre. Je soupçonnais l'un, je soupçonnais l'autre, et vous me trahissiez tous les deux ! Même dans mes pires cauchemars...

Le Pape se pencha légèrement.

— Maintenant, cela suffit. Tu sais qui nous sommes et ce que nous avons fait. Alors, je te le demande : que comptes-tu faire ?

Le Bateleur soupira, et il y avait dans son soupir des années qui s'enfuyaient. Il se rejeta en arrière, en détendant ses muscles. Bizarrement, la question qu'il venait d'entendre le surprenait, car il ne se l'était pas posé. C'était d'ailleurs la seule question qu'il ne s'était pas posée en venant. Il garda le silence pendant quelques secondes. Avant d'articuler :

— Foutez le camp.

— Quoi, tu ne nous tues pas ?

— Non, comme tu vois.

— Mais nous sommes tes ennemis ! Nous t'avons combattu et nous avons éliminé certains de tes hommes.

Le Bateleur se mit en colère.

— Dix ans que vous me connaissez et vous n'avez pas encore compris qui je suis ? Non, je ne vous tuerai pas. Parce que je ne peux pas. Vous, vous croyez que ceux qui meurent vont au paradis. Eh bien, moi, je ne crois pas au paradis et je ne sais pas ce qu'il y après la mort. Voilà pourquoi je ne me sens pas le droit de tuer quelqu'un. Vous avez l'amour de Dieu. Moi, j'ai l'amour de la vie. Et maintenant, foutez le camp !

Les deux hommes se levèrent lentement. Michel Kowalski, celui qui avait été le Pape. Éric Schneider, celui qui avait été l'Empereur. Ils reboutonnèrent leur veste, puis se dirigèrent vers la sortie. Au moment de franchir la porte, Kowalski se retourna.

— Un jour, tu regretteras de ne pas nous avoir tués. Parce que tu ne dois te faire aucune illusion : nous allons poursuivre notre combat.

— Foutez le camp !

Ils s'en allèrent enfin. Quand le bruit de leurs pas se fut estompé, le Bateleur se leva à son tour et se rendit sur le palier pour vérifier qu'ils étaient bien partis. Il revint et jeta le revolver sur la table en se frottant le front. Il venait de vivre le moment le plus pénible de sa vie. La Société secrète, *sa* Société secrète, n'était qu'un immense leurre. Son existence entière s'effondrait.

Mais il se ressaisit. Les sentiments, ce serait pour plus tard. En attendant, il fallait agir, et vite. Un coup d'œil à sa montre. Vingt-trois heures. Il quitta le siège de France-Dom, reprit sa voiture et se précipita à la rue de Paradis. Là, il entra dans le petit bureau de location où, depuis des années, il dirigeait son organisation. Il mit en marche l'ordinateur, brancha la messagerie. Puis il se mit à lancer des courriers et à donner des coups de téléphone. Tous dramatiques. Il ordonnait la dissolution de tous les groupes de la Société secrète, un par un.

Il ne se réfugiait même plus derrière l'euphémisme traditionnel de *mise en sommeil*. Non, il imposait fermement la dissolution sans ambiguïté. Certains groupes étaient infiltrés par des agents de Kowalski et Schneider, d'autres ne l'étaient pas. Mais par mesure de sécurité, il fallait les dissoudre *tous*. Quant à ceux de ses deux ex-collègues, ils allaient disparaître d'eux-mêmes. Ainsi, posément, méthodiquement, méticuleusement, il passa la nuit à détruire ce bel édifice qu'il avait construit de ses mains. Il se faisait l'effet de ces paysans obligés d'abattre leur propre troupeau à cause d'une épidémie. Le même crève-cœur, la même émotion, la même rage. Tout ce qu'il avait bâti s'évanouissait sous ses yeux.

Quand le jour se leva et jeta un peu de lumière sur les toits de Paris, la Société secrète n'existait plus. Christian Dalleray venait de dire adieu à sa vie, à ses rêves.

Il se leva lourdement et alla remonter le store pour regarder par la fenêtre. La rue de Paradis s'éveillait doucement. Sur la vitre, il vit se refléter un petit adolescent de Carcassonne qui rêvait de faire des sociétés secrètes. Il dut se forcer pour réprimer un sanglot, pour retenir les larmes qui s'apprêtaient à couler. Malheureusement, il n'en était plus l'heure. *Et maintenant, mon vieux...* Et maintenant, il n'avait plus rien. Sauf un énorme échec qui s'étalait devant lui. L'échec de toute son existence.

Il reprit sa veste, redescendit et se glissa dans l'Alfa Roméo. Il était huit heures quand il rentra chez lui. Épuisé, mal rasé. Il ferma la porte et se laissa tomber sur le lit. Ensuite, il attendit. Il attendit que la vieille dame à la faux veuille bien venir. Elle ne vint pas.

Christian Dalleray

Deux semaines plus tard, il arrêta sa voiture sur la rue de Vouillé et monta dans le cabinet de psychothérapie de Sophie Charbonnière. Elle le reçut avec émotion.

— Alors, c'est décidé ? Tu t'en vas ?

— Oui, confirma-t-il. J'ai pris trois semaines de congé à l'I.F.I.L. et je vais quitter Paris.

— Où vas-tu ?

— Écoute, je vais aller vers le Midi. Pour me balader, pour me reposer. En fait, j'ai besoin de me retrouver seul. Pour réfléchir à la suite que je donnerai à ma vie.

Puis il prit la belle blonde et déposa une bise sur chacune des joues.

— Sophie, je te remercie sincèrement du travail extraordinaire que tu as fait ces dernières années. J'ai été fier de t'avoir sous mes ordres et je persiste à penser que tu aurais très bien pu me succéder.

Elle contenait ses larmes, avec beaucoup de dignité. Mais quand il s'éloigna, elle le retint par le bras.

— Christian, nous reverrons-nous ?

— Je l'espère, ma petite Sophie, je l'espère.

— Je t'en supplie...

— Ne me rends pas les choses plus difficiles. Elles le sont déjà assez.

Il s'en alla. Elle attendit qu'il soit parti pour sortir un mouchoir et sécher ses yeux d'où jaillissaient les larmes.

* *

Il s'appelait Christian Dalleray et il était originaire de Carcassonne. Il aimait la paella, le confit de canard et le vin des Corbières. Dans sa jeunesse, il rêvait de faire des sociétés secrètes.

À présent, il n'était plus rien. Un automobiliste anonyme qui roulait vers le sud. Au volant de son Alfa Roméo, il redescendit la vallée du Rhône, longea l'interminable Côte d'Azur. En fait, il ne voyageait pas vraiment. Il allait et venait, faisant fréquemment des détours au gré de son humeur. Il s'arrêtait dans des motels, il mangeait dans des brasseries, ou plus simplement dévorait des sandwiches. Les gens regardaient à peine ce personnage solitaire qui passait sans adresser la parole à qui que ce soit, et ne semblait pas avoir de but précis.

En réalité, il en avait un, mais n'éprouvait aucune hâte à l'atteindre. Il se retrouva en Italie, remonta vers le nord. Il traversa Turin, puis Milan. Son cœur battait à mesure qu'il approchait de Venise. D'ailleurs, il n'y arriva pas. Il s'arrêta évidemment à Mirano. Un soir, alors que le jour s'achevait. La *Via della Fontana*. Le numéro 13. Il frappa à la porte et recommença, sans obtenir de réponse. Un voisin passait et il l'interpella.

— *Signore, per favore, la duchessa Monica Ferri di Lazzaro* ?

— Elle n'est pas là. Elle donne une réception à la Villa Emo. Je l'ai vue partir avec une belle robe.

Il hésita, puis haussa les épaules. Puisqu'il avait fait tout ce chemin… Il reprit l'Alfa Roméo. Les phares éclairaient la route pendant qu'il roulait. La nuit était bien tombée quand il parvint à la Villa Emo. Plusieurs dizaines de voitures de luxe s'alignaient dans le parc. Quant à la villa elle-même, presque toutes les fenêtres étaient éclairées. Une vision féerique.

De plus en plus fatigué, il s'extirpa du véhicule, devenu presque sa maison depuis une semaine, et marcha sur le gravier pour atteindre l'entrée. Mais au sommet du petit escalier, une silhouette massive lui barra le passage.

— Monsieur, avez-vous une invitation ?

Il n'en avait pas, naturellement. Il aurait dû y penser. Épuisé, à moitié endormi, il avait du mal à réfléchir.

— Heu, non, je n'ai pas d'invitation… Mais écoutez, je suis un ami de la duchesse Ferri di Lazzaro. Dites-lui que je suis là et elle me laissera entrer.

— Navré, monsieur, mais si vous n'avez pas d'invitation, je ne puis vous autoriser à passer.

Il soupira. Une envie féroce de s'allonger sur un lit et de fermer les yeux. Pourtant, une idée lui vint. Il mit la main dans sa poche et en sortit quelque chose.

— Tenez, donnez ceci à la duchesse. Elle comprendra.

Le réceptionniste le regarda avec méfiance. Puis se dit sans doute qu'il était là pour faire un travail et qu'il ne coûtait rien de le faire.

— Veuillez attendre, monsieur.

La réception battait son plein. Beaucoup d'invités, beaucoup de lumière, beaucoup d'alcool. La duchesse, vêtue d'une splendide robe du soir, discutait avec des gens quand quelqu'un s'approcha.

— Madame, il y a un homme à l'entrée qui dit qu'il vous connaît.

— Oh, écoutez, ce n'est pas le moment ! Il y a toujours des intrus qui veulent s'imposer. Je vous ai chargé de veiller à la tranquillité de mes convives.

— Madame, il m'a demandé de vous montrer ceci.

Il tendait un plateau sur lequel était posé un morceau de carton. La duchesse baissa les yeux, et s'immobilisa. C'était une carte à jouer. Une carte du tarot. Celle représentant le Bateleur. Stupéfaite, elle leva la tête.

— Où est ce monsieur ? s'écria-t-elle.

— Je viens de vous le dire : à l'entrée…

Elle était déjà partie. Presque en courant, elle fendit la foule des invités et traversa la pièce. Elle arriva en coup de vent à l'entrée de la Villa. Christian Dalleray y était, et elle sursauta en le voyant. Visiblement épuisé, les traits tirés, mal rasé. À des années-lumière de l'homme séduisant qu'elle avait connu.

— Christian… Oh, ne reste pas là, voyons. Entre.

Elle l'introduisit dans le bâtiment et lui fit monter un escalier pour le conduire à une pièce discrète. Le bruit de la réception leur parvenait, très atténué. Il se laissa tomber sur une chaise en soufflant. Visiblement, il ne demandait qu'à dormir.

— Mais que se passe-t-il, Christian ? Explique-moi.

Il reprit sa respiration. Puis, avec des mots fatigués, il lui raconta tout. Elle resta pétrifiée, partagée entre la stupéfaction et l'incrédulité.

— Christian, c'est épouvantable. Pour toi, je veux dire. Ce qui t'arrive… Oh, ce n'est pas possible. Tu as passé ta vie à bâtir une société secrète, absolument merveilleuse, et… Mon chéri, tu dois être très malheureux.

— Je le suis, laissa-t-il tomber.

Sans rien demander de plus, elle remplit un verre de *grappa*. Il l'avala d'un trait. Le silence s'éternisait. Ni l'un ni l'autre ne savait quoi ajouter. Tout était dit entre eux. Finalement, d'une voix basse, elle se décida à lui demander :

— Et maintenant, que vas-tu faire ?

Christian Dalleray garda la bouche fermée pendant quelques secondes. En fait, il ne réfléchissait pas vraiment. Trop épuisé pour cela. Néanmoins, au bout d'un temps interminable, il parvint à relever la tête.

— Je vais recommencer…

FIN

Dictionnaire des personnages

ANTONELLA FERRI DI LAZZARO : fille de la duchesse. Adolescente à problèmes qui cause beaucoup de soucis à sa mère.

BALBI Eva : amie de la duchesse. Propriétaire de la maison, sur la Lagune, où le Bateleur rencontre Papinianus.

LE BATELEUR : Christian Dalleray. Fondateur et géronte de la Société secrète. Originaire de Carcassonne, il a réussi dans l'industrie légère. Passionné depuis toujours par les sociétés secrètes, il en a fait sa raison de vivre. Il dirige ses groupes depuis un bureau anonyme de la rue de Paradis. Personnage intègre et fidèle à ses principes, il se donne entièrement à la Société secrète.

LE CARDINAL : Edward Kreisner. Cardinal américain d'un rang important au Vatican. Agent de l'*Opus Dei*. Membre de la Commission secrète.

LE CHARIOT : Farid el Wahab. Président de l'Égypte. Devient membre de la Société secrète et sera assassiné pour cela.

LE CHEIKH : Hussein ben Khaled Al-Talyani. Membre de la Commission secrète. Saoudien, agent du mufti de La Mecque.

LE CINQ DE COUPE : Georges Vartanian. Archonte de la zone ouest de Paris. D'origine libano-arménienne, orfèvre réputé.

LA COMMISSION SECRÈTE : organisme créé par le Vatican et le mufti de La Mecque dans le plus grand secret. Son but : combattre la laïcité et l'athéisme dans le monde entier et par tous les moyens. Ses chefs : le cardinal et le cheikh.

DERVAL René : colonel de l'armée haïtienne, qui dirige un coup d'État contre le président Banguillot et qui prend le pouvoir.

LE DEUX DE BÂTON : Ahmed Khatib. Archonte de l'Égypte.

LE DIX DE COUPE : Robert Blexmann. Archonte de la zone nord de Paris. O.R.L. dans un grand centre médical.

LA DUCHESSE : Monica Ferri di Lazzaro. Aristocrate vénitienne, à la tête d'une petite société secrète de femmes. C'est elle qui met le Bateleur sur la piste de Papinianus. Mariée et séparée d'un homme d'affaires de Bologne. Copropriétaire de plusieurs demeures historiques. Femme prodigieusement séduisante, elle a un gros problème avec sa fille Antonella.

L'EMPEREUR : Éric Schneider. Fondateur et géronte de la Société secrète. Originaire de Baumes-les-Dames (Doubs), il travaille dans les assurances. Il a créé des groupes en Europe et au Moyen-Orient. Habite à Marly-le-Roi.

ENKIDU : Djilali Feraoun. Dirigeant de l'I.I.N.A., à Djeddah. Secrètement membre de l'organisation de l'Ermite, il enverra des informations au Bateleur.

EUGÉNIE : jeune paysanne haïtienne, maîtresse du Trois d'Épée. Elle est violée et assassinée par les soldats au cours du coup d'État qui renverse Gorvenal.

FALCHI : officier du corps de vigilance du Vatican.

GORVENAL : Joseph Banguillot. Président de la République d'Haïti. Ami et correspondant secret du Bateleur. C'est lui qui l'informera de l'existence de la Commission secrète et le mettra sur la piste de Papinianus. Renversé et assassiné par un coup d'État.

L'ERMITE : Michel *Michael* Berthaud. Français installé à Chicago. Grâce à une simple boîte postale, il dispense un enseignement symbolique à des correspondants dans le monde entier. Maintient ainsi sa propre société secrète. Il fournit des informations au Bateleur en profitant de son réseau de correspondants à travers le monde.

LE HUIT DE BÂTON : François Lefeuvre. Archonte de l'est de Paris. Éditeur de livres techniques. Habite rue de la Chine.

LE JUGEMENT : Julien *Julio* Irrouleguy. Basque d'origine, il a fondé à Montevideo la *Escuela Esotérica Tradicional*, qui dispense un enseignement sur trois ans. Il permet d'accéder ensuite à la *Orden Universal*, un cercle très fermé qui regroupe les élites de l'Uruguay. Il est devenu le représentant de la Société secrète pour l'Uruguay et l'Argentine.

LA LUNE : Céline Ravaux. Secrétaire de l'entreprise France-Dom. Gardienne discrète du siège de la Société secrète.

LUISA MATTOLA : collaboratrice du cardinal Prandelli au Vatican, elle aide le Bateleur dans son opération pour s'emparer du traité d'alliance.

LE MONDE : Carlos Oscar Pietri. Politicien uruguayen. Devient membre de la Société secrète. Assassiné dans une voiture piégée.

LE NEUF D'ÉPÉE : Jean-Claude Delouvain. Égal de la zone sud de Paris. Assassiné chez lui alors qu'il lisait *Les Stoïciens*.

LE PAPE : Michel Kowalski. Fondateur et géronte de la Société secrète. Originaire de Denain (Nord), il dirige des entreprises d'import-export. Il a créé des groupes en Europe et en Afrique. Habite rue de Tocqueville.

PAPINIANUS : Gaetano Prandelli. Cardinal, membre du Conclave. Déçu par l'Église, il la combat de l'intérieur. Il rencontrera le Bateleur à travers la duchesse et lui révélera le rôle de Kreisner.

LE PRÉLAT : chef suprême de l'*Opus Dei*. Prêtre d'origine espagnole, dirigeant l'organisation depuis Rome.

LA REINE DE DENIERS : Sophie Charbonnière. Archonte de la zone sud de Paris. Psychothérapeute tenant un cabinet sur la rue de Vouillé. Femme énergique et indépendante qui élève seule son petit garçon. Attirée secrètement par le Bateleur.

SAMANTHA : Sandrine Caral. Masseuse du boulevard Saint-Marcel. C'est elle qui révèle au Bateleur le double jeu du Pape.

SOCIÉTÉ SECRÈTE : organisation créée par le Bateleur, le Pape et l'Empereur et qui regroupe 10 000 personnes à travers le monde. Son but : défendre partout la liberté. Sa philosophie : très influencée par la Grèce antique et le stoïcisme. Son rite : assez simple, pour passer inaperçu et être applicable partout. Il s'agit d'une société secrète de type supérieur, qui n'est déclarée nulle part et ne laisse aucune trace de ses activités.

Organisation :

– Les candidats deviennent des hilotes, c'est-à-dire qu'ils sont mis à l'essai pendant deux ans.

– Au bout de deux ans, ils deviennent des égaux, c'est-à-dire des membres à part entière.

– Les Égaux sont réunis dans des groupes, rassemblés ensuite en zones géographiques. Chaque zone est dirigée par un archonte.

– Au sommet de la pyramide se trouvent les gérontes, les trois fondateurs qui dirigent chacun leurs groupes.

– Tous les membres de la Société secrète portent un *nomen mysticum* (un nom secret).

LE TROIS D'ÉPÉE : Emmanuel Sanon. Archonte d'Haïti. Homme d'affaires résidant à Kenscoff.

LE VALET DE COUPE : Patrick Boisset. Jeune génie de l'informatique, membre de la Société secrète.

ZAMPARI Giorgio : député de Venise. Chevalier servant de la duchesse, jusqu'au moment où elle le chasse.

Biographie

Manuel Ruiz, originaire du Midi et vivant à Paris, écrit depuis toujours, pour la presse, la littérature ou la radio. Il a publié des romans, historiques ou policiers, en version numérique ou brochée, et des recueils, chez divers éditeurs. Il a aussi écrit et produit des fictions radiophoniques : 147 épisodes pour la radio, et deux émissions documentaires. Il est membre actif de la SGDL, de la SACD et de la SCAM.

Mentions légales

© Evidence Editions 2019

ISBN : 979-10-348-1287-5
ISSN : 2557-2938

Evidence Editions
Z.A.I Bel Air
17230 Andilly

Site Internet : www.evidence-editions.com
Boutique : www.evidence-boutique.com

Dépôt légal août 2019

« Le Code de la propriété intellectuelle interdit les copies ou reproductions destinées à une utilisation collective. Toute représentation ou reproduction intégrale ou partielle faite par quelque procédé que ce soit, sans le consentement de l'auteur ou de ses ayants droit ou ayants cause, est illicite et constitue une contrefaçon, aux termes des articles L.335-2 et suivants du Code de la propriété intellectuelle. »

Imprimé sur papier **Clairefontaine** fabriqué dans les Vosges.

Achevé d'imprimer par C.L.I.P

9 791034 812875